孤与太子妃天生一对，

永不分离～

魅丽文化 花火工作室

造作时光

月下蝶影——著

江苏凤凰文艺出版社
JIANGSU PHOENIX LITERATURE AND ART PUBLISHING

图书在版编目（CIP）数据

造作时光 / 月下蝶影著 . -- 南京 : 江苏凤凰文艺出版社 , 2022.5
ISBN 978-7-5594-6308-1

Ⅰ . ①造… Ⅱ . ①月… Ⅲ . ①长篇小说－中国－当代 Ⅳ . ① I247.5

中国版本图书馆 CIP 数据核字 (2021) 第 195231 号

造作时光

月下蝶影 著

出版统筹　曾英姿
责任编辑　张　倩
特约编辑　夏　沅　鹿　川
装帧设计　圆
封面绘制　Summer
出版发行　江苏凤凰文艺出版社
南京市中央路 165 号，邮编： 210009
网　　址　http://www.jswenyi.com
印　　刷　长沙金鹰印务有限公司
开　　本　880mm × 1230mm 1/32
印　　张　10
字　　数　288 千字
版　　次　2022 年 5 月第 1 版
印　　次　2022 年 5 月第 1 次印刷
书　　号　ISBN 978-7-5594-6308-1
定　　价　42.80 元

目录

Contents

目录

Contents

第一章

她怎么不说是喝露水长大的？

昌隆三十年冬，晋朝百姓沉浸在一片欢乐中。大晋与相邻的金珀国多年不和，这次护国大将军不仅把金珀国士兵打得哭爹喊娘，还在战场上活捉了他们骁勇善战的二王子，让金珀国割城赔地，俯首称臣，因此晋朝上下扬眉吐气，走路都带风。

一时间，护国大将军成了老百姓口中的武曲星下凡，他的三个儿子也是天兵天将转世，因为当今陛下英明神武，是百年难得一见的明君，所以特意下凡辅佐明君，帮助晋朝繁荣昌盛，八方来朝。

总之，一句话，陛下很英明，花将军一家也很英武。

此时离京城几百里的驿站，驿丞为了庆贺晋国大胜，特意在驿站大门口挂上了两盏红灯笼。不过近几日大雪漫天，没什么官员途经此地，所以他的用心也没什么人看见。

驿丞捧着一碟炒豆子，蹲在门口看着院子里的积雪发呆，寒风把他乱七八糟的胡子刮得东倒西歪。

“唉。”巡检走到驿丞身边，苦着脸道，“也不知道住在这里的那拨人什么时候走。”

这次被押送过来的罪犯，据说是京城里犯了事的大官，人还没押送到这里，就已经有人来打招呼，说是不可怠慢。身为驿站的巡检，他只能天天守在这里，免得这个大官出事。

这些当大官的，今年被流放，明年又官复原职。这边有人要报复，那边有人想保，倒霉的还是他们下面这些小喽啰，谁都得罪不起。

“都已经是阶下囚了，还喜欢摆谱，我就不爱伺候。”驿丞呸了一口，把嘴巴里的豆壳吐在雪地里，“没个消停的。”

话音刚落，远远看到官道尽头有马车过来，一眼都看出来头不小。

驿丞把手里的豆子往巡检手里一塞，拍了拍半旧的袄袍，满脸是笑地迎了上去。

巡检翻了个白眼，嘴上说着不伺候，转身看到权贵就变狗腿。

也不知道拉车的马是什么神驹，即使行走在雪地中，也四蹄稳健，煞是威猛。穿着甲胄的护卫围在马车四周，眼神灼灼，与城里驻扎的那些士兵完全不同，像是上过战场见过血的。

巡检意识到这一行人身份不简单，赶紧把手里的豆子往窗台上一搁，也凑了上去，露出与驿丞相似的谄媚笑容。

二楼，木窗缓缓推开了一道缝，露出一双藏在暗处的眼睛。

“花家人到了。”

“可以……开始了。”

马车刚在驿站外停下，驿丞便满面微笑上前作揖道：“下官乃此处驿丞，不知贵人们从何处来？”

“我等从青寒州来。”为首的将领拿出一份通关文书，说道，“护送大将军的家眷先行回京。”

“原来是大将军的家眷！”驿丞恭敬地把文书递还给武将，躬身道，“贵人们快快请进。”

最前方的马车帘子动了动，驿丞低下头，不敢直视贵人容颜。

只见帘角掀起，一双几乎不染尘土的鹿皮靴迈了出来，红艳艳的斗篷在马车上晃了晃，隐隐露出斗篷里的雪色绣红梅锦裙。

花琉璃走出马车，看着前方破破烂烂的驿站，沉默了片刻，扭头坐了回去：“我觉得还是继续赶路比较好。”

早已经习惯她这挑剔劲儿的嬷嬷神情如常地劝道：“县主，下一个驿站离此处还有近百里，路上积雪未化，连沐浴的地方都没有，您三思而行。”

花琉璃皱起好看的眉头，想掩上帘子就走，扭头见将士们鼻头被风雪冻得通红，绷着脸道：“在此处歇一夜，明日便走。”

嬷嬷扔了几块碎银子给驿丞：“多准备热水。”

“好嘞。”驿丞笑着应下，他就喜欢这种出手大方的贵人，比关押在楼上的犯官省心多了。

“妹妹，小心。”刚从马背下来的花长空见花琉璃绷着脸就要从马车上往下跳，赶紧上前扶着她，“慢点，地上雪这么厚，要不哥哥扶你进去？”

嬷嬷神情淡然地看着这一幕，每个纨绔子弟的背后，都有无数个娇惯孩子的糊涂家长，大将军一家什么都好，就是把家里唯一的姑娘娇宠得不像样。

走两步路怕累着，吹几下风怕冻着，就连说句重话都舍不得，怕把闺女吓着。好好一个武将世家的千金，竟是养得娇气又挑剔。

“不用。”花琉璃摇头，理了理身上的斗篷，扶着花长空的手臂走进驿站大门。此地并不富裕，所以拿不出太多银钱修缮驿站，屋子里的光线十分昏暗，她有些担心，积雪太厚，会压垮这座破旧驿站。

“贵人请坐。”驿丞用袖子擦了擦凳子，抬头朝两位贵人讨好一笑，这一看便呆住了。

原来大将军家的人长得这么好看，尤其是这位看起来娇滴滴的小姑娘，好看得像是天上的仙女儿。

花琉璃看了眼颜色暗淡，不知道什么木料做成的凳子，没有坐下去。她伸手取下斗篷帽子，抬头看向楼梯。

楼梯上，一个戴着枷锁的干瘦男人缓缓走下来。他发须花白，看起来五六十岁的模样，脸上带着苦涩与不甘，身后看管他的衙差对这个老人有几分尊敬。

随着老人下楼的动作，他脚上的锁链发出碰撞的声响。

注意到驿站里多了其他人，老人脚步顿了一下，目光在他们身上扫过，又缓缓收了回来。

几名衙差虽然不知道花家兄妹的身份，但还是朝他们拱了拱手，以免得罪贵人。

“这位先生犯了何罪，竟戴这么重的脚镣？”花琉璃把目光从老人身上移开，开口询问。

为首的衙差见这位贵女询问的态度很是自然，仿佛根本没有考虑他们会拒绝回答，犹豫了一下，还是开口道：“这位犯官在朝堂上，弹劾大将军穷兵黩武，边境将领嗜血成性，触怒圣上，被判流放。既然贵人开了尊口，我们可以给他换副轻便些的枷锁……”

“不用了。”花琉璃瞬间改口，“我觉得这样挺好。”

衙差：“……”

老人转身看了眼花琉璃，语气冷淡地道：“小小年纪，心思就如此歹毒，今日老夫落难，算是看尽了人情冷暖，世态炎凉。”

“没关系，你后面不仅会看尽，还会慢慢习惯。”花琉璃微笑，“毕竟像你这种在将士背后插刀的人，也不会有什么好下场。”

边境将领为了守卫大晋，抛头颅、洒热血，这个文官的话若是传到他们耳中，岂不是让他们寒心？

“老夫身为人臣，自当效忠朝廷，为民请命。花应庭四处征战，耗尽百姓钱财……”

“大将军为天下百姓守卫边疆，如今更是大胜金珀，让我大晋边境安宁，到了你口中，却成了穷兵黩武。”花琉璃挑眉，“你脑子没毛病吧？金珀常年侵犯我国边境，我们不去打他们，难道任他们嚣张不成？你住在繁华的京城，自然不知道被金珀贼兵抢劫骚扰的痛苦，嘴里说着为民请命，却不把边境的百姓当人看，这叫什么……”

“这叫满口仁义道德，忠君爱国，实际满肚子虚伪，贪图享乐。”花长空笑眯眯地接下话头，“伪君子。”

“老夫，老夫……”老人被两个十多岁的年轻人挤对得满脸发黑，半天喘不过气来，“尔等黄毛之辈，满口胡言乱语。”

“尔等白毛之辈，老眼昏花，糊涂透顶。”跟在花家兄妹身后的卫兵，当即便回嘴。这种需要骂人的事，根本不需要小公子与小姐亲自动口。

楼下的动静传到了楼上，屋子里的人露出了满意的微笑。他扭头看向从窗户爬进来的人，问道："毒下了？"

"下了，无色无味，见血封喉，保证查不出死因。"

男人笑了笑："弹劾花家的文官，在与花家后人争吵后，便离奇而亡，不知道大晋的文官们，会有怎样的反应？"

"飞鸟尽，良弓藏。花家立下这么大的战功，最想对付他们的，恐怕不是大晋的文官，而是……"

古往今来，受到帝王猜忌的武将多如繁星，多花家一个不算多。

文人笔杆子虽然厉害，但是靠嘴皮子骂人的本事，还是比不了上过战场的士兵，几个回合下来，老文官便被气得七窍生烟，只会满嘴念叨"无知莽夫"。

"用、用饭了？"厨子端着做好的饭菜出来，见大堂里剑拔弩张，往后缩了缩。

"用饭？"花琉璃看了眼厨子端着的饭菜，有肉有菜，看来这个弹劾她父亲的犯官待遇还不错，比守卫边境的士兵好太多。

当下她拿出一块手帕捂住口鼻，做作地往后退了一步，夸张地道："天哪，我的头好疼。鸢尾，我闻不得荤腥味，快打翻它。"

"好的，县主。"跟在花琉璃身后的一个丫鬟站出来，她毫不犹豫地上前踹翻饭菜，动作流畅，英姿飒爽。

饭菜撒落地上，顿时满屋子弥漫着饭菜香味。

"这才对。"花琉璃露出满意之色，让鸢尾给了厨子一块碎银子，说道，"重新给这位老人家做饭，记得，不要沾半点荤腥。"

"好的，贵人。"厨子接过碎银子就往后厨跑，给了银子的人，说什么都对。

驿丞默默地把在地上的饭菜扫走，倒在外面的雪地里，假装没看出这是小姑娘在故意报复。

"你什么意思？"老人气得双手直哆嗦。

"仗势欺人，落井下石啊。"花琉璃笑容甜美，"戴罪之身，还吃什么肉？边疆的老百姓，一个月都吃不到两回肉，大人为民为国，自然要与百姓同甘共苦啊。"

可怜的老文官，终于被花琉璃气晕了过去。

楼上的男人半天没有听到动静，脸上的笑容渐渐消失，问道："怎么回事，林辉之还没死？"

"那、那淬了毒的饭碗，被花家下人打翻了。"

"你说……什么？"

他们费尽千辛万苦，计算了无数次相遇的地点，特意安排了那么多看似巧合的路障，才让他们在这个驿站相遇，现在跟他说，前面做的一切都白费了？！

片刻死寂后，去厨房下毒的人小心翼翼地道："那个花家的女儿，被养得刁蛮任性，没有半点武将世家的豪爽之气，属下实在没想到……实在没想到，她竟然会用那么不要脸的手段刁难人。"

什么闻到荤腥味儿就头晕，她怎么不说自己是喝露水长大的？

简直就是臭不要脸！

屋子里再度安静下来，忽听外面传来匆忙的脚步声，负责下毒的汉子整理了一下身上的衣服，面带关切之色，把门拉开一道仅有半人宽的缝隙。

随后，他便看到几个衙差抬着人事不知的林辉之上来，忍不住想，若是花家的两个小崽子能把林辉之气死就更好了，能帮他们省很多事。

可惜林辉之是个命硬的文官，坚挺的文官，即使被气晕过去，被衙差抬着，还在无意识地念叨"忠义仁德"。

不过身为文官，被人这么抬着走，也算是斯文扫地了。

"老大，我们现在怎么办？"汉子掩上门，转头看向坐在窗户边的男人。

"还能怎么办，当然是赶紧走。"

"走？"

"不走难道留在这儿被他们猜疑？！"男人沉着脸，他自诩谋算过人，没想到竟然在这里栽了跟头。

花琉璃整夜都没睡好，驿站的床又旧又窄，即使铺上了锦被，仍旧让她感觉很不舒服。

折腾了半宿，在她终于有些困意的时候，楼下突然传来尖叫声。她把被子一掀，穿上外袍跟斗篷就下了楼。

“大清早的，叫什么？”衙差也被尖叫声吵醒，正准备骂两句，见花琉璃也在走道上，赶紧把话咽了下去。

花长空出门就看到自己妹妹青丝未束站在走廊上，赶紧上前替她把斗篷帽子戴上，低声问：“发生了何事？”

“外面、外面死了很多麻雀。”驿丞面色苍白，“昨日下官把打翻的饭菜倒在院子里……”

花长空眼眸微沉，大步走到门外，就看到院子里躺着密密麻麻的雀鸟，雪地上还有一些冰冻的饭菜。

昨天被花琉璃打翻的饭菜里有毒！

“不是小人做的，不关小人的事。”跟着出来的厨子看到这一幕，也吓蒙了，赶紧摇头，“小的在驿站做了十多年的厨子，祖上清白，哪敢做这些事？”

“这、这、这……”巡检看到这一幕，腿都吓软了，若是那位犯官真的在他们这里丢了命，他们整个驿站上下都要跟着倒大霉。

“三哥，发生了什么事？”花琉璃跟着过来。

花长空赶紧站起身，把花琉璃挡在身后，不让她看这恶心的一幕，说道：“别看，免得等会儿吃不下饭。”

“那可真可怕。”花琉璃拍了拍胸口，一脸“我很娇弱”的模样，扭头就往回走，“我最害怕这些脏东西。”

花长空理了理她的斗篷，说道：“回房间让鸢尾帮你束发，我让人把院子收拾一下。”

“好。”出来得匆忙，花琉璃穿得有些少，被穿堂风吹着感觉有些冷。她回到屋子里，又赖了会儿被窝，才被丫鬟哄着更衣洗漱。

等她再次下楼，其他人早饭已经用得差不多了。她坐到桌边，看了林辉之一眼，故意对着桌上的食物挑三拣四。

饭没吃到两口，挑的毛病倒是不少。可是任凭她娇情劲儿冲天，坐在角落里的林辉之都没有说话。

等她把早餐吃完，都没见林辉之来教训她，花琉璃忍不住想，难道她把这个犯官气出了毛病？

这位老大爷，年纪很大，气量却不像年纪一样大，像这种找她麻烦的好时机，应该不会错过才对。

正想着，花琉璃就看到老文官站起身朝她这边走来。她柳眉微挑，朝守在大堂的卫兵们招了招手，让他们站到自己身后，给自己撑场子。

吵架嘛，最重要的就是要人多，气势得足。

林辉之心情十分复杂，他戴着脚镣走路十分不方便，两步一停，三步一喘，还是走到了花琉璃面前。

不等花琉璃开口，他忽然就朝她行了一个大礼。

花琉璃面色大变，这老头儿想干什么，故意行大礼想让她折福？吵架吵不过她，就准备用这种卑鄙手段？

“多谢姑娘昨日救命之恩。”他能成为朝中三品大员，在朝堂上虽然有自己的私心与立场，但毕竟不是笨蛋。

早上起来，得知有人想要毒杀他，并且是在花家后人出现后毒杀他，林辉之就察觉到这背后隐藏的重重阴谋。

他若是一死，原本简单的朝堂政见不合就有可能变成血海深仇，文人气傲，花应庭因大胜金珀国，在民间威望极高，若是两边争斗起来，定会引起朝廷大乱，最后恐怕连整个大晋都会受到影响。

好个一石几鸟的毒计，定是敌国的阴谋！

昨天傍晚，花家下人打翻他饭菜的举动，不仅是救了他，也救了其他有可能被牵连进来的人。

林辉之虽不喜欢好战之人，但不代表他不感念他人恩情。

再看花琉璃，他觉得这小姑娘虽然骄纵些，牙尖嘴利了些，脾气差了些，挑剔矫情了些，但还是有优点的。

比如……

林辉之想了想，比如长得好看？

文人若想夸奖一个人，总能找到溢美之词，所以尽管林辉之对花琉璃这个救命恩人满腹意见，还是说出了一串赞扬感激的话。

花琉璃：“……”

厉害，还是文官厉害，能把她刻意挑事的行为，说成明察秋毫，行事机警，救人于危难之间，连她自己都差点信了。

“这位大人，你说再多好听的话，也吃不上肉的。”花琉璃用手帕轻轻擦拭了下嘴角，“没用。”

林辉之顿了一下，表情有些僵硬：“老夫并无此意。”

“既然没有这个意思，那就不必再说。”花琉璃转头点了几名卫兵，说道，“你们护送这位大人一起走。记得，一定要好好看顾大人的饮食。”

决不能让他沾半点荤腥，馋死他。顺便再护卫一下他的周全，免得真被人害死了。

林辉之愣住了，良久后再次朝花琉璃作揖：“姑娘大义，老夫不及姑娘。”

花琉璃瞥了他一眼，不着痕迹地往旁边避开了一步，起身对花长空道：“三哥，我们该走了。”

再不走，这老头儿就要继续给她行礼了。

她年纪轻轻，受不得老人的大礼。

“好。”坐在旁边的花长空笑眯眯地点头，对花琉璃的行为没有半点质疑，甚至还觉得林辉之在夸奖他妹妹这一点上，很有可取之处。

上了马车，花琉璃看了眼点头哈腰把他们送到路边的驿丞，还有他身后破破烂烂的驿站，在马车匣子里拿了个装银子的锦袋扔给驿丞：“方圆几百里，就你这家驿站最破，拿着这些钱好好修缮一番。”

她真怕风雪太大，把驿站压垮，让无辜的人丧命。

“谢贵人，多谢贵人。”短短一夜就闹出这么大的事来，驿丞早已经吓破了胆，以为这位挑剔的贵人会找他麻烦，没想到对方什么都没说，还拿钱给他修缮驿站，心说这哪里是普通贵女，分明是天上下凡的仙女儿。

花家兄妹离开以后，林辉之请衙差找来了纸笔，修书一封，托驿站的驿卒送往京城。

花家兄妹高义，虽因他弹劾花应庭，对他心存怨气，但见他有性命之危时，仍旧摒弃前嫌，派兵护送他到流放之地，这等心胸，令他汗颜。

难道……真的是他对花家军抱有偏见，是他错了？

花琉璃一路挑剔，走走停停，林辉之的信竟先他们一步到达京城。

尚书府中，户部尚书曹进伯正在与户部侍郎左蕴德议事，听下人说有好友的信送到，便忙让下人拿了过来。

“唉。”曹进伯把信拿到手里，却没有立刻拆开，只是苦笑道，“这次我与辉之政见不合，闹得不太愉快。”

他甚至有些怕拆开这封信。

林辉之坚持认为花将军击退金珀大军，拿下对方城池是穷兵黩武，而他十分赞同花将军的做法。所以林辉之一直试图说服他，后来他们还因为这件事在朝堂上争辩了几句。

只怕这封信里，写的也不是好友的思念之情。

“大人，您为了帮林大人求情，四处走动，林大人若是知道这些，定会明白您的苦心。”左蕴德安慰道，“您与林大人几十年的交情，怎会因为这点小事就受到影响。”

“辉之的脾性，你又不是不知道，又倔又硬，他认定的事情，八匹马都拉不回来。”曹进伯叹了一口气，还是慢慢拆开了信封。

左蕴德知道两人前些日子因政见不合闹了矛盾，以林大人的脾性，这封信多半是骂曹尚书的。在几息之间，他已经想出好几个安慰曹尚书情绪的办法。

他等了一会儿，也没等到曹尚书说话，再看对方的神情，似惊似疑，仿佛信里写了什么荒诞至极的事。

“大人？”左蕴德想，他该不会是被林大人信里的内容气糊涂了吧？

“蕴德啊。”曹进伯满脸纠结地放下信，说道，“你觉得以辉之的性格，若是被人威胁，会不会说些违心之言？”

“大人这话……是何意？”左蕴德满头雾水。

“比如说，盛赞他厌恶之人的儿女。”

闻言，左蕴德干笑道：“这大概要看是谁吧。”

“比如花将军的儿女。”

“绝无可能！”说完这句话，左蕴德觉得自己否认得太直接、太快速，有认为林大人小心眼之嫌，于是又委婉地描补几句，“花将军的儿女都在边陲长大，由花将军与卫将军亲自教养，行事上肯定有双亲的作风，以林大人的脾性，可能不太欣赏这样的后辈。”

盛赞那是不可能的，死都不可能，把人从头到尾挑剔一番才是正常的。以林大人的性格，恐怕宁可一头撞死，也不会说花家的好话。

与此同时，林辉之差点被暗杀的密函，被送到了皇帝的御案上。

昌隆帝沉着脸看完这封密函，没有说话。伺候他的太监垂着头大气都不敢出，怕惹得帝王不满。

屋内死一般寂静，无人能够打破。

就在此时，殿外有脚步声传来，步伐很是轻快。

“父皇。”

听到这声呼唤，宫侍们不自觉便放松下来。

进来的年轻男子身着锦衣，长身玉立，容貌更是超凡出众，他一出现，仿佛整个大殿都亮堂了几分。

宫侍们齐齐弯腰行礼：“太子殿下安。”

太子走到帝王面前，样子有些懒散，他给昌隆帝行了一个礼：“又是朝中哪个不长眼的惹您生气了？”

“谁惹事的本领都比不上你。”昌隆帝说着嫌弃的话，放下手里的密函，抬头看向来人，“昨日老大建府，你跟着去喝酒了？”

“大哥要敬儿臣的酒，当着那么多人的面，儿臣总不能落他的面子。”太子懒洋洋地在椅子上坐下，说道，“到时候传出我们兄弟不和的流言，难受的不还是您？”

昌隆帝看他没骨头的样子，想呵斥两句，又舍不得，只好道：“林辉之在黄淮县驿站中，遭遇了刺杀。”

太子看着昌隆帝，等他继续说下去。

“幸而这件事出了意外，让他逃过一劫。”

“哦。”太子垂了眼睑，那还挺可惜的。

“看你的样子，似乎还很失望？”

“他天天在您面前夸大皇兄好，挑儿臣的毛病，恨不得把儿臣从太子位置上拽下来，再把大哥摁上去。”太子缓缓道，“您知道的，儿臣别的毛病没有，就是爱记仇。”

“他如果真的死了，麻烦的是你。”昌隆帝叹气，“满朝皆知你不喜林辉之，他若死得不明不白，其他人面上虽不敢说，但心里定会认为是你做的。”

太子轻笑出声，他就喜欢那些看不惯他的人心里不舒服，面上却不敢说的样子。

坐在他这个位置上，就算什么都不做，也会有无数人挑他的毛病。

见他这副模样，昌隆帝就知道这孩子仗着有他撑腰，根本没有考虑过这些问题，叹道：“你啊，你啊……”

父子二人正说着话，有太监进来传话，说是贤妃求见。

昌隆帝近来正在考虑大儿子的婚事，听到贤妃求见，便让她进来了。在贤妃进来之时，他顺手合上了放在桌上的密函。

“妾见过陛下。”贤妃虽已年近四十，但是容颜依旧出众，她朝昌隆帝盈盈一拜，顺便还朝太子露出慈母般的微笑。

可惜太子并没有感受到她的慈祥，朝她拱了拱手，便靠着椅背不动了。

贤妃：“……”

这太子当真不识趣，她与陛下议事，懂规矩又识趣的就该自动离开，他倒好，不仅不走，还要找个舒服的姿势坐着，究竟有没有把她放在眼里？！

注意到贤妃不满的眼神，太子眼睑动了动，可他是那种善解人意的人吗？

不是啊。

所以他不仅找了一个舒适的坐姿，还让宫侍给自己换了盏热茶，脸上带着“你们慢慢聊，我只想凑个热闹”的微笑。

贤妃深吸一口气，扭头看向昌隆帝：“陛下，妾今日来，是为了昊儿的婚事。昊儿这孩子，整日只知道勤奋上进，连自己的终身大事都顾不上，我们做长辈的，只能为他多操心一些了。”

“老大今年已经二十有一，婚事确实不能再拖。”昌隆帝点了点头，“明昊擅武，又喜排兵布阵之法，给他找个志趣相投的王妃如何？”

“陛下，您的意思是？”贤妃面上并无太多喜色。

“护国大将军有一爱女，容颜出众，年十五，配明昊正好。你若是没有意见，朕便厚颜向应庭提了这门亲事。”

贤妃闻言，心头一颤，陛下果然有这个心思。以护国大将军现在的地位，娶了他家的女儿确实是好事，可是……

历史上多少战功赫赫的将军被帝王猜忌，尤其是像花应庭这样的，一个不小心就会被牵连满门。陛下正是年富力强的时候，对花家定有忌惮，不然何必要花家女成为儿媳妇？

娶花家女只能一时风光，从长远来看，却是不利的。当陛下对花家越来越不满时，对娶了花家女的儿子也会生出反感之情。

帝王之家的亲情，就是如此凉薄。

“陛下，花家姑娘，自然是万里挑一的好。”贤妃赔笑道，“只是昊儿性格太过刚硬，若是再娶一位武将家的闺女，我怕他们日后会闹出矛盾。不如给他挑一位知书达理、性情温和的女子，夫妻二人性格互补，方是圆满。”

听到贤妃拒绝了自己的提议，昌隆帝深深地看了贤妃一眼，直把她看得忐忑不安后，才收回目光，语气平静地道：“既然如此，便依你的意……”

“父皇，儿臣不打扰您与贤妃娘娘的交谈，儿臣告退。”太子打了个哈欠，懒洋洋地站起身，朝昌隆帝作揖行礼后，就准备离开。

“等等。”昌隆帝叫住他，“外面冷，你把朕的披风穿上再出去。”

御前总管捧了披风，亲手伺候太子穿上，送他出了殿。

“殿下，您慢走。”太监总管赵三财目送太子走远，直到太子车驾看不见之后，才拍去身上的积雪，换上一双干净的鞋子，回内殿伺候。

等贤妃离开以后，昌隆帝问赵三财：“太子走的时候，可有说东宫缺什么？”

赵三财摇头：“殿下离开之前，只说了让奴才等伺候好陛下，并未提及其他。”

“英王昨日建府，朕赏赐了他不少东西……”昌隆帝沉吟半晌，说道，“英王有的东西，太子却没有，岂不是有偏心之嫌？”

“你去朕的私库里看看，挑一些太子喜欢的东西，给他送过去。”

昌隆帝又一想，道，“把前些日子进贡的御马，挑几匹送去东宫。”

“是。”赵三财笑着退下。

太子出了宸阳宫，半道上遇见了大皇子英王，他坐在车里，懒洋洋地朝英王拱了一下手。

英王绷着脸从马背上下来，回了他一个礼。

太子是半君，他的礼，皇子们受不起。

“不知太子从何处来？”英王皮笑肉不笑地问。

太子挑眉，慢吞吞地理了一下袖摆，说道：“去父皇那里坐了会儿。”

英王扯着嘴角笑，突然道：“昨日太子看上了我府中的骏马，我本该拱手相让，只是那马乃父皇赐下，我便不好再转送他人了。”

“哦？”太子拖长语调道，“你不说这事，孤都要忘了。”

他抬眉看着面带得意之色的英王道：“无碍，正好孤比较喜欢颜色纯一些的马，你那匹马的尾毛杂了些，若真送到东宫来，会被其他骏马排挤的。”

英王深吸一口气，提醒自己不能动怒，说道：“太子，父皇赐下的乃千里良驹，尾巴上有几根杂色毛算什么？”

太子的目光落到英王脸上，半晌后淡淡道：“可能是因为孤不仅以貌取人，还以貌取马吧。”

英王：“……”

提起以貌取人时，太子这个王八蛋盯着他的脸看，是什么意思？！

没过两日，京城里不少官员都知道陛下送了好几匹进贡的御马给太子的事，一时间引起无数人感慨，几个皇子中，陛下最心疼的还是太子。

到底是皇上亲手养大的，情分也与其他皇子不同。

太子幼时体弱，不知是哪位高人说，太子命格奇特，一般人教养不了他。陛下一想，一般人教养不了，他身为真龙天子，自然不是一般人，所以就决定亲自来养。

说来也是巧，太子被接到陛下的宫中后，很快就能吃能跑能跳，身体也壮实了不少。

就因为这样，太子在陛下的宸阳宫住到十二岁才搬去东宫。

上一个被皇帝这么偏宠的太子，最后被宠爱他的父皇贬去苦寒之地，直到病死都没能回到京城。

不知道当今太子，结局会不会好一点？

第二章

病弱县主竟被当街纵马吓吐血！

花家兄妹赶到京城的时候，已经是半个月以后。兄妹二人刚进城门，就听到马蹄声传来，时不时夹杂着路人的尖叫。

花琉璃掀起车窗帘子朝外看了看，几个身着华服的青年骑在马背上，对路人的惊恐视而不见、听而不闻。

几个年轻人骑着马，意气风发地行走在大街上，正准备去酒楼里喝上两盏酒，却被几个穿着甲胄的士兵拦住了。

“尔等何人，竟敢拦公子们的去路？”

“诸位公子，我大晋律法规定，闹市不可纵马。我家小姐体弱，受不得惊吓，现在被你们的马蹄声吓得几近昏厥，你们应该给我们一个说法。”士兵们目光灼灼，手握刀柄，大有他们不说清楚就别想走的架势。

“啥？”几位公子看了看离他们还有几十步远的马车。

惊吓？昏厥？这是来故意找碴的吧！

他们还没开口质疑，就听到马车那边传来一阵骚动，几个丫鬟围着马车来回奔跑，神情惊惶，隐隐听到她们嘴里说着“药”“县主”“大夫”之类的字眼。

难道她真被他们吓出病了？

京城里，哪位县主身体会娇弱到如此地步？

这要真出了什么事，他们回家后会不会被长辈打死？

纨绔公子们被眼前的阵势吓着了，再看这些凶神恶煞、手持利刃的士兵，更是心虚不已，老老实实从马背上爬了下来。

京城里很多世家大族都喜欢在马车上留下家族的标志，但是他们在这几辆马车上没有看到任何明显的标志，也猜不出里面坐的是哪家人。

但车驾的规制高，还有士兵护卫，定不是普通世家的待遇。

他们焦虑不安地等待着，可是除了围住他们的士兵，还没有一个能做主的人过来跟他们交谈。他们唯一能做的，就是缩着脑袋祈祷这位县主不要出事。

过了好大一会儿，终于看到一个风采不凡的男人朝这边走过来，他们内心竟升起一股诡异的喜悦之情，尽管对方脸色十分难看。

等对方走近，他们便识趣地道歉，顺便想套出对方的身份。

“诸位请放心，在下并非无理的人，请诸位先走吧。”

纨绔公子们一听，心里有些疑惑和不满，刚才还让人气势汹汹地把他们围起来，现在随随便便就放他们走了？

“真的？”其中一位公子有些怀疑地看着花长空道，“不知……”

“自然是真的。”花长空叹息一声，“公子们年轻不懂事，我又怎好与你们计较？”

纨绔公子们松了口气，看来此人是真没打算追究。

“所以待舍妹病愈后，我会亲自去诸位府中拜访。”

一众纨绔公子：“……”

这是一言不合就准备向家长告状的意思？

毒，实在太毒，世间怎么会有如此阴损之人？他们不怕赔银子，也不怕赔药材，就怕事情闹到家里去，到时他们哪里还有好日子过？

“各位放心，在诸位长辈面前，我只会如实叙述，绝不添油加醋。”花长空朝几个吓得变了脸色的纨绔拱了拱手，“诸位，请慢走。”

人家话都说到这个份上了，谁还敢走？

“发生了何事？”就在纨绔公子们赔礼道歉时，一位骑着骏马、身着玄色锦袍的男人缓缓而至。

花长空看了眼玄衣男人身下的骏马，没有说话。

“见过英王。”见到英王殿下，几位纨绔公子仿佛有了主心骨，忙不迭地行礼。

“锐栋，你们在这里干什么？”姬明昊见街边似乎有人闹事，过来一看，就发现表弟跟几个贵族子弟垂头丧气地被几个士兵围着。

“王爷。”田锐栋面上有些尴尬，尤其是看到英王骑着马还无人牵引的时候，就更尴尬了。

这事说大不大、说小不小，但是若把英王也牵连进“闹市纵马”事件，那就麻烦了。

见表弟支支吾吾不好意思说，英王把视线转向花长空道：“不知这位公子是哪家俊杰？这里人来人往不是说话的好地方。能否看在本王的面子上，先让这些士兵退下？”

“王爷误会了，在下并无拦着诸位公子离开的意思。”花长空微笑，“是诸位公子坚持要向在下赔罪，在下也很为难。”

一众纨绔公子：“这位公子说得对，是我们坚持要留下来赔礼道歉的。”

我们如果不赔罪，你就要上门告状，谁受得了这个？

英王皱眉，他这个表弟平日里是个什么德行，他心里是有数的，能做这种主动向人赔罪的事？

“三公子，不好了，县主吐血了！”

“王爷，舍妹病重，请恕在下无礼，告辞。”花长空转身就回了车上，命令道，“立刻回府。”

放下车帘时，花长空回头看了眼骑在马背上的英王，很快便面无表情地收回了目光。

听到车里有县主吐血病重，就算是英王也不得不驱马退到旁边，让这行人通过。

等这一行人走远，英王才茫然地想，这究竟是谁啊？

“有没有看清英王的模样？”花长空盘腿坐在马车里的毛毯上，问靠在软垫上享受丫鬟伺候的花琉璃。

“嗯。”花琉璃连眉头都没有动一下。

“感觉如何？”

“容貌不及三哥半分。”花琉璃做作地捂着胸道，“京城的水土真不好，我突然觉得头晕、胸闷，好难受，快要晕倒了。”

“前段时间陛下写给父亲的信里，似有意撮合你跟大皇子……”

花琉璃立刻坐直了身子，说道：“三哥，英王相貌平平，性格冲动，并且是非不分，嫁给这样的人容易操心，老得快。”

这人尚未弄清事情原委，就开口让人给面子，得罪人而不自知。这不仅是长得不好，脑子也不是特别好。

花长空对妹妹以貌取人的行为表示了认同：“整日与一个容貌不够俊美的男人在一起，确实会委屈你，就算没病也要闷出病来。你放心，家里不会让你嫁给英王的。”

听到这话，花琉璃又懒洋洋地躺了回去，说道：“我突然觉得头不晕，胸口也没有那么闷，可以吃点心了。”

这次花长空带妹妹提前回京，一是因他要参加开春过后的科举，二是让妹妹早点熟悉京城的环境。

不久之后，父亲、母亲都会回京，他要帮着探一探京城的风向。

看了眼被他们养得娇滴滴的妹妹，花长空没有告诉她，从头到尾家里压根就没打算让她嫁入皇家。皇家的男人，有哪个能守着王妃好好过日子？今日纳个妾，明日又想争皇位，对王妃还有一堆贤良淑德的要求。

他花家老老小小捧在手心的小姑娘，凭什么去皇家受委屈？舒舒服服地当个县主，有合意的男人就嫁，若是遇不到，就在家里开开心心过日子。

花家立下赫赫战功，京中有圣上赐下的府邸。或许是怕花家误会，圣上并没有赏赐仆从，倒是赏了一堆金银玉器，甚至让工部把整座府邸翻新了一遍。

花家已经提前派人布置好府邸，兄妹二人只须住进去就行。

当天花家正门大开，还挂上了红灯笼。不出两个时辰，京城不少官员就知道，有花家人回京了，就是不知道回来的是谁。

第二天一早，住在花府隔壁的官员就看到宫里派了马车接花家人进宫。

为了表示对大功臣的重视，昌隆帝不仅要亲自见花长空，还请宫里最尊贵的女人太后娘娘来接见花家唯一的闺女。

太后是圣上亲母，性格宽厚，知道皇帝有意给护国大将军做脸面，当下就乐呵呵地答应了下来，还让宫里几个位分高的妃嫔作陪。

“小姑娘脸皮薄，等会儿人来了，你们可要对她亲和些，别把人吓着了。”太后担心这些平日里钩心斗角的妃嫔闹出幺蛾子，特意嘱咐道，“护国大将军为我们大晋抛头颅洒热血，我们可不能让他儿女在京城受委屈。”

“太后娘娘您请放心，妾膝下没有女儿，心里一直羡慕那些有闺女的呢。”贤妃连忙道，“待花县主来了，妾定拿她当亲生女儿对待。”

其他妃嫔在心里偷偷翻白眼，这就是个嘴上说着想要闺女，实际一直得意自己生下皇长子的毒妇。

都是玩过宫斗的，说这种话糊弄谁呢？

然而让大家没有想到的是，护国大将军的女儿并没有进宫，原因是她病了。

“病了，可是路途艰辛，受了寒？”太后不由得有些担心。

“县主身体虽有些娇弱，但一路上精神还好。只是昨日进京时，遇到几位公子闹市纵马，让她受了些惊吓，加之……”回话的人面上露出几分为难。

“加之什么？”太后面色严肃下来。

“三公子见那几位公子闹市纵马违反了大晋律例，便上前劝阻，哪知遇到了英王爷过来。”回话之人说到这里，连忙跪下，“此事与英王并无干系，只是县主生来胆小，以为开罪了英王爷，忧急攻心吐了几口血，回到府中便躺下了。”

“那几个公子是谁？”这事虽然牵扯到英王，太后却没有放弃追问，似乎打定了主意给花家的小姑娘讨个公道。

“似乎是田二公子以及与他交好的那几位。”

在座众位都是擅长发散思维的，很快就在脑海里进行了现场情景还原。

贤妃娘家人闹市纵马，把人家刚进京的小姑娘吓着了，做哥哥的花三公子不忍自家妹妹受委屈，上前跟田二公子论理时，英王跑来帮外祖家的人，于是把小姑娘气吐血了。

众妃嫔纷纷扭头看向贤妃，刚才还说要把人家当亲生女儿，现在她“女儿”受委屈了，还不赶紧替“女儿”讨回公道？

贤妃：“……”

颜面丢尽的贤妃，回到寝宫后，气得摔断了一根玉钗。

“娘娘，世上哪有这么娇弱的人，那花家的女儿，会不会是故意装病陷害王爷？”伺候的宫女小声道，“不然怎么会有这么巧的事？”

“她一个未嫁女，装体弱多病没有半点好处，除非不想嫁人了。体弱这种事传出去，京城里的好儿郎谁敢娶她？”贤妃虽然气极，但脑子还在，说道，“你去田府走一趟，让他们好好管教后辈。”

可真是能耐，人家好好的女儿，进京就被她娘家人吓出病来，这让她在宫里怎么做人？

“唉。”花府中，花琉璃倚着窗斜躺着，伸手接住几片飘进来的雪花，慢悠悠地叹息道，“昨日被那几个纨绔子弟吓着，现在胸口还有些闷呢。”

鸢尾熟练地接话道：“可不是，那些纨绔子弟真是欠教训，小姐如此金贵，怎么禁得起这般狂放无礼的惊吓。还有那些可怜的老百姓，都被他们吓成什么样了？”

花琉璃再次仰头望天，满脸愁绪地轻叹：“我记得以前在青寒州，每到下雪之时，爹爹都会亲自出去打猎……”

“奴婢明白了。”鸢尾转身走到外屋，对丫鬟道，“三公子想吃暖锅了，叫厨房里早些准备。”

她家县主身娇体弱，思念亲人无心用食，想吃暖锅的定是三公子。

与充满尴尬气氛的后宫不同，昌隆帝这边很融洽，他见到花长空后，心情就很好。

功臣之后，有从文之心，容貌英俊，最重要的是……这孩子太会说话了，跟他父亲一样。

他既不像其他武将那样说话鲁莽直接，又不像文官含蓄内敛，夸他的时候夸得真情实意，那双眼睛里满是对他这个帝王的感激与敬仰。

“攻打克尔城的时候，父亲受了重伤，就在士兵们都以为此仗必败时，陛下您派来的援军与物资到了。”花长空眼眶微红，“陛下此举，不仅决定了我军与金珀战役的胜局，还让重伤的父亲有了熬下去的希望。”

说到这里，花长空差点落下泪来，他朝昌隆帝一揖到底，虽未说什么，昌隆帝却感受到他浓浓的感激之意。

“朕与应庭相识于年幼，亲如兄弟，他为大晋镇边疆，为朕守国门，得知他身受重伤时，朕夜不能寐、日不能食，幸而安全无虞，才总算让朕放下心来。”说到这里，昌隆帝心里还是有些遗憾，花应庭在领兵打仗方面的能力，称得上是百年难得一遇，只可惜这次受伤后不能再上战场了。

这样也好，花应庭为大晋镇守边关多年，身上旧伤无数，也该好好享受一下生活。好在花应庭的大儿子骁勇善战，有其父之风，有他帮着守卫大晋国土，他也放心不少。

昌隆帝留着花长空说了很久的话，甚至还留他吃御膳，被花长空热情却不显谄媚的马屁捧得通体舒畅，又让留了他一个时辰，才让太监总管赵三财亲自送出去。

“花三公子，请您注意脚下台阶。”赵三财躬着腰送花长空走出宸阳宫。花长空朝他拱手道：“赵总管留步。”

“三公子客气了，老奴多年未见护国大将军，今日有幸送公子，公子就赏脸让老奴多陪您一会儿。”赵三财笑容满面道，“陛下这些年一直念着大将军，公子刚回京，有什么需要的或是不熟悉的，尽管告诉老奴便是。”

花长空知道赵三财这是在代圣上表示亲近之意，他连忙道谢，言辞间把赵三财当成了自己人。

姬明昊远远便看到父皇身边的心腹太监满脸是笑地跟人说话，待他走近一看，顿时沉默了。

这不是昨天让田锐栋等几个纨绔赔礼道歉的人吗？

“英王殿下。”

“不知这位是……”

“王爷。”面对英王，赵三财客气有余、亲近不足，“这是护国大将军的第三子花长空。”

谁？赵总管说这人是谁？护国大将军的儿子？！

那昨天在马车里吐血的县主……难道就是花家唯一的女儿？

姬明昊有些后悔，早知道田锐栋惹上的是护国大将军的儿女，他宁可绕道走，也绝对不会去多管闲事。

闹出这种事，也不用他母妃费神去想怎么打消父皇把花家女儿嫁给他的念头，首先花家自己都不会愿意。

可是他虽然无意与花家联姻，不代表他有胆现在就得罪花家啊！

此时此刻，英王的内心是无奈的，崩溃的。再看花长空那让人感觉如沐春风的微笑，他都觉得里面潜藏着不易察觉的恶意。

得知花家兄妹的身份后，英王心里就有种不祥的预感。最后事实也证明，他的预感很正确。

仅仅一天，京城就有英王与其表弟把护国大将军女儿气得吐血的流言传出。流言越传越广，最后竟变成了英王见花家兄妹独自进京，于是起了打压他们的意思，想以此证明自己带兵能力比护国大将军厉害。

英王觉得自己很冤枉，他只是喜欢打猎，怎么就变成嫉妒大将军能力了？就算他真有嫉妒的心思，也用不着特意去欺负花家兄妹啊，又不是脑子有毛病。

然而普通人是不会考虑这些逻辑问题的，反正他们就觉得，护国大将军为大晋百姓在战场拼杀，儿女却被自己人欺负，大将军若是知道，该有多难过！

一时间，坊间出现了不少与英王有关的传言。比如说看见漂亮女人就走不动道，家里用的器具都是黄金做的，上骂七十岁老妇，下抢三岁小孩糖葫芦，坏得一无是处。

谣言汹汹，就连英王府的下人出门办事都不敢说自己来自哪里，怕遇到脾气火暴的百姓举起大拳头砸他们。

自从花琉璃听说京城里的流言后，伸出白皙细嫩的手指，轻轻翻开父兄写来的信，看到上面写着："京城里这些人，可真是坏得很。他们故意散布流言，让百姓为了我们花家为难皇族王爷。想到以后要与这些人打交道，我这心啊，就害怕得不行。"

“陛下身体康健，京城里这几位王爷为了打击竞争对手，可谓是手段用尽。”花长空放下笔，把信放在一边等着晾干，说道，“我们这把好刀，正好用在送上门的皇长子身上了。”

“这些王爷有什么好闹腾的，太子好好地住在东宫，轮得到他们像麻雀一样叽叽喳喳满地扑腾？”花琉璃再度神情忧郁地望天，“为了权势不顾血缘亲情，真是让人遗憾又心疼。”

“皇子间争夺皇位跟我们没有关系。”花长空特意补充了一句，“你以往怎么样以后还怎么样，在京城里也不用委屈自己。”

“反正我们武将世家用不着讲究弯弯绕绕那一套嘛。”花长空意味不明地笑了一声。

“想要打败敌人，就把敌人套进自己的规则，然后用丰富的经验绕死他。”花琉璃感慨，“像我这样的娇弱女子，除了用这种手段，还能有什么好办法呢。”

“妹妹果然是我们家最聪明的人。”花长空夸得真情实意，“走自己的路，管别人怎么走。”

花琉璃脸上露出谦虚的微笑。

“都怪聪明的大脑拖累了你的身体，才让你如此虚弱。”花长空摇头感慨，“想到你身体如此虚弱，三哥就心如刀绞，不如今晚烤鹿肉吃。”

“好啊。”花琉璃点头，“再取几块肥瘦相宜的野猪肉来，滋味更好。”

兄妹二人看着彼此，脸上露出满意的微笑。

关于英王欺压花家儿女的流言传了没两日，英王的生母贤妃娘娘就派人到花家送厚礼了，随这些礼物一起过来的，还有个背上负着荆条的田锐栋。

田锐栋很后悔，非常后悔，早知道那天会惹上这种事，他喝什么酒？不对，他就不应该出门！

他跟祖父与父亲说，根本就没有碰到那个花县主，可惜由于他撒谎的前科太多，家里没一个人信他。他父亲还说为什么花县主没被别人吓病，就被他们吓病了，所以一定是他们这几个纨绔的错。

纨绔怎么了？就算他整日游手好闲，沉迷享乐，闹市纵马，踢翻别人摊位不赔钱，那也是个有身份有地位的纨绔。

纨绔也有尊严，纨绔也有坚持，他就受不得这种冤枉。

但是……纨绔他爹他爷爷，比他更有身份更有地位啊，更何况这事儿还连累了英王殿下，他除了老老实实到花家负荆请罪，还能有什么更好的办法？

早就听说圣上很看重花家，但他没有想到会如此看重。田锐栋一踏进花家大门，就被里面的雕梁画栋吸引了，当真是三步成景，五步入画，比他家的宅子好看太多。

他们田家并不是没有钱，但姑姑是宫中贤妃，又诞下皇长子，身份地位与其他普通妃嫔不同，他们作为贤妃的娘家，自然不能给娘娘和英王爷拖后腿。

走进正堂，田锐栋就看到说要告家长的男人朝他大步走来，满脸都是无害的微笑。

“田兄，你这是做什么？”花长空亲手解下田锐栋后背上的荆条扔到一边，扶着他坐下，说道，“当日说去贵府登门拜访，不过是玩笑之言，田兄万万不可如此。”

田锐栋嘴角扯出一抹苦笑，心里有苦说不出。你是没把这事告家长，可是比告家长还可怕，连圣上与太后都知道了。

他不敢把花长空的话当真，坚持要向花县主致歉。

大晋民风开放，在男女大防上并不严苛，有花长空在场，田锐栋亲自向花家女眷赔礼道歉，是对花家女眷的尊重。

“田兄何必如此客气。”花长空叹息一声，扭头对门外的丫鬟道，“去请姑娘过来。”他垂眸看了眼焦虑不安的田锐栋，端起热茶润了润嘴唇。

很好，这事过后，应该有很多纨绔不敢在闹市纵马，踢翻别人摊位了。

田锐栋坐立不安地等了好一会儿，才听到门外传来婢女的声音。

“县主来了。”

田锐栋忍不住心中有些好奇，这个体弱多病，受不得惊吓的县主究竟长什么样？

他扭头朝门外望去，只见几个婢女簇拥着一个穿着白色斗篷的姑娘出来，她的肌肤比院子里的积雪还要白，如墨青丝绾成简单的发髻，殷红的额坠在眉宇间轻轻晃动，让人的心跟着那额坠晃来晃去，怦怦直跳。

未至门口，少女脚步便轻轻晃了几下，捂着嘴角轻咳，连眼眸都染上了一层水雾。

看着眼前这个娇弱女子，田锐栋恨恨地想，那几个禽兽竟然纵马吓到这样的神仙女子，真是丧心病狂！

此时此刻，他决定选择性地忘记自己也是肇事禽兽之一。

田锐栋愣愣地看着花琉璃走进屋，听到花长空的干咳声才回过神来，朝花琉璃行了一礼。

花琉璃作势要还礼，田锐栋连忙摆手道："在下万不敢受县主的礼，您快快入座。"

他总觉得让这样一个弱女子受累回自己的礼，是会被天打雷劈的。

听到田锐栋说不需要还礼，花琉璃毫不犹豫地转身坐下，时不时捂一下胸口，咳嗽两声，吓得田锐栋连呼吸都不敢太用力，怕一口气就把人吹跑了。

来的时候他还怒气冲冲，可真正面对花县主时，怒气是没有了，就是有些手足无措："前些日子惊扰了县主，在下心中十分不安，今日特来向县主请罪。"

"田公子客气了。"花琉璃语气虚弱，"是我胆子太小之过，与您并无太大干系，田公子无须自责。"

听到这话，田锐栋有些动容，祖父跟父亲都觉得一切都是他的错，反而是花县主这位受害者觉得错不在他，这是何等善良的小仙女啊！

对方越是这么说，他越不好意思，想到自己方才过来道歉还不情不愿，田锐栋更是羞愧万分。

这么温柔善良的姑娘，一定是天上的仙女儿下凡了。

花琉璃笑盈盈地听田锐栋说着各种忏悔的话，还体贴地让丫鬟给他换了盏热茶。

"田公子不必放在心上，我并没有怪你的意思。"等对方说得差不多了，花琉璃低垂了眼睑说道，她好看的眉眼如柔和的月光，让人忍不住沉醉其间。

听到花县主真没有责怪自己的意思，田锐栋十分感动，忙把备好的礼单送上。

花琉璃把礼单放到茶几上，说道："田公子太客气了。"

跟着田锐栋一起过来的女官是贤妃宫中的管事大宫女，她自从跟着田锐栋进门后就没有开口说过话。

她半垂着眼，保持着位卑者的站姿，眼角的余光却把花琉璃从头到脚打量了一遍。等花琉璃收下田府的礼单后，她把早就准备好的请帖拿了出来。

这是一份由贤妃亲手书写的请帖，纸上的印花散发着淡淡的香味。

"宫中的梅花开了，娘娘担心县主初进京城有些不习惯，想邀您进宫赏花。"女官行了一个大礼，"请县主赏脸参加。"

贤妃邀请她去参加小团体活动，花琉璃一点都不意外。京城里关于英王的谣言四起，而一切谣言的源头又在她身上。

她如果拒绝贤妃的邀请，那么京城里关于英王的谣言就会愈演愈烈，对英王日后的风评也有极大的影响。

这对有野心的贤妃而言，是无法接受的。

唉！谁叫她是个心软又善良的人呢？

合上请帖，花琉璃朝眼含期待的女官羞涩一笑："多谢娘娘邀请，臣女一定到。只是臣女身体不太好，有很多东西不能吃不能用，这样会不会太麻烦娘娘了？"

"怎会麻烦？奴婢来之前，我们家娘娘说了，早年她与卫将军乃闺中好友，她虽然没有见过您，但是心里已经把您当作亲侄女看待。"女官松了口气，花县主愿意来就是好事，别说在吃食上麻烦些，就算她要喝三月的晨露，娘娘也会想办法弄来。

"那……便要打扰娘娘了。"花琉璃翘起了嘴角。

她原本以为只有一些虚荣的男人喜欢把交谈几句的人称之为好兄弟，没想到宫里的贤妃也有这样的爱好。

娘亲早就跟她说过，由于她老人家年轻的时候太过彪悍，几乎没有交心的闺中密友。若是来京城后有人自称是娘亲的好姐妹，一定不要相信，那都是哄骗她跟三哥的鬼话。

临走时，田锐栋依依不舍地回头看了好几眼柔弱的花县主，见花县主抬头朝他微笑，连忙道："请郡主放心，在下日后再不会闹市纵马了。"

走出花家大门，被寒风一吹，田锐栋清醒了过来，他刚才说了什么？再也不闹市纵马？！说出去的话，可不可以假装没发生收回来？

"太子殿下，贤妃娘娘要在宫中举办赏梅宴，给您送来了请帖。"太监把烫金请帖献到太子面前。

"大冷的天，赏什么梅？"太子没有接请帖，直接回绝，"不去。"

太监把请帖收了起来。

"贤妃匆忙举办赏梅宴，是为了把护国将军的女儿请进来。"白皙的手指有一下没一下地点着桌面，太子嗤笑一声，"既不想娶人家做王妃，又想借对方的身份平息谣言，这母子俩可真有出息。"

太监不敢接话。

"罢了。"太子站起身道，"贤妃生下一个傻儿子已经够可怜，孤便少说她两句。"

他的这个好大哥，天天盼着父皇废了他的太子之位，用的那些愚蠢手段他看着都忍不住替他心疼，都是皇子皇孙，怎么一不小心就傻了呢？

"准备好厚礼，在贤妃举办赏梅宴时送过去。"

"送给贤妃娘娘？"太监有些惊讶，太子什么时候变得如此孝顺了？他人虽然没有去，却给贤妃娘娘备了礼，也算保全了贤妃的颜面。

"送给护国将军的女儿。"

太监松了口气，太子殿下还是正常的。

"太子殿下，五皇子来给您请安。"东宫女官走进来，小声汇报，"您可要见？"

"让他进来。"太子神情淡淡的，似乎对来人并没有太多亲近之意。

不多时，一个面色如玉的男子走了进来，他举止优雅地朝太子行礼："臣弟见过太子。"

太子斜坐在软椅上，面无表情地看着这位光风霁月、才华出众的弟弟，说道："嗯，你坐吧。"

他冷淡的态度并没有影响到五皇子，他恭敬地问完安以后，又说了些家常话，什么事都没提就老老实实地告退了。

这些兄弟在他面前，有恭敬的、倔强的，甚至有谄媚的，但是没有哪个做得像老五这么完美，完美得让他挑不到半点错处。

可惜即使他们用尽手段，只要他这个太子不倒下，这些人终究也只能是皇子。

真是令人无比同情。

第三章

等等，酒里有毒！

进宫这天，花琉璃没有直接去贤妃的临翠宫，而是先去了寿康宫拜见太后。

太后是个慈祥的老人，对花琉璃非常亲和，听说她要去临翠宫赏梅，特意把一件红狐斗篷给了她。

“这斗篷颜色艳丽，哀家年纪大了穿不上，你穿上是再合适不过。”等花琉璃换上斗篷出来，太后笑道，“哀家早就说过，这件斗篷要漂亮的小姑娘穿才好看。”

这话一出，太后身边的女官想笑又不敢笑。

前些日子，太后娘家那边一个晚辈想要这件斗篷，太后却没有给，原来是嫌人家不够好看。

“多谢太后娘娘夸奖。”花琉璃用手帕掩着嘴角轻笑，眼睛微微弯起来，讨喜得让人忘记她是多病身。

“哀家最喜欢你这样的小姑娘，等开春了，多来哀家宫里坐坐。”太后轻轻握住花琉璃的手，在她手背上拍了拍，“哀家私库里有很多布料，明日就让绣娘照着你的尺寸做些衣服给你试试。”

花琉璃笑着点头，她在太后眼中看到了某种狂热之情。

等花琉璃一离开，太后喜道：“很久没有遇到这般标致的小姑娘了，哀家私库里的那些布料总算有了用武之地。”

太后平日里的爱好就是看漂亮小姑娘穿漂亮衣服，如果当年她没有进宫成为皇后，说不定已经成为大晋最厉害的成衣女画师了。

唉，只可惜后宫生活埋葬了她伟大的理想。

出了寿康宫，花琉璃咳嗽几声，又虚弱地喘了喘，便被宫人迎上了步辇。她嘴里说着“不合规矩”，身体却很诚实地坐了上去。

虽然宫道时时有太监打扫，但是仍旧有雪花不停地飘下，她一个娇弱的女子，怎么能在这么恶劣的天气里走路？

坐上去后，她还不忘摆出一个柔弱无比的坐姿，她敢保证，就连风中摇曳的小白花都没有她此时看起来楚楚可怜。

寿康宫到临翠宫，需要从宸阳宫后面经过。她看着宸阳宫后面宽阔的宫道，这座皇宫里住满了人，却比下人不算多的花府还要安静。

雪越来越大，花琉璃看到远处有宫人抬着绣着金纹的轿子朝这边过来。

“太、太子？”抬步辇的太监声音有些惊惶，小声提醒花琉璃，“花县主，那是太子的仪驾。”

花琉璃身边的宫侍全部停下脚步，躬身退到了墙根儿。花琉璃扶着鸢尾的手从步辇上走下来，静静地看着东宫仪驾越来越近。

当仪驾近在眼前时，花琉璃揭下斗篷帽子，垂首行万福礼。

寒风裹着雪花打在她的脸上，有些冷。

风掀起轿帘，太子看到了雪地里的一抹红。在轿帘即将合上时，他伸出白皙的手，把它掀了起来。

“臣女请太子殿下安。”花琉璃抬起头，看清了轿帘后那张俊美的脸。

难怪有传闻说圣上格外偏爱太子，长着这样一张脸，谁会不偏心呢？

“咳咳。”花琉璃用手帕捂着嘴角咳了几声，无论在何时，无论在何地，她都不会忘记，自己是个可怜无助的柔弱女子。

她刚咳完，就见太子放下了帘子，她识趣地往后退了一步。

接着，帘子后伸出一只手，手上捧着一只做工精致的暖手炉。

“拿去。”帘子再次掀开，太子懒洋洋地看着她，“你是……花家的小姑娘？”

“谢殿下，臣女正是花家的女儿。”花琉璃伸手接过暖手炉，用两只手把它揣了起来，还挺暖和。

“雪大，路上小心。”太子看着她带笑的眼，表情淡然地放下轿帘。

幸好老大不打算娶花家这个小姑娘，不然就凭他那长相与脑子，恐怕要委屈死人家小姑娘。

贤妃在后宫这么多年，总算做了件好事，没让鲜花插在她儿子那坨牛粪上。

这可真是积福又积德。

贤妃看到花琉璃后的第一眼是不满意的，但是想到对方反正也做不了自己的儿媳妇，她的心态又平和下来。

她言笑晏晏地招呼着花琉璃入座，在座的女眷并不多，除了几个皇家公主郡主，就是贤妃娘家人。

梅林中还有几个华服公子在吟诗作画，花琉璃看了眼在空中飘荡的雪花，把暖手炉捧得更紧了。这么冷的天，还要提笔写字作画，京城里的公子们活得真不容易。

“娘娘，大殿下今日去了京郊大营，虽然现在赶不回来，但是派人送了不少东西给您。”贤妃的贴身宫女俯身在贤妃耳边小声道，“宁王与五皇子那边回了话，说是一会儿会过来。”

贤妃略点了一下头，示意知道了。她看向坐在不远处，一副娇弱无力模样的花琉璃，轻轻皱眉。

昊儿不来也好，花家这个姑娘长得颇有几分姿色，万一昊儿看上了她，又想求娶她为王妃，反而是件麻烦事。

花琉璃面前摆满了瓜果茶点，她捧起茶杯轻轻抿了一口，桌上的瓜果点心一样未动。

“县主，可是点心不合胃口？”与花琉璃相邻而坐的二公主注意到后，关切地看着她，“若是不喜欢，让厨子给你另做。”

她生母早亡，又没有一母同胞的兄弟，因小时候让贤妃抚育了几年，便有意表现出对贤妃与英王的亲近，免得让旁人觉得她势弱。

她向花琉璃示好，也代表了贤妃的态度。

“茶点都很好，只是臣女身带弱疾，不宜饮茶，亦不宜放纵口腹之欲。”花琉璃笑着道，“多谢公主的好意。”

二公主没想到花琉璃身体差到这个地步，遗憾地想，对方父母兄弟都是英武之辈，而她容貌又出众，身子骨却差成这样，是不适合做皇子妃了。

“我听闻花家满门骁勇善战，能以一敌百，花县主身子骨怎么弱成这样？”一位穿着霞色宫装的少女大大咧咧地问出口，似乎并不觉得自己这话有什么不合适。

“这位是顺安公主的幼女嘉敏郡主，性格直爽，说话并没有恶意，还请县主不要放在心上。”二公主怕花琉璃多心，连忙解释了两句。皇姑对嘉敏这个女儿格外疼爱，让她养成了没心没肺的性子，有时候说话伤人而不自知。

都是皇家亲戚，加上对方又是无心，平日里她们就算听到不顺耳的话，也假装没听到。

“多谢郡主对臣女一家的赞扬。”花琉璃故作坚强地笑了笑，“臣女出生那年，有队贼兵冒充商贩混入城中，母亲察觉到此事后，担心这些贼兵伤害城中百姓，便揭穿了他们的阴谋。”

说到这里，花琉璃红了眼眶，泫然欲泣：“幸而母亲发现得早，才让百姓逃过一劫。可是那时候母亲身怀六甲，拦下贼兵后便动了胎气，生我时受尽痛苦折磨，差点因为难产一尸两命。”

“我尚在母亲腹中便拖累了母亲，实在是不孝。若是百姓因此遭难，我还没出生就已经成罪人了。”说到这里，花琉璃因为伤心过度，捂住胸口差点喘不过气来。

“县主，大夫早就说过，您情绪切不可激烈。夫人并无怪罪您之意，请您顾惜身体。”鸢尾掏出一个小药瓶，取了两粒药喂到花琉璃口中，轻轻替花琉璃抚着胸口。

“你、你……”嘉敏郡主被花琉璃生病的样子吓住了，好半天才抱怨道，“我又没说什么，你做这个样子给谁看呢。”

“郡主说得对，都是我的错。”花琉璃身子靠着鸢尾，声音虚弱极了。

性子直爽的嘉敏郡主，第一次感受到什么叫憋屈，听到对方说什么“郡主说得对，都是我的错”时，她心头更是无名火起，偏偏又无话可说。

“嘉敏，将军夫人巾帼不让须眉，为守护我大晋百姓立下汗马功劳，你这么说太失礼了。”贤妃沉着脸道，“你是顺安公主的女儿，本宫作为后妃，本不该教训你。可是身为大晋的郡主，你就算再口无遮拦，也该明白什么话不该说。”

别说今天本就是嘉敏郡主的错，就算不是，她也要站在花家姑娘这一边，不然明天又会有“贤妃娘娘把花将军女儿弄进宫死命欺负”的谣言传出来了。

“请娘娘不要责怪嘉敏郡主，她说得没有错，臣女确实是花家最没用的后辈。”花琉璃扬起头，露出一抹病弱却又坚强的微笑，“幸而父兄母亲待我极好，并没有因为我体弱便嫌弃，他们能为大晋保家卫国，是臣女的骄傲。”

是啊，人家一大家人都在保家卫国，甚至因保护百姓致使腹中胎儿早产，现在竟然还有人跑来问这个早产儿，为啥你一家子都这么有能耐，偏你就拖了后腿？

这人要多缺德多缺心眼，才说得出这种话？

在座诸人看嘉敏郡主的眼神带了些异样，在梅林里吟诗诵词的贵公子们听说此事后，皆忍不住有些心疼娇弱又善良的花县主。

嘉敏郡主憋屈得几乎要吐血，以往她心直口快，别人若是跟她计较，旁人只会觉得此人气量狭小。今日这个花县主明明嘴上一句一个“不怪她”，为什么她偏偏觉得吃了大亏？

她越想越气，把桌上的茶点一推，起身朝梅林走去。

此举无疑是落了贤妃的脸面，她面上不显，嘴上轻飘飘地说了句：“嘉敏大了，性子也比小时候刚烈了不少。”

花琉璃微笑不语，她最喜欢跟心直口快、没有半点恶意的姑娘进行语言上的友好交流了。

“娘娘，宁王与五皇子到了。”

在这种气氛比较尴尬的时候，宁王与五皇子的到来，就像是一场及时雨。

宁王身材微胖，笑起来的样子有些憨厚。与他相比，站在他旁边的皇子就是天上皎月，石中宝玉，随意站立着都自成一幅画。

花琉璃觉得，在座不少女眷眼神都亮了起来，包括已经嫁为人妇的。

五皇子似乎没有察觉到女眷们的目光，他走到花琉璃面前，朝她优雅地拱手道："这位便是花将军的爱女吧？"

花琉璃扶着鸢尾站起身，回礼道："臣女见过宁王殿下，五皇子殿下。"

"不必多礼。"宁王走过来，笑着对贤妃道，"贤妃娘娘，今日有才子佳人在，你可要把宴席弄得丰盛一些。"

"知道你喜美食，我早就让人准备好了。"贤妃说笑了几句，让宫侍准备宴席。

宴席摆在楼上暖阁里，大家既能赏景，又不会被冻着。

贤妃怕花琉璃被风吹一下就病了，所以特意给她安排了背风的位置。

宫中大厨做的菜十分精致，取的名字更是讲究，充满了诗情画意。

"这瓶梅花酒又名沾露香，取了梅花花蕊上的积雪酿造成酒，酒中带着梅花幽香却不醉人。"贤妃介绍完酒，对宫女道，"花县主不宜饮太多酒，把本宫的玲珑夜光杯拿来。"

"那玲珑杯乃一小国进贡而来，不仅做工精美，还有解酒的奇效。"贤妃对花琉璃笑道，"你身子骨弱，尝尝味道就行。"

"多谢娘娘。"花琉璃看着宫女给自己换了新酒杯，然后往里面倒了小半杯酒。她端起酒杯，闻到一股淡淡的梅香。

"尝尝看。"贤妃对自己亲手酿造的梅花酒很有信心，就连陛下喝过后都赞不绝口。

花琉璃刚端起酒杯，外面就有几个抬着箱子的太监朝这边走来。不知道这几个太监是什么身份，她发现贤妃脸上的笑容在这些太监出现后就冷淡了下来。

"拜见贤妃娘娘，见过各位贵人。"为首的太监给贤妃行了一礼，"奴婢等奉太子殿下命令，来给花县主送东西。"

花琉璃挑眉，找她的？

她把手中的酒杯放到一边，看着朝自己行礼的几个太监道："诸位公公这是？"

"县主，奴婢等是在东宫伺候的宫奴，殿下一直对英武不凡的护国大将军十分敬仰，得知县主今日来宫中赏梅，便特意让奴婢等送上见面礼。”东宫的太监们似乎忘记这里是贤妃的主场，大大方方地把礼单跟几箱礼物交给了花琉璃的随侍。

“太子殿下还说，若是有人故意让您为难，尽管派人来找他，他帮您出气。”为首的太监又作揖道，“不敢打扰诸位贵人用膳的雅兴，奴婢等告辞。”

若是其他男人给未出阁的女子送礼，旁人肯定会以为他对这位女子有爱慕之心，但如果干这事儿的是太子，在座诸位完全不会有这样的猜测。

因为太子就不是个正常男人。

他们甚至怀疑，太子在这个时候派人送东西过来，说是帮花县主出气，其实是故意给贤妃添堵。

“请公公转达小女子对太子殿下的谢意。”花琉璃装作不知道这些皇子间的矛盾，认真地道谢。

生下皇长子的妃嫔若不是太子生母，彼此间不和睦是亘古不变的规律。

窗外吹起一股寒风，几片梅花飘进暖阁，在空中打着旋儿，掉进花琉璃面前的夜光杯中。

然后，她就看到，白梅花瓣在酒中变成了难看的褐绿色。

哎呀，酒里有毒！

贤妃非常堵心，作为后宫中位份尊贵又诞下皇长子的妃嫔，几乎没人敢不给她面子。

唯有太子，在后宫里除了太后与陛下，谁的面子都不给，她当然也属于那个“谁”的范围。

尽管她心里恨不得把太子掐死，但当着众人的面，还是要努力保持最温柔的笑容。没办法，谁叫她是皇长子生母，京城里有无数双眼睛盯着呢。

在内心默念“我是贤妃，我宽容大度，我不生气”十遍后，贤妃刚想向花琉璃表示亲近之意，就忽然听到花琉璃身边的丫鬟低声惊呼：“各位贵人不要喝酒，奴婢怀疑酒里有毒。”

此言一出，有人变了脸色，有人不小心摔了杯盏。

“有毒？！”从小胆子就小的宁王当即便把酒樽扔开，酒樽掉在碗碟上，发出清脆的碰撞声。

贤妃脸上的笑渐渐变得僵硬，她握紧酒杯，一字一顿道："这话是何意，酒是本宫亲手酿制而成，你的意思是说，本宫毒害花县主吗？"

"奴婢不敢。"鸢尾不卑不亢地说道，跪下请罪。

"娘娘，这个丫头从小跟着臣女，因臣女总是生病，连累这个丫头跟着大夫学了些药理。"花琉璃从座上站起来，因起身的动作太急，她身体晃了晃，靠着一位宫女的搀扶才勉强站稳身子，说道，"臣女管教不严，请娘娘恕罪。"

"你们主仆情深，这丫头关心则乱，本宫相信她没有恶意。"贤妃能把对方怎么样，还不是只能选择原谅她。但是为了证明她没有谋害花琉璃之意，贤妃让宫侍请来太医院三位医官，让他们来证明酒没有问题。

她在宫中多年，见识过不少阴谋手段，就算真要害人，也不会蠢到在自己场子上动手。

这对主仆如此紧张，看来是心里对她有芥蒂。

三位医官听说宫中疑似发生投毒事件，吓得赶紧带上工具，一路小跑赶到临翠宫。

见他们过来，贤妃摆手免了他们的礼，说道："你们替本宫看看花县主杯中的酒。"

"是。"

贤妃看着围过去的医官，心里隐隐有些解恨，待医官证明她的酒没有毒，她是被冤枉的，那些说她家昊儿欺辱花家兄弟的谣言定会不攻自破。

"这是……"

"这是三息散，见血封喉的剧毒。"

贤妃身子抖了抖，连声音都跟着颤抖起来："三位大人，你们这话……是什么意思？"

三位医官此刻看贤妃的眼神已经有些不对劲，看来他们也是听过谣言的人，其中一人道："花县主酒杯中有种叫三息散的毒药，只要服下此药，不到三息时间，就会毒发身亡。"这种毒药是前朝后宫流传出来的，到了本朝，也有犯了大罪的妃嫔，饮此毒而亡。

这种宫中秘药，贤妃宫中怎么会有？

“三、三息散？”已经喝了半杯酒的宁王捂住自己脖子，面色惨白，“本、本王已经喝下半杯，快救本王，快！”

医官面色大变，随即疑惑道：“不对，若是王爷在下官等赶来前喝下了三息散，此刻恐怕……”恐怕早就翘辫子蹬腿儿了。

他们再查看酒壶与其他人杯中的酒，发现除了花县主那杯酒，其他的都没毒。

医官们的表情更加微妙了，虽然他们都知道，所有皇子中，除了太子就是英王这个皇长子最尊贵，可是陛下现在年富力强，太子也好好的，贤妃就迫不及待地想除去看不顺眼的人，这举动是不是有点冲动？

这可是花家的女儿，人家亲爹刚立下能够名留青史的战功，你就敢把人弄进宫里下毒，这是何等的勇气？！

“毒不在酒中，而是在酒杯上。”另一位医官戴上布手套，让另一位医官挡着自己，快速地把淬过毒的酒杯锁进带过来的木盒中。

身为医官，保留证物，是他义不容辞的责任。

注意到医官小动作的贤妃：“……”

听到毒在酒杯上，贤妃心中涌出无数念头，最后全部化为慌乱、愤怒与后怕，究竟是谁要害她与她的孩子？！

今天花琉璃若是死在这里，不仅她完了，昊儿完了，整个田家都会受到牵连。掌控几十万大军的花家又怎会善罢甘休？

到时候，整个大晋都会受到影响。

好阴损狠毒的手段！她紧紧握住椅子的扶手，深吸两口气，颤抖着声音道：“来人，封锁现场，让大理寺安排人过来。”

“另外，派人向陛下还有东宫太子汇报此事。”说完这段话，贤妃仿佛耗尽了大半力气，她目光扫过在场众人，似乎想要从他们身上找出可疑之处。

作为被害对象，花琉璃摇摇欲坠地靠在宫女身上，听到贤妃让人去大理寺报案后她才难以置信地开口道：“怎、怎么会有人想要杀我？”

她垂首看了一眼跪在地上的鸢尾，素手轻抚额头，软软倒了下去。

“县主！”鸢尾凄厉地哭喊出声，把倒下来的花琉璃稳稳接住，慌乱地问道，“县主，你没事吧？！”

“快把县主扶到寝殿中去。”贤妃现在半颗心吊着，见花琉璃晕了过去，脸色更加苍白难看。花县主身体弱胆子又小，万一在她这里晕过去就起不来，她怎么向陛下交代？

众人小心翼翼地把花琉璃送到床上让她躺好，医官伸手一把脉，眉头皱得更紧了：“县主脉象紊乱，似有不足之症，加上受了惊吓，需要慢慢调理才行。”

在场其他人想：任谁发现自己在鬼门关旁边绕了一圈，都会受到惊吓。

可怜的花县主，刚进京就被街头纵马的纨绔吓得生病，好不容易养好身体，来贤妃宫里赏个梅又差点喝下毒酒。

人家身体不好，活得已经很艰难了，还要面对这么多倒霉事，贤妃和英王母子跟人家八字不合吧？

“贤妃娘娘。”五皇子走到神思不属的贤妃身边，温声安慰道，“您不用担心，花县主不会有事的。”

贤妃勉强挤出抹难看的笑容：“借你吉言。”

“娘娘宅心仁厚，花县主肯定会相信想要害她的人不是您。”五皇子站在外间，隔着朦胧的纱帐看着里间来来往往的人影，说道，“大理寺卿一定会查出真正的幕后黑手。”

贤妃苦笑，这件事闹出来，不管真正的凶手是谁，对她跟英王都会有极大的负面影响。

到了现在，她哪里还会不明白，这是一场针对她与昊儿的阴谋。

东宫。

太子面无表情地听着太子府几个官员唠唠叨叨，用笔在纸上勾勒出一只憨态可掬的小狗。

“殿下，臣觉得，我们应该想办法把永州的太守换下来。”

“怎么，这个太守做得不好？”太子把笔扔下，接过宫女递来的帕子擦了擦手，没有看说话的官员。

“殿下，并非他做得不好，而是他做得太好了。”此官员道，“此人在治理地方上非常有手段，永州土地肥沃，是个好地方。可是，永州太守是四皇子外祖家的人。”

“父皇膝下有五子二女，按照你这个说法，只要是与其他皇子、公主有关的官员，孤都要防着？”太子有些不耐烦，“在孤眼里，造福一方的官员就是好官。”

“殿下，诸王虎视眈眈，您切莫一时心软……”

“孤从不心软。”太子看着说话的官员道，“但你要记住，孤是大晋太子。”

“可若是永州太守一心推举四皇子，会对我们不利。”

“孤与老四，孰强？”

“太子英明仁德，四皇子远不及您一二。”

“作为一个爱护百姓的好官，怎能没有自知之明？”太子淡淡道，“若是真没有，孤只能深表遗憾。”

太子府的几个官员沉默了，上次让太子表达“遗憾”的贪官，下场非常凄惨，惨到整个京城的官员收受底下官员孝敬的行为都变少了。

他们几个不敢再劝，怕继续劝下去太子会对他们“深表遗憾”。

“殿下。”东宫太监匆匆入内，见有太子府的官员在，停下了脚步。

“说。”太子见这几个去给花县主送礼物的太监神情有些不对，挥手让那几个官员离开，问，“发生了什么事？”

“有人在贤妃的临翠宫投毒，花县主差点被害。”

太子眼眸微动，问道：“花县主可还好？”

“幸而花县主身边的丫鬟略通医理，察觉到了不对，花县主逃过了一劫。她只是受到了惊吓，在临翠宫休息。”

“走吧，去临翠宫看看。”太子把手背在身后，往殿外走去。

太子到临翠宫的时候，大理寺的人已经到了，参加这次赏梅宴的人也都没有离开。

无视一干向自己行礼的人，太子走到面色惨白的贤妃面前问道：“贤妃娘娘，花县主怎么样了？”

发生这么大的事，贤妃已经筋疲力尽，但是在太子面前还是要保持形象，说道：“请殿下放心，县主吃过药以后就睡下了。”

“嗯。”太子微微颔首，“你可确定刚才给花县主吃的药没问题？”

贤妃：“……”

他这话什么意思，侮辱谁呢？

贤妃很生气，但她还是要保持微笑，说道：“请太子放心，药没有问题。”

“那便好。”太子击了击掌，几个宫女太监抬着软榻走了进来，然后把包裹得严严实实的花琉璃抬上了软榻。

“太子带花县主去哪儿？”贤妃怕花琉璃不明不白死了，到时候她有一百张嘴都说不清，赶紧拦住太子道，“太医说，花县主身体虚弱，不宜挪动。”

“贤妃娘娘，你确定要让花县主留在临翠宫？”太子微微垂下眼睑，明明没有表情，却让人感觉到几分讥诮。

贤妃：“……”

她不敢确定，她现在正处于全天下人都有可能害本宫的惊恐状态。

呵。太子把目光从贤妃身上收了回来。

脑子不好可能有遗传原因，以后老大要是再犯傻，他尽量少说两句。

都是自家兄弟，同情心还是要有的。

离开临翠宫，太子看着趴在软榻上一动不动，只露出半张脸的小姑娘，让几个力气大的女官把人抬进软轿中。

“让奴婢来吧，怎好麻烦几位姐姐。”鸢尾没让这些陌生的宫女靠近花琉璃，她自己弯腰把花琉璃打横抱了起来，稳稳地把人放进了轿中。

一众女官：“……”

连府里丫鬟都身带神力，难怪大将军能把金珀国人打得丢盔弃甲，老老实实签下投降书。

等轿帘放下来后，昏迷不醒的花琉璃轻轻地、缓慢地调整了个姿势，连眼睑都没有颤动一下。

这顶轿子真舒服，又香又软，让人感觉仿佛置身云端。

“殿下，我们把县主安置在何处？”把人从临翠宫抢出来的时候，东宫的宫侍们手脚都很利落，可是人接出来以后，总不能真的放到东宫吧？

把人直接送回花府，就更加不妥当，会有皇家人惹出麻烦却不想担责任的嫌疑。

“皇祖母十分喜爱花家这位小姑娘，现在她差点发生意外，太后非常心疼，想要留她在寿康宫休养几日。”太子回头看了眼软轿，说道，“走吧，孤陪你们把小县主送过去。”

太后是后宫中最尊贵的女人，把花家小姑娘安排在皇祖母那里，才更显得皇家对此事的重视。

贤妃想把这小姑娘留在临翠宫，是为了向世人证明她的光明磊落，想要毒杀花家姑娘的人不是她。

可她没有想过，凶手有可能潜伏在临翠宫，小姑娘留在临翠宫会很危险。

若是后宫举办一场与脑子有关的比斗会，他一定会请父皇给贤妃颁发同情奖。

太后收到了太子提前派人送来的消息，太子刚到寿康宫，就有太监宫女还有太医围拢过来，众星拱月般地把花琉璃送到了寿康宫侧殿。

太子刚准备上前跟太后说话，就见太后满脸心疼地跟在太医后面，头也不回地去了侧殿，他跨出去的脚步，默默地收了回来。

在前殿坐了两盏茶时间，太后才从侧殿回来，对慢悠悠喝茶的太子道：“元溯，幸好你把琉璃送了过来，把人留在贤妃那里，哀家哪里能放心。”

“琉璃？”太子很快就反应过来，这是花家姑娘的小名。

花家满门武将，给家里的姑娘取了如此娇气的名字，可见家里人对她的看重与宠爱。

若是她在宫中被毒杀……

太子食指轻轻点着桌面，看得出幕后元凶对贤妃母子恨意之深，甚至他对大晋也不怀好意。

太后也不管太子在想什么，她不问也不多言，只是让宫人送来几道太子喜欢的点心，说道：“元溯，吃点东西。”

“多谢皇祖母。”太子在盆中洗了手，用银筷夹起点心放进口中。

“你这孩子什么都好，就是身体消瘦了些。”太后想起太子早年时身体不好，遭了不少罪，还没舍得责怪太子不好好照顾身体，就已经先心疼起来，“晚膳在皇祖母这里吃，我让他们做几道好吃的。”

太子无奈应下，反正有种瘦叫“皇祖母觉得他瘦”，他能做的就是好好吃饭，不要反驳。

半个时辰后，昏迷中的花琉璃醒了过来，扶着额头缓缓坐起身：“这是……何处？”

“县主，您醒了？这里是寿康宫，您身体不好，先躺着歇会儿。”宫女们见花琉璃醒了，面上都露出了喜色。

“这点小事，怎么好麻烦太后她老人家。”花琉璃想要爬起来，却无力地坐了回去。

“县主快快歇着。”

“医官来了。”

“快去禀告太后。”

在众宫女的安抚下，花琉璃最终还是安静地靠坐在了床头。听到门外响起脚步声，她仰头看向门口，脸上露出乖巧的微笑。

最先进门的是太后，跟在她身后的还有太子与花长空。

花长空接到消息后就快马加鞭地赶进宫，听到太后要留琉璃在宫里休养几日的消息，他很认真地推辞了，只可惜太后娘娘态度十分坚决，打定主意要把琉璃留下来。

他同情地看了眼一脸乖巧的妹妹，心虚地低下了头。

小妹，三哥已经努力了，你就在宫中好好养生吧。

注意到花长空表情有异，花琉璃虚弱地靠在床头说：“臣女有罪，让太后娘娘与太子殿下担心了。”

“人没事比什么都好。”太后给花琉璃掖好被角，语气和蔼地说，“你们两个年轻孩子单独住在府里，哪里懂得怎么好好照顾自己。哀家想留你在宫中住上几日，长空这孩子还不让，你现在虚弱成这个样子，若是回到花府居住，哀家如何能放心？”

怕这对兄妹多想，太后又找补了几句：“待过上三五日，身子好些后，哀家亲自派人送你回去。”

太后怕自己不说清楚，在别人眼里就成了皇家忌惮花家，于是留花家女儿在宫中做人质，原本的好意也被他人曲解成了别有用心。

“这样会不会太麻烦您？”花琉璃脸颊绯红，“其实臣女身体是老毛病了，实在不值得太后娘娘您如此费心。”

“年纪轻轻，哪里知道什么值得不值得，好好养身体就是最值得的事。”太后说完，扭头看向纱帐外的太子，问道，“元溯，你说是不是？”

“皇祖母说得是。”太子单独留在纱帐外，听到太后问自己，很配合地称是。

皇家怕花家以为他们对花家有猜忌，花家也想让皇家相信，他们是真心觉得皇家对他们好，花家对皇室忠心耿耿，绝无半点猜疑之心。

于是在彼此都抱着美好期望的情况下，花琉璃被留在了寿康宫，过上了吃养生膳食的日子。

太后担心的问题很实在，花琉璃被留在宫里的消息传出来以后，就引起不少人的猜想。

皇家以喜欢的理由，把臣子的女儿留在宫中，这个套路好像有些熟悉？

前前朝年轻皇帝推翻摄政大臣用的好像也是这一招？

前朝皇帝在对付拥兵自重的藩王时，好像跟这个有异曲同工之妙？

他们猜得果然没错，陛下对花家有了忌惮。

“飞鸟尽，良弓藏”，多少豪杰英雄败在这句话上。

此时此刻，某间屋子里，一个男人面色铁青地砸翻桌上的茶盏，厉声道：“我就不信，这个花琉璃能有九条命，还毒不死她？！”

跪在他面前的手下默默想，杀人的方法那么多，为什么一定要下毒害她，说不定花家这个女儿，跟毒八字不合呢？

三天后，花琉璃站在寿康宫院子里，仰头看着在枝头叽叽喳喳乱叫的麻雀，手指头有些发痒。

忌口久了，她连看到麻雀都觉得美味可口。

“麻雀好看？”太子站在花琉璃身后五步远的地方道，“你若是喜欢鸟雀，让宫人给你送两只八哥过来解闷。”

“殿下。”花琉璃转身朝太子福了福身，似乎没料到太子会突然出现在她身后，神情有些茫然。

“若是不喜欢八哥，鹦鹉也可以。”太子把手背在身后，往前走了两步，说道，“皇祖母为人和善，你在这里，只当是自己家一样。”

花琉璃微笑不语，只是在心里叹气。

在家她可以躺着看话本吃零嘴，还时不时让美人们给她捏肩。这种快乐，在寿康宫是体验不到的。

反正大家都是客气几句，用不着太当真。

“孤听闻县主曾在黄淮县客栈救了林辉之大人？”

花琉璃心里辩驳：不，我并不想救。

“一切都是意外，臣女不敢揽功。”

“县主不要妄自菲薄，一路上林辉之大人遭受多次暗杀，幸而有县主安排的士兵保护，才得以安全抵达。”太子语气一顿，又道，“不过孤提这些事，并不是为了夸奖你。”

花琉璃：“……”

糟糕，是堵心的感觉，她觉得自己应该晕一晕了。

“孤怀疑，在临翠宫投毒的人，与想要暗杀林辉之的是同一派人。”太子看着眼前低着头，神情模糊的少女，说道，“你破坏了他们的计划，所以他们想要报复你。”

还有，顺便再收拾一下贤妃母子。

花琉璃：“啊？”

她只是想故意折腾那个老头儿几下，其他的事都只是顺便而为。

“罢了，孤跟你说这些，只会让你更加害怕。”太子道，“你在宫中多留几日，待查出元凶后，你再回去。”

他这是担心宫外更不安全，所以才让她留在宫里？

花琉璃从善如流地道谢。

太子见她稚嫩的脸上，因为病了几日，恹恹的，有些没精神，说道：“前几日的赏梅宴，因意外没有圆满结束，不如孤今日带你去梅园看看？”

花琉璃拉了拉斗篷，心想：吃不饱还要在大冷天去赏梅？

“谢谢太子……”话未说完，花琉璃就用手帕捂着嘴咳起来。

咳得厉害了，花琉璃面色一白，踉跄着便要倒下。

赏梅，赏什么梅？

她身边的婢女，如一阵风似的跑过来接住了她。

“殿下，失礼了。”

太子看着花琉璃跟她的婢女，表情有片刻的凝滞。这人究竟晕倒了多少次，才能让婢女如此熟练地稳稳接住她？

“殿下的好意，臣女今日只能辜负了。”

如果对方还要坚持，她就要当场晕给他看了。

反正她又不用嫁给皇家人，对自己品性的要求可以低一点。能装病偷懒的时候，她就绝对不多走一步路。

她，花琉璃，花家唯一的女儿，绝对不认输。

第四章

太子审美与英王审美

见花琉璃是真的不能去赏梅，太子半点都不坚持：“最近几天格外冷，县主留在屋子里也好。”

事实上，这大冷的天，他也不想看什么破梅花。

雪大风大，一脚踩进雪地里就是一个坑，偏偏还要附庸风雅地吟诗作画，真是吃饱了找罪受。

于是，他们俩都松了口气。

花琉璃瞬间觉得这个太子还不错，就怕他说什么身体不好要出去走动走动之类的话。她看了眼天色，天空阴沉沉的，似乎又要下雪，道：“殿下，太后娘娘还在礼佛，您先到殿内坐一会儿吧。”

“好。”太子见花琉璃眼含期待，她一个年轻小姑娘待在寿康宫，不能跑不能跳也不能玩，日子确实无聊了些。

见太子同意了，花琉璃也很高兴，甚至连虚弱的步子也稳健不少，笑容满面地道：“鸢尾，让宫女姐姐多准备几样好吃的瓜果点心来。”

看到花琉璃脸上灿烂的笑容，本来打算坐一炷香时间就走的太子难得有了几分心软，说道：“县主不必如此客气。”

“要的，要的。”花琉璃跟在太子身后进殿，在客座坐下，说道，“殿下，前几日您亲自带人把臣女从贤妃娘娘那里接过来，臣女还没好好向您道谢呢。”

“不必多礼，护国大将军是孤儿时便敬仰的大英雄。在孤幼年之时，大将军亲手做过一把木剑送给孤，还教过孤剑术与射箭，与孤有半师之谊。”太子往椅子上懒洋洋一靠，他不是一个为了别人眼光就委屈自己的人，笑道，“可惜你那会儿还没出生，不然还能送你一份百日礼。”

十六年前，他刚听说大将军夫人有了几个月身孕，就传来金珀国进犯边境的消息，大将军与他的夫人三日后便带军赶往了战场。

他拉着将军夫人的手问，如果夫人去战场，她肚子里的小宝宝会不会害怕，她能不能不去边关。

将军夫人没有因为他年幼便敷衍他，而是认真地回答了他。

“多谢三殿下关心，但我与将军自幼学习兵家之术，为的便是保家卫国，不让百姓受外敌欺辱之苦，所以我必须去。他是我与将军的孩子，就必须要明白，在天下百姓面前，很多东西都不重要。”

花家这几代人都没有纳妾的习惯，却不缺子嗣，比较奇怪的是，花家近三代内都没有闺女，所以在花夫人怀着身孕随夫君到边疆时，所有人都觉得，她肚子里肯定又是个儿子。

没想到，这次她居然生了一个娇娇弱弱的女儿。因女儿体弱，在她满周岁后，花将军甚至厚着脸皮向皇帝给她求了一个爵位。

孩子若是早夭，是不能有墓碑的，更没有祭享。但有爵位的孩子不同，即使早夭，也可享有死后的殊荣。

花应庭很少向皇帝提不合规矩的请求，这是唯一的一次。

太子记得，父皇收到花将军的信后，在御书房枯坐了一夜，第二天便赐了花将军女儿爵位。

不久后，他被册封为太子。

忆起往事，太子再看花琉璃的时候，眼神里带上了几分怜悯。她身体这么弱，胆子又小，还在边关待了十五年，该不会是在娘胎里被吓的？

伸出手偷偷去摸茶几上点心的花琉璃注意到太子的眼神，白皙的手顿了顿，最后还是坚定无畏地伸向了点心。

只要喝茶的动作够优雅，吃点心的速度够慢，别人肯定就不会发现她其实想吃东西。

她把点心捏在指尖，浅笑：“百日礼虽然没有收到，可是臣女收到了殿下送来的小木马。”

太子没想到她还记得这件事，那时候他年幼，听说大将军女儿身体不好后，就把自己喜欢的小木马让传旨太监一起带了过去。

在一大堆父皇给花家人的赏赐中，小木马并不是什么稀罕东西，只是那时候他不懂。后来他懂了，也过了把这件事放在心上的年龄，让他意外的是，接受这份礼物的小姑娘，还记得那匹小木马。

他微微一愣，随后笑了笑，刚准备开口，有宫女走了进来。

“太子殿下。”宫女屈膝向太子行礼，“英王殿下携礼来向县主赔罪。”

“赔罪？”太子挑眉，“闹市纵马发生在十天前，临翠宫投毒之事发生在三天前，他今天就跑来赔罪了？动作可真是太快，一看就很有诚意。”

花琉璃捧起杯子喝了玫瑰露，假装没听出太子话中的讽刺之意。

“你可要见他？”太子转头问花琉璃。

花琉璃道：“此处乃太后娘娘寝宫，又有太子殿下您在，英王殿下在此时过来，或许是为了解释清楚误会？”

太子端起茶杯碰了碰唇，说道：“那就让他进来吧。”

一开始，英王并没有把花琉璃差点被毒死这件事放在心上，在他看来，他母妃也是被连累的受害者，更何况花家那个女儿又没死。

普天之下莫非王土，他与母妃都是皇家人，就算不想得罪花家，也不至于要弯下腰向一个黄毛丫头赔礼道歉。

可是很快他就发现了事情不对劲，上朝的时候，不但武官看他的眼神不正常，就连不少文官对他也颇有微词。甚至那几个与林辉之交好的文官，也开始上书弹劾他们母子。

这让他万分想不通，这几个文官不是与花应庭立场不同吗？现在花家女儿差点出事，他们跳得比武官还要高，让他忍不住有些怀疑，难道当初跟着林辉之一起骂花应庭好战的人不是他们？

他们难道忘了，他们的好友林辉之还夸过他？

都说女人的心思难猜，可是这帮文官的心思，比女人还要难猜。

这三天来，他天天被武官用怪异的眼神看着，被文官用拐弯抹角的话刺激着，心里憋了一肚子火。早上被母妃劝了半个时辰，他终于屈尊纡贵地带上礼物，不情不愿地来了寿康宫。

当他走进屋子，看到坐在上首的太子后，他强装出的愧疚表情瞬间扭曲。

他怎么会在这里？

“大皇兄，真巧啊。”太子懒洋洋地抬手招呼，“随便坐。”

英王咬牙切齿道：“见过太子殿下。”

“自家兄弟，不用这么多礼。”太子看了眼跟着英王一起进来的捧着礼盒的太监们，说道，“人来了就行，怎么还带这么多礼来？”

英王想，这里是寿康宫，又不是你的东宫，说话摆什么谱呢？

“听闻县主三日前在母妃宫中差点遇险，母妃心中十分愧疚，本王亦是后悔当日不在，未能发现贼人的阴狠手段，还请县主多多见谅。”英王自进门就没拿正眼看过花琉璃，他说完这番话，才抬眸看她。

他本以为她是个病恹恹没甚姿色的黄毛丫头，没想到竟是个如此惹人怜爱的女子，一时间竟愣了愣，来之前的怨气顿时消了大半。

武将家里还能养得出这般水嫩灵动的姑娘？

太子听到英王那席话，眉梢上挑，说得好像你在场，凶手就不会下毒似的，这种盲目自信究竟打哪儿来的？

在英王刚进门那会儿，花琉璃就看出他内心是不甘的，不过这又如何？这些皇子各个都盯着皇帝宝座，就算心中对她有怨气，也不可能直白地表现出来。

更何况她是受害者，而英王与贤妃母子，是被怀疑的对象。

听到英王这席话，花琉璃忍不住扭头看向太子，那天她虽然只打算碰下酒杯就放下，可既然是酒杯淬了毒，那她就算是只碰杯子也有中毒的可能。若不是太子忽然派人送东西过来，她就真的要当场晕倒了。

太子见花琉璃用水汪汪的眼睛看着自己，以为她不知道怎么跟英王交谈。本来懒得开口的他，把目光投向英王：“大哥，大理寺可查出什么来？”

听到太子那讨厌的声音，英王当即从惊艳中回过神，说道：“大理寺现在还在查，请县主放心，本王一定会把凶手找出来，为你报仇雪恨。”

花琉璃：你刚进门时的表情，可不是这个意思。

“还在查就说明此案没什么进展。”太子食指轻轻点着桌面，有一下没一下的，听着让人心烦。英王很想回一句“跟你有什么关系”，可他不敢说。

只要姬元溯还是太子，那么全天下的事情就都与他有关。

“多谢太子关心。”英王语气硬邦邦地道谢。

我求求你，你赶紧闭嘴吧。

可太子什么时候顺过英王的心意？所以，他继续开口道：“后宫中人多手杂，要把案子查清楚，确实不是一件容易的事。”

英王狐疑地看着太子，这句话这么好听，又这么善解人意，一定有问题。

“孤知道此案凶手另有其人，但是在案子查清以前，大哥尽量不要太过接近花县主。”太子挑眉看向英王，“小姑娘胆子不太大，受到惊吓后身体一直还没好，我怕她看到你就想起当日的事情。大哥，你年长些，要多体谅。”

太子肯定是在故意讽刺他，他就知道这浑蛋玩意儿说不出什么好听的话！

然而所有在正殿伺候的宫人，都觉得太子说的很有道理。

因体弱而胃口不好的县主，自英王出现后就时不时抖着手，拿点心往嘴里塞，借此来掩饰害怕的情绪，连小脸都白了，这是被吓成啥样了啊！

被同情目光包围的花琉璃适应性良好，从小到大不知道有多少人这么看过她，她早已经习惯。

来京城前，她听母亲提起过一些宫廷传言。二十一年前，宫中三位后妃在同一个月有孕，不知何时后宫忽然传出流言，谁若是诞下皇长子，圣上就会册封他为太子。

也不知这三位后妃有没有相信这种不靠谱的流言，反正英王与宁王是在同一天同一个时辰出生的，太子则是在七天后才出生的。

花琉璃觉得这种流言挺不靠谱，但凡有脑子的人都不会相信。当今圣上又不是昏聩无能之人，怎么可能立刚出生的婴儿为太子。

英王与太子坐在一起不到半盏茶的时间，她就看出这兄弟二人不太和睦。英王不甘又强自忍耐的样子，像极了想要跟老鹰打架的麻雀，有野心，能力却不足，又总想着什么时候能一爪子把老鹰抓下来。

她停下拿点心的手，多吃了两块，感觉有点腻。

在旁人看来，就是太子阻止英王后，花县主终于没有那么害怕，所以才不吃点心了。

“县主，您喝点水。”鸢尾担忧地把一杯温水递到花琉璃手里，主仆二人就像是被欺负的小可怜，敢怒不敢言。

英王：“……”

他明明什么都没有做，怎么在这主仆二人面前，就像是十恶不赦的大恶人？

“请县主不要误会，本王今日来，除了向你道歉别无他意。”英王生来脾气就不太好，可是对上花琉璃那双怯怯的眼睛后，满腹的脾气都消失得无影无踪，他说道，“请县主保重身体，待大理寺把凶手绳之以法后，本王再来看望你。”

说完，他扭头看向太子：“太子，我还有事，告辞。”

太子并没有挽留他的意思：“哦，慢走。”

“走哪儿去呢？”太后从门外进来，她身后还跟着几个捧着托盘的宫女，她说道，“来都来了，都留在哀家这里用膳。”

花琉璃站起身，上前扶着太后往里走。

“哀家刚想让人去侧殿叫你，没想到你在这儿。”太后牵住花琉璃的手道，“我让绣娘做的衣服刚刚送来了，全部是你的，你去后面挑一件试试。”

英王看着宫女们捧着的那些花花绿绿衣服，就莫名觉得头疼。可是在太后面前，他还得小心讨好，所以挤着笑脸站在旁边，假装自己并没有不耐烦。

“这套水粉色的不错，再搭件白色斗篷，花县主就是整个后宫最漂亮的小姑娘。”太子在一堆衣服里看了几眼，问道，“皇祖母，这次怎么没有我的？”

“你的东宫里面什么东西没有？”太后揽着花琉璃道，“再说，你们这些臭小伙哪有小姑娘讨人喜欢，这些布料给你们用就是浪费。”

“琉璃，你说是不是？”太后埋汰完孙子，还不忘找个同盟。

“您说得是。”花琉璃站队的速度很快，毫不犹豫地加入了太后这边。

扭头间，她看到了茶几上装点心的盘子，里面的点心被她吃了一大半。

她捂了捂胃部，让笑容变得再苍白一点，柔弱一点。那股虽然我很柔弱，但是我会努力坚强的气势非常重要。

英王注意到花琉璃的动作，心中突然一软，隐隐感觉有些遗憾。

若她不是花应庭的女儿，娶她似乎也没什么不可以。

“来，先挑一件换上，其他的我让宫女送你屋里去。”太后在打扮花琉璃这件事上十分坚持，以至于她在寿康宫每天换两套衣服，太后还觉得她衣服不够穿。

花琉璃也乐意陪着太后折腾，开始挑起衣服来。

把衣服全部看过一遍后，她挑走了太子说的那件。虽然她对男人的审美不太抱希望，但这种时候，还是要给太子面子的。

大概是因为她不太喜欢英王，而英王又跟太子不太对付，这种敌人的敌人就是我朋友的心态，是毋庸置疑的。

见花琉璃挑来挑去，最后选了自己刚才提的那一件，太子有种微妙的成就感。花家的这个小姑娘，真是讨人喜欢。

英王觉得这堆衣服里面，最丑的就是那件水粉色裙子。上面既没有绣漂亮的花朵，也没有点缀珍珠宝玉，就连颜色都不够艳丽。

他瞥了太子一眼，眼光不好，就不要瞎出主意。

但是等花琉璃换好衣服出来后，英王又觉得，花家的这个女儿长得是真漂亮，这么丑的裙子，都能穿得这么好看。

不过若是能换一件百花绣裙，肯定更美。

在审美上，英王一直有自己骄傲的坚持。

有太后在，英王跟太子总算是维持着友好兄弟情吃完一顿饭，不过从那天后，花琉璃就没有再见过太子跟英王。

皇子们隔三岔五就会在上朝前来给太后请安，她还在躺在床上“休养”。等她起床的时候，皇子们已经去上朝了。

她觉得太后每天下午都要去睡觉的原因，是早上起来得太早。

当太后也不容易，就算是宫中最尊贵的女人，该遵守的规矩也不能违背。

转眼间，她就在寿康宫待了十日有余。太后担心她天天闷在寿康宫，会把身体闷出毛病，趁着这天出太阳，就让她出去转转。

“饭后百步走，活到九十九。”太后笑眯眯地教训完花琉璃，转身心满意足地躺到凤床上睡午觉去了。

花琉璃：“……”

皇家人在表现双重标准时，真是一点都不委婉。

冬日的太阳晒在身上并没有太多温度，花琉璃走在宫道上，仰头看着高高的宫墙，停下了脚步。

“县主，你在看什么？”鸢尾见花琉璃停下脚步，赶紧凑了上去。

“我在看墙有多高。”

“里面的墙修得再高也没用。”鸢尾在她耳边小声道，“奴婢已经看过了，这些墙看着虽然高，但是厚度不够，用重弩车就能打透。”

“最结实的是皇宫外围的墙，用外力是打不透的，要想攻进来，必须有人里应外合。”鸢尾认真地道，“而且从正门攻进来没什么用，西北门那边有逃生的通道，风险大，不管事情成与不成，对名声都不好。”

花琉璃若有所思地摸着下巴，良久后扭头看着鸢尾道：“你说我们这话若是被外人听去，会不会觉得我们对皇宫图谋不轨？”

鸢尾：“……”

这不是跟着夫人一起守城夺门，养成了习惯嘛。

“哎呀。”花琉璃干咳一声，捂着胸口道，“今天仍旧是虚弱的一天呢。”

“县主，您身子弱，奴婢扶着您。”主仆二人把目光从城墙上收回来，假装刚才的交谈就没有发生过。

“花琉璃，站住。”

花琉璃看看鸢尾，心说：这声音有些耳熟？

鸢尾摇头：一听这语气，就不太友好。

两人齐齐转身，看向朝这边大步走来的嘉敏郡主。

“嘉敏郡主好。”花琉璃朝对方笑了笑，“不知郡主请我留步，是有何贵干？”

嘉敏郡主：“……”

她什么时候说过“请”这个字？

嘉敏郡主善骑射，行事向来风风火火，几步就来到了花琉璃面前，可怜她身后那些小丫鬟，为了追上她，累得气喘吁吁，还不敢有半点抱怨。

“这才几步路？”嘉敏郡主听到丫鬟们的喘息声，不满地道，“你们怎么如此没用？”

花琉璃：哇，这个心直口快的郡主，学会了指桑骂槐，有进步啊！

小丫鬟们不敢说话，低着头任嘉敏郡主嫌弃。

“回去给我练习骑射，我看到你们这个样子就来气。”嘉敏郡主骂完了丫鬟，转而对花琉璃道，“花县主，我并没有说你的意思。”

花琉璃露出“我懂，我理解”的温柔笑容。

“我今天来找县主，是有几句话想点醒你。”嘉敏郡主开门见山道，“贤妃娘娘是不可能让你嫁给英王殿下的，你不要妄想。”

花琉璃面上的表情有片刻呆滞，问道：“郡主的意思是？”

在她见过的四位皇子里，太子俊美无双，五皇子温润如玉，结果这郡主看上的却是容貌不算顶好的英王？

就算是萝卜白菜各有所爱，跟别人也没多大干系，她更不爱管闲事。但她跟英王的婚事，根本连个苗头都没有，就这么说她想嫁给英王，侮辱谁呢？

花琉璃还以为对方来找她是为了报赏梅宴上的丢脸之仇，没想到竟然是为了抢男人？

真可怜，好好一漂亮姑娘，不仅脑子不好，眼光也差，活得可真不容易。

“我这个人性子直，有什么话不喜欢藏着掖着，就直说了。”嘉敏郡主道，“像你这种娇气没用的女人，配不上英王殿下。”

“郡主可曾面过圣？”花琉璃不答反问。

“你这话是什么意思，我母亲乃顺安公主，是圣上的妹妹，自然时常见到陛下。”嘉敏郡主有些得意。

“那陛下待您可真宽宏。”花琉璃笑得异常甜美，说道，“郡主说话如此直爽，行事如此无忌，却未触怒龙颜，陛下当真是千年难得一见的明君。”

“你胡言乱语，我们全家上下对陛下忠心耿耿，又岂会有半点不敬？”

“是我误会了。”花琉璃笑弯了眼，“原来郡主并不是不懂礼数之人。”说什么性子直，不过是看人下菜碟，媚强欺弱。

像她这样的弱女子，如何承受得起呢？

“你在故意埋汰我？！”嘉敏郡主气得柳眉倒竖。

花琉璃睁大眼，不可置信地道：“郡主姐姐，你怎么会这么想？”

“我年龄小，从小身体就不好，很少有机会接触外人，若是有什么说错的地方，你可别放在心上。”花琉璃捂着嘴轻笑出声，“我听说英王爽朗大气，肯定也喜欢像他一样爽朗的女孩子，对吗？”

“花琉璃，你不要以为我不打女人！”嘉敏郡主向来不喜欢柔柔弱弱风一吹就倒的女人，但是她万万没想到，世间还有花琉璃这么讨人厌的存在，一言一行甚至是一抹微笑，都能踩在她的暴脾气上。

她觉得对方全身上下写着“有本事来打我呀”几个字，刺激得她脑子嗡嗡作响。

“你们在干什么？”英王从宫墙侧门走了进来。

来不及收起怒容的嘉敏郡主看到英王出现，再看一副“我委屈但我就是不说”模样的花琉璃，第一次感受到何为真正的小人。

英王其实是不想多管闲事的，尤其是上次管了田锐栋的闲事，害得他被各种谣言攻击，现在他只要看到别人吵架，转头就想走。

本来今天也想这样，但是他听到嘉敏的怒吼声后，又不得不把脚步转回来。母亲有意拉拢顺安公主，他今天转身就走的事若传到顺安公主耳中，对他非常不利。嘉敏这个表妹说话直接，行事大大咧咧，脾气又不太好，她惹到谁或是谁惹到她，都是件麻烦事。

从门后走出来，看到被嘉敏堵在墙角的花琉璃，英王皱了皱眉：“嘉敏，花县主身体不太好，此处风大，有什么话，可以先找个避风的地方坐着慢慢聊。”

这话并没有指责嘉敏欺负花琉璃的意思，但是嘉敏有些不高兴："这是她自己走过来的，又不是我带她出来的。"

被嘉敏顶嘴，英王面色微沉，尤其是现在还有外人在场，他更不能容忍地位比自己低的人对他有意见，喊道："嘉敏！"

见英王动了怒，嘉敏虽然心有不甘，却不敢再多嘴，她扭头恨恨地瞪了花琉璃一眼。她不明白，为什么男人都喜欢护着这种看起来柔柔弱弱，实际心眼不少的女人。

接收到嘉敏郡主愤怒的目光，花琉璃脸上绽放出一抹无辜又天真的微笑。

"王爷，郡主，二位若是没事的话，臣女先告退。"虽然不太喜欢这两个人，但是花琉璃觉得，这两个人凑一块儿挺好的，这样就不用出去祸害别人了。

简直就是天造地设的一对，完美。

"县主怎么只带一个丫鬟出来？"英王看了眼花琉璃白皙的脸颊，还有那细细的腰肢，很担心她回去的路上出个什么问题。到时候父皇派人一查，出事前见过他跟嘉敏，到时候他找谁说理去？

"不用了，这里离寿康宫并不远。"花琉璃真是半点也不想打扰他们，拆散这么相配的两个人，她的良心会不安的。

"县主来宫里暂住，就是我们皇家的客人，我……"

"所以就让孤来送吧。"

三人齐齐回头，看到坐在步辇上的太子，冬日的阳光洒在他绣着金线的披风上，仿佛他整个人都在微微发光。

太监们把步辇放下，太子走下步辇，慢慢走到三人面前，他的目光掠过向自己行礼的嘉敏，对花琉璃道："来。"

花琉璃对英王福了福身，跟在了太子身后。走到步辇边时，太子停下脚步看向花琉璃。

花琉璃眨了眨眼。

"算了。"太子叹了口气，说道，"孤年长你五岁，这步辇让给你坐。"

"那怎么可以。"花琉璃摇头拒绝，"殿下的好意臣女心领，但是万没有臣女坐辇，让殿下您走路的道理。"

太子轻笑：“孤的意思是，让你先坐着，等太监把步辇送过来。”

“那便多谢殿下了。”花琉璃笑得眉眼弯弯，走到步辇上坐下。步辇上有股幽淡的香味，她仰头看向长身玉立的太子，回忆起儿时的一些事。

小时候她撒娇不想吃药，母亲就会提起送她木马的太子，说他小时候特别爱生病，但是为了身体好起来，他每天都要喝十碗苦药。

“那后来呢？”年幼无知又好骗的她追问。

“后来他的病就慢慢好转了，”母亲摁住她灌下苦药，再往她嘴里塞一颗糖，说道，“不仅聪颖善学，射箭与剑术也学得很好。”

在她的童年里，她真的以为皇家有个小可怜，每天过着喝十碗药，还要读书写字练剑术的苦日子，所以心里对他非常同情，连他送来的小木马也好好地收了起来。

跟这个小可怜相比，每天只需要喝一碗药，父兄母亲宠爱有加，她实在是太幸运啦。

后来她长大了，再也不用喝苦涩的汤药，就明白一个小孩每天根本喝不下十碗药，作为天下第二尊贵的男人，太子也不可能是她想象出来的小可怜。

所以大人不要随便向小孩子撒谎，小孩子很容易当真的。

看到太子把步辇让给花琉璃坐，而他自己站着，嘉敏在内心偷偷翻了个白眼。这些男人果然都是瞎眼的，就爱吃这一套。

不多时，几个抬着步辇的太监小跑着过来，花琉璃从步辇上站起身道：“多谢太子。”

太子慵懒地坐回自己的步辇，对花琉璃道：“走，我陪你回去。”

花琉璃在宫中住了十日，她虽有心出宫，但心里也清楚，在大理寺没找出凶手前，她是出不了宫的。

这不是皇家为难她，反而是有意给花家脸面。

可……宫里的日子实在是太难过了。

见太子走远，英王沉着脸冷哼：“身为太子，却只知奢靡享受！”

不过是几步路，还要坐步辇，分明是故意在其他兄弟面前摆谱。

“放心吧，王爷。”知道自己刚才让英王有些不高兴，所以此时嘉敏有心讨好，说道，“太子与花琉璃走得越近，对他越不利。”

英王沉默片刻，随即喜道：“你说得对。”

身为帝王，父皇不可能容忍太子与花家人走得太近。花家手里握着几十万大军，不管哪个皇子跟花家关系亲密，都会引来父皇的猜忌，更何况是太子。

失去圣心的太子就如同拔掉牙的老虎，再无半点威胁。

第五章

祭天大典

“听说你昨日把步辇让给花家小姑娘坐了？”御书房里，昌隆帝把批过的折子放到一边，见太子竟然气定神闲地喝茶吃点心，忍不住道，“元溯，朕是让你过来学习如何处理政务的，不是让你来喝茶偷懒的。”

“父皇，您还很年轻。”

“这话何意？”

“所以您别指望儿臣，儿臣还小。”

“小什么小！”昌隆帝把一道折子扔到太子面前，说道，“宗室有人上折子，让朕削去应庭兵权，你怎么看？”

“您都叫花将军应庭了，还让儿臣看什么？”太子瞥了眼折子，连翻都懒得多翻一下，漫不经心道，“把兵权收回来，然后交给这些宗室的人？”

“这些人正事指望不上，梦做得倒挺美。”太子把折子推得离自己远一点，说道，“您让我看这些，还不如让我去寿康宫陪皇祖母多说一会儿话。”

“出息！”昌隆帝被太子气笑了，五个儿子里面，太子最聪颖，最合他心意，也是最讨他喜欢的。但这孩子哪儿都好，就是被他惯坏了，从小住在宫里，却没有半点危机感。

哪像他年轻那会儿，为了能继承皇位，绞尽脑汁费尽心思。

其他几位皇子，对花家人是既敬又不敢太亲近，唯有太子做事全凭喜好，半点不像他年轻的时候。

“那还不是您惯的。”太子懒洋洋地抬起眼皮，说道，“您非要让儿臣发表意见，儿臣只能说，这些奏折里，一大半是废话。虽说整个大晋在您的治理下变得繁荣昌盛，不可能每天都发生大事，但这些人连拍马屁的折子都写得寡淡无趣，那就是能力问题了。”

昌隆帝：“……”

好吧，自己娇惯出来的儿子，他能怎么办，还不是只能装作没有看见。

“父皇，您刚才提到花家的那个小姑娘，儿臣倒是想起一件事。”太子抬头看着昌隆帝道，“您之前想晋封大将军为国公，却被他拒绝了，不如把他家小姑娘的爵位升一升？”

昌隆帝有意封花应庭为国公，花应庭拒不接受，最后昌隆帝只好封他为忠勇侯，册封他家大儿子为世子，至于花家其他两个儿子，昌隆帝也想找机会塞两个爵位给他们。

自古名将遇明主，昌隆帝觉得花应庭是百年难得一见的名将，而他自己是千年难得一见的明君。

“看来你是真的挺喜欢花家的小姑娘。”昌隆帝若有所思，“难道……”

“父皇，您可别多想。”太子一看昌隆帝的表情就知道他误会了，说道，“那小丫头是大将军的女儿，长得又可爱，儿臣难免待她亲近些，但心里只把她当作妹妹看待。这世上哪有兄长对妹妹有男女之情的，儿臣又不是禽兽。”

“那便依你的意思，给她晋升爵位。”

“别只给爵位，封号也想一个。”

“那……”

“儿臣这里有个好的封号，您觉得‘福寿’如何？”

“俗气了些。”昌隆帝皱了皱眉，对这个封号不是太满意。

太子挑眉：“贱名好养活，有福又长寿，一听就很吉利，俗气便俗气些。”

向来不爱管事的太子，在给花琉璃要封号要爵位这件事上，竟心生养妹妹的满足感。

难道这就是付出的快乐？

取封号又不是取名字，还贱名好养活？但是想到花家小姑娘身体确实不太好，“福寿”二字于她反而很适合，昌隆帝无奈点头：“好。”

既然儿子把人家当妹妹，那自己岂不就是多了个便宜女儿。就这么着吧。

“嘶。”花琉璃忽然捂住左眼，“我眼睑跳得好快。”

“左眼还是右眼？”鸢尾有些激动，拧了热毛巾给花琉璃。

“左眼。”把毛巾敷在眼睛上，花琉璃往床上一躺，一动也不动。

“左眼跳是好事。”鸢尾笑道，“县主，肯定会有好事发生。”

花琉璃把毛巾从脸上扯下来，坐起身面无表情地看着鸢尾道：“上次你这么说了以后，母亲就发现我偷偷看话本，然后我被罚抄一个月的书。”

鸢尾小声提醒：“那是因为您偷看的书叫《霸道将军与娇俏夫人的绝世奇缘》。”

花琉璃：“……”

那书里总爱写将军夫人含泪一笑、掩面轻泣之类的，跟她母亲性格分明是南辕北辙，她哪儿知道是在胡扯她父母呢？

“县主，外面有脚步声。”鸢尾转身去扶赖在床上的花琉璃，不过花琉璃的动作比她还要快，不用她扶就已经坐了起来。

“鸢尾姑娘。”女官站在外间没有进来，她见鸢尾迎出来，小声问，“县主衣衫可整齐？陛下有圣旨送来，请县主准备一下就出去接旨吧。”

“多谢姐姐，我这便去告诉县主。”鸢尾给宫女回了一个礼，转身大步走回内室。

“县主……”

花琉璃坐在镜前，整理了一下钗环首饰，说道：“我听见了。”

鸢尾帮她把裙摆压了压，有些自我怀疑，道：“左眼跳财右眼跳灾，奴婢应该没记错？”

“没错。”花琉璃站起身，扶住鸢尾的手说道，“扶好你家身体不好的县主，走吧。”

扶着县主柔软的手，鸢尾的心瞬间静了下来。

“等等。”花琉璃忽然松开鸢尾的手，转身把放在枕头下的护身符戴上了。

鸢尾：“……”

县主表面看起来很镇定，行为却很诚实嘛。

“县主，你不是说不信这个？”鸢尾小声问。

“我这个人你还不知道？”花琉璃理直气壮地说道，“什么时候说话算数过？”

鸢尾：“求神拜佛这种事，心诚才更灵。”

“瞎说，神佛都很宽容的，就算平时我不够虔诚，关键时刻还是会保佑我的。”花琉璃摸了摸藏在衣服下的护身符，对自己的好运气有着莫名的自信。

迈出内室那一刻，鸢尾的笑容变得恭顺了，花琉璃的脚步慢了，主仆二人在外人面前，永远无比地默契。

宫女原本想伸手帮鸢尾扶住花县主，但又觉得这么做有多事的嫌疑。她有些羡慕地看了鸢尾一眼，被主子如此信任，是多少人期盼不来的幸运。

走进正殿，花琉璃看到了手捧圣旨的太子、盛装的三哥，还有几个不认识的文官。

见花琉璃进来，太子打开圣旨道：“花县主，这里有道圣旨是给你的，接旨。”

花琉璃在早就准备好的蒲团上跪下，花长空一掀袍角，跪在了她旁边。兄妹二人装作不经意地交换了一个眼神，俱是神情茫然。

按理说，她自进京后就恨不得让京城所有人都知道，她是个风一吹就倒的药罐子，英王母子应该不会想让她做王妃。

更何况结亲不是结仇，花家几代人为大晋立下汗马功劳，陛下就算真有心让她做皇家儿媳妇，也会提前与她父母商议好后才会正式颁发圣旨，绝不可能随随便便就让她嫁给谁。

见小姑娘紧张得捏紧了袖子，太子展开圣旨，念读的速度都快了些。

花琉璃：糟糕，前面全是夸奖她父亲的词汇，事情好像有些不妙。

“应庭之女，如朕之半女……”

花琉璃捂住胸口，她要吐血了，她要病重了，她要死去活来了。

“当为郡主之尊，赐宝马良田。”

花琉璃：陛下这是按亲王嫡长女的标准来给她升爵位，而且还不是空爵，还有府邸田产？

这是发生啥事了，突然塞给她一个郡主爵位？难道是父亲一不小心把金珀旁边的玳瑁国也打下了？

“赐封号福寿。”

什么？

花琉璃几乎不敢相信自己的耳朵，她这么柔弱的小美人，封号用“淑安”“柔仪”之类的多好，福寿是什么东西？

又不是军营里的看门狗。

“臣女不才，叩谢陛下恩典。”花琉璃双手高举过头顶，谢恩道，“忽闻此喜，臣女万分惶恐，日后定恪守本分，不负陛下厚望。”

太子把圣旨放到花琉璃手中，让宫中女官扶起她，说道：“郡主府还未修缮好，郡主若有什么想法，可以把图纸交给工部，让他们操心去。”

说完，他对跟着他一起过来颁旨的礼部官员道：“福寿郡主身体不好，后面的那些流程就不需要了，诸位大人把圣旨内容誊抄入库，加印封存好便是。”

礼部官员也听说过花家小女儿身体非常弱的事，当下便行礼告辞，走得干脆利落，看得出太子的话在他们面前很有分量。

让无关的宫侍退下，太子见花家兄妹似乎还没有反应过来，笑了笑：“花家的忠心，父皇一直都看在眼中，记在心里。”

花长空作揖道：“陛下隆恩，微臣一家感激不尽。”

“小丫头，”太子抬了抬下巴，看向花琉璃，“你还在发呆？”

“请殿下恕罪，臣女还没从喜悦中回过神来。”花琉璃道，“尤其是‘福寿’二字，更是体现了陛下对臣女的美好祝福与愿望，令臣女感激涕零。”

“大俗即大雅，孤也觉得这个封号甚好。”太子对此很满意。

花琉璃：“……”

行吧，你是太子，说什么都对。

花长空默默看了眼花琉璃，又缓缓地收回了视线。幸好小妹近来都会住在宫里，不然他可能哄不好她。

“孤在东宫设了宴，二位可愿赏脸？”

花长空垂下眼睑，看到小妹的手指在袖摆下方轻微地勾了勾。

“多谢殿下，那微臣与舍妹便打扰了。”

东宫里有独立院落、马场、练武场甚至是卫兵队，还配备了各种官员，俨然就是皇宫中的小皇宫。

从大门走到内殿，花琉璃就看到好几名太子府的官员在太子面前小心讨好。难怪皇子们都想做太子，这种高高在上的感觉诱惑太大了。

“郡主，请用茶。”一杯冒着热气的茶放到花琉璃手边。

她捂着嘴轻咳几声，说道：“抱歉，我不宜饮茶。”

“请郡主恕罪，奴婢这就去换。”

她伸出手，轻轻握住宫女的手腕。她的手指细嫩白皙，就这么虚虚地搭着，看起来没有半点力气，说道：“不用麻烦，我不渴。”

太子看向这个宫女，面色冷淡：“来人！”

“请殿下恕罪。”宫女往地上猛地一跪，害得手搭在她身上的花琉璃因她的动作摔了下去，撞到了她的手臂。

一枚袖箭从宫女袖子里掉了出来。

见事情败露，宫女面色一狠，起身就从腰间抽出一把软剑，朝太子飞身而去。

她的眼神很冷，动作迅捷，她是顶级的杀手。她也知道，今日只要出手，便再无机会活下去，可她不悔。

“刺客！”护卫见刺客直冲太子面门而去，恨不得飞身替太子挡下这一剑。可是这个杀手动作太快，他们已经来不及拦住她。

“刺啦——”布帛撕裂的声音在殿中响起。趴在地上的花琉璃捏着手中的碎布，面色惨白地看着飞身出去姿势很帅气，跌倒样子却很狼狈的刺客，捏着布的手抖个不停，就像是风中摇曳的小白花。

顶级杀手得手的秘诀就是快，可是这个优势被花琉璃打破了。为了靠近太子，杀手伪装成宫女在东宫潜伏了近半年，好不容易有了靠近太子的机会，却毁在了一个不喝茶的女人身上。

她恨恨地看着花琉璃，恨不能一口咬下她的肉。

“我说我不是故意拉住你的，你会相信吗？”花琉璃忙不迭把手里的布片扔掉，捂着胸口拼命喘气，等花长空一靠过来，就软软地躺在了地上。

好累，都没来得及吃上东宫的饭。

“小妹，小妹。”花长空赶紧把妹妹从冰凉的地上抱起来。他刚准备开口喊“请太医”，太子已先一步开口：“马上传御医过来。”

太子没有管已被制服的刺客，快步走到花长空身边，目光却落在花琉璃身上，说道：“孤会安排最好的御医为郡主治疗。”

“微臣失态，请太子恕罪。”花长空道，“舍妹胆子小，受不得惊吓。不敢太过麻烦您，其实这都是她的老毛病了，休息一两日便能好。”

“先送郡主去侧殿休息。”太子看着花琉璃安安静静靠在花长空怀中的样子，说道，“派重兵把守，不能让任何可疑的人靠近郡主。”

禁卫军赶紧领命，东宫发生这种刺杀事件，是他们的失职。若太子出事，他们不敢想象会引来多大的动荡。

“姬元溯，你以为逃过今天这一劫，你就能高枕无忧？”杀手双目赤红，“我们英王殿下，才是大晋未来真正的主人。”

说完，她咬破牙齿中藏着的毒囊，等着死亡来临。

“英王？”太子看着嘴里不断喷着鲜血的杀手，说道，“刺客都做不好，还想干挑拨离间这种需要脑子的活儿？”

“谁给你的自信，你背后的主子？”太子接过宫女递来的帕子，慢慢擦着手，问道，“从小到大，想要刺杀孤的人不少，像你这么蠢的却不多。”

杀手瞪大眼睛，口中发出“嗬嗬”声响，她不畏死，但不能容忍别人否认她在杀手界的地位，这事关她的尊严！

“你以为孤会好奇你背后主使是谁？”太子用帕子擦着手指，神态平静，“靠着一个没用的杀手就想成事的玩意儿，与废物何异！”

杀手喷出最后一口血，瞪着大大的眼睛断了气。也不知她最后是被气死的，还是毒死的。

刺客死了，太子的手也已经擦干净，他转身往偏殿走去。

花长空把花琉璃放到床上，轻声叹息。京城真是一潭摸不到底的浑水，也不知今天刺客是故意挑他们在的时候才下手，还是只是巧合。

圣上最喜欢的孩子就是太子，如果太子在他们面前遇刺身亡，陛下肯定会迁怒花家。

君臣不合乃朝廷大忌，但现在有人盼着大晋朝中大乱。

不管是林辉之差点在驿站被毒死，还是妹妹在临翠宫差点喝下毒酒，抑或是今天的刺杀事件，只要有一件成功，都会带给大晋无尽的麻烦。

几位皇子虽然各有野心，但应该不会干这种只会让敌国高兴的事。

所以，这是周边哪个无知小国干的？

“花三公子，令妹可还好？”太子走进侧殿，见花长空神情平静地坐在椅子上，心中忧虑去了大半，想来花琉璃没有什么大事。

“殿下。”花长空起身朝太子行了一礼，答道，“御医已经来看过，舍妹并没有什么事，静养两日即可。”

“今日幸好有郡主拦住刺客，不然孤可能要吃些苦头。”太子看着屋子里轻轻晃动的纱幔，说道，“宫中守卫森严，每个能够进宫的人，祖上几辈都被查得清清楚楚。”

但是短短一月内，居然发生了两次刺杀事件。

花长空神情微动，不过没有说话。

“宫里有掌权的人，与外面的人里应外合。”太子往内室看了一眼，说道，“几日后，宫中会举行祭天大典，郡主先在宫中休养几日，待祭天大典结束以后再回贵府，花三公子以为如何？”

床帐微微动了一下。

花长空假装没有看见，朝太子拱手道：“一切都遵照殿下的意思。”

也许他把几位皇子想得太高尚了，说不定真有哪个浑蛋皇子为了眼前的利益，不顾整个国家的安宁。

这样的人，即使最终得到天下，也不能成为一个明君。

“听闻三公子准备参加开春后的科举？”太子并不想谈那几个不争气的兄弟，转移话题道，“孤宫里有两位官员是科举前三名，三公子若是不介意，就常来这里坐坐。”

“多谢太子，微臣……”

“郡主，您醒了？”屋内传来鸢尾充满惊喜的声音。

花长空掀开纱幔走进内室，与花琉璃的视线对上。

花琉璃默默扭头。

花长空干咳一声：“小妹，过几日我再来接你。”

“多谢三哥。”花琉璃伸手理了理花长空的衣服，说道，“近来天冷，三哥莫忘加衣。”她白皙的手指在花长空手臂上一扯，又道，“你可要好好照顾自己的身体。”

花长空笑容一僵，小声道：“太子还在外面呢，你给我留点面子。”

收回自己的手，花琉璃笑盈盈道：“哥哥，妹妹在宫中一切都好，你不用担心我。”

“顺安公主的女儿嘉敏郡主对英王有意。”花琉璃小声道，“顺安公主一家与贤妃走得很近。”

如果关系不够亲近，陛下有意撮合她跟英王的这件事，嘉敏郡主不可能知道。

“照顾好自己。”花长空抬高音量道，“放心吧，三哥会在家好好看书的，说不定明年你就能有一个状元郎兄长了。”

“三哥你这么有自信，我等会儿就写信告诉爹娘。”花琉璃揉了揉肚子。

“小妹，现在已经过了午时，你先用些东西。”

“我不饿。”

“不饿也要吃点，不然你的身体怎么撑得住，乖，听话。”

“那我……”

“又想只喝点白粥？那可不行。鸢尾，给你家主子端肉粥来，再多准备几样小菜。”

花琉璃对花长空眨了眨眼：哥，你是我亲哥。

花长空伸出手指在她额头上一点，起身到外面陪太子说话。

等鸢尾跟宫女把吃食端进来，花长空起身去看花琉璃吃饭。

太子抿了一口茶，听到内室传来花长空的声音：“怎么才吃这么点，再吃几口。”

“你如果把这碗饭吃完，就给你买你上次看中的珠钗。”

“天天吃这么点东西，身体怎么能好？还有菜，必须吃了，别以为在宫里我看不到，你就能挑食不好好吃饭！”

“三哥……”

“撒娇也没用。鸢尾，以后你家主子吃饭的时候，你都要盯紧了，不能让她由着性子来。”

“殿下，让您见笑了。”冷酷无情地哄完妹妹吃饭，花长空走出来对太子道，“舍妹年幼不懂事，从小吃饭就让人操心，微臣这也是没办法。”

“郡主尚且年幼，有不喜欢吃的东西很正常。”太子笑了笑，“孤也有很多不爱吃的东西。”

过了一会儿，宫女把空碗空盘端了出来，太子瞥了一眼，看来兄长威严还是有用的，小姑娘老老实实把饭菜都吃光了。

等御医把完脉，确定花琉璃吃下这么多饭菜没什么问题后，太子听见花长空又在内室训斥花琉璃挑食，开口道：“花三公子，郡主还小，你无须这般严厉，接下来几日孤会帮你看着郡主用膳的。”

“太子殿下说得对。”花琉璃快速接了一句。

隔着纱幔，太子看不到花琉璃的表情，但他能从她语气里猜到几分。

果然，还是个有了靠山就扬扬得意的小孩子。

为避免宫中恐慌，东宫发生刺杀事件这事并没有传扬出去。

太子虽然没事，昌隆帝却发了很大的火，不仅命人把宫中负责守卫的武将全部查了一遍，还给东宫增加了兵卫数量。

负责掌管宫中事务的一些官员，也因为这件事受到不少影响。宫里的人虽然不知道发生了什么事，但办事的时候都小心了很多。

唯一不受影响的大概只有花琉璃了，她从东宫回来以后，就过上了悠闲的日子。不知道太子跟太后娘娘说了什么，太后从此多了一个爱好，就是盯着她把饭吃完。

“哀家以前看民间老妪哄孩子吃饭，只觉得头疼，到了今日方觉出几分趣味。”太后对近身女官道，“琉璃这孩子既听话又乖巧，就连吃饭的样子都比别家小姑娘可爱。”

女官笑道：“您说得是。”

您老是没感受过熊孩子的威力，才觉得哄后辈吃饭有意思。如果福寿郡主长得不好看，又爱哭爱闹，您老还能忍受得住，再来说这句话吧。

吃完饭，花琉璃照旧被太后赶出去遛弯，不知道她老人家打哪儿听的谣言，说她出门只带一两个丫头没气势，硬是安排了好几个宫女跟在她身后。

她老人家的原话是："遇到脾气不好的，就算有冲突，你带的人多，也不会吃亏。"

花琉璃觉得太后就差没明着说，谁要是敢向你动手，你打不赢就让宫女打回去。

她以为太后经过后宫各种阴谋洗礼，说话会委婉隐晦，没想到竟然是个性情中人。

"小丫头，又被皇祖母赶出来散步了？"太子老远就看到走路慢吞吞的花琉璃，笑道，"中午吃了多少？"

"殿下。"花琉璃抬头看向坐在步辇上的太子，"您可用了膳？"

"刚在宸阳宫用了。"太子从步辇上下来，递给花琉璃两个盒子。

"这是什么？"花琉璃接过盒子，闻到一股淡淡的食物香味。

"明日有祭天大典。"太子小声道，"天不亮就要开始，直到午时过后才会结束。"

花琉璃扭头看了眼身后那些垂首的太监和宫女，小声道："殿下，这样会不会不太好？"

祭天的时候偷偷吃东西……

"有什么不好，小孩子正是长身体的时候，禁不得饿。"太子把手背在身后，很是理直气壮地说，"上天泽被苍生，包容万物，这点小事它不会放在眼里的，放心。"

花琉璃："……"

她是个……十五岁的小孩子？

第二天早上天还没亮，花琉璃就被鸢尾跟几个宫女从被窝里挖了出来，一阵折腾后被送进轿中。

"郡主，太子殿下送你的零嘴，奴婢装在锦囊里了。"

"嗯。"花琉璃迷迷糊糊地点头。

"您身体虚弱，宫侍们定不敢让您累着，不过奴婢听说祭天大典开始后，更衣会不太方便，您今日要少饮水。”

“好。”花琉璃靠着轿窗，连打了几个哈欠。

寝宫离祭天的天坛还有很长一段距离，但是一路上除了脚步声，花琉璃听不到任何说话声。

她被早晨的寒气冻醒，掀起轿窗帘子往外看了一眼，路上挂满了漂亮的宫灯，灯火辉煌，恍若白昼。

天坛下面有一块很大的空地，已经站满了人。花琉璃仔细地看了一眼，发现朝臣命妇皆在，只是分了左右，并没有站在一起。

轿子无声落地，一位女官掀起轿帘，小声道：“郡主，请下轿。”

花琉璃刚走出轿子，就见刚从凤轿上下来的太后朝她招手：“琉璃，来，扶着哀家。”

早就等候在一旁的几位妃嫔听到太后这句话，心里有些不是滋味。宫中无后，所以在祭天的时候，哪个妃嫔若能站在太后身边，那就是荣幸。往年太后总会在他们几个有皇子的妃嫔里挑一个，没想到今年却让一个外臣女子陪在身边。

妃嫔们笑容半分不变，反而从容地往后退了一步，彼此之间有种诡异的平和气氛。大概“虽然不是我，但也不是你”这种结果，她们还是能够接受的。

花琉璃扶住太后温软的手，陪太后走过肃立的朝臣命妇身边，踩上通往天坛的台阶。

朝臣与命妇们暗暗好奇，扶着太后的小姑娘难道就是花家的女儿？皇家这么给花家脸面？

不，不对。花家刚打了胜仗，皇家肯定会给花家一切能给的荣耀，但是现在有多风光，以后打压花家的时候就会多狠。啊，伴君如伴虎，皇家注定就是这么无情。

诸官员在内心感慨完，眼神儿仍旧忍不住往花琉璃身上瞟。

这么风光的事，怎么就不是他们呢？若是他们，日后绝不会落得花家未来的下场。

天坛上风在喧嚣，太后的表情十分肃穆，而花琉璃……很冷。

她扶着太后走到昌隆帝身边，昌隆帝扶住太后，她朝二人福了福身。

这是她第一次见到昌隆帝，这是位俊美大叔，太子的眼角与眉梢与他有两分相似。

昌隆帝注意到了太后身边的小丫头，大大的眼睛中没有胆怯，乌溜溜的，很是灵动，只是身子看起来有些弱。

这小丫头多好，娇俏可爱，老大那种大咧咧的性格，就要配个这样的小姑娘才好。他本想着老大从小就喜欢兵法武艺，花家小姑娘嫁给他后会比较习惯，没想到贤妃与老大还不愿意。

他心里本来有些生气，但是这种事情讲究你情我愿，万一他强行给老大做了这个媒，老大对人家小姑娘不好，那岂不是害了她。花家三代人就出了这么一个闺女，真要如此到时候他就没脸面对应庭。

昌隆帝和蔼地对花琉璃点了点头，才扶着太后继续往上走。

花琉璃躬身往后退了三步，才转身往后走。整个空地安静极了，她感觉有很多目光落在自己身上，抬起头却只看到恭敬地垂首而立的朝臣命妇。

京城里这些人，眼神真是收放自如，比军营里的弓箭手还要厉害。

她转过头，看到盛装后的太子正准备走上天坛，停下脚步往旁边退了一步。

太子走过她身边时，脚步微微一顿，塞给她一个巴掌大小的玩意儿。暖意顺着掌心流过四肢百骸，这是个小巧精致的暖手炉。被早晨的寒风冻得有些僵的花琉璃捂住暖手炉，抬头看着太子的背影。

噫，此时此刻太子殿下的背影格外高大呢。

下了台阶，有礼部官员引她到命妇的队列。她年纪虽然小，但是爵位高，站的位置十分靠前。当她看到自己右手边站的人是嘉敏郡主以后，她的笑容更加灿烂了：“郡主，我们真有缘。”

嘉敏：“……”

不，我并不想见到你。

有了暖手炉，被风吹得冰凉的手渐渐回暖，见嘉敏郡主一脸“你别挨我”的表情，花琉璃也不生气，悠闲地抱着炉子等祭天仪式开始。

天色渐亮，昌隆帝念了篇祭文，还让太子也念了一篇。

花琉璃以为这是正常流程，但是她发现在太子念祭文时，四周命妇的表情有些震惊，尤其是嘉敏郡主，脸上的表情既意外又不甘。

“跪！”

咚。编钟的声音传遍整片空地，花琉璃的神情也变得肃穆。她把暖手炉塞进袖子，恭敬地跪了下去。

拜祭上天，祈求风调雨顺，天下百姓安居乐业。

“再跪。”

三拜九叩大礼行完，后面还有很多流程。听着僧道念经文，花琉璃解开腰间的锦囊，偷偷吃了块奶片。她也不知道东宫厨子是怎么做的，这奶片甜香不腻，入口后，唇齿都被奶香包围，整个人心情都好了起来。

太子大概是担心她光吃奶片会腻，还给她准备了一份肉干，她时不时吃上一块，觉得这种无聊的场合也不那么难熬了。

当她再次拿起一块奶片时，发现嘉敏郡主在偷偷看她，犹豫了片刻，从锦囊里掏了五块出来，想了想又扔回去两块，然后递到嘉敏面前：“吃吗？”

“我才不像……”

听到“不”字的时候，花琉璃就把手收了回去。

嘉敏：“……”她就知道这个女人没这么大方。

花琉璃站在人群中，发现了很多有意思的事。站在第一排的某位公主，姿态很端庄，偷偷吃藏在袖子里的东西时，竟然比其他人更从容。她左边的那位郡主，装作轻轻咳嗽，却在往嘴巴里塞东西。她甚至还闻到身后传来一股淡淡的茶香，回头看了眼，却看不出半点端倪。

京城里的人真不容易，经常参加重要聚会，为了不饿肚子，竟然摸索出这么丰富的偷吃经验。感慨完以后，她觉得太子真是人美心善，如果不是他，她就要成为寒风中饿肚子的小可怜了。

时间一点点过去，嘉敏盯着身边时不时偷吃的花琉璃，越发觉得腹中饥饿难耐。偏偏她想在贤妃娘娘面前留个好印象，做不出偷吃的行为，所以没有准备任何吃食。明知道她饿，花琉璃还吃得这么开心，真不是人！

临近午时，祭天仪式终于进行到最后一步，僧道们念过的经文，以及皇子、朝臣们写给上苍的祭文，都要焚烧给上天。

花琉璃看着慢慢升上天空的青烟，摸了摸空下来的锦囊，祭天仪式再不结束，她的零嘴都要吃完了。

再次行礼的时候，花琉璃晃了晃，似是有些体力不支，好在站在她身边的年轻郡主扶住了她。

“有劳。”花琉璃对这位郡主感激一笑。

“不用客气。”这位郡主长着一张圆脸，笑起来十分和气。

祭天仪式结束，花琉璃准备跟命妇们一起离开，却被太后身边的女官叫了回去。

“安宁，别看了。”嘉敏郡主瞥了圆脸郡主一眼，说道，“她一个外臣女，就算被封为郡主，又如何能与我们正经的皇亲国戚相比。”

“再说，”嘉敏冷笑，“就凭花琉璃的身份，你若是与她交好，掺和得起吗？”

安宁郡主眼睑颤了颤，把投向花琉璃背影的目光收了回来。

花琉璃跟着女官过来的时候，太子发现她腰间的两个锦囊空了，他轻笑一声。站在他旁边的英王恨恨地想，不就是父皇让他也去念祭文了，有什么好得意的。

“元溯，”昌隆帝转过头对太子道，“你随朕来。”

眼见父皇带太子一起乘坐御轿回去，英王差点把白眼翻出眼眶，可是看到走过来的花琉璃，他又把眼珠子翻了回来。

怎么说都是差点成为他王妃的女人，脸还是要的。

“臣女见过陛下、太后娘娘、太子殿下，诸位殿下。”花琉璃朝众人行礼，她的目光扫过众人，看到了一直都没机会见到的四皇子。

据传四皇子生母身份并不高，但比较传奇的是，他有个考上状元的舅舅，并且能力出众，颇受皇帝信任。

四皇子容貌不如太子，但也称得上面如冠玉，俊秀出众，只是看起来有些沉默寡言，冷冷淡淡的，似乎很不好相处。

“来。”太后牵住花琉璃的手，见她的手是温热的，放下心来，“走，随哀家回宫。”

太子走过来扶住太后：“皇祖母，您小心脚下台阶。”

“好好好。”太后很喜欢孙儿的亲近，她对太子道，“折腾了大半日，你也累了，回去好好休息。”

“皇祖母您都这么精神奕奕，孙儿就算累了，也不好意思在您老人家面前说出来。”太子叹气，“孙儿也是要脸面的。”

太后被太子逗笑了：“哀家瞧你这样子，就是没皮没脸。”

花琉璃跟着弯起嘴角笑，她以前以为皇家处处都在讲规矩，在寿康宫住了段时日后，发现皇家的人也是人，私下也有亲近玩笑的时候。

“花小丫头，你在笑什么？”太子注意到了花琉璃的笑。

花琉璃轻轻地摇头：“殿下，臣女想到新的一年大晋会风调雨顺，就忍不住高兴呢。”

太子盯着花琉璃，花琉璃睁大眼睛回望。

“陛下，您瞧太子。”贤妃走到昌隆帝身边，微笑道，“笑得真开心。”

昌隆帝欣慰地点头：“元溯这孩子母亲早逝，所以一直与太后十分亲近。”

贤妃：“……”

她想说的是这个吗？陛下就没看到太子与花琉璃的亲近，就没有怀疑过这两人有儿女私情？

贤妃很想抓着昌隆帝的手猛地摇几下，然后指着太子与花琉璃让陛下给这两个祸害指婚。她就不信了，太子若是娶了花家女儿，陛下还能心无芥蒂地信任他。

“是啊，不仅太子开心，福寿郡主与太后、太子相处也很融洽呢。”贤妃觉得，这个话题她还能勇敢地抢救一下。

“嗯。”昌隆帝面带笑意，“琉璃这孩子，性格纯良，与太后相处得极好，太后待她如亲孙女。”

贤妃：“……”

这男人的眼神，多半是出问题了。

“对了。”昌隆帝脸上的笑容一敛，说道，“在临翠宫的投毒事件还未查清前，你暂时不要太过靠近福寿郡主了，那孩子身体弱，禁不得惊吓。”

贤妃：“……”

“嗯？”见贤妃没有说话，昌隆帝微微皱眉，转头看她。

“陛下说得是，妾也很是心疼福寿郡主的身体。”贤妃面带感激，“但是陛下愿意相信毒不是妾下的，妾的内心……真是太感动了。”

“朕知道你做不出来这种事。”昌隆帝神情淡淡的，以贤妃的脑子，也弄不来三息散这种宫中禁药，他心中十分有数。

等太后和陛下先行离开后，英王上前扶住贤妃：“母妃。”

母子二人到了轿边，贤妃按捺不住心中的激动之情道：“我儿，我们还有机会。”

英王见母亲面带喜色，小声问：“父皇刚才与您说了什么？”

“陛下从未怀疑过我给花琉璃下毒，说明在陛下心中一直是信任我们母子的。”贤妃拍了拍英王手臂，“我儿，你要多努力。”

“儿子省得。”英王想，他与太子不同。太子生母早亡，连个用得上的母族势力都没有，他跟太子不一样，他还有很多机会。

京城的官员发现，低调了半个月的英王最近几天又抖起来了，不仅给陛下献了什么天降祥瑞，还让乐人谱了一首歌颂陛下的曲子。据说每次听这首曲子，英王都会掩面涕泣，感慨陛下的丰功伟绩，贤明仁德。

当事人昌隆帝听到这件事后，叹息一声，赏赐了英王一些东西，顺便委婉提醒他，以后不要再让乐人唱这首歌了。

“父皇这是何意？”英王看着屋子里摆放的御赐之物，若有所思，“难道父皇是觉得这首曲子写得不够好？”看来他应该找乐人重新编曲才是。

祭天大典结束后，花琉璃又被太后留了几日，才被太后依依不舍地放归。衣服首饰塞了几大箱，太后犹觉得缺了几套好看的衣服。

知道太后是真舍不得自己离开，花琉璃心中也生出了不舍之情。早上起床后，她就一直陪在太后身边，说话逗太后开心。

“算算日子，你父母也快要返京了。”太后看了眼天色，说道，“时近中午，你用了午膳再走。”

低头看了眼被太后轻轻握住的手，花琉璃点头：“好。”

“你在边关长大，刚回京就被哀家接进宫中，也许有很多事情都还不清楚。”太后叹息一声，“这是我们大晋最繁华的地方，也是最复杂的地方。不要轻易相信一个人，但也不用为其他事放弃本心。”

“太后。”花琉璃心头微颤，她没想到太后会为了她把话说到这个地步。

“哀家说这些，不是为了让你担忧害怕，而是想告诉你，你是陛下亲封的郡主，你的父亲是顶天立地的将军，你的母亲是巾帼英雄，你不用为任何人改变。”太后拍了一下花琉璃的手背，郑重地说道，“你还小，而人的这一辈子还很长。”

花琉璃眼眶微红，重重地点头：“太后，臣女记住了。”

“走，跟哀家去用膳。”太后温和一笑，仿佛不觉得她刚才说的那些话有多惊世骇俗。

用完膳，就算太后再不舍，也只能安排宫人送花琉璃出宫。

少了一个小辈，寿康宫顿时安静了下来，太后躺在凤床上，没有半点睡意。她的贴身女官小声问：“太后，您可是走了困？”

“哀家是不放心那个丫头。”太后让女官扶自己起来，说道，“京城里的人，可不像边关的人那么简单。”

“太后，您待福寿郡主可真好。”女官挽起帘子，扶太后到窗边坐下。

“那孩子的眼睛好看。”太后笑道，“心也诚。”

“这话怎讲？”女官见太后有谈兴，便大着胆子多问了几句。

“每次她与哀家出门时，手臂一直是护着哀家的姿态。”太后十五岁进宫，现已年过花甲，经历过不少事，看过不少人，自认看得懂三分人心。

“看来是宫中的刺杀事件，让她以为宫中处处危险，随时都有可能冲出一个杀手。”太后失笑，“她那细胳膊细腿的，让哀家看着都揪心。”

“还是太后您火眼金睛，奴婢什么都没看出来。”

“那是因为你没见过琉璃的母亲，当年琉璃母亲护在哀家身边时，也是这般姿态。”太后笑着说道，“当年哀家问她，为何要如此。她回答说，那种姿势最容易发现敌人，也最容易把哀家护在身后。”

说到这里，太后忍不住笑出声：“到了哀家这个年龄，身边从来不缺刻意讨好的人，但是这样心诚却不说出口的孩子实在不多见。”

女官闻言，语气里不免带上几分遗憾：“只可惜郡主体弱，不然也会成为将军夫人那般的巾帼英雄。”

“儿孙自有儿孙福，谁说子女一定要像父母那般生活。”太后倒是看得开，“万事不可强求。”

女官轻轻给太后捶腿，说道：“太后说得是，奴婢只是有些心疼郡主的身体。”

太后点头叹息：“这倒是，身体不好还爱挑食。等她父母回京，我让他们好好管管她。”

女官心想，郡主跟着父母在边关生活了十五年都没改过来，这辈子恐怕都很难改了。

马车从寿康宫出来，还没行多久，花琉璃就听到有人在叫自己。

“福寿郡主，请留步。”

花琉璃掀开帘子，看到一位穿着浅色宫装的女人被宫女扶着，面带笑意地看着她。

“请淑妃娘娘安。”花琉璃从马车上下来，给淑妃行了一礼。淑妃是五皇子生母，据说是书香世家出身，难怪把五皇子养成了一位如玉君子。

“郡主不用多礼。”淑妃伸手虚扶花琉璃，问道，“你这是要出宫？”

她看了眼跟在花琉璃身后的几辆马车，知道里面装的全是太后、陛下还有太子给花琉璃的赏赐，从身后宫女手中拿出一个宝盒，说道：“不知郡主今日便要出宫，原本还打算去寿康宫看你。听闻郡主体弱畏寒，这块暖玉有养身之效，郡主若是不嫌弃，就收下吧。”

“这怎么好意思……”

“它对郡主有用，那便是暖玉。留在我那里便是无用的石头，能让郡主喜欢，便是它最大的用处了。”淑妃是个温柔的女子，每句话、每个动作，都让人觉得舒适极了。

最后花琉璃收下了这块暖玉，拜别淑妃后，她又在路上巧遇了宁王的生母容妃、英王的生母贤妃，每个人都送了她一份厚礼。

“如果四皇子的生母林妃也来，那我今天就厉害了。”花琉璃把三个礼盒放在一起，叹了口气。

“宫里的人，心思真复杂。”鸢尾把礼盒收在马车坐垫下面，把一袋肉干放到花琉璃手里。

自从太子发现花琉璃喜欢吃这种肉干后，每日都让宫人给她送来，这袋是昨天没吃完的。

花琉璃嗤笑一声，这三位娘娘也不容易，明明不是那么喜欢她，却要摆出拿她当亲生女儿的态度，还要费心给她准备礼物。

"福寿郡主，请留步。"

主仆二人对望一眼，花琉璃把肉干塞回鸢尾手里，搓着手道："终于来了。"

她掀起帘子往外面一看，马车竟已经到了宫门口，太子骑在一匹雪色骏马背上，正似笑非笑地看她。

"殿下？"花琉璃没想到来人不是林妃而是太子。她下了马车等太子慢慢骑着马过来，忍不住多看了几眼马儿，心中暗道好漂亮的马。

"喜欢？"太子问。

花琉璃小幅度地点了点头。

太子翻身下马，把缰绳放到花琉璃白嫩的掌心，说道："喜欢就送你了。"

"啊？"花琉璃愣住了，这么随意的吗？

"怎么了？"太子见花琉璃愣愣地看着自己，问道，"孤今日有何不对之处？"

"殿下今日仍旧俊美无双。"花琉璃摇头，伸手摸了摸马儿的头顶，见马儿没有反抗她的动作，忍不住笑道，"此马乃神驹，臣女身体不太好，平日里骑马的机会并不多，它留在我身边……浪费了。"

"好马配君子。"花琉璃对上马儿清澈的大眼睛，眼角眉梢皆是笑意，"臣女确实很喜欢它，但它留在殿下身边更有用处。"

太子看着花琉璃眼中的笑，沉默片刻，说道："孤明白了，这匹马孤替你养着，等开春后你身体痊愈，我再把它给你送过来。"

花琉璃把缰绳还回太子手里，道："臣女先谢过殿下。"

"回府后不要挑食，小孩子好好吃饭才能长得高。"太子让太监把一个半臂长的盒子交给送花琉璃回府的宫人，说道，"再过十日便是除夕，到时候宫中会举办宫宴，来之前先吃点东西垫肚子。"

花琉璃："……"

"那些玩意儿看着不错，吃起来不怎么样。"太子很想拍花琉璃的脑袋，想起自己不是她的亲生兄长，所以把手收了回来，说道，"行了，你早些回去，孤也该回宫了。"

"殿下慢走。"花琉璃笑眯眯地挥手。

太子翻身上马，俯身对花琉璃道：“对了，孤还没有好好谢过你的救命之恩，那日多谢郡主了。”

花琉璃想起太子说的是东宫遭遇刺客那日，她捂着胸口白着脸道：“臣女担不起殿下的谢，那只是巧合，非臣女之功。”

“巧合在你身上，那也是你的功劳。”太子一笑，“不然为什么别人没遇到？”

“殿下忘了，您也救过臣女。”花琉璃仰头看着马背上的太子，“当日临翠宫中，若不是殿下您让人送东西过来，也许臣女已经把那杯毒酒喝下了。”

太子看到，花琉璃的眼中有个清晰的人影，那是自己。

他到底没忍住，伸出食指轻轻点了一下她的头顶，道：“回去吧，路上小心些。”

说完，他一拍马背，马儿踢踢踏踏进了宫门。

花琉璃回到马车里，打开太子送她的大盒子，瞬间眉开眼笑。盒子里面放着各种好吃的零嘴，用格子分开装着，每一格都装得满满的，散发着诱人的味道。

“鸢尾，我觉得五位皇子里，最好看的就是太子。”花琉璃把盒子里那张“不可多食，按时用膳”的字条放到旁边，每格零嘴都尝了一遍，眯着眼感慨，“尤其是今日，格外俊美，无人能敌，天下无双。”

鸢尾笑：“您夸的是太子吗？您夸的是愿意送美食给你的太子。”

“不，我是那么肤浅的人吗？”花琉璃摇头。

她夸的是翻身下马后，把缰绳递到她手里的太子。

好看着呢！

第六章

除夕宫宴

最近花府的厨子特别忙，因为三公子嘴突然变得有些挑食，今天要吃这种鱼，明天要吃那种蟹，后天又要吃什么鸡，口味更是一天两变，中午要吃京城风味儿的，到了晚上却要吃南边风味的。

“我听说读书人压力大得很，西街那边有个读书人，前几天疯了。”洗菜的丫鬟语气里带着几分忧虑，很是感慨。

掌勺的厨子把鸡汤熬得很浓，浇在青菜上，等下人把这道菜端走，摘下面巾道：“这算什么，每到了科举的时候，贡院都要疯几个。知道国子监祭酒他们家的公子吗，他家算得上是书香世家了，几年前家中独子参加科举，最后是抬着出来的，如果不是宫里派御医过去，又有各种好药温养，人早没了。”

“这么可怕？”厨房里的丫鬟婆子们都有些担心，书香世家的公子尚且如此，花家世代习武，三公子该是背负着多大的压力？

“老杜，最近几个月多做一些养神的好菜。”丫鬟婆子们把几位厨子围起来，一个说这种汤养人，另一个说那种汤对身体好，弄得大厨们晕头转向，恨不得当场做出十种汤堵住他们的嘴。

自从祭天大典过后，就常有人邀花长空去参加各种诗会茶会，花长空都以要在家中温习书本的理由推辞了。

很快京中就传出了消息，说是大将军的三儿子竟然热衷学文，想去参加科举。

这件事传到文官耳中后，他们心情有些微妙，既得意于诗书的魅力，居然武官的儿子也想做文官，又觉得马上就要有外人挤进来抢占他们的地盘了。

最后他们释然了，花家世代都是武将，花长空想要参加科举就让他来考，考了以后他们武将才会明白，文人几十年的苦读有多么不容易。也该让那些武将见识见识，他们文人不是靠着两张嘴皮子才在朝中屹立不倒，受陛下信任和重用的。

不过让大家想不到的是，朝中有几位文官在得知花长空准备参加科举后，竟然送去了不少应试的资料，宛如对待自家子侄。

其他文官很是奇怪，他们中间……是出现了叛徒吗？

“这些资料还挺详尽。”花琉璃翻着户部尚书让人送来的资料，说道，“我们家跟曹家交情很深厚？没听爹爹跟娘亲提过这事啊。”

“曹进伯跟林辉之是多年好友……”

“什么？！”花琉璃把资料往桌上一扔，道，“难道他是想给林辉之报仇？”

她就知道，天上不可能掉馅儿饼。

林辉之在朝堂上弹劾爹爹，把话说得那么难听，她也只是不让他吃肉。没想到那老头儿这么记仇，竟然还写信给好朋友告状！

“不太像。”花长空摇头，“看得出这些东西都是精心准备的，并无敷衍之意。”

花琉璃盯着花长空良久，若有所思道：“难道，他们想养出一个处处看自家不顺眼的盟友？”

“别瞎想。”花长空把一封拆开的信递给花琉璃，“父亲与母亲有信过来，他们最多一月过后就能进京，大哥与二哥留在边关，以防金珀国明降暗攻，报复边疆百姓。”

“大嫂和二嫂呢？”

“她们也留在了边关。”见小妹脸上流露出怅惘之情，花长空伸手揉了一把她的脑袋，说道，“名将亦有白头时，我们花家历代不被帝王猜忌，就是因为知进退，你不用多想。”

“我明白的。”花琉璃盘腿在铺着软垫的椅子上坐下，“我就是有些舍不得大哥与二哥一家。”

“金珀国已降，其他周边小国不敢轻举妄动，近几年是不会有战争发生了。待大哥二哥熬够资历，就能回京了。”花长空把一碟点心塞到花琉璃手中，说道，“小孩子不用管大人的事。”

“公子，东宫太子殿下派人送了东西来。”

花长空亲自把东宫的人送出门，把太子送来的箱子打开一看，里面全是书，最上面一本书《三十年科举集锦》，翻开看了看，里面是近三十年来精彩的文章以及解读。

再翻下一本，《科举十要十不要》。

再翻一本，《科举前膳食注意事项》。

下面还有什么《科举当日穿衣搭配心得》《科举准备事项》《状元趣事二三则》之类，可谓是寓教于乐，学习娱乐两不误。

花长空把一堆与八卦有关的书籍全部扔给了妹妹，从那以后，就时不时听到妹妹的大笑声。

这些书也不知道是谁编的，简直把朝中有名的文官的糗事全部写在了里面。

太子准备这些书的时候，知道这些书里写了什么吗？

临近除夕，这是花琉璃第一次不在父母身边过除夕，心情难免有些低落，连那些八卦书籍都不能逗乐她了。

她趴在窗棂边，看着院子掉光叶子的树木，叹息一声。

“郡主，您若是无聊，可以在京城里转一转。”鸢尾给她加了一件披风，说道，“要不然从那些请帖里挑个有意思的聚会参加？”

“不去。”花琉璃想也不想地拒绝，“我身体娇弱，不宜出门。”

“要不奴婢给您做好吃的？”

“不想吃。”花琉璃摇头。

鸢尾有些担心，连美食都吸引不了郡主，看来她心情是真的不好了。郡主一直被将军与夫人娇惯着长大，家里其他人对她更是娇惯得没有底线。这些年边关的日子虽然比京城艰苦，但很热闹，从未像今年这般冷清。

“小妹。”花长空从外面走到院子里，见花琉璃恹恹地趴在窗棂上，笑着朝她招手，“走，三哥带你去看蹴鞠。”

花琉璃坐起身，问道：“谁跟谁比？”

“英王与宁王养了两支球队，今天要打场比赛，京城里年轻的公子小姐都去瞧热闹了。”花长空走到窗户边，揉了揉花琉璃的头，“我们也去看热闹。”

“你不看书吗？”

“看书也要劳逸结合。”花长空朝花琉璃勾了勾手，“去不去？”

“去！”花琉璃说完就准备从窗户里爬出来，腿迈了一半，赶紧转身从大门匆匆跑出来。

英王与宁王是同年同月同日生的异母兄弟，两人本该是竞争关系，但宁王是个好逸恶劳贪生怕死的性格，与性格比较强势的英王相处得还不错。

宁王有个特别的爱好，那就是蹴鞠，虽然他自己脚法奇烂无比，但坚强的宁王并没有放弃自己的爱好，而是养了一支蹴鞠队，时不时举办场比赛，为京城百姓与贵族们带来乐趣。

花琉璃跟花长空赶到的时候，比赛还没有开始。得知他们要来，宁王特意给他们留了两个好位置，等兄妹二人落座，宁王就跑到花长空身边坐下，说道：“花三公子，听说军营里为了培养士兵的兴趣爱好，也举办过蹴鞠比赛？”

花长空点头：“确实如此。”

边关生活苦闷，将领们把士兵们闷久了会出现问题，所以平时除了训练，也会安排一些让士兵缓解压力的活动。蹴鞠算什么，他们连缝衣服大赛都办过。

“那一定很精彩！”宁王眼中有几分向往。

花长空表情有片刻的空白，精彩确实是精彩了，就是差点把门框打飞。从那以后，军营就不再办蹴鞠大赛，改成缝衣服大赛、做饭大赛之类了。

总之是友谊第一，比赛第二。

比赛正式开始后，花琉璃瞬间被各种尖叫欢呼声包围。

“跑！带球进去！蠢货！”吼的这位是皇室女眷，花琉璃看到她气得拔下头发上的金钗，朝蹴鞠场上掷了过去。

她默默把斗篷帽子套在了脑袋上，她怕这些激动的观众把东西砸在她脑袋上。身娇体弱的她，可禁不得这么砸。

球赛结束，咆哮的贵女又变成了淑女，气得面红脖子粗的儿郎们也变回了翩翩公子。

只是还有几个纨绔子弟，还在大街上为自己支持的蹴鞠队争吵。不知道是不是吵得太过火，花琉璃在马车里看到，两边带的小厮快要打了起来。

街头对面的茶楼上，有人正冷眼看着这一幕。

“主子，只要他们打起来，我们的人就能趁乱杀死田锐栋。”

茶楼上，男人端着茶杯，嗤笑一声。

“嗯。”男人满意地点了点头，忽然他看到了一辆从街角拐过来的马车，这辆马车让他想起了某些不太好的回忆，问道，“你确定这次不会失手？”

“属下拿项上人头担保，绝对不会。”

安插在其中的小厮，已经潜伏了近四年，绝对不可能出现意外。

宁王外祖家的人，杀了英王外祖家的人，这场戏就热闹了。

“要不是你们那边的队员假摔，我们这边会输？”田锐栋挽起袖子，准备上前跟对方干一架。

“你说假摔就是假摔？”对方也不甘示弱，当年若不是贤妃故意让英王先出生，现在的皇长子就该是他们宁王。

“我长了眼睛，难道还看不出来？！”

“有些人长了眼睛，也跟没长一样。”

“嘿，我这暴脾……”田锐栋狠话还没放完，忽然注意到了街上那辆慢慢驶来的马车。

花琉璃掀开车窗帘子，温柔一笑：“田公子？”

这不是花家那位仙女儿似的姑娘吗？田锐栋袖子一放，衣服一整，一阵风似的奔向了花琉璃的马车。

田锐栋跑路带风，快到马车前时反而害羞了，他放慢步伐，整理好身上的衣衫，上前作揖：“郡主可是准备回府？”

“正是。”花琉璃看了眼角落里那些剑拔弩张的公子与小厮们，装作不知道他们准备打架，问道，“诸位公子在此处玩乐？”

田锐栋想点头称是，可是想到隔壁街的隔壁是有名的柳巷，赶紧摇头道：“我们只是刚巧路过，正准备回家念书呢。”

他听说花家三公子准备参加春闱，福寿郡主肯定比较喜欢念书的年轻郎君。

“原来如此。”花琉璃掩嘴轻笑，“读书也要讲究劳逸结合，田公子切不可太过劳累。”

田锐栋晕乎乎地想，花家小仙女这是在关心他的身体？想到自己当初吓得小仙女生了病，而她居然还关心自己的身体，这是何等善良的姑娘！

“郡主说得是，郡主说得是。”这会儿就算花琉璃指着路边的大汉说这姑娘长得真好，田锐栋也只会鼓掌说，郡主眼神真好。

看着田锐栋脸上憨厚天真的笑，花琉璃笑容更加温和：“两日后陛下要在宫中举办宫宴，田公子可去？”

“去的，去的。”他姑妈是贤妃，家里人又是世代为官，这种宫宴他还是有脸面去凑个热闹的。

“公子能去太好了，我与家兄常年待在边关，与京中诸位公子姑娘并不相熟。家兄不擅饮酒，宫宴上还请公子照看几分。”花琉璃偏过头咳嗽几声，才继续道，“若是太麻烦公子的话……”

“怎么会麻烦？”田锐栋道，“花三公子文武双全，相貌堂堂，即使没有在下，也是无数公子想要结识的翩翩公子。承蒙郡主不嫌弃，在下会与友人们照顾好花三公子，不让别人灌他的酒。”

“多谢。”花琉璃朝田锐栋道谢。

就在这时，有公子哥儿忽然发出惊呼声。花琉璃抬首望去，几个小厮正七手八脚把一个灰衣小厮摁在地上。

“怎么回事？”田锐栋面上有些挂不住，他刚跟花郡主说只是路过，扭头他们就打起来了，这不是摆明了告诉花郡主他刚才在撒谎？

“公子，这个小厮身上带了凶器。”田锐栋的随身小厮咬牙切齿道，“小的方才看他一直想往您身边凑，没想到打的竟是这个主意。”

“陈蔚，你这是什么意思？”田锐栋反应过来，这小厮竟然想杀他！

大晋律例早有规定，普通百姓不可随意携带刀具上街，各府的刀剑等兵戈皆是要登记在册的，不然就是“私藏兵器”的大罪。

“这、这……”听到田锐栋的质问，名为陈蔚的年轻公子茫然地看着被按在地上的小厮，糊里糊涂地答不出话来。

这个小厮在他身边伺候近两年，勤快又讨喜，从未出过错，怎么会做出在身上藏匕首这种犯律例的事？他是看着匕首从小厮身上掉出来的，众目睽睽之下，连说这是田锐栋栽赃陷害都说不出口。

“王爷，田公子好像跟人起了争执，我们要不要去看看？”街头另一边，太监远远看到了被人群围住的田锐栋。

坐在马车里的英王听到有乱子，把掀起的车窗帘子赶紧放了下去，说道：“不看，赶紧回府。”

他如果再多管闲事，他就是猪。

“先把人扣押起来。”田锐栋向花琉璃告了一声罪，走到陈蔚面前道，“陈蔚，平日里咱们几个虽然互相看不顺眼，但还没到动刀子的地步吧，你这……”

他伸出脚想要帅气地踢一下地上的匕首，可惜脚下一滑，匕首没有踢到，差点在地上摔一跤。

有些尴尬地站好身子，田锐栋假装没有看到地上的匕首，厉声道：“这事你如果不说清楚，我们只能报官了。”

小辈们争争吵吵，那叫小辈之间的打闹。如果闹到报官的地步，就成家族矛盾了。

陈蔚也知道事情的严重性，他虽然看不惯田锐栋得理不饶人的狗样子，但还是忍下了脾气，说道：“这事跟我没关系，我也不知道他会在身上带利器。”

“这小厮在你身边跟了那么久，对你最忠心不过，你说你不知道，打算蒙谁呢？”跟田锐栋交好的纨绔反讽道，“谁知道你心里打的什么主意。”

田锐栋眉头一皱，最近英王又得了陛下不少赏赐，宁王什么都没有，所以陈家看了眼红，陈蔚就跑来捅他泄愤？

“我如果真想报复他，那也是找人少的地方套麻袋揍他一顿，犯得着在大庭广众之下让小厮捅死他吗？”陈蔚反驳，“又不是脑子有问题。”

都是京城有身份有地位的纨绔，他不爱跟田锐栋这群人玩的根本原因就是他们太蠢，蠢得他怕自己跟他们站在一起，别人会以为他跟他们一样蠢。

说完，他弯腰伸手去捡地上的匕首，想从匕首上找到一点线索。

“等等。”

微风拂过，带来淡淡的香味。陈蔚抬起头，看到一个穿着白狐斗篷的少女徐徐而来，他弯腰的动作顿住了。

“陈公子，小心匕首上有毒。”花琉璃在离陈蔚五步远的地方站定，转头看向跟她一起过来的花长空，喊道，“三哥。”

花长空蹲在地上看了几眼匕首，起身道：“报官吧，这把匕首上有见血封喉的剧毒。”他扭头看向田锐栋，算这小子命大，这种毒有时候会用在射杀敌方将领的箭头上，由于制作过程非常麻烦，世间已经没有几个人能够制这种毒，所以一滴价值千金。

如果田锐栋死在这把匕首上，也算得上是死得金贵了。

“报官，马上报官。”陈蔚面色沉下来，转头对身后其他小厮道，“马上回府清查，哪些人与这小子交好，他平日喜欢去什么地方，还有跟府外什么人来往过。”

这个小厮进府已经有三四年时间，做他的贴身小厮近两年，他从未想过，看似不起眼的人，差点害了他们全家。

大理寺中，大理寺卿摸了摸自己脑袋上越来越稀少的头发，长长叹息一声。部门中积案不少，英王那边天天盯着福寿郡主差点被毒杀的案子，而皇上还让大理寺密查东宫刺杀案，他已经连着好多天没睡个踏实觉了。

“大人。”

看着属下匆匆跑来的姿态，大理寺卿就知道，肯定又发生了京兆府无法处理的案子，被推到了大理寺这边。

“又发生了什么案子？”大理寺卿摸了摸稀疏的头发，再次发出长长的叹息。

“陈家公子派人来报案，说有刺客潜伏在他身边，冒充他的小厮，欲刺杀田家二公子。”

“哪个陈家，哪个田家？”大理寺卿还在努力挣扎，希望属下口中的陈田两家不是自己想的那两家。

“就是……贤妃的娘家跟容妃的娘家。”

大理寺卿手一抖，拔下了几根本就脆弱的头发。

他抖着手看着掌心的头发，气极道：“最近是怎么回事，刺客们都出来接生意创收吗？短短一个月内，发生几起刺杀事件了！”

“大人，您且息怒。”大理寺少卿走进来，神情平静地道，“凡是要往好处想。”

“还能有什么好事可想？”大理寺卿把心爱的头发扔在地上，把官帽戴在了头上，用嫉妒的眼神看了眼大理寺少卿脑袋上浓密的头发，说道，“最近就没什么好事发生。”

“几桩涉及贵人的刺杀事件都没有成功，对于我们来说，已经是最大的好事。”大理寺少卿裴济怀见长官盯着自己的头发瞧，知道他见不得别人头发好的老毛病又犯了，一语双关道，“您想开点。”

“被英王堵着追问查案进度的人不是你们，你们当然想得开。”大理寺卿惆怅地抹了一把脸，“本官现在见到跟英王有关的人就头疼，济怀啊，今天这个案子辛苦你一下，你去处理。”

裴济怀沉默了。

大理寺卿捂着遮住发顶的帽子，看着他不说话。

裴济怀无奈地作揖道：“下官领命。”

大理寺卿满意了，头发多的人，就该承担更多的责任。

裴济怀赶到案发现场，看到田锐栋等纨绔旁边站着一位女子时，脑子里第一个想法是，这姑娘的头发真顺滑真浓密。

“孤听说这里发生大案了？”一个好听却不失威严的声音在他身后响起，他回身望去，发现身后不知何时停了辆马车，马车四周围满了卫兵。

马车帘子微微晃动，一只白皙的手掀起车帘，露出了坐在马车里的人。

“微臣拜见太子殿下。”裴济怀连忙行礼。

“在外面裴少卿无须多礼。”太子从马车上下来，说道，“孤就是随意过来看看。”

他扭头看向众纨绔子弟，眉梢微挑：“这么多人，挺热闹。”

“殿下。”花琉璃看到太子，把手从斗篷里伸出来，远远地朝他福了福身。

“这丫头怎么也在？”太子迈步走向花琉璃，见她白皙的脸蛋被斗篷遮住了大半，伸手拉了拉斗篷边上的狐毛，问道，“今天也去看蹴鞠比赛了？”

“三哥带我去凑了会儿热闹，殿下，你方才也在？”花琉璃把斗篷帽子拉了下来，问道，“臣女怎么没看见你？”

“没有。”太子把手背在身后，说道，“朝中有位致仕的老臣病了，孤代表父皇去探望一番。”

“裴济怀。”太子朝躬立一旁的裴济怀道，“去查案，无须在意孤。”

“是。”裴济怀心想，你一个太子站在旁边，谁能做到不在意？

街对面的茶楼上，男人把茶杯砸在了手下头上。

“绝不失手？嗯？！”

“请公子饶命。”

“我饶了你，又拿什么向主公交代？！”男人起身，一脚踹向手下肩膀，“上一个跟我说不会失手的废物，尸体埋在黄淮县，坟头已经开始长草了。”

“求公子再给属下一次机会。”手下被砸得头破血流也不敢有怨言，哀求道，“属下绝对不会再失手。”

“我不想再听到这句话。”男人气得双目赤红。

“那……那属下换个说法。”手下连忙道，“属下肯定能把事情办漂亮。”

“呵。”男人冷笑，想喝口茶冷静一下，伸手去拿茶杯才想起茶杯已经被他用来砸人了，忍不住又踹了手下一脚，说道，“我不管你们用什么办法，把花家的那个郡主给抓回来。”

一个破坏他三次计划的女人，他不会让她太过轻松地死去。

“是，属下领命。”

等公子离开后，这个手下眯着眼睛看向街对面，想让自己看得清楚一些。本来他的杀人手法跟轻功是杀手中最厉害的，可是因为眼神不够好，只能屈居第三。

大夫说这是因为他小时候只爱吃肉，不爱吃菜造成的。依他看，那个大夫纯粹是胡扯，兔子天天吃草，不还红着眼睛吗？

“大哥，”另外一个手下凑过来，小声道，“公子骗你的，上个办事不力的人坟头没有长草。”

“他还没死？”手下心中一喜。

“那倒不是。”后进来的手下摇头，“大冬天的，坟头长不出草来。”

“滚！”

“咦？”花琉璃突然觉得有些冷，于是把斗篷帽子又戴了回去。

见花琉璃怕冷的模样，太子笑道：“外面冷，早点跟长空回去。”说完，他回头看了眼被大理寺官员收起来的匕首，眼神渐冷。

“殿下，微臣与舍妹告退。”花长空不想加入皇子之争中，他扭头给小妹使个眼色，示意她不要逗留，赶紧走。

花琉璃向太子福了福身，跟在花长空身后朝马车走去。

“郡主。”田锐栋见花琉璃要走，小跑着追上去，说道，“郡主，敝府有些温养身体的药材，明日让人送到贵府可好？”

“多谢田公子好意，但我的身体是多年的毛病，需慢慢调养。”花琉璃温软一笑，“是药三分毒，我这样的身体……”

她释然一笑：“罢了，不说这些小事，田公子，告辞。”

田锐栋恍惚地目送花家兄妹离开，良久后才依依不舍地回到案发现场，问道：“那个想杀本公子的小厮呢？”

太子见田锐栋一脸傻气，叹了口气。田家真是祖传的脑子不好，命差点丢了，还不忘向姑娘献殷勤。

花家世代出名将，能够带兵打仗的都是聪明人，这两家后代不合适。

门不当户不对，连脑子都不匹配。

“田锐栋。”太子开口道，“最近没事不要出门，孤不想下次见到你，是在大理寺的往生室。”

田锐栋抖了抖，他忽然反应过来，方才若不是福寿郡主唤他一声，他想去跟郡主说上几句话，那他……

想到这里，田锐栋浑身冒着冷汗，伸手摸了摸自己的脖子，抖着手向太子行礼道：“多谢殿下提醒。”

"殿下。"裴济怀对太子小声道，"匕首上的毒，是价值千金的秘药，一年前护国大将军射杀敌方首将，箭头上就涂有这个。"

决定大晋与金珀国战场输赢的转折点，就是一年前护国大将军射杀了金珀国名将图卡，从此金珀国节节败退，就连亲自带兵的二皇子也被活捉。

战场上能射杀敌首，是鼓舞士兵的最好办法。但是图卡作为金珀国最优秀的将领，浑身上下都穿着金甲，几乎没有任何肌肤暴露在外面，唯有眼睛。

两军交战，花应庭能一箭把其射杀，这是何等神勇的箭术？

只可惜这样的神将，在攻打克尔城时受了重伤，无法再上战场。太子看着被木盒装起来的匕首，语气冷漠地说："幕后黑手，不仅想挑起英王与宁王的矛盾，还想让人猜忌花家？"

裴济怀不敢说是还是不是，他只是一个查案的，能做的只有找到杀人凶手，别的他不敢乱猜。

一日后，京城各部门突然变得紧张起来，街上的小偷小摸被抓得干净，花街柳巷也受到了最严格的检查。

"公子请息怒。"

"息怒？"男人捂住胸口，差点吐出血来，说道，"短短一日内，我们安插在京城的人被清扫大半。若不是你们这些没用的废物次次失手，泄露了踪迹，我们又怎会折损这么多人？"

"公子，京城里这些百姓狡猾得很，我们的人有一半都是被他们检举揭发的。"手下劝道，"公子，时局于我们不利，我们先离开吧。"

男人终于没有忍住，把心头血吐了出来。任他百般谋算，可人算不如天算，他算不了京城里那些神出鬼没，当面对人微笑，背后就跑去报官的百姓，也算不了计划中总会出现的意外。

大晋京城这个地儿，不仅皇室朝臣擅算计，连百姓都笑里藏刀，表里不一。

"传讯给各暗桩，找机会离开京城，注意不要引起他人怀疑。"男人用手帕缓缓擦去嘴角的血迹，抬眸看向站在角落里的男人，"五三。"

"公子？"被叫住的手下抬头看着男人。

“还记得我昨日的命令吗？”男人沉着脸道，“你留在京城，无论用什么办法，都要把花家那个郡主给我抓出来。”

若不是这个人，他不会接连失败这么多次。事到如今，唯有把她交给主公，才能平息主公的怒气。

“是。”五三道，“请公子放心，属下已经着手准备了。”

听到“放心”二字，男人又吐出一口血来，近一个月来，他何时放心过？

“京城里的人，就是吃得太好，闲得太无聊，没事都要折腾出阴谋诡计。”鸢尾一边给花琉璃整理着发间的凤钗，一边说，“郡主，今日去参加宫宴，您可要小心些。”

“没事，我这个人身娇体弱，别人说什么就是什么，不会跟她们起争执的。”花琉璃摸了摸眉间的额坠，接过丫鬟端上来的银丝面吃完，问道，“三哥那里吃了吗？”

“您放心吧，三公子心里有数。”鸢尾帮花琉璃补上口脂，说道，“时辰不早了，郡主，我们该出门了。”

皇室举办的宫宴，吃什么并不重要，重要的是能不能去参加，这代表着身份与地位。一些落魄的皇亲国戚，为了维持表面的荣光，想尽一切办法都要把自己的名字塞进邀请名单中。

进宫门的一段路，早已经用清水泼街，洒扫得干干净净。道路两边整齐排列着禁卫军，保证每位入宫人员的安全。

这是花琉璃第一次参加皇宫年宴，内心还有那么点好奇与期待。

外臣的马车是不能在宫中行走的，进宫以后，花琉璃就从马车里出来。她看着挂满各色灯笼的四周，眼中满是好奇和兴奋。

“小心看路。”花长空伸手扶她下马车，有太监过来引路，带他们往办宫宴的大殿走。

平日不觉得皇宫有多美，但是到了今夜，花琉璃才感受到夜色中的朦胧美。奇花异草在烛光下若隐若现，身姿窈窕的宫女提着宫灯穿梭其间，隐隐丝竹之声传来，恍若仙境。

“王爷，前面好像是花家的公子与郡主。”随侍太监见前方有人，仔细辨认一番后对英王道，“王爷，可要奴婢叫住他们？”

听到身后有动静传出，花琉璃扭头看去，见是英王与五皇子，朝他们礼貌一笑。

风起，吹动挂在旁边树枝上的灯，灯火摇曳，给灯火下的女子也染上了几分出尘之色。

英王愣愣地看着这一幕，脑子里闪过了一句文绉绉的话——蓦然回首，那人却在灯火阑珊处。

他尚未回过神，双脚已经走到了花家兄妹面前。

“王爷安，五殿下安。”

“不必多礼。”英王回过神来，他注意到花琉璃穿的斗篷上绣着环环绕绕的缠花枝，虽然不如牡丹芍药美艳，却是十分柔美可人。

往日里，他总嫌这种绣纹过于素淡。

“既然巧遇，那便一起走吧。”英王邀请兄妹二人同行，时不时询问一下军营里的士兵生活，以示自己的亲近与关心。

五皇子面带微笑地跟在英王身后，端的是风度翩翩，温润如玉。

不知道是不是这些皇子约好了进宫的时辰，半路上他们又遇见了宁王与沉默寡言的四皇子。四位皇子凑在一块儿，很有声势。

从表面上看，花琉璃看不出这四位皇子各怀心思，就连性格比较暴躁冲动的英王，也是一副体贴好兄长的模样。

穿过宫道，花琉璃看到了大殿外宽敞的空地，远处有一队提着宫灯、抬着步辇的宫人朝大殿门口走着。

整座皇宫，能毫无忌讳地乘坐步辇的人只有三个：圣上、太后，还有太子殿下。

花琉璃侧头看向四位皇子，他们的表情疏淡，看向那一行人的眼神中带着她看不懂也不想看懂的情绪。

哎呀，没想到这些皇子也搞小团体排挤这种事。

他们四个凑一块儿，却不跟太子殿下玩，现在看到人，也一脸“我们高攀不起你，我们不跟你玩”的表情。

小伙子们，知不知道嫉妒使人丑陋？

花琉璃捂着嘴咳嗽几声，拉着花长空快步来到太子面前，行礼道：“太子殿下安。”

她花琉璃，绝不跟这些爱搞排挤的小团体同流合污。

“小丫头，今天盛装打扮了？”太子看到她，轻笑出声，从步辇上下来，说道，“你第一次参加宫宴，很多事情不懂，等会儿陪坐在皇祖母身边就是。”

花琉璃问：“会不会逾矩了？”

“皇祖母是天下百姓的祖母，小孙女陪着祖母坐，有什么不合规矩的？”太子偏头，仿佛才看到四个向他拱手行礼的兄弟，淡淡道，“自家兄弟，不必多礼。”

四位皇子口称不敢，还是坚持把礼行完，才跟在太子旁边。

太子没有理会他们，俯首小声问花琉璃：“来之前，有没有听孤的话？”

花琉璃愣了愣，随即便明白太子的意思，小幅度点了点头。

“等下进去不用说话，听孤的安排就行。”太子看着花琉璃发间的步摇轻轻晃来晃去，晃得他有些眼花，忍不住伸手把斗篷上的兜帽胡乱给套在了她头上。

“殿下。”花琉璃瞪大眼睛，“臣女的头发乱了。”

“没事，等下你坐皇祖母旁边，别人不敢看你。”太子干咳一声，把不老实的手背在了身后。

花琉璃把兜帽小心翼翼地摘下来，往花长空身边退了退。

别的可以商量，发型是不能乱的。

英王看着花琉璃白皙的小脸蛋，手指头莫名有些发痒。一行人进了大殿，各自行完礼后，他走到贤妃旁边，小声道：“母妃，儿子觉得花家的小姑娘……”

“你想都不要想。”贤妃连眼皮都没有抬一下，冷声道，“本宫不会同意。”

自己儿子是什么德行她最清楚，当初看到花琉璃的第一眼，她就知道以自己儿子的贼眼光，定会看上她。

“儿臣什么都还没说呢。”英王怕别人听见，声音压得特别低。

“你不说，我也知道你在想什么。”贤妃深吸一口气，众目睽睽之下，就算是在骂儿子，她也要保持最完美的笑容。

英王愣住，他看着贤妃脸上挑不出半点错处的笑，沉默片刻后站直身道：“儿臣明白了，儿臣告退。”

“姐姐，明昊对你真孝顺，进来第一件事就是给你行礼请安。”容妃看了眼对面坐在椅子上低头吃东西的宁王，叹息一声。

怪只怪她当年想跟贤妃抢着生下皇长子，产期未到便喝了催产的药，生下来的孩子既不能跟英王姬明昊比武艺，也不能跟五皇子姬宴丘比才华，不用说更不能跟文武双全的太子相比了。

贤妃听到容妃的话，干笑了一声。她心下却想，孝顺才怪！

她扭头看向被太子带到太后身边的花琉璃，柔弱、漂亮，身上还有着被家人宠出来的娇憨。若这是自己的闺女，她也许会十分偏爱她。可她不是。这样的女子，就算抛开她麻烦的身世背景，也不适合做一个王妃。

“皇祖母，孙儿把您喜欢的小丫头带过来了。”太子把花琉璃塞给太后，陪她说了一会儿话，直到昌隆帝来了，才起身去给昌隆帝行礼。

像这种场合，皇子们为了显示孝顺，都会给太后与皇帝备礼。幸好宫中无后，不然他们还要多准备一份礼。

对此，皇子们都很感激皇帝爹。当然，如果皇帝爹愿意让自己母妃做皇后，他们会更加感激的。

老大英王照旧是金观音玉佛之类，这些年他对金玉做成的礼物爱得深沉。宁王送的是什么珊瑚树，反正也是花钱的玩意儿。

四皇子送的是什么五谷丰登寓意吉祥的东西。花琉璃十分怀疑，这位皇子是想省钱，因为她听说四皇子外祖家不太有钱。

五皇子送的是亲手作的画，花琉璃看完，往群臣脸上看了一眼，他们表情很平静，平静得仿佛早已经习惯皇子们的送礼风格。

“郡主。”鸢尾借着蹲在旁边给花琉璃剥水果，小声跟花琉璃道，“奴婢听说，五皇子有个爱好。”

花琉璃挑眉，示意鸢尾继续说下去。

“五皇子特别喜欢作画，并且对自己的画技十分有信心。据传去年有个人说五皇子的画不怎样，被五皇子记了一年的仇，最后不得不违心改口夸五皇子是千年难得一遇的绘画奇才，五皇子才饶了他。”

花琉璃看着在人群中风度翩翩的五皇子，实在没想到这人竟然还有这种怪癖。她突然对五皇子亲手作的画，有些好奇了。

太后注意到花琉璃盯着她面前一堆礼盒看，以为她好奇这些东西，朝她招了招手。

等花琉璃靠过来以后，太后小声道："没什么好看的，这些玩意儿每年都换汤不换药。"可有什么办法呢，送礼物的都是她孙子，她就算不喜欢，也怕伤着他们的心，不仅要夸好，还要在自己宫中找地方把这些玩意儿摆出来。

好在她总共就五个孙子、三个孙女，如果再多来几个，她只怕寿康宫没地方摆礼物。

"太子献贺礼。"随着太监的唱报声响起，太后把目光投向站在皇帝面前的孙儿。

太子送给皇帝的是几种提高产量的农作物，皇帝高兴得多喝了一杯酒，想喝第二杯的时候，被太子劝住了。

太后收到的是各色布料，虽然只是礼单，但是关于布料的各种介绍已经让太后笑逐颜开。

看着礼单上的东西，花琉璃似乎有些明白太后为什么对太子多一份亲近了。对于太后而言，金银玉器易得，真心难得。

太子不管别人看到他送的全是布料会怎么看待他，因为他知道太后喜欢的是什么。而其他皇子，更想让外人看见他们的孝心，他们的诚心。

她若是做了老祖母，大概也会喜欢真心考虑她喜好的孙辈。

众妃嫔得知太子送给太后的是各种布料后，都觉得这些年太子被捧得有些得意忘形了。她们想：太子这分明就是没有精心准备，临到头才找来一堆布料应付敷衍，太后娘娘能缺那点布料？倒是那几种经过选种培育的种子有意思，太子府能人众多，其他皇子又不能像太子那样，有一大堆属臣光明正大地为他出谋划策，倒是让太子占尽了便宜。

送完年礼，接下来就是朝臣表面吹嘘皇子实际是抬高皇帝的流程。在这方面在座官员都是专业的，甚至还有才华出众者当场作诗一首，诗的大意就是：陛下啊，你是那紫微星下凡，你的光芒照耀所有臣民。皇子们有你才更精彩，皇子们有你才更出众，世界因你才存在。

没见过这种场面的花琉璃被他们惊呆了，从头到尾听得津津有味，连眼睛都舍不得眨。

吹捧流程走完，歌舞宴席开始。花琉璃见太后准备让女官把桌上那堆礼盒拿走，赶紧道："太后，臣女听闻五皇子尤擅绘画，画作栩栩如生，不知臣女可否观摩一番？"

此言一出，花琉璃觉得太后的表情有些僵硬，心下不由得疑惑，难道她说错话了？

"宴丘这孩子，确实从小就喜欢画画。"太后表情有些复杂，"不过这只是他个人爱好，外面的话不用当真。"

花琉璃想，太后提起自家人还挺谦虚的。

"罢了，你想看就看吧。"太后把装着画卷的礼盒放到花琉璃手里，神情十分……淡然。

花琉璃小心翼翼地打开卷轴，留白处写着"紫气东来"四字，字很漂亮，跟五皇子的气质挺相配。

她想：字这么漂亮，画肯定惊艳。把画完全展开后，花琉璃沉默良久，抖着手把画卷了回去。

都说做长辈的不容易，原来皇家的长辈也一样。难怪太后娘娘会说这种话，她原以为是谦虚，原来是实诚。

"这幅画……留白上的字体潇洒飘逸，很有五殿下优雅之气。"花琉璃把礼盒交给太后的女官，说道，"画作的寓意也很吉祥，可见五殿下对您很孝顺呢。"

太后沉默地看了花琉璃一眼，似乎无话可说。

"五殿下十分孝顺，常常为太后与陛下作画，多年未曾中断。"女官收起礼盒，笑着替五皇子说了句好话。

花琉璃顿时有些同情太后与皇帝，有事儿没事儿总收到这种水平的画作，还要绞尽脑汁找一些夸奖的词儿来鼓励他，这是何等感人的祖孙情、父子情？

"今年的杂艺似乎有些意思，看看。"太后并不想聊五皇子的画。

"是挺有意思的。"花琉璃点头，扭头看起表演。

她从小待在边关，到了年底虽然大家都会聚在一块儿热闹，但都是草台班子，与宫中表演的这些差得很远。

宫宴到了最后，就有一些贵族跟着乐声翩翩起舞，十分热闹。不管是贵族，还是靠科举跻身朝廷的寒门文人，都要学习君子六艺，兴起时跳几下，那是常态。

太后年纪大了，见大家玩得开心，提前离了席面，走之前还不忘把自己身边的女官留下来照顾花琉璃。她老人家担心花琉璃不会跳京城流行的贵族舞蹈，被其他贵女排挤。

“福寿郡主，你不去跳？”二公主见花琉璃坐着未动，上前问她，“不如跟我一起？”

“多谢公主好意，只是臣女身体虚弱，若是不小心摔了跤，反而败坏了大家兴致。”花琉璃摇头，“这样看着便好。”

二公主知道她身体状况不太好，没有强邀她一起，转身与几个公主郡主跳了起来。

这些贵女们从小受到最好的教养，舞姿十分优美，宛如仙人漫步。花琉璃单手托着下巴，看着这些漂亮优雅的女子，忍不住露出了笑意。

“郡主。”温润如玉的五皇子见花琉璃独自坐在桌边，走过来道，“茶冷了，让宫人给你换一盏？”

“不用，臣女并不喜饮茶。”花琉璃没想到五皇子会过来找她说话，放下托着下巴的手，起身向五皇子行了行礼。

五皇子回了个揖礼，说道：“方才本王见郡主似乎在看本王的画，不知郡主在绘画方面，可有什么见教？”

花琉璃：“……”

嗯？！

她只是心里好奇，五皇子突然这么问，她很为难的。

见花琉璃沉默不语，五皇子脸上的笑意渐淡：“是本王的画不够好……”

“王爷您过谦了。”花琉璃艰难地开口，“王爷的画里有赤子之心，这是很多画里都没有的。”

没有赤子之心，也不能坚持这么多年爱好还不变。

“今日那幅《紫气东来》的画作里，祥云栩栩如生，仙气缭绕，仙人虽未出现在画中，却处处透露着仙人的痕迹。下面的山水，气势磅礴中又带着几分婉约。”花琉璃看着笑容越来越温和的五皇子，笑眯眯道，“臣女在绘画方面没有天分，若是有说错的地方，还请殿下恕罪。”

“不。”五皇子微微摇头，他长得好看，连摇头的动作都带着几分与别人不同的优雅，“本王觉得，郡主也是爱画懂画之人。”

“懂什么？”太子走过来，瞥了眼面带微笑的五皇子。

五皇子把花琉璃夸他的话说了一遍。

太子挑眉看向花琉璃，看来京城里的风水真不太养人，好好的小姑娘怎么也学会睁眼说瞎话了？

五皇子对太子十分恭敬，恭敬得看不出兄弟之间有什么感情。

看着这两位皇子，花琉璃觉得自己不该站在这里，而是该混在人群里。她拢了拢耳垂后的碎发，默默后退了一步。

京城里的人太爱传谣言了，她怕明天早上起床后，京城传得最热闹的流言会是“太子与五皇子当众争夺花将军独女”，等爹爹跟娘亲回京，她跟三哥肯定要挨骂。

恰在这时，焰火燃了起来，整座皇宫上空被灿若星辰的焰火占据，美得让人忘记今夕是何夕。

花琉璃不自觉仰头看向天空，舍不得移开眼神。

太子与五皇子早习惯了这种华丽场面，不觉得这种焰火有何稀罕，可是看着痴痴仰头的小姑娘，他们也跟着多望了几眼天空。

华丽的焰火炸开，又很快地消逝。制作焰火的匠人每年都会费尽心思研制新的花样，但是能够坐在这里的人，又有多少能真正去欣赏？

花琉璃捧着暖手炉，仰头看着这些焰火盛开又熄灭，眼神非常认真。直到焰火燃放结束，她才意犹未尽地收回目光，扭头见太子与五皇子还站在原处，笑道：“宫中的焰火，真好看。”

“边关除夕夜里，热闹吗？”太子看着小姑娘晶亮的双眸，心里隐隐有些怜惜。她生于富贵之家，却因父母是将才，从出生便待在苦寒之地，纵是家人娇宠，也不比生活在京城舒适。

“很热闹。”花琉璃点头，“大家会聚在一起唱歌跳舞，吃肉聊天，军民同乐。”

军中不能饮酒，但是边关的百姓心疼士兵辛苦，总是在年关的时候想尽办法给士兵们塞吃的喝的，怕士兵们不接受，他们往往扔下东西就跑。

军中规矩严，士兵们不可骚扰百姓，不可破坏农田，也不能拿老百姓的东西。但是除夕这一天，若是有小姑娘送军中情郎东西，长官们都会睁一只眼闭一只眼，装作什么都不知道。

爹爹跟她说过，守住青寒州的不仅仅是军中将士，还有青寒州的百姓。

来京城前，她就知道自己跟三哥提前赶至京城的意义是什么。这代表着花家对皇家的信任与忠诚。

花家不能倒，他们若是倒下，受到影响的不仅是他们，还有无数将领和士兵，甚至是边关那些无辜的百姓。

她偏头看了太子一眼，继续说边关的山水、边关的人，说那些守卫城门的士兵。

"军中的烤肉很香……"花琉璃眼睑微颤，说道，"可惜家人总是不让臣女多吃，臣女只能坐在父亲身边看士兵们玩闹。"

"有位参将非常厉害，一盏茶工夫能缝补两条裤子，后来军中举行缝补大赛，都不让他报名了。"花琉璃笑弯了眼角，"有他在，别人拿不了头名。"

朝廷每年都会派官员到边关视察，青寒州是大晋战略要地，气候恶劣，交通不便，是最艰苦的地方。太子虽未去过此地，但是看过每位视察官员回来后写的奏折，心里对青寒州的具体情况也有大致了解。他以为花琉璃会抱怨青寒州的种种不好，没想到说的却是她记忆中热闹美好的地方。

看着这个眉眼间都是笑容与怀念的小姑娘，太子眼底多了几分温柔之意。把目光从花琉璃身上收回来，太子道："待金珀国事了，朝廷会慢慢放开青寒州与周边小国通商，当地百姓生活会越来越好的。"

花琉璃瞪大眼睛，她明白这代表着什么，忍不住笑眯了双眼："多谢圣上与殿下！"

"是因为大将军大败金珀国，活捉他们的二王子，让金珀国割城让地，签下投降书，给青寒州带来和平与安定后，朝廷才敢打开这条通商渠道。"太子觉得笑容会传染，见花琉璃笑容这么灿烂，他扬起来的嘴角怎么也落不回去，"是父皇和孤该向你们花家道谢。"

大将军全家都守在青寒州，青寒州若是失守，花家无一能活。

花琉璃再次回忆起爹爹说过的话。

“陛下愿意让我们全家来此，不留花家妇孺在京中为质，只因从未怀疑过花家的忠诚。陛下以诚相待，花家自当以热血忠心相报。”

“殿下言重了。”花琉璃道，“若无陛下，纵有十个花家，也无法打败来势汹汹的金珀国。”

“太子，郡主。”贤妃走到二人身旁，微笑道，“旁边那么热闹，你们俩怎么单独待在这里？”

单独？花琉璃挑眉，五皇子在贤妃眼里不算人吗？她回头看向刚才五皇子站的地方，人呢？

这五皇子怎么如此现实，听完她搜肠刮肚的吹捧后，就默默走了？夸一幅山像墨团、水像线条、云像线团的画，是多么出卖良心，多么不容易，他知不知道？

贤妃见花琉璃不说话，继续道：“你们年轻人在一起多说说话也好。”花家的这小姑娘，祸害京城哪个男人都行，只要别跟她儿子凑一块儿，那她就是从天而降的小仙女。

“贤妃娘娘。”太子扭头看向贤妃，“娘娘是觉得自己年纪太大，需要跟年轻人多交流？”

贤妃：“……”

“这样也好。”太子露出欣慰的微笑，“孤听一位老太医说起过，心态年轻的人老得慢。”

贤妃这才反应过来太子是什么意思。自认姿色出众的贤妃，最恨的便是“老”这个字，她看着面带关切的太子，脸上和蔼的笑容几乎挂不住。

“贤妃娘娘？”太子不动声色地往前跨了一步，刚好把花琉璃整个人挡在自己身后，道，“孤说错了？”

“太子殿下说得是。”贤妃已经顾不上花琉璃，她所有的注意力全部放在了太子身上，“本宫记住了。”

等我儿夺得太子之位，本宫会让你哭着叫本宫母后！

今日的贤妃，仍旧如此野心勃勃。

“那便好。”

太子没打算留花琉璃单独跟后宫这些妃嫔待在一起，他让太监换了新的暖手炉给她：“宫宴快要结束，孤带你去找令兄。”

花琉璃默默回头看了眼笑容扭曲的贤妃，又迅速把目光收了回来。

她感觉得到贤妃对她的不喜欢与排斥，听到太子帮她撴回去，她觉得实在是……太开心了！

太子不愧是陛下最疼爱的儿子，连气人的本领都这么炉火纯青。

“小姐，您怎么了？”离贤妃不远处，原本往这边走的一位女子停下了脚步。她柳眉轻皱，似乎为刚才看到的那一幕感到不快。

“人无礼则不生，事无礼则不成。”女子看着太子离去的背影，神情有些惆怅，“贤妃娘娘虽只是太子庶母，可太子身为储君，该以礼待之。”

“但奴婢觉得，贤妃娘娘方才的话，有些……”

“身为君子，又岂能因长辈一两句话而心生不满，更何况他还是一国太子。”女子转过身，往来时的方向走去。

她走到一位妇人身边坐下，看着远处热闹欢舞的人群，神情平静地开口：“母亲，太子无君子之仪，女儿……与他不合适。”

“什么？”妇人面色微变，她看着女儿，良久后才道，“琇莹，世间并无真正的君子。”

“可他是太子。”琇莹微微摇头，“世间其他人可以不完美，储君却不可以。”

妇人愣怔地看着女儿，似乎有些不明白她为什么会有这样的想法，说道：“琇莹，我很后悔。”

“母亲？”杜琇莹不解地看着妇人。

“我不该让公公婆婆教养你。”妇人无奈地看着她道，“有一天，你终会明白的。”

她并不觉得女儿应该嫁给太子，只是忧心她对人生的看法。

一个人若完全被礼教规矩所束缚，没有半点自我，那不过是完美的行尸走肉罢了。

“母亲，我这样很好。”杜琇莹摇头，“君子当端方如玉，太子非我良人。”

“好。”杜夫人叹息了一声，没有再劝，也知道自己劝不了。公公乃两代老臣，又是帝师，现在虽然已经告老，但仍旧很有威望。

陛下前几日特意召见公公，确实有让杜家女嫁给太子的意思。

世人皆知杜家男女知史善学懂礼，乃传承百年的名门望族。陛下有让杜家女为太子妃的念头，杜家并不是太过意外。

但公公并不是太欣赏当今太子，现如今女儿又……

杜家与皇家这门亲事，是做不成了。只是陛下并未明着表态让杜家女做皇家媳妇，他们连拒绝的话都无法开口。

宫宴结束，喧闹的皇宫再次恢复了宁静。太子大步走进宸阳宫，向皇帝行礼后，忍不住打个哈欠，问道："父皇，您子时召儿臣来，是想给儿臣压岁包？"

"都多大了，还想向朕讨压岁包？"皇帝道，"朕有事要告诉你。"

太子在椅子上坐下，喝了口热汤，姿态自在得像是在自己宫中。

"朕有意让杜太师的孙女做你太子妃，你意下如何？"在儿女的亲事上，昌隆帝并不独断专行，在他有初步想法后，都会问儿女们的想法。

"杜太师？"太子把热汤放回桌上，不敢置信地看着昌隆帝道，"父皇，您是认真的？"

"杜颂闻此人，确实执拗了些，也许他孙女跟他不一样？"回忆起往事，昌隆帝心里是有疙瘩的。太子乃他亲手教养出来的，他觉得自己儿子哪儿都好，偏偏杜颂闻不这么认为，甚至连太子吃个什么都能讲出一大堆道理。

像杜颂闻这种性格的大臣，这辈子最好的运气就是遇到两代心胸宽广的帝王，但心胸再宽广的帝王，内心也有一个记仇的小本本。

太子摇头拒绝："父皇，儿臣可是您都舍不得骂的儿子。若让杜家女做太子妃，杜家那老爷子岂不要天天挑儿臣的不是？"

"你乃朕之爱子，文武双全，心有仁德，何人能骂你？"想到杜颂闻有可能会对自己养大的孩子指手画脚，昌隆帝瞬间不乐意了。

自己儿子再不好，那也只有他能骂。

更何况太子好着呢。他三岁学文，四岁习武，长得好看，忠勇孝德兼备，朝中哪个年轻人比得上太子？就算偶尔有些小问题，那也无伤大雅，人无完人嘛。

“罢了。”经过深思熟虑后，昌隆帝觉得不能让自己儿子受委屈，于是放弃了让杜家女成为太子妃的想法。

“朕再给你看看。”昌隆帝叹了口气，“朕像你这么大的时候，身边可没缺过人。”

太子只当没听到后面这两句，起身朝昌隆帝行了一个大礼：“多谢父皇体恤儿臣。”

“虽然生在皇家，很多事情不能随心所欲，但朕也不想你找个两看生厌的太子妃。”昌隆帝摆摆手道，“若是有身份合适，你又有好感的女子，可以提前告诉朕。”

太子道：“父皇，儿臣只是在亲事上有些挑剔，但并不醉心于儿女之情。您若是想让儿臣对哪位贵女有情意，那可就难了。”

“滚滚滚。”昌隆帝听到这话就来气，挥手赶太子回去睡觉。

“那儿臣先告退了。”太子很识趣地准备滚了。

“等等。”昌隆帝扔给太子一个红封，说道，“拿去，压岁包。”

“多谢父皇。”太子揣着压岁包走了。

昌隆帝又开始叹息，希望明年的时候，可以少几个儿女要压岁包。

太子走后，操心的老父亲昌隆帝又派人给每个皇子和公主都送了压岁包。大晋人有个习惯，每到除夕夜时，长辈要给没成亲的后辈压岁包。虽然他有五子二女，而且年纪都不小了，但除了嫁到外地的大女儿，其他没一个成亲的。

皇帝家也为儿女的亲事烦心啊。

第七章

花琉璃的梦想

花家兄妹回到花府已经很晚了，洗漱完躺在柔软的被窝里，花琉璃抱着对父母的怀念，慢慢沉入了梦乡。

第二天，她睡到很晚才起床。

“一年之计在于春，一日之计在于晨。”花长空见花琉璃一副没有睡醒的模样，说道，“今天是大年初一，你睡到这么晚才起？”

“大年初一能睡懒觉，寓意我这一年都能睡懒觉，好兆头。”花琉璃用完早餐，精神已经慢慢恢复，说道，“三哥，今天出去走走，大年初一躲在家里看书，要看一年书的。”

“歪理。”花长空伸手弹了下她的额头，说道，“我带你出去走走。”

年初一外面会很热闹，他们兄妹二人待在府中确实有些清冷。花长空知道，妹妹是想念父亲与母亲了。

兄妹二人换好衣服就出门了，花长空知道妹妹懒散不想走路，特意让下人套了马车，才带着她出去。

大街上果然挤满了人，做小生意的摊贩满脸是笑，有调皮的孩子吵着闹着想买零嘴，还有年轻男女羞羞怯怯地走在一起，即使四周是拥挤的人群，也无法冲散他们之间的甜蜜情意。

花长空知道花琉璃嘴馋，做贼似的买了一些零嘴塞进马车，小声道：

"不要吃太多，外面的东西不干净。"

"这是三哥的心意，我就算不喜欢吃这些，也会珍惜的。"花琉璃掀开车窗帘子对花长空温柔一笑，放下帘子后，就跟鸢尾头靠头地分零嘴吃。

"京城真是个好地方。"花琉璃感慨，"南北两地东西两方，所有好吃的东西都能在京城找到。"

也不怪京城的人心眼多，每天吃太饱，闲得没事的时候，不就想找点事出来？

大街上时不时有巡逻的京兆府佩刀衙差经过，摊贩们看到衙差也不害怕，相熟的还会主动打个招呼，一派繁荣热闹的景象。

花琉璃大概能够明白，爹爹为何如此尊崇当今圣上了。

"走过路过，不要错过啊，为了庆祝大晋活捉敌国二皇子，本摊儿面条全部八折，买五碗送一碗。"

"这边瞧这边看，我们的馅饼不一般。"那边有个系着围裙的妇人高声叫卖着，"为了感谢英明神武的陛下，本店所有馅饼便宜卖了，买三个馅饼送热茶。"

"卖头花了，卖头花了。"有小孩子拎着一篮头花叫卖，"戴上这里的头花，你就是整条街上最漂亮的姑娘。"

京城地界的摊贩就是不一样，就连打折的理由都是这么伟大。喜朝廷之喜，忧朝廷之忧，这思想觉悟多高啊。

花琉璃被他们的精神感动了，买了一堆馅饼送给陪着她跟哥哥一起出来的下人们。

等着下人们吃东西的时间，花琉璃从马车上下来，跟花长空东看看西瞧瞧，恰好与另外一行人遇上。

"郡主。"杜琇莹认识花琉璃，她看着这对手里拎着各种小玩意儿的兄妹，朝他们行了一个完美的礼，"新年安。"

"杜姑娘好。"花琉璃回了礼，"杜姑娘也是来瞧热闹的吗？"

杜琇莹摇头，淡淡道："前面有家书铺，我过去买书。"

花琉璃肃然起敬，大年初一头一天都认真看书，这女子是何等了不起啊。

"告辞。"杜琇莹又行了一礼。

花琉璃赶紧回礼，在这位杜姑娘身上，她仿佛看到了先生的影子，这让她想起年幼时被罚抄书的恐惧经历。

杜琇莹微微颔首，微微提起裙摆，越过人群朝另一个方向走去。她的步伐相同，仿佛丈量过一般，即使四周满是行人，鬓边步摇晃动幅度都没有变化。

"这位杜姑娘真了不起。"花琉璃感慨，在礼仪方面，贵族有多如牛毛的要求，但像杜姑娘这种分毫不差的人实在没有多少。

"这会儿夸别人作甚？"花长空见远处有一队表演踩高跷的杂耍艺人扭着身子朝这边过来，伸手把花琉璃护在身边，说道，"先生教你礼仪时，你如果有这种觉悟就好了。"

"我身体弱嘛。"花琉璃拽住花长空袖子，忽然面色一变，"三哥，不太对劲。"

她与三哥衣着华丽，一般百姓怕挤坏他们身上的配饰要赔钱，都是小心翼翼避开他们走，但这会儿她发现有不少人故意朝这边靠。

京城没有这么大大咧咧的普通百姓。

花长空也意识到不对劲，他眼看着越挤越近的不明路人，正准备抽出藏在靴中的短剑，就听到妹妹尖叫的声音。

"救命，有人想要谋害护国大将军的女儿！"

"大将军的女儿？"

"谁要害大将军的女儿？！"

"那人在哪儿？看我不打死他。"

四周路人跟摊贩听到这声尖叫，也都意识到不对劲，顿时愤怒地冲了过来。

"保护将军的女儿！"

"对，将军为我们守国门，我们为他保护好闺女！"

想要趁乱挟持花琉璃的人，手还没碰到花琉璃的袖子，就被卖糖葫芦的摊贩拿竹签扎在了他手背上。

"啊！"此人惨叫一声，瞬间被百姓按翻在地。

花长空注意到有人抽出了兵器，凌空飞踢，武器被他踢在了地上。

在人多的时候混战，花家人有着丰富的经验。他担心这些人会伤害百姓，一刻都不敢放松。

反倒是这些来意不善的人，似乎更习惯偷袭，他们见势不对，转身混入人群就想逃跑。可他们哪里是京城百姓的对手，众人七手八脚围了上来，拦着不让他们走。

“请大家小心，注意自身安全，这些贼人身上可能带有武器。”花琉璃站在人群中摇摇欲坠，脸上满是惊惶不安，显得可怜无助极了，仿佛刚才那声响彻大街的尖叫声不是她发出来的一般。

有擅长战场混战的花长空在，这些人手里的武器还没拿出来，就被他一脚踢翻。加上有百姓的保护，那些想趁乱带走花琉璃的人不敢暴露自己的身份，根本无从下手。

胆怯却不忘关心他人的小姑娘，更容易激发路人的保护欲，因此这些被按住的贼人又被义愤填膺的百姓狠狠揍了一顿，然后鼻青脸肿地被送去了京兆府。

待这些贼人被扭送到官府后，花家兄妹开始向百姓们道谢。

救下大将军女儿这件事，让百姓们很有见义勇为的骄傲感。他们见兄妹二人相貌出众，对他们这些普通百姓又亲近，都高兴地笑道：“不谢不谢，这么乖的小闺女，那些贼子也舍得下手，真是一帮断子绝孙的东西。”

“不怕，不怕。”有位摆摊的大妈见花琉璃小脸惨白，心疼得不行，把自己摊位上卖的寿星不倒翁塞到花琉璃手中，安慰道，“来，这个拿去玩。”她这是把花琉璃当作小孙女哄了。

杜琇莹从书铺出来时，远远就看到花家兄妹坐在馄饨铺子吃东西，他们四周坐的全是布衣走卒，她甚至看到花琉璃一边喝着馄饨汤一边跟人说话。

食不言寝不语，花家好歹是传承多年的武将世家，怎么连这点礼仪规矩都不遵守？

“你说什么，那几个派出去的杀手，被谁抓起来了？”五三以为自己耳朵出了问题。

“被、被街上的百姓与商贩抓住了。”

“他们是杀手。”五三沉默良久，说道，“是杀手排名榜上有名有姓的杀手。你现在跟我说，他们被商贩抓走了，他们的排名是花钱买来的吗？”

“老大。”回话的杀手小声提醒，“您又忘了，我们杀手是没有姓氏的。”

“京城的风气真是越来越不好了，连杀手排行榜也弄虚作假。”五三捂着脸道，“出去别说他们是杀手，我们丢不起这个人。”

杀手想，干他们这一行，还有什么人可丢的，能丢的不是命吗？

“都是群没用的东西。”五三为杀手行业的不景气感到悲愤，又为杀手界未来感到担忧，他神情凝重地抹了一把脸，恨恨道，“下一次，我亲自出手。”

身为杀手界排名第三的前辈，他该扛起这个沉重的责任了。

“今天运气还不错。”花琉璃抱着摊贩们送的寿星不倒翁与福气娃娃，对花长空道，“大年初一收到这种礼物，好运一整年都不会散。”

“嗯，妹妹说得对。”花长空伸手在不倒翁与福气娃娃上面摸了一把，然后盘腿而坐，神情严肃。

“你察觉到什么没有？”花长空问。

“那些人是冲我来的。”花琉璃有些弄不明白，说道，“按照正常思维，就算有人想报复花家，主要目标也应该是你，而不是我这个女儿家。”世人总是觉得儿郎才是顶梁柱，没道理放着对方儿子不去报复，只针对女儿。

花长空：“你可真是我亲妹妹。”

“那可不。”花琉璃把不倒翁与玩偶娃娃放到旁边，给花长空倒了杯茶，笑道，“你还有比我更亲的妹妹？”

“世人皆知花家三代没有女儿出生，你是百亩林地里唯一的小花苗，把你定为首要目标也是有可能的，毕竟物以稀为贵。”花长空端起茶杯喝了口水，说道，“爹与娘生了三个儿子，不稀罕了。”

花琉璃皱眉，难道是金珀国暗中派人来报复？可金珀国二皇子还在大晋为质，金珀国主割地赔偿签下投降书才赢得和平。若她真的出什么事，金珀国不怕大晋一怒之下继续派兵攻打他们？

即便他们不怕二皇子死在大晋，也该怕大晋再次兴兵攻打他们才对。现在派人暗算她图什么，是觉得花家打他们打得还不够痛？

这不符合金珀国当下的利益，被吓破了胆的金珀国主也不敢这么做。

“你在京城得罪人了？”花长空回忆了下近一个月发生的事，瞥了眼妹妹的脸色，小心翼翼地问，“你是不是跟哪个小姑娘起了矛盾？”

“人心隔肚皮，哪知道别人怎么看我？”花琉璃摇头，“京城里的这些姑娘性格各异，不过脑子都清楚得很，再不高兴也是小打小闹，不可能做这种事。”

京城人际关系十分复杂，只要敢下手做这种当街掳人的事，就要做好被查出来的准备。这么没脑子的事情，就连性格最冲动的嘉敏郡主都做不出来。

“你有没有想过，你破坏了刺客暗杀太子的计划，被记恨上了？”花长空猜测到另一个可能，说道，“你无意中破坏了对方刺杀林辉之的计划，帮助太子抓住了刺客，还有前几日你救下田锐栋的小命，都可能惹祸了。”

“这不都是巧合？”花琉璃觉得自己挺委屈，她察觉到那个宫女不对劲，难道还要任由她靠近太子？太子若是在他们兄妹二人眼皮子底下出事会有多大的麻烦？更何况太子长得好看，人又细心温柔，她哪能眼睁睁看着他受伤？

“在爹娘没有回京前，你最近尽量少出门。”花长空道，“如果想出门，把鸢尾跟玉蓉带在身边。”

“好。”花琉璃点头，光明正大地推掉了年初所有的邀约。

花长空却不能像花琉璃那般悠闲，他不仅要代表父母去拜访那些有来往的家族，还要应付一些文人学子，忙得脚不沾地。

他是在青寒州参加的秋闱，那边条件艰苦，学子的总体知识水平比不上其他地方的，尽管他秋闱成绩不错，在京城学子眼里也不过是矮子堆里拔高个。

一些文官特意交代后辈要多照顾花长空，他们原本是为了应付长辈，但与花长空真正交流后，被花长空的风采折服，成了真正的友人。

京城的后辈对花家不够了解，他们不知道花家人若是有心与人交好，是很容易获得他人好感的。短短一个月内，就连那些对花家没什么好感的文官，都没有吝啬自己对花长空的夸奖。他们顺便再心里泛酸地感慨一下，这么好的读书苗子，怎么就是花家人呢，简直就是老天无眼。

“听说花家兄妹昨日遇到歹人，差点被掳走，幸好有四周的摊贩帮忙才没让歹人得逞。”

“难怪今天京城加强了戒备，我怎么听说那些歹人不是普通人，而是杀手。”

“那可太危险了，幸好人没事。”

年初二，杜夫人带女儿回娘家探望，因她二哥与顺安公主成亲住在公主府中，所以这一日也都回了姚家祖宅。顺安公主只在二老面前略坐了坐便起身离开了，她是皇家公主，能坐一坐已经给足了二老面子。

姚家多女少子，自家女眷凑在一起说说京城发生的新奇事，也比在外面放得开。

嘉敏郡主身份高，家里的几个晚辈都有意捧着她。知道她不喜欢花琉璃，言语间不免也带上几分讽刺。

“谁知道是不是花琉璃在外面招惹了什么人。”

“可不是，那种心机深沉的女人……”

“少道他人是非。”杜琇莹站起来，面色有些冷，“花家人世代为大晋在战场上拼杀，不是为了让你们嘲讽他们的闺女。”

“假正经。”说花琉璃坏话的几个年轻姑娘面色有些难看。

杜琇莹不想与她们争吵，转身往外走。

“杜琇莹。”嘉敏郡主叫住她，抬高下巴道，“你是故意跟我过不去？”

明知道她看不惯花琉璃，杜琇莹还要帮花琉璃说话，这分明就是与她过不去。

杜琇莹回头皱眉看着嘉敏郡主：“凡是不愿意对你千依百顺的人，就是跟你过不去，那世间与你过不去的人就太多了。”

嘉敏被这话噎得面色变来变去，良久才道：“少给我讲大道理，你这会儿帮着花琉璃说话，知道太子对她有多亲近吗？”

“与我何干？”杜琇莹反问。

“难道你不知道……”

杜琇莹转身就走，完全不给嘉敏郡主说完话的机会。

嘉敏郡主气得低声骂了一句，沉着脸道：“就这个德行还想嫁到皇家，下辈子吧。”

“你说那些凶犯都是杀手？”京兆尹看完案件记录报告，捧着茶杯摇头，“办不了，办不了，这件案子我们办不了，转给大理寺吧。”

“大人，大理寺的张大人说了，我们再塞案子过去，就要放狗撵我们。”

“胡说八道，大理寺的狗平日里吃得比你们还好，看到你们哪有什么食欲？转案子，你们放心大胆地去转。”京兆尹打定了主意不管这件事。

京城人际关系复杂，以他的地位，想管这些事都管不过来。还不如转交给大理寺，他们掌握的机密资料多，人又聪明，肯定比他们这边好下手。

大理寺卿收到京兆尹转过来的案子，气得大骂了几声：“大过年的，京兆府就不能争气一点，啥案子都往我们大理寺塞，当我们大理寺是什么？”

“大人，”裴济怀安慰道，“这些被抓的人是杀手。属下怀疑，他们与之前的几件案子有关。”

“审问过了？”张硕面色沉了下来，如果这真是一个杀手组织，还牵涉前面几桩案子，说明有一个极大的阴谋正笼罩在京城上方。

牵涉进这案子里的人，都只是阴谋的一环。

太子、贤妃、英王、宁王，田家、陈家，还有花家……

这是皇子间在互相算计，还是……其他国家的势力作怪？

“经过属下查探，这些杀手都是排名靠前的高手，他们的首领是个代号为五三的男人。”

“杀手还有排名？”大理寺卿很吃惊。

裴济怀语气一顿，他觉得大人关注的重点不应该是这个。

“有没有那个代号五三的杀手的相关资料？”

“传言他相貌普通，耳力非凡，有听声辨位之能，在杀手界排名第三。”

“第一是谁？”

“上个月刺杀太子失败的那个刺客。”

“哦……”大理寺卿瞬间没了兴致，冷笑道，“看来这些杀手也不怎么样。”他可听说东宫刺客是被福寿郡主不小心拉住摔倒的。

一个手无缚鸡之力的郡主都能扳倒的刺客竟然也能排名第一，看来对方是没什么可用的人才了。

裴济怀觉得这个话题不能再继续下去，他怕大人跑去研究杀手的就业现状，于是赶紧道：“大人，陛下广发请柬，两月后将举办国宴，届时会有无数国家的使臣抵达京城。我们大理寺的人，要被抽调一部分去负责护卫安全。”

大理寺卿叹气：“我知道了。”

大晋与金珀国近百年来常常发生战争，这一次彻底击溃金珀，不仅让边关安全得到了保障，同时也是对其他相邻国家的警告。

陛下举办这次国宴，意义不凡。所以，在举办国宴之前，绝对不能发生任何意外，尤其是花家这个大功臣，更不能出事。

太后得知花琉璃差点被杀手带走，十分担心。可是年关刚过，她不好马上把花琉璃又接进宫中居住，只能让人给花琉璃送了很多安神的药物。

这几天花琉璃收了不少东西，有太后、陛下、太子送来的，还有妃嫔和皇子送来的，与花家有交情的家族也送了东西过来。

“太师府竟然也让人送了东西过来？”花琉璃从一堆礼单中挑出杜家的礼单，有些意外，“杜太师不是不喜欢爹爹？”

当今陛下还是太子的时候，爹爹在他身边做过伴读，杜太师总是觉得爹爹会带坏陛下，对他很是冷淡。两家这些年一直没什么来往，她甚至觉得，若不是杜太师已经致仕养老，说不定会跟着林辉之一起弹劾爹爹穷兵黩武。

“奴婢听闻杜家可能会出一个太子妃。”鸢尾把乱七八糟的礼单收好，说道，“也许是为了提前与我们花家缓和一下关系。”

“真的？”花琉璃顿时有些同情太子，太子可是在祭天大典上都会偷吃东西的性格，与杜家这种家族结亲，以后的日子可怎么过啊。

“只是私底下小范围流传。”鸢尾认真地想了想，说道，“谁知道是真是假。”

花琉璃摇了摇头，从朝廷局势上来看，太子娶杜家女是个好选择，她也是完美的皇后人选。但以陛下对太子的宠溺程度，也许不太喜欢别人对他儿子指手画脚。

天下娇惯孩子的父母千千万，但有一条是共通的——你说我可以，但你说我家孩子，那就不行！

在花琉璃看来，昌隆帝真的是个好人。

大皇子性格过于耿直，娶武将世家的女儿是个好选择，不仅为他以后从武打通便利通道，也表明了他对武将的看重。

他对花家是信任的，至少在现在是信任的，所以想让她嫁给母族势力简单的大皇子，既给了她尊贵的身份，又不会导致她成亲后的生活太过糟心。

希望是美好的，可人心是会变的。大皇子不一定甘于做个普通的王爷，而皇帝说不定会在某一天猜忌花家，所以她最好的选择是不嫁给任何皇子。

在她来京城前，陛下还提过大皇子与她的婚事，可是到京城以后就再也没有提过，说明陛下是放弃这个打算了。她这个郡主爵位能来得如此容易，有部分原因可能来自陛下反悔后的补偿。

反正不用嫁给英王，还多了一个郡主爵位，花琉璃觉得挺划算的。

但是，昌隆帝不这么想。

他翻着大理寺传上来的奏折，看到里面说福寿郡主被杀手报复是因为她阻止了东宫刺客的刺杀行为，不由得叹了口气。

"父皇，是哪个皇室人哭穷，还是哪两家纨绔子弟闹大了？"见父皇叹气，跟着昌隆帝学习理政的太子抬起头，整个人往椅背上一靠，再也不想看桌上的那些奏折一眼。

"是福寿郡主差点被掳走的案子。"昌隆帝把大理寺上的奏折递给太子，说道，"朕对不起花家。"

说好让花家小姑娘做英王妃，结果反悔了。现在小姑娘因为无意间救下太子，被凶手记恨了，还差一点被掳走。

太子接过奏折看完，沉默许久后没有说话。

"元溯？"昌隆帝见太子不言，侧头看他。

“儿臣在想，杀手组织这种不法团体，应该强力打击。”太子把奏折放在桌上，愤然道，“花家的小丫头是大晋郡主，他们敢对她动手，就是对朝廷的挑衅。”

昌隆帝问：“你有什么想法？”

“各州府清查户籍，但凡有来历不明者，严加看管。”太子转头看着昌隆帝，“各大世家贵族私养的家奴同样要登记在册。”

昌隆帝眼神微变：“元溯，此事不宜操之过急。”

“儿臣明白。”太子看着奏折上“福寿郡主”四个字，缓缓道，“一年不行就十年，十年不行就二十年。”

昌隆帝微微点头。父子二人没有再讨论这件事，但他们彼此都明白，有些事为了百姓，是不能妥协的。

当天下午，花琉璃又收到了来自宫中的礼物，还有一份皇帝各种夸她的圣旨。什么虎父无犬女、聪慧灵秀之类的溢美之词，仿佛不要钱似的全放在了她身上。

不知道的人，肯定会以为她武功高强，就像她爹爹一样。

花琉璃：“……”

不，她很柔弱，很无助，很没有战斗力，她就是一堆虎中的娇娇女。

皇帝陛下为人十分慷慨，不仅夸了她，还送了她京郊的一个庄子，庄子附近的土地也成了她的私产。

陛下的慷慨，让花琉璃瞬间忘记那些浮夸的溢美之词。送走颁旨的太监，花琉璃美滋滋地对鸢尾道：“陛下真是贴心，连我以后养的面首住哪儿都考虑到了。”

京城里养面首的贵族女子并不少见，但因是上不得台面的事，所以一般都把面首养在自己的别庄里。

“可惜见惯了太子跟三位哥哥这样的男人，再看其他男人，总觉得平凡无趣。”花琉璃叹气，“哪还有看得上的面首？”

“要不您没事多看看英王，说不定再看其他男人的时候，也许就会觉得都还不错？”鸢尾笑嘻嘻地打趣。

“英王相貌虽不及太子与哥哥们，但皇家人的气势还是有的，至少比普通男人强。”花琉璃干咳一声，说道，“再说了，我是那种只看脸的肤浅之人吗？”

“我是既看脸又看内涵的人。”花琉璃摇了摇手指，说道，“即使不打算与人成亲，我也不能委屈自己。”

“是啊，免得到时候京城传出谣言，说身体娇弱、走路都喘的福寿郡主沉迷男色，连命都不要了。”花长空走进屋，在花琉璃旁边坐下，“那可真热闹。”

“牡丹花下死，做鬼也风流嘛。”花琉璃掩面轻笑，故作羞涩之态。

“贫嘴。”花长空伸手弹她脑袋瓜子，瞪着她道，“嘴上说得这么厉害，也没见你看上哪个男人。”

“三哥，你怎么能对一个纯洁羞涩的小姑娘说这些，人家好害羞。”花琉璃捂脸，顺手摘走花长空腰间的钱袋，笑道，“这个就当是为你可爱妹妹的养面首大业做出微小的贡献吧。”

兄妹二人笑闹了一会儿，花长空看着容貌出众的妹妹，心里酸涩难言：“小妹，委屈你了。”

“三哥，你说什么？”花琉璃睁大眼睛，笑眯眯道，“我一个柔弱多病的小姑娘，天天过着吃喝玩乐万事不愁的日子，有什么委屈的？”

她把钱袋往身后一藏，说道：“反正不管你说什么，我都不会把钱袋还给你，你死心吧。”

花长空：“……”

他就知道，一切抒情在小妹面前都是没用的。

随着春闱越来越近，花长空已经不怎么出门了，整日里待在书房做题念书。花琉璃担心他学习压力太大，变着法儿让厨房给花长空做好吃的。

正月即将过去时，田家的老太爷没了。报丧信传到各府的时候，所有人都不免叹息一声。田家老爷子是个明白人，他如今一死，英王离太子之位又远了一步。

田老太爷生前曾任过二品大员，在官场上的名声也不错，加上女儿是宫中贤妃，京城各大家族都要去田家吊唁。

花琉璃作为晚辈，也是要去的。她换下华丽的锦裙，穿上素色棉裙，发髻靠几根简单的素银钗束起来，乘坐马车赶往田府。

田府大门口，田锐栋穿着孝服，双眼红肿地迎接宾客，他垂着没精打采的脑袋，全无之前的活力。

花琉璃走下马车，经过田锐栋身边时听到他在小声抽噎，道：“田公子，请节哀。”

“多谢郡主。”田锐栋给花琉璃行了一礼。

花琉璃不知道该怎么安慰他，屈膝回了半礼进了祭堂。

祭坛里焰火缭绕，田老爷子的牌位摆在正中央，田家子孙后辈跪在地上呜呜咽咽地哭，整间屋子都弥漫着悲伤与死亡的味道。

英王站在灵堂边，脸上有痛哭过的痕迹。他是皇子，按照规矩是可以不用给外祖披麻戴孝的，可今天他的头发用麻绳系住，衣服也只是简单的白色棉布袍。

赶在她前面到的人是嘉敏郡主，两人目光对视了片刻，难得没有说话，也没有互相嘲讽。

“拜。”

她与嘉敏郡主一起上前，鞠躬行礼。

“哀思，上香。”

花琉璃接过香鞠躬三次，微微落后一步，等嘉敏郡主把香插进香炉以后，才跟着上前。

后面还有其他女眷来吊唁亡人，花琉璃从旁边门退了出去，出门时她回头看了眼走向英王的嘉敏郡主。

不多时，嘉敏郡主也出来了，情绪看起来非常低落。她看到花琉璃站在院子里的树下，忍不住道：“你不是身体不好，怎么也来了？”难道对英王还有想法？

花家女眷在京城的只有她，她不来还有谁能来？不过花琉璃懒得在这个时候跟嘉敏郡主多说，所以只是捂着胸口咳嗽了几声，不说话。

看到花琉璃这个模样，嘉敏郡主就想起她什么都没做，别人都误以为她欺负花琉璃时，只好忍下心头那口气，转身离开了院子。

“郡主。”鸢尾替花琉璃整理了一下披风，说道，“这里风大，我们去前厅吧。”

“好。”花琉璃看了眼站在院子里的其他女眷，用手帕掩着嘴轻咳了几声。

她转身准备走，见神情憔悴的英王走出祭堂朝这边走来，她想假装没有看见，继续往外面走。

“福寿郡主。”

花琉璃知道，嘉敏郡主等会儿又要朝她飞眼刀了。

“英王殿下。”花琉璃微笑着转身，给英王行了一礼。

“多谢郡主前来吊唁。”英王见花琉璃面色有些白，担心她受不得寒，忙道，“旁边有暖房，本王送你过去。”

“没事，找个下人带路便是。”花琉璃见英王眼中满是血丝，说道，“还请殿下节哀。”

英王勉强笑了笑：“多谢。”

他没有坚持送花琉璃过去，而是叫来了一个下人，让她把花琉璃送过去。

到了暖房，花琉璃再次与嘉敏的视线对上。

“郡主，我们真有缘分。”花琉璃假装没有看到嘉敏郡主眼中的敌意，在铺了软垫的椅子上坐下。

嘉敏郡主看着她，嘴角动了动。花琉璃以为她会说嘲讽的话，没想到这个脾气暴躁的郡主竟然什么都没说。

在这个暖烘烘的屋子里，两人面对面坐着，没有说一句话。

良久后，嘉敏郡主看着花琉璃，眼眶发红：“你知道吗，英王妃定下来了。”

花琉璃内心呐喊：我不知道啊！

“不是你。”嘉敏郡主声音有些发抖，“也不是我。”

花琉璃沉默片刻，说道：“你……节哀？”

嘉敏郡主：“……”

屋子里燃着熏香，花琉璃目光从香炉上掠过，忽然站起身道：“走，这间屋子不对劲。”

嘉敏郡主：“……”

就算不想跟她待一个屋子，这人也不用演得这么浮夸吧。

她刚想说，别以为她看不出花琉璃在心中偷偷嘲笑她，话还没来得及开口，就开始头晕眼花起来。

“你……”嘉敏郡主睁大眼睛，瞪着花琉璃。

她最近是走了什么霉运，喜欢的男人要娶其他女人就算了，讨厌的女人还要下毒暗算她。

话本里都写了，贵女若是被对手下了毒，后面肯定会发生非常可怕的事。

花琉璃，这个蛇蝎女人！

英王把纸钱放进陶土盆中，抬头看着外祖父的牌位。

外祖父对他很好，尽管祖孙二人相处的时间并不多，但每次他们见面，祖父都会用温和的眼神看着他，然后偷偷塞给他一些民间小孩喜欢的玩具。

他记得小时候，祖父把他放在肩膀上，带他去买元宵节上的动物灯。从小母亲就要求他比其他兄弟完美，先生们也总是以皇长子的标准来教导他。只是外祖父会笑着摸他的脑袋，说他是最棒的孩子。

他喉咙哽咽，到底没忍住，跪在牌位前掩面默默垂泪。

“王爷，使不得。”田家人有些惊惶，英王虽是田家外孙，但他是皇子。世间哪有皇子给臣子下跪的道理？

他们七手八脚把英王搀扶了起来，把人恭请到旁边屋子里坐下休息。

英王不想让他们为难，坐在侧屋里发起呆来。

“王爷，出事了。”英王的长随匆匆进屋，见英王神情悲伤，犹豫了一下还是上前道，“福寿郡主与嘉敏郡主在暖房失踪了。”

“你说什么？”英王震惊地道，“谁会胆子大到在田家劫人？”

“怕事情闹大，田家没敢声张，其他宾客还不知道。”长随道，“不过已经派人往宫中报讯了。”

“马上派人彻查，严守城门。”英王道，他已经顾不上悲伤了。顺安公主与驸马成婚这么多年，膝下就嘉敏一个女儿，嘉敏若是出了事，顺安公主肯定会恨上田家。

也不知道是他还是田家倒霉，最近发生的事，没一件对他有利的。究竟是哪个兄弟在坑他？

花琉璃睁开眼时，看到的是挂满蜘蛛网的屋檐，意识到出了意外，她又闭上了眼睛，装作自己还没醒来。

可惜她身边的人似乎没有这个觉悟，一个翻身就坐了起来，嘴里还在骂她。

花琉璃："……"

这跟她有什么关系，这事又不是她干的！

察觉到嘉敏郡主想要趁机踢她一脚，花琉璃赶紧一个翻身，颤抖着从地上坐起来，问道："这、这是哪儿？"

"醒了？"说话的是个女人，她面无表情地看着花琉璃跟嘉敏郡主，扭头朝外面喊，"老大，人醒了。"

"你们是谁，想干什么？！"嘉敏郡主看着从外面走进来的男人，强忍着心头的恐惧，捂住自己胸口，问道，"是谁派你们来的？"

"捂什么捂？"黑衣男人往地上一坐，说道，"我是专业杀手，只要人命不图色。别叫得跟老母鸡似的，我很有道德感，你们昏迷的时候，专门让女杀手看着你们，连门都没进，别一副我要非礼你们的模样。"

外面的天色有些昏暗，现在应该是傍晚或是天刚亮，屋子正上方有一尊看不出原色的神像，看起来有些像废弃的土地庙或是城隍庙。

京城里寸土寸金，不可能有这么破的神庙，这里应该是京郊比较偏僻的地方。

不知道这些人费了多少精力才把她们从田家带出来，但有件事花琉璃可以肯定，那就是田家有这些人的内应。

到底是京城治安太差，还是她运气太差，这种事她都能遇见。

"你们谁是郡主？"

"她！"花琉璃与嘉敏齐齐指向对方。

五三看了眼屋子里这两个女人，一个脾气暴躁，对他大吼大叫，一个缩着肩膀抖个不停，不断咳嗽，一看就知是身体不好。

花家是武将，养的女儿应该也比较强势。

"你是花应庭的女儿？"五三望向嘉敏。

"我不是，她才是。"嘉敏想也不想就把花琉璃出卖了。

"你……"花琉璃不敢置信地看着嘉敏，眼中含泪，泫然欲泣，"既然你说我是，那我就是吧。"

说完，她对两位杀手道：“你们要找的是我，这位郡主是无辜的，把她放了吧。”

五三皱眉，他怎么越看越觉得她不像呢？

该不会是这两个女人都在说谎吧？他掏出放在怀里的画像，仔细看了好多眼，也分辨不出究竟谁才是花应庭的女儿。

都是两条眉毛两只眼睛，这让他怎么选？

“老大，把他们两个一起带走。”女杀手冷笑一声，“女人，漂亮的女人，贵族里的漂亮女人，口中从来没有真话。管她们究竟谁才是真的，只要把他们都带给公子，公子自然能够辨认出来。”

“我们贵族女子得罪你了？！”嘉敏郡主不高兴地反驳。

“不好意思，我仇富。”女刺客掏出匕首指着嘉敏郡主吓唬道，“再废话我割了你的舌头。”

嘉敏郡主看着抵在自己脖子上的利刃，咽了口口水，怯怯地道：“其实有时候我也挺仇富的。”

花琉璃扭头看她，说话耿直的嘉敏郡主，今天怎么不耿直了？

“看什么看？！”女刺客扭头瞪花琉璃，“你们这些贵族女子，连一把刀都怕，有什么用？”

“看、看你漂亮啊。”花琉璃一脸羞涩，“杀手姐姐，你的胭脂在哪儿买的，为什么涂上去颜色那么好看？”

“什么胭脂，我可没时间像你们那样涂脂抹粉。”女杀手收起了匕首，面色仍旧冷酷无情。

“没有用胭脂都这么好看吗……”花琉璃小声念叨，似乎怕女刺客不高兴，不敢再继续说下去。

嘉敏郡主扭头看花琉璃，这个不要脸的马屁精，为了活命什么话都说得出口！

两人的眼神在空中厮杀，最后齐齐收了回去。

又过了一会儿，女杀手端进来两碗饭，塞到了两人手里：“吃！”

随后嘉敏郡主发现，花琉璃碗里比自己多了一个蛋，还多了几片肉。

现在的女杀手都这么肤浅吗？不过是被人夸了两句好看，就这么对人差别待遇？

"谢谢姐姐。"花琉璃接过碗，朝杀手怯怯一笑。

"谁是你姐，闭嘴。"女杀手转身就走，没过一会儿，又扔了几颗野果在花琉璃面前，没有嘉敏的份儿。

嘉敏："……"

她算是看出来了，这个女杀手就是这么肤浅。原来不仅男人吃花琉璃这套，连女人也逃不过。

不过遇到这种情况，花琉璃比她预想中要冷静很多，竟然没有大哭大闹，还把那碗不算好吃的面给吃光了。

她虽然懂一些武艺，但不知这两个杀手究竟有多厉害，外面有多少人把守更是不清楚，更何况身边还有花琉璃这个累赘，她不敢贸然出手。

吃完饭，女杀手把她们俩的手脚都绑了起来，冷着脸道："不要想着逃跑，这里四周都是我们的人。到时候刀剑无情，不小心少了胳膊缺了腿的，可不要怪我们。"

花琉璃跟嘉敏不敢挣扎，乖乖地坐在原地。

似乎很满意她们受到惊吓后的反应，女杀手的神情看起来温和了一些，说道："想要如厕可以叫人。"

女杀手出去以后，破庙里安静了下来。

"你刚才是在故意误导他们，想让他们以为我是他们要抓的人。"嘉敏骂道，"你这女人心太黑了。"

"你知道什么？"花琉璃翻了个白眼，说道，"我这是在救你懂不懂？他们只想找福寿郡主，看样子还想要活口。杀手不是开善堂的，带两个人离开京城又不方便，你猜他们会怎么对待多余的那个人？"

嘉敏不说话了。

"只有死人才不会暴露他们的相貌。"花琉璃反问，"你想死吗？"

嘉敏彻底不说话了。

两人躺在冰凉的地上，良久后，嘉敏突然小声道："在离开京城前，你想办法逃出去，我会掩护你。"

花琉璃在黑暗中睁开眼问道："你呢？"

"我又不像你这样娇弱没用，我从五岁开始便练习兵法武术……"嘉敏顿了顿，接着道，"我是看在将军夫人的分上，才打算救你一条狗命。"

“原来你崇拜我娘亲啊。”花琉璃恍然大悟，“难怪你总觉得我拖了花家后腿，原来是嫉妒我。”

“我才没有。”嘉敏呸了一声，“我只是为夫人感到遗憾，她乃女中豪杰，有你这种矫揉造作心机多端的女儿，是她此生唯一的败笔。”

“可不管你怎么说，我就是花家的女儿。爹爹娘亲兄长都宠爱我一个，还说我是世界上最好的女孩儿呢，你嫉妒我也没用。”

“你……”

破门被推开，女杀手冷着脸道：“再废话你们两个的舌头都别要了。”

两人齐齐闭了嘴。

女杀手再次把门关上，外面没有脚步声，不知道这些杀手都藏在哪里。

嘉敏的心渐渐下沉，这种连脚步声都听不见的杀手，都是从小训练杀人的本领，武艺高强，她不是他们的对手。

她们两个，真的要死在杀手手中吗？

死便死，为什么还要跟自己讨厌的女人死在一块儿？

看着黑洞洞的屋子，嘉敏几乎一夜没睡，倒是身体娇弱风一吹就倒的花琉璃躺在地上也能睡得香甜，看那没心没肺的样子，要不是她手脚被绑着，都想踹花琉璃两脚。

天还没亮，她们俩就被拖进一辆破旧的马车里，这辆马车不知道装过什么，带着一股浓重的霉臭味。

“老大，通往各州府的要道都被重兵把守着，我们可能出不去了。”

“不如划花她们的脸，反正公子只是要活人，又没说不能伤害人。”

马车晃得特别厉害，嘉敏差点吐出来。她担心半路上就被折腾死，只好不情不愿地坐到花琉璃身边，说道：“喂，不舒服的话，可以暂时靠着我，我可不想半路上跟尸体待在一块儿。”

花琉璃脸色很白，眼睛却亮得惊人，问道：“你知道我小时候的梦想吗？”

“什么玩意儿？”嘉敏觉得花琉璃病得不轻，这个时候还谈什么梦想，还不如晕过去做梦。

“我的梦想是做个史上留名的病美人。”花琉璃叹了口气，说道，“可这个梦想可能要暂时醒一会儿了，真是让人苦恼得都喘不过气。”

嘉敏郡主一脸问号。

杀手都准备划花她们的脸了，她还想当世上有名的病美人？不如现在就自杀，早点去投胎比较有希望。

嘉敏郡主用看傻子的眼神瞪着花琉璃，花琉璃含羞带怯地回望。在这个安静的马车中，她们谁也没有说话。摇摇晃晃的马车，不知要把她们带去何方。

马车帘子突然被掀开，女杀手看着相望的花琉璃与嘉敏，从腰间掏出一把小刀，慢慢靠近了她们。

“有话好好说，不要划脸！”嘉敏郡主把脸扭向一边，说道，“我们可以把自己打扮丑，真的！现在把脸划伤，一时半会儿不能结痂，更容易惹人怀疑，这对你们不利。”

女杀手眼神扫过两人，花琉璃靠着车壁，双目含泪，楚楚可怜地看着她。这个眼神，让她想起幼时被师父摔死的小猫。

她把小刀插回刀鞘，冷着脸道：“我跟老大只负责把你们送出山，后面他们会怎么对你们，我是不会管的。”

“姐姐，你不跟我们一起吗？”花琉璃怯怯地看着女杀手。

“我跟你说过不要叫我姐姐。”女杀手扭头不看花琉璃，说道，“你们不要怪我们，我们也是身不由己。公子说过，只要干完你们这一票，就放我跟老大自由。”

“你们把我们劫出京城，就算逃到天涯海角，也逃不脱朝廷的追捕，又有什么自由？”花琉璃垂下眼睑，说道，“不如把我们放了，也许你们还能留下一条命。”

“小丫头，别想拿这种骗小孩子的话来糊弄我。”女杀手嗤笑道，“别妄想了，你们下辈子投胎的时候，选个运气好的人生，别像这辈子芳华早逝。”

女杀手退出了马车，同行的人见她这么快就出来，问道：“怎么没有下手？”

女杀手冷笑：“现在划伤他们的脸，是想明着告诉其他人这两人的脸有问题？你觉得是你蠢，还是朝廷的人蠢？”

问话的人强忍着怒意，转身离开。

等离了京，就是这两个杀手的死期，此时不能破坏公子的计划，他忍了。他转身让其他人给两个人质做了简单的易容，免得她们被人认出来。

“我觉得这个女杀手，可能活不了太久。”一路无话，嘉敏心里害怕，却不想被花琉璃看出来，只好假装冷静地跟花琉璃说话，“话本里说这种话的人，最后都会死。”

花琉璃眨了眨眼，没有理她。

两人手脚被缚住，车窗又被封得严实，她们根本不知道现在走到哪儿了。

又过了几个时辰，两人被灌了两碗粥，粥里似乎放了催眠的药物，她们沉沉睡了过去。

两人再次醒来的时候，已经是第二天。趁着女杀手带她们去解决生理问题的机会，花琉璃观察了一下四周。

掳走他们的人假装成了一个商队，女杀手这边的人与另外十几个人似乎不太融洽，另外十几个人看她们的眼神充满恶意与轻浮。

“公子说过，做完这件事就给我们自由。”女杀手把花琉璃与嘉敏塞回马车，对另外十几个人道，“从此山高水远，不用再相见。”

“为了把这两个女人带回京城，我们布置的暗桩与人手已经全部被朝廷发现，你们现在还留在京城，只有死路一条，何不留下来继续效忠主公，共创大业。”

女杀手拱手道：“告辞。”

见他们不听劝，为首的男人面色沉了沉，他看了眼这几个杀手，转身对手下道：“走。”

“你讨好一路的女杀手已经走了。”已经近十个时辰没吃东西的嘉敏有气无力地靠着马车壁，问道，“现在我们该怎么办？”

如果真被送到目的地，她们俩是真的要没命了。

“这边山高路险，像是京城与山岭州的交界地带，据说这里人烟稀少，常有猛兽出没……”花琉璃扭了扭手腕，说道，“还有两个时辰，就天黑了。”

听到这话，嘉敏心里更紧张了，没有那几个讲究“男女有别”的杀手看着，她很担心剩下的这些人会乱来。

嘉敏的担忧很快成了真，晚上休息的时候，绑住她们的绳子虽然被解开了，可是围住她们的这些歹人用污言秽语嘲笑她们。

要不是因为打不过他们，嘉敏早就打死他们了。扭头看看埋头吃饭的花琉璃，她气不打一处来，咬牙小声骂道："吃吃吃，就知道吃，你不是身体虚弱，吃这个要吐，吃那个要晕吗，怎么这会儿什么都能吃下？"

"特殊时期，特殊对待。"花琉璃把空碗放下，抹了一把嘴角，缓缓伸手摸向腰间。

"哟，小娘子是不是没吃饱？"一个长得尖嘴猴腮的男人哈哈大笑道，"来，乖乖叫我一声哥哥，我给你吃好吃的。"

其他人跟着大笑起来，还有人跟着起哄。

"人家可是高高在上的郡主，你怎么能侮辱她们？"

"朝廷的郡主也不怎么样嘛，在这种时候，还不是乖得跟狗似的？"

在言语上侮辱尊贵的郡主，给他们带来了极大的满足感，每个人脸上都露出了畅快的笑容。

嘉敏气得浑身发抖，连眼眶都红了起来。

"小时候，有人告诉我，柔弱也是一种武器。"花琉璃看着这些肆意取笑的男人说道，"可是柔弱这种武器，只能对人用，畜生是不懂的。"

"哟哟哟，这小娘儿们骂我们畜生呢。"

"不愧是郡主，骂人的声音都这么好听。"

"唰——"嘉敏恍惚觉得眼前似乎有道银光闪过，她还没来得及反应，就听到"嘭"的一声，离她们最近的一个男人突然就倒在了地上。

污言秽语消失了，笑闹声也消失了，整座山谷只能听到寒风呼啸的声音。呜呜的声响，像是厉鬼在哭号。

她愣怔地抬头，看着挡在她面前的花琉璃，还有她手里那把不知道从哪儿抽出来的软剑，脑子里一片空白。

"每个花家子女，都会有把保护自己的软剑。"花琉璃抖了抖软剑上的血珠，说道，"我体弱多病，不爱动武。"

"每个人都有梦想，可你们破坏了一个少女美好的梦想。"花琉璃踢了一脚倒在地上的尸体，尸体滚到了旁边，她接着道，"我一般不生气，生起气来会要命的。”

“呵，这个女人是会咬人的狗，兄弟们，抄家伙！”

嘉敏听到这些人开始拔剑，才惊醒过来，她随手抓起尸体旁边的剑，抖着手拔剑出鞘，站在了花琉璃旁边。

“离我远点。”花琉璃瞪嘉敏。

嘉敏咬牙道：“花琉璃！”

“我身体不好，怕传染你。”花琉璃说完，头也不回地持剑冲进人群，步伐矫健得让嘉敏怀疑她们两人究竟谁有病。

此时的京城，顺安公主府、英王府、花府以及宫中都派出了不少人寻找两位郡主的下落。

就连守城门的士兵，都换成了神情严肃的精锐兵，与京城相邻的各大州府城门的守兵全部严阵以待，不放过任何一个可疑的人。

对朝廷政令向来比较敏感的京城百姓私下都在揣测，是不是宫里出了什么大事，不然为何连晚上宵禁时分还有不少的卫兵跑来跑去？

“殿下，城西一座破庙里，有人住过的痕迹。”

太子看着京城的地图，手指在上面点了点。

“城西？”英王起身道，“与城西相邻的是南州，我马上带兵去追捕。”

太子没有理会大步离开的英王，他合上地图，问随侍：“花府与顺安公主那边有没有什么消息？”

“回殿下，还没有。”随侍想了想，说道，“顺安公主方才在陛下面前哭了很久，想要张贴寻人告示，不过被陛下拦住了。倒是花府那边安静许多，花三公子请示了陛下后，就带人出城了。”

“走吧。”太子站起身，往门外走。

“殿下，天已经黑了，您要去哪儿？”

“山岭州。”太子的衣袍被夜风吹响，他头也不回地道，“马上安排人跟孤出城。”

“是。”长随心里疑惑，绑架两位郡主的歹人踪迹在离南州不远的地方被发现，太子去方向相反的山岭州做甚？

“三公子，你不要担心，郡主不会有事的。”山路上，跟随花长空多年的小厮见公子步履匆匆，出言劝慰道，“郡主为人机灵，定有办法保全自己的。”

“我并非担心她不能保全自己，只是……”花长空叹气，顺着夜色中的小路，继续赶路。

第八章

偏心眼的太子

花家的武艺，是一代又一代人从战场上总结出来的，没有多余的华丽招式，每一招每一式的重点都是击败对手，保护自己跟战友。

让自己活下来，让战友活下来，打败对手，保护脚下的这片土地。

剑刃划过歹人的喉咙，只留下一条细细的血线，在剑刃划向另一个人时，前一个人脖颈的血喷涌而出，无声无息地倒在了地上。

直到最后一个人倒下，花琉璃转过身，提着剑走向缩在角落里的嘉敏郡主。

月色下，花琉璃身上滴血未沾，她的脚步很轻，表情也很平静。嘉敏却觉得，对方像是一个准备向她报仇的女罗刹。

她想起了自己曾经对花琉璃的挖苦与嘲笑，越看越觉得花琉璃是想趁着这个机会把她一起杀了。

她牙齿打着战，努力让自己看起来冷静："有、有话好好说，其实我一点都不喜欢英王，以前都是胡说八道，你配他绰绰有余，是他眼神不好。"

在自己小命面前，喜欢的男人算什么！

但她没想到，说完这些话以后，花琉璃的脸色反而变得有些难看，她又赶紧道："你是大晋第一美女，宫里五个皇子随便你挑！还有……

还有……你是花家第一骄傲，夫人有你这样的女儿是她这辈子最幸运的事。啊啊啊，花琉璃，我错了，你别杀我！”眼看花琉璃越走越近，她害怕得捂住了眼睛。

这辈子她从未像此时此刻后悔，后悔自己的嘴贱。如果能活着回去，她一定少说几句，打死都不得罪花琉璃！

“你在说什么呢？”

等了半晌，刀剑也没有落到自己身上，嘉敏睁开眼睛一看，花琉璃捂着胸口，面色惨白地坐在地上，虚弱得仿佛一口气上不来，她就会晕过去。

“郡主，我好害怕啊，嘤嘤嘤。”

嘉敏郡主：“啊？”

“那些猛兽好可怕，幸好郡主你勇敢地保护了我。”花琉璃说完，抬头用盈盈双目盯着嘉敏郡主，“郡主，你一定会继续保护我这个柔弱女子的对不对？”

嘉敏惊恐地往后退了两步。

“咯咯咯。”花琉璃咳了几声，笑眯眯地看向嘉敏郡主，“对吗？”

嘉敏张开嘴，说不出话。

半个时辰后，嘉敏坐在树上看着山里的猛兽撕咬着歹人的尸首，捂着嘴不敢出声。

等这些猛兽拖着尸骨离开，她才哑着嗓子问：“你到底想干什么？”

“为了梦想而努力奋斗。”花琉璃把临时找到的药草挂在树枝四周，用来驱赶蛇虫，她说道，“郡主会帮我继续完成这个梦想的，是不是？”

嘉敏咽了口口水，脸被吓得有些白，她盯着花琉璃看了片刻，说道：“我明白了，我会替你保守这个秘密。”

“什么秘密，我有秘密吗？”花琉璃笑着晃了晃脚，树枝也跟着晃动起来。

“我说错了，我是说，我愿意帮助你实现奋斗梦想。”嘉敏觉得花琉璃有病，而且是脑子有病，正常人谁会有这种奇葩爱好。

“多谢郡主，我相信你今天的话。”花琉璃笑眯了眼，“你是个好人。”

嘉敏憋屈地闭上了嘴，扭过头懒得看花琉璃。过了一会儿，她听到花琉璃的咳嗽声，把身上的外袍脱下来扔到花琉璃身上，说道："拿去，盖着。"

"多谢。"

"我只是听你咳心烦。"嘉敏用绳子把自己绑在树上，她怕自己等会儿困得睡着，会从树上摔下去。

过了一会儿，她睁开眼发现花琉璃还安静地坐着，犹豫了一下，开口道："你放心吧，你的事我不会说出去的。"

花琉璃笑看着她："我知道，你睡吧。"

嘉敏没有问她，若是没有做到，她会怎么样。事实上，她非常怀疑，就算她回去把真相说出来，也不会有人相信。

有些人，就是有本事颠倒黑白，迷惑他人。

她迷迷糊糊地睡了过去，第二天早晨醒来的时候，看到山中烟雾袅袅，花琉璃坐在旁边，似乎一夜没睡。

两人从树上下来，花琉璃哎呀一声，她就知道，这个女人又要折腾了。

"人家好累，根本走不动了。"

嘉敏铁青着脸扶住她的手臂说："我扶着你走。"

"郡主你真是个好人。"

嘉敏冷笑，以后谁要是在她面前夸她好人，她就打死他。

山路难走，两人又不知方向，好不容易下了山，找到一条小河洗干净脸。花琉璃找了块大石头坐下，说道："不行，我身体虚弱力气小，走不动了。"

"另外一条路通往官道，你又不愿意走，现在闹着走不动，你到底想干什么？"嘉敏已经被花琉璃折腾得没了脾气。

"你还敢走官道？"花琉璃捶着腿说道，"我们两个能被人从田家带出来，说明肯定有身份不凡的人帮着他们打掩护。你能确定在官道上遇到的人是帮我们的还是坑我们的？"

"等等。"嘉敏看到远处有辆驴车过来，说道，"我让别人载我们回去。"

等驴车走近，嘉敏才发现驴车又破又脏，赶车的人身上散发着难闻的味道，她咬牙上前道："你等等！"

“啥事啊？”赶车人听到这个语气有些不高兴，作为村里有驴车的人，方圆几里内谁看到他不是客客气气的？

不过看到叫住他的是个漂亮姑娘，他面色好看许多。

“我是京城的郡主，今天落了难，你如果把我们送到京城，我就让人给你一百两银子。”

赶车人看了眼嘉敏身上破破烂烂的衣服，还有乱糟糟的头发，差点被逗乐。现在这些骗子胆子越来越大，脸皮也越来越厚了，哪个郡主跑来乡间小道搭车，还穿这么破的衣服？

他可是十里八乡里有见识的人，怎会上这种当？

“你如果是郡主，我就是王爷。”赶车人一甩鞭子，骂道，“死骗子，离我远点！”

说完，他瞥了嘉敏郡主一眼：“好好一个姑娘，长得又不错，怎么干这种骗人的缺德事？”

不等嘉敏郡主回嘴，他赶着车就走了，他怕骗子团伙还有其他人，早走早安全。

“我、他……”嘉敏气得手都在发抖，京城里谁要是敢这么对她不敬，她早就两鞭子抽过去了。

她站在原地骂了将近一刻钟，道路尽头又有一辆驴车过来，赶车的是对中年夫妇。

“走开。”花琉璃拉开她，把乱糟糟的发髻解下来，让头发柔顺地披在身后，笑道，“搭顺风车都不会，要你有什么用？”

嘉敏：“……”

刚才让她扶着下山时，她可不是这么说的。

她就要看看，花琉璃是怎么搭上车的。

中年夫妇是进城卖山货的，他们一路上算着这次能卖多少钱，要不要扯点布给孩子做身新衣裳，远远见一个小姑娘站在路边哭，白皙的脸蛋上挂着尘灰，看起来好不可怜。

应该是听到他们靠近的声音，小姑娘抬头怯怯地看着他们，似乎想向他们求救，但又因为胆子小不敢靠近，小心翼翼地往后退了两步，结果不小心被旁边的草藤绊了一下，摔在了路边。

“姑娘，你没事吧？”中年妇人动了恻隐之心，让男人停下驴车，多问了一句。

“姐姐。”小姑娘声音颤抖着开口，“我、我跟姐姐进京寻亲，半路上有位大姐说带我们一起走，哪知道带着我们越走越远。我跟姐姐发现不对劲，好不容易逃了出来，却不知道这是什么地方。”

说到这儿，她捂着脸嘤嘤哭泣：“我都不知道现在该怎么办了。”

“哎呀，你们这是遇到人贩子了。”中年妇人见两个小姑娘生得白白净净的，猜想她们是家里娇养着长大的女孩子，便道，“姑娘，你若是相信我们，就跟我们一起进京，我们正好要去京城卖山货。”

“会不会太麻烦你们了？”小姑娘睁着漂亮的大眼睛，脸都红了。

“顺路而已。”中年妇人热情地招呼两人坐进驴车，听说她们已经一天没有吃饭，还分给了她们两个饼。

“你们这两个孩子也太单纯了，就没有想过我跟我家那口子也是骗子？”中年妇人担心两个小姑娘以后还会上当受骗，给两人讲了好几个小孩子被骗的故事，说道，“以后不要随随便便乘坐别人的车，知不知道？”

“姐姐眼睛这么好看，一看就是好人。”花琉璃啃了两口饼，睁着大眼睛看妇人。

“以貌取人可不行。”中年妇人摸了摸自己的脸，说道，“长得好看的人也有可能是骗子，知不知道？以后不要随便相信别人的话，更不要单独出门，你们两个长得俊，人贩子最喜欢骗你们这些小姑娘了。”

嘉敏郡主面无表情地啃着饼，心里附和道：说得有道理，她旁边不就有个长得好看，说谎不眨眼的女人？

大概是被花琉璃夸好看，妇人又给了两人一盒点心。

“姑娘，这次被吓着了吧。”妇人见嘉敏一直没有说话，以为她被吓破了胆，又塞了几颗梅子在她手里，“来，吃点这个。”

妇人的手很粗糙，公主府里的粗使下人都比她的手细腻。但是她的手很暖和，暖和得让嘉敏有些不好意思接。

“谢谢。”她捏着几颗平时看不上眼的梅子，脸上莫名臊得慌。

“谢谢姐姐。”花琉璃朝妇人甜甜一笑，“你们心这么善良，一定会有好报的。”

“这算什么善良，不过是随手的事。”妇人看着小姑娘甜甜的笑容，就觉得心里欢喜，又给两人找来了一些吃食。

在外面赶车的汉子不怎么说话，只有在经过一些比较陡峭的路段时，才会瓮声瓮气地提醒她们几句。

行到半路时，汉子把车停了下来。妇人疑惑地掀起帘子往外看，问道：“不是还没到，怎么停下了？”

“前面有官兵把守，不知道发生什么事了。”汉子回道，“好像要检查身份。”

听到“官兵”二字，花琉璃与嘉敏面色微变，两人交换一个眼神，花琉璃躲在妇人身后，伸出半张脸看向外面。

道路上不少进出城的人在排着队等候，在重兵把守下，都在乖乖地接受检查。

薄雾中，一个男人骑在白色骏马上，不知在雾中待了多久，他的头发看起来湿漉漉的。

“殿下。”花琉璃认出来人，眼中带上了亮晶晶的笑意。

太子听到这声呼唤，回头看了过去。

破旧的驴车停在队伍的末尾，花琉璃从帘子后面探出头，白净的脸上带着几道脏污，耳朵在披散的青丝中若隐若现。

她就像是只走丢的小猫，突然从草丛中探出头来，乌溜溜的眼睛里，满是看到主人的喜悦与信任。

雾气在山林间缭绕，晨间的美色容易让人忽略很多东西。

恍惚间，太子觉得自己像是那个把小猫从草丛中抱出来的主人，想要擦干净小猫身上的尘土。

在认出太子的那一瞬间，花琉璃非常开心。有太子在，她终于可以安心睡觉了。

见太子御马朝这边走过来，她爬下驴车，朝太子挥手：“这里，这里。”

“你别……”嘉敏见花琉璃顶着一张脏脸就跑下马车，伸手想抓住她，可惜花琉璃动作太快，她只碰到一片衣角。

刚才她还说腿疼走不动道，这会儿两条小短腿跑得倒是挺快。嘉敏翻了个白眼，懒得去阻止花琉璃丢脸。

太子从小被众星拱月般养大，最讨厌脏污，身边伺候的人皆要干干净净，五官清秀。花琉璃一身脏兮兮的，连脸上的灰都没擦干净，太子哪里会让她靠近。

这几个皇子里面，最难搞的就是太子，两人虽然是表兄妹，但如果她犯了太子的忌讳，太子也不会给她留脸面。太子的这狗脾气，要不是陛下对他百般宠爱，大家不敢得罪他，谁受得了？

就他这么作，早晚有一天陛下会对他心生不满，最终落得历史上那些废太子一样的下场。

嘉敏稳稳地坐在驴车上，不想去讨不自在。

太子翻身从马背上下来，见花琉璃还笑眯眯地看着她，掏出手帕递到她手上，问道："可有受伤？"

花琉璃用手帕在脸上胡乱擦了几下，摇头道："我们在山中遇到猛兽，嘉敏郡主趁乱带着我逃了出来。"

"别动。"太子从她手里夺过手帕，替她擦去脸上的灰土，说道，"人没事就好。"

花琉璃睁着大大的眼睛，仰头看替自己擦脸的太子。太子的头发湿漉漉的，眼睫毛上沾着小小的水珠，一双眼睛就像是清澈的湖泊。

真好看呀。

从小到大，家里的人也常常这样照顾她，所以她很听话地抬着头，乖乖让太子帮她擦脸。

"殿下，马车到了。"

与破旧的驴车相比，停在太子与花琉璃旁边的马车就华丽和宽敞许多，四匹神驹拉着马车，十分气派。

赶着驴车的夫妇在听到花琉璃叫一个好看似天人般的男子为"殿下"时，就已经惊呆了。再看那辆华丽的马车，以及四周穿着银甲的士兵，他们哪里还会不明白，他们顺路捎回来的两个小姑娘不是普通百姓。

夫妻二人束手束脚地从驴车上下来，站在角落里不敢吭声。

擦干净花琉璃的脸，太子忽然轻笑一声，伸手在花琉璃脑袋上揉了揉，说道："走，孤送你回去。"

"殿下，你能不能别揉我的头。"花琉璃捂住脑袋，有些难为情。

“嗯？”太子挑眉。

“我都两三天没有沐浴了。”花琉璃小声道，“满头的尘土，多不好意思啊。”

太子有点无语。

他摩挲了两下手指，伸手摘去她脑袋上一片干草叶，说道：“你好歹算孤半个师妹，孤不嫌弃。”

长得好看人又温柔，太子一定是五位皇子中最完美的人！

“谢殿下。”花琉璃偏过头，捂着嘴角咳嗽几声，有些不好意思地道，“殿下，您带银票了吗？”

太子扭头看随侍，随侍赶紧从怀里掏出一沓银票，说道：“郡主，请。”

花琉璃看了眼银票面额，最少的就是五十两，她咬了咬嘴角，问道：“有没有面额小一点的？”

太子的几个随侍见状，东拼西凑才找到几张十两二十两面额的银票。

花琉璃把这些小面额的银票找出来，转身走到赶车的夫妇面前，说道：“多谢大哥与姐姐相助，这些请你们收下。”

“不不不。”夫妇二人不敢收，连连摆手道，“贵人，使不得。”

“拿着吧。”花琉璃抓住妇人的手，把银票强塞进她手里，“心善者，当有好报。”

太子这才明白，花琉璃为什么要这些小面额的银票。大额的银票，对这种普通人而言反而不方便。

花家的这个小姑娘，似乎比一般的贵族小姑娘更懂民间生活。

等这对夫妇收下银票后，太子朝花琉璃道：“过来，上马车。”

“嗯。”花琉璃向夫妇俩道完谢，转身走到马车旁，脚还没踩到脚凳上，一只手就伸到了她面前。

“谢殿下。”花琉璃把手搭在太子掌心，坐进了马车。马车里铺着柔软的垫子，带着淡淡的熏香味道，宽敞得让她恨不能当场就睡着。

宽敞……

她睁开有些困的眼睛，嘉敏郡主好像没跟上来？

被遗忘的嘉敏默默地从驴车里爬下来，规规矩矩给太子行了一礼。

太子神情淡然地看着她：“嘉敏，可还好？”

“多谢太子殿下关心，臣女无碍。”嘉敏不敢看太子的眼睛。

“嗯。”太子翻身坐上马背，居高临下地看着她，压低音量道，“带福寿郡主逃出来，辛苦你了。”

“不、不辛苦。”嘉敏咬着嘴角，头埋得很低，怕自己心虚的表情被太子发现。

“去马车里休息一会儿。”太子看她一眼，骑马走到了队伍前方。

嘉敏松了口气，忙不迭爬进马车，见花琉璃竟然懒洋洋地躺在马车里准备睡觉，伸手推了推她：“你往里面让让。”

“我一夜没睡，你别闹。”花琉璃抓起一个软垫扔在地上，说道，“马车这么宽敞，你随便找个地方坐，不要跟我挤。”

嘉敏想要反驳两句，忽然又顿住了。她想起昨天夜里的情况，忍不住怀疑，花琉璃可能是真的一夜没睡。

她悻悻地捡起软垫，盘腿在地上坐下，看着镶嵌在车壁上的宝石，惶惶不安的心慢慢安宁下来。

活了十六年，她从未吃过苦，更没受过什么委屈。这几日的遭遇，称得上是人生噩梦，但有个讨厌的花琉璃在，她反而没有那么害怕了。

难道世界上比歹徒更让人有勇气的是情敌？

花琉璃是被马车外热闹的声音吵醒的，她缓缓睁开眼，见嘉敏凝神盯着自己，默默把衣服往上拉了拉：“你看什么？”

嘉敏翻白眼：“马车已经进城了，你睡了两个时辰。”

“难怪我头晕胸闷，原来还没有睡够。”花琉璃坐起身，长长的青丝顺着她的肩膀往下流淌，让她看起来无比惹人怜惜。

嘉敏已经不想跟她说话，绷着脸扭头看向另一边。

“你上次说，英王妃已经定下了，是谁啊？”花琉璃似乎嫌气氛沉闷，所以主动挑起了嘉敏感兴趣的话题。

嘉敏沉下脸道：“花琉璃，你是不是故意的？”

“嘉敏姐姐，你怎么能这么说呢？”花琉璃笑得天真无邪，“人家这是关心你呢。”

嘉敏想说，你别装模作样地来恶心我，可是想到花琉璃提剑杀人的模样，她觉得自己还能忍她一会儿，冷冷道：“我不用你关心。”

“好吧，那你就当我是想看热闹。”花琉璃可怜巴巴地叹气道，“我在京城里没什么好朋友，平时也没闺中好友跟我分享小秘密。你看我们也算是同甘共苦过了，那就是过命的交情，以后有什么不开心的事，可以说出来让我安慰安慰你嘛。”

“呵。”嘉敏冷笑，“你是想说说出来让你取笑开心吧？”

臭不要脸，谁跟你有过命交情，是差点要命的交情才对！

花琉璃弯着嘴角笑，无辜得像是白莲花仙女。

看着她这样子，嘉敏气极后反而冷静下来，她沉默了一会儿，开口道：“她是永州太守林舟的嫡长女，她父亲这个月调任回京。有传言说，大理寺卿因办事不力，惹得陛下不满，她父亲将顶替张硕就任大理寺卿。”

“永州太守林舟？”花琉璃想起弹劾她爹爹的文官也姓林，问道，“他跟林辉之什么关系？”

“他们能有什么关系？”嘉敏莫名其妙道，“都姓林的关系？”

花琉璃摆手，盘腿坐到嘉敏面前，说道：“你继续说，不要停。”

“林舟是四皇子殿下的舅舅。”嘉敏猜到了贤妃为英王求娶林太守女儿的用意，情绪有些低落，“林太守是个爱民如子的好官，在永州极得民心。”

英王近来在民间风评不太好，急需一位名声好的岳父与王妃来增加在民间的声望，加上贤妃有意拉拢四皇子，所以林太守的女儿就成了最合适的人选。

“那挺可惜的。”花琉璃看了眼嘉敏，她觉得还是嘉敏跟英王比较配，不仅地位登对，脑子与审美也是绝配。

“算了。”经过昨夜的那场变故，嘉敏也算看明白了，男人再好也比不上自己的命重要。在关键时刻，她能抛弃英王，只求自己能活命，说明她其实也不是那么喜欢他。

马车被敲响，花琉璃与嘉敏对望一眼，捡起地上的软垫，以最快的速度坐好。

一个丫鬟掀起帘子进来，她手里还端着热茶、糕点等物，把东西放下行了一礼后，又恭敬地退了出去。

两人看着茶壶跟茶杯，然后齐齐看向彼此。

“倒茶去。”花琉璃朝嘉敏抬了抬下巴。

“为什么不是你去？”嘉敏有些不高兴，都是郡主，凭什么她要伺候花琉璃。

“喀喀喀。”花琉璃捂住胸口道，“因为我身体不好。”

嘉敏狠狠地瞪了她一眼，上前给自己倒了一杯，发现这不是什么茶水，而是放了蜜露的甜水。她愣了一下，恍然明白过来，这是按照花琉璃口味准备的。

在这个瞬间，她有些怀疑自己究竟是不是太子的表妹，就算她母亲与贤妃娘娘走得比较近，太子也不该这么直白地偏心吧？

她倒了一杯水端到花琉璃面前：“喝吧你。”

男人看到柔弱漂亮的女人还讲什么亲情。

在外面折腾了一圈的嘉敏郡主，已经在内心默默学会了骂脏话。

“琉璃。”恰在此时，太子的声音在外面响起，“贵府快到了。”

花琉璃放下空杯子，掀开帘子与面上带笑的太子对上视线，道：“多谢太子殿下。”

“不必言谢。”太子把一件披风递给她，说道，“系上，外面冷。”

花琉璃把披风乖乖系好，太子不知道从哪儿找到一根发钗跟一把玉梳递给她：“回去后好好休息，其他的事有父皇跟孤呢，不要担心。”

花琉璃把头发挽起来，发钗歪歪斜斜地插在一边。

太子看了一眼，又看了一眼，最后没有忍住，伸手把发钗扶正，说道：“好了。”

马车在花府大门外停下，花府的下人又是谢恩，又是哭，吵得嘉敏头疼。

“郡主，您受苦了。”

“快请大夫来，郡主身体这么弱，可不能马虎。”

这个声音嘉敏还记得，知道这人是花琉璃的贴身婢女，叫狗尾巴还是鸳鸯什么的？

“瘦了，瘦了。”不知是花府的哪个婆子哭得百转千回，伤心欲绝。

“郡主，您的脸色怎么这么白，这两天是不是没吃花露丸？”

“快、快把郡主平日里吃惯的药丸拿来。”

嘉敏终于明白，原来不单单是花琉璃脑子有病，是整个花府的人都有毛病。

“殿下。”花琉璃抓着披风系带，被丫鬟们扶着，她转头看向骑在马背上的太子，朝他展颜一笑，福了福身，才缓步走进花府大门。

太子看着她的背影，有些遗憾地想，若这是自家的小姑娘该有多好。

马车继续前行，停在公主府前时，嘉敏掀开帘子看向太子，属于她的披风、发钗、梳子呢？老姬家的偏心眼，是祖传的吧？

“敏儿！”顺安公主看到嘉敏的身影，眼眶红了红，她握住嘉敏的手，转身朝太子道谢。四周的丫鬟规规矩矩站着，与花家那些拥住花琉璃的下人完全不同。

她看向老实站在母亲背后，神情木讷的父亲，把目光收了回来。

“多谢太子殿下。”

“姑母客气。”太子骑在马背上没有下来，懒洋洋道，“人已经送到，孤该回宫了。”

“太子慢走。”顺安公主见太子在马背上纹丝不动，面色有些不好看。

等太子走后，她才不满地道：“陛下把太子宠得越加狂妄了，在长辈面前也如此无礼。”

嘉敏耷拉着眼皮没有说话。

在她好不容易回到家的激动时刻，母亲都能注意到太子的狂傲态度，可见对太子是不满到极点了。

抱怨完太子，顺安公主心疼地牵着女儿的手往府里走：“快去沐浴更衣，太子也真是，都不知道让你换身衣服。”

嘉敏：“……”

“肚子饿了没有，太子找到你的时候，有没有让你吃东西？”

“幸好你没出什么事，你若是再不回来，本宫就要让人张贴寻人启事了。可太子身边的那个什么文官说什么贴榜寻人对你不好，依本宫看，他分明就是不想好好找。”

“幸好我儿机敏，从歹徒手中逃了出来。”

嘉敏：“……”

第二日一早，公主府收到无数将军府送来的厚礼。

“舍妹体弱，幸有郡主护她周全，这些薄礼请公主与驸马收下。”花长空向顺安公主与驸马作揖道，“多谢嘉敏郡主救命之恩。”

姚驸马听完女儿救福寿郡主的经过，有些怀疑自己的耳朵，他闺女有这么高强的武功，有这么聪明的脑子？他扭头看了眼顺安公主，捧着茶杯不说话。

“花三公子客气了，福寿郡主乃良将之后，小女救下她是应该的。”顺安公主面上有几分得色，心下暗道，将军之女又如何，还不是要靠她女儿才能保住一条命。

坐在下首的嘉敏满脸的生无可恋，她真的一点都不想听别人说她是怎么救了花琉璃的，现在她满脑子都是花琉璃拖着剑朝她走来的可怕场景。

她一想就腿软，一腿软就忍不住想，以至于她现在连“花琉璃”这三个字都不想听见。

“其实福寿郡主也救过我，若不是她，我差点被毒蛇咬死，我们这是互相帮助。”她赶紧把这个恩情抛了回去。

“哦。”顺安公主有些失望，这样就扯平了，真可惜。

姚驸马：“……”

春寒料峭的，毒蛇为了咬人，这么努力的吗，连冬眠都放弃了？

很快京城女眷中就开始流传“敏郡主勇救花家女”的故事，平日里与她交好的小姐妹们纷纷跑来问她，有没有趁着这个机会多羞辱花琉璃几次。

嘉敏很绝望，听得小姐妹打算借着救命之恩让花琉璃给她低头，赶紧道：“你们别闹，花……花琉璃好歹是护国大将军的女儿，我救她是应该的。”

“那又怎么样，救命之恩当涌泉相报，给你做牛做马都使得。”一位姚家小姑娘道，“看她以后还敢不敢柔柔弱弱地在你面前扮可怜。”

嘉敏神情麻木，是啊，确实是要做牛做马，可做牛马的是她啊，是她啊！

姐妹们，你们都少说几句吧，嘉敏真的很怕这些话传到花琉璃耳中，花琉璃会在某个月黑风高夜拖着一把剑教她们做人。都是自家姐妹，她真的不想害她们。

“其实她人挺好的，你们别这么说她。”嘉敏咬了咬牙，勉强笑道，“以后这样的话，都不要再提了。更何况，她也在毒蛇口中救过我，一命换一命，哪来的救命之恩。”

“嘉敏？”姚家女伸手摸了摸嘉敏的额头，问道，“没病啊，怎么说胡话了？几天前你不是还说，要在花朝节的时候让花琉璃丢脸吗？”

嘉敏还没来得及开口，另外一位小姐妹就道：“你不要担心，有我们在，绝对不会让你吃亏的。”

嘉敏暗叹：姐妹们，生命这么美好，为什么你们不好好珍惜？

英王一路追到南州，得知两位郡主已经得救后，又匆匆赶了回来。两位郡主虽然已经得救，但田家的嫌疑还没有洗清，他只得进宫为田家向父皇求情。

他赶到宸阳宫的时候，见姬元溯也在，眉头皱了皱，担心太子会从中作梗。

“儿臣见过父皇。”英王内心有些忐忑。

“坐吧。”昌隆帝看了眼傻儿子，放下御笔道，“你赶了几天路，早些回去休息。”

“多谢父皇关心。”英王看了眼坐在那里没有吭声的姬元溯，单膝朝昌隆帝跪下，说道，“父皇，儿臣请求您彻查两位郡主被刺客带走一案，还田家一个清白。”

“明昊。”昌隆帝无奈地叹气道，“田爱卿病故，朕十分痛心，也不愿在这个时候与田家为难。可两位郡主在田府被无声无息带走，朕若不追究田家，顺安公主与护国大将军会作何想？”

“可田家是无辜的。”英王不解，“求父皇开恩。”

“朕身为帝王，不能因为自己觉得谁是无辜的，便毫无顾忌地免去其罪责。”昌隆帝看着面上犹带不甘的大儿子道，“朕已经让人彻查此事，你无须担心。”

“可您为何要降了舅舅的爵位？”英王叩首道，“求您网开一面。”

昌隆帝叹息一声，他觉得自己刚才的话全都白说了。

“大哥，我若是你，就去劝田大人去给两位郡主赔罪。”太子怜悯地看着这个傻哥哥道，“不管这事与田家是否有关，都不能抹去两位郡主在田家失踪的事实。唯有两位受害者愿意谅解田家，田家才能全身而退，你可明白？”

英王怀疑地看着太子，他不相信姬元溯会有这么好心。

“你回去让田家照着太子的意思做。”昌隆帝摆了摆手道，“退下吧。”

孩子脑子不好，他这个做父皇的也有责任，骂又没有用，只能眼不见心不烦。

“是。”英王忍下心中的不甘，退出了宸阳宫。

英王走后，负责搜寻山林的侍卫回来了，他匆匆走进宸阳宫道：“禀告陛下、太子殿下，属下等人在密林中发现了一些被凶兽啃噬过的尸骨。但因尸骨不全，无法辨别究竟有多少人。属下等人还在一棵树上发现了避蛇虫的药草，以及人攀爬的痕迹。”

“嘉敏与花家小丫头可能就是靠着这个机会逃了出来，攀爬树木的人，应该也是她们。”昌隆帝点头道，“看来嘉敏学些舞刀弄枪的本领还是有用的。”

“比她母亲……”昌隆帝看了眼太子，不好当着儿子的面说顺安公主坏话，挥手让侍卫退下，对太子道，“幸好花家的小姑娘没事，不然朕拿什么向应庭交代。”

太子笑了笑，转移话题道：“父皇，您怎么给大哥定了林太守的女儿做王妃？儿臣早前听闻，贤妃似乎有意让大哥与嘉敏结亲。”

“林家姑娘饱读诗书，聪慧灵秀。朕听御医说，儿女脑子好不好与父母有关。”昌隆帝叹气道，“为了能让你大哥能有脑子好的孩子，林家姑娘比较合适。”

太子沉默片刻，说道：“儿臣懂了。”

他倒是觉得，嘉敏的脑子跟大哥的脑子挺门当户对的。

跟着父皇学完治理政事，太子离开宸阳宫时，天已经快黑了。

懒散地坐在步辇上，早已经习惯四周宫女和太监对他又敬又怕的态度，太子连眼皮都懒得抬。

黑暗中，不知何处传来小猫的叫声。

他坐直身体道：“去看看。”

“是。”几个随侍匆匆离去，不一会儿便拎了只小猫过来。小猫脖子上系着绳，还吊着金铃铛，应该是宫中哪位有身份的贵人养的。

太子看了两眼便失去了兴趣，说："放了吧。"

随侍们赶紧把猫抱到旁边放下。

太子确定自己对养猫其实没有什么兴趣，他若有所思地把玩着腰间的玉佩，开口道："最近几日可曾给福寿郡主送零嘴过去？"

"回殿下，并未。"

"明天就送过去。"

他可能是想养个像猫的小姑娘。

花长空看着桌上的食盒，这是东宫刚让人送过来的，他怀疑地看着花琉璃道："小妹，太子是不是发现了什么？"

"啥？"花琉璃从食盒里拿出果脯往嘴里放。

"发现你……身体娇弱，需要吃更多的食物来养身体。"花长空瞥了眼盒子，里面果脯肉干点心干果都有，都是宫廷秘法制成，散发着诱人的味道。

"可能是觉得我差点被歹徒抓走受了惊吓，所以特意准备了这些安慰我？"花琉璃并未察觉哪里不对，又道，"以前在青寒州的时候，你们也是这么安慰我的嘛。"

家人跟太子又怎么能一样？

看着小妹悠闲开心的模样，花长空心中一软，他伸手摸了摸她的头："你说得对，是三哥想多了。"

"喏。"花琉璃抓起一把肉干放到他手里，"分给你的。"

"多谢，咱们家小乖乖真大方。"花长空笑呵呵地收下。

他记得十一年发生了一场很大的天灾，青寒州粮食断绝，通往青寒州的塞道被山石堵住，朝廷的供给暂时送不进来。为了填饱肚子，军营附近的老鼠都被士兵捉光了。

即使是将军府，日子也十分难熬。小妹年幼，有什么好吃的家里总是让给她。可年仅四岁的小妹似乎也知道那段时间有些不同，总要把碗里的肉分给家里所有人才愿意吃饭。

至今他都还记得，小小的妹妹拽着他的衣角，举着又干又瘦的麻雀翅膀，说是要跟他一人一半。

“三哥，我现在十五岁，不是三岁，这种哄小孩子的夸奖语气对我没有用。”花琉璃若有所思地看着花长空道，“爹爹娘亲快到京城了，你这是想让我帮你多说几句好话吧。”

“小没良心的。”花长空伸手戳花琉璃脑门，说道，“你自己好好玩，我去书房看会儿书。”

“三哥，你能不能别戳我脑门。”花琉璃捂着脑门道，“这可是一颗聪明绝顶，天下无双的脑袋。”

“还聪明绝顶呢，若真绝了顶，你不得在家里哭三天三夜？”花长空又从食盒里顺走一把果脯，才快步溜走。

第九章
爹娘回京

大理寺真正绝了顶的张硕大人却很忧虑，因为他也听说了皇上对他不满，准备让林舟代替他大理寺卿一职的传言。

他摸着越来越稀疏的头顶，对坐在屋子里的心腹下属道："你们把身上的那些破毛病都改一改，等新上司上任，可容不得你们那些毛病。"

林舟此人，早年他是打过交道的，为人十分正直，眼里容不得沙子。他手底下带的这一帮人，办事能力都不缺，就是性格各异，不太正经，跟林舟共事，恐怕有些合不来。

世间打哪儿找像他这么好的上官，自己官位都快保不住了，还要操心下属与新上官的关系。

"大人，这事也不一定，任命还没下来，我们还有机会。"大理寺有两位少卿，一位是裴济怀，一位是荀敬祺，两人行事风格不同，但都与张硕这位上官关系好。荀敬祺十分擅长处理一些官场杂事，被张硕死对头称为狗头军师。

"能有什么机会，林舟都做英王爷岳丈了。"大理寺卿叹气，最近一两个月接连发生大案，还牵扯到皇家人，而幕后黑手一直没找到，也难怪陛下对他不满。

早知道如此他就该去道观拜一拜，求三清爷爷保佑他运气好一点。

不对，应该去拜文曲星，保佑他官运亨通。

“大人，林舟虽然做了英王爷的岳丈，但也不代表我们没有任何依仗。”荀敬祺摸了摸下巴上的山羊须，说道，“我们可以走太子与花家这两条路。”

“太子？”大理寺卿赶紧摆手，“太子殿下的脾性满朝皆知，万一讨好不成，反而被他当场嘲讽，我这张老脸不要了？”

荀敬祺默默地看了眼他，事情都到这份上了，还要什么脸？心里虽这么想，话却不能这么说，荀敬祺干咳一声，道：“大人，那我们可以去找花家。”

“花家如今之势如日中天，就连太子都要给花家颜面。属下听闻护国大将军不日便要回京，现在我们去拜访花家两位小辈，让他们帮着您在大将军面前美言两句。万一大将军愿意帮您说几句好话，很多事情就好解决了。”

大理寺卿摇头：“这种讨好小辈的事，本官做不出来。”

“大人，您这是关心小辈，跟讨好有什么关系？”荀敬祺道，“朝中大臣既不敢得罪太子，也不敢惹怒英王，除了花家，敢管这件事的人不多了。”

大理寺卿没有说好与不好，转头问裴济怀：“临翠宫投毒案，查得如何了？”

“临翠宫的一个宫女死于意外，她是负责打理临翠宫器具的女官。”裴济怀神情凝重，“不管怎么查，这件事明面上的证据都指向英王。”

“唉。”大理寺卿叹气，“真凶究竟是谁虽然还没查出来，但本官可以断定，此人恨极了英王。”

“把这件案子封存起来，调查到的证据我会呈给陛下。”潜意识告诉他，这件案子不能再查下去，再查就要涉及宫廷秘密了。他虽然每日起床都嫌弃自己光秃秃的脑袋不好看，但还不想让它从自己肩膀上掉下去。

不知道自己被幕后凶手深深恨着的英王，面色不太好看地从顺安公主府出来。他身边的随侍太监小声劝说了几句，但这些劝说的话没有半点用处，只激得英王踹了他两脚。

顺安公主脾气不太好，年轻的时候因为激怒先帝，气得先帝临死前对陛下说，绝对不能给她晋位长公主，免得她更加猖狂。

这事一度成为京城的笑柄。顺安公主老实了几年，近几年皇子公主都渐渐成年，她仗着自己长辈的身份，老毛病又犯了。

前年陛下有些心软，正准备下旨晋封她为长公主，顺安公主就跟太子闹得不愉快。满朝上下谁不知道陛下最喜欢太子这个儿子，顺安公主不仅没有晋为长公主，还被陛下斥责了一顿，从此她便与东宫太子结了仇。

今天王爷为了田家的事，亲自到公主府给田家求情，顺安公主却摆着长辈架子，把田家从上到下都挑剔了一遍。

王爷向来对外祖父十分敬重，冷着脸与顺安公主顶了几句，怒气冲冲地出来了。

随侍太监觉得，顺安公主的脑子也很神奇，她身为公主，把皇长子跟太子都得罪了，这对她有什么好处？

发脾气一时爽，皇子登基后就会悔断肠，这点道理她怎么不明白？

“王爷。”等在外面的田大人见英王出来的时候脸色不好看，猜到他为了田家肯定受了不少气，又愧又感动，却不知说什么，只好作揖行礼。

“舅舅，你不必如此。”英王伸手扶起田大人，他看着舅舅鬓边的白发，心头有些难过，说道，“府中的事不要太过操心，身体为重。锐栋若是不懂事，狠狠揍两顿就好。”

孩子不听话，多半是惯的，打几顿就好。

跟着父亲一起过来的田锐栋茫然地看着英王：“啊？”

说实在的，他最近很老实啊。王爷说这话，分明还在记上一次的仇。

“走吧，去花府拜访。”英王扶着田大人坐进马车，扭头严肃地对田锐栋道，“你都这么大了，该懂事了。”

田锐栋明白，英王这是被顺安公主气疯了，拿他出气。

鸢尾走进屋子，把香炉中的熏香换下，转头见郡主靠在软榻上一边吃果脯一边看京城里各位官员的奇闻八卦，笑着道：“郡主，听说田家人跟英王爷来了，您要不要换身衣服？”

“英王来干什么？”花琉璃把手里的书放下，接过婢女端来的水漱口。这些书尽是胡说八道，竟然说太子性狂妄，喜奢华。不用猜就知道，这肯定是某个皇子故意请人写来抹黑太子的。

“想来是为了田家的事。”鸢尾手脚麻利地给花琉璃换好衣服，说道，“您若是不想去，奴婢让玉蓉去回绝三公子那边。”

“去看看，我整日待在屋子里也没什么乐子。”花琉璃用笔描了描眉，细柳叶眉让她看起来更加柔弱了。

“郡主，您且收敛些，那是王爷。”鸢尾与玉蓉一左一右扶着花琉璃，朝院子外走去。

主仆几人走到前殿门外，听到里面传来三公子与英王的交谈声。

“舍妹体弱，这次从外面回来后，一直在请医问药，今日才勉强能用些饭食。”

“是老朽看管家奴不力，让郡主受苦了。”

“这事本不该怪田大人，歹徒用心险恶。幸而舍妹逃过此劫，没有受什么苦楚。家父家母视小妹如掌中珠玉，她若是出了事，晚辈无颜面对二老了。”

“三公子宽容，老朽却不能原谅自身过错，这些赔礼还请公子收下。”

“大人您太客气了，这些礼物太贵重，晚辈不能收。”

“收下吧，这是敝府上下的一点心意。”

“田大人，您这样太见外了。”

“应该的，还请贤侄不要嫌弃。”

一番推让后，花长空只能无奈地收下这些赔礼。田大人似乎更加愧疚了，话里话外的意思是这些赔礼还不够，下午就让儿子送更多的赔礼过来。

“臣女见过王爷。”花琉璃听事情谈得差不多以后，才捂着胸口慢慢走进正厅，朝在座众人见礼，“贵客来临，小女子有失远迎，请诸位贵客恕罪。”

“妹妹，你怎么来了？”花长空站起身，担忧地看着她，“不是让你在屋子里好好休息吗？”

“三哥，我这都是老毛病了，就算天天闷在屋子里又有何用？”花琉璃虚弱地走到椅子边坐下，朝众人歉然一笑。

英王发现花琉璃走路时步伐虚浮不稳，脸色苍白得近乎透明，不由得担心道：“郡主可用药了？”

“多谢王爷关心，已经用过了。”花琉璃朝英王微微一笑，苍白无血色的唇像是黯淡的桃花瓣，惹人怜惜。

田锐栋见小仙女病成这个模样，既担心又愧疚，低着头不敢看花琉璃。

“请王爷不用担心，舍妹自小身体不好，多养几日便能恢复了。”花长空越是宽宏大度不责怪田家，田大人就越是愧疚，尤其是听到花郡主时不时掩嘴轻咳后，他更是坐立不安，恨不得现在就把家里的好药材搬到花家来。

与顺安公主府的冷脸相比，花家可称得上热情好客。

田大人想到自己以前还怀疑过花家会拥兵自重，就觉得羞愧不已。能养出如此善良温和的儿女，花将军自然也是光风霁月的人物。

他怎么能用自己的小人之心去揣度保卫国家的将军，实在太羞耻了。

临别前，英王看着面带病色的花琉璃，忍不住道：“郡主，请一定要顾惜身体。”

花琉璃没想到英王会特意嘱咐这么一句，微愣后笑道：“多谢王爷。”

送走英王与田家人，兄妹二人对望一眼，懒洋洋地窝进了椅子里。

“三哥，你又糊弄人家多拿东西出来了。”

“小妹，养面首很花钱的，三哥这么努力攒家当，都是为了你。”花长空摇了摇食指，说道，“更何况这怎么能说是糊弄，是对方心甘情愿往我们家送的。”

说完，他朝花琉璃抱了抱拳：“还要多谢小妹出手相助。”

花琉璃拉开手帕遮掩住脸颊，羞怯一笑：“三哥，你胡说什么呢，我听不懂。”

“王爷。”回到府中，田大人犹犹豫豫地看了好几眼陪他们回府的英王，说道，“爱美之心虽然是人皆有之，福寿郡主确实貌如春花，但您已经与林舟之女订下婚约，若是有其他的想法，一并放下吧。”

“舅舅，您在说什么？”英王失笑，“花家那个丫头相貌确实有几分，但是长得瘦瘦弱弱，跟个黄毛丫头似的，我能对她有什么心思？”

田大人瞥了英王一眼，都是男人，他也有过年轻的时候，年轻男人喜欢哪种女人，他还能不知道？

“是微臣想多了。”田大人改口道，“锐栋那孩子就喜欢这种女孩子，让微臣以为您也会喜欢。”

田锐栋：“啊？”

他不是一向喜欢妖娆性感的美人吗？以前他爹还嫌弃他眼光俗气，怎么这会儿全变了？

合着他就是一块砖，哪里需要哪里搬，用完就扔一边是吧？

“锐栋还小，哪里懂得照顾女孩子，福寿郡主这种柔弱的姑娘不适合他。”英王想也不想便道，“应该给他找个厉害的娘子，好好管着他。”

田锐栋连忙摆手道：“王爷您说笑了，我有什么资格求娶福寿郡主。”

福寿郡主那样的小仙女，下凡到人间已经很辛苦了。他根本就不配拥有她，想一想这种事就是亵渎。

“太子殿下。”东宫属臣一脸兴奋地向太子汇报道，“英王与顺安公主闹翻了，昨日有人看到他沉着脸从顺安公主府出来。”

太子挑眉：“哦？”

两个脑子不好的人，闹不闹翻有什么意义？

“英王感情用事，为了田家自断其臂。不过微臣听说，田家昨日接连往花家送了三次礼，难道他们想帮英王拉拢花家？”

“难怪今天午时过后，花家三公子便上表给陛下，替田家求情。”另一个属官神情凝重地道，“殿下，若是花家被英王拉拢，这对我们十分不利。”

“知道你们两个现在像什么吗？”太子看着这一唱一和的两个属臣，把手里的书往桌上一扔，说道，“像戏台上挑拨离间的奸人。”

整个京城，就没几个脑子正常的人吗？

“殿下……”两个属臣小心翼翼地观察太子脸色。

“让田家去找顺安公主跟花府求情，是孤的主意。”太子挑眉道，“你们是对孤的建议不满？”

“殿下真是神机妙算，妙不可言啊！”属官赶紧改口道，“微臣就知道，这件事不简单。这样一来，不仅让英王得罪了顺安公主，还让田家与英王殿下都承了您的情。护国大将军一家对陛下忠心耿耿，又怎么会因为田家的那点礼物被拉拢。殿下的计谋果真天下无双，无人能敌。”

“滚。”太子面无表情地指向门口。

“微臣遵命。”两个属臣小跑着退了出去。

“把这两个家伙给孤调走。”太子揉了揉太阳穴，说道。

“殿下，今年您已经调走三个东宫官员了。”随侍小心翼翼地提醒。

“比去年是少了点。”太子挑眉道，“今年还剩下十一个月，可以继续努力。”

随侍沉默了，他说的并不是这个意思。但他怕自己多说两句后，自己会变成第四个。

殿下从不以打骂人取乐，但是只要有人让他不高兴，他便会把人从东宫踢出去。这么些年下来，殿下身边也没养出多少心腹。

真是铁打的东宫，流水的官员。

他不免有些担心，殿下面前没有太多忠诚可用的人，等到日后……可怎么办？

“对了，孤那里有些有趣的小玩意儿，让人送到花家去。”太子翻了翻书，说道，“孤怜花家郡主病弱不能出门，这些东西送给她解闷。”

随侍忙道：“是。”

殿下知道拉拢花家人，他们东宫不会输，还有希望！

收到东宫送来的各种小玩意儿，花琉璃虽然有些意外，但玩得很开心。因为殿下送来的这些玩意儿实在太有趣了，她觉得自己待在家里玩上十天都不会腻。

“小妹啊，你有没有觉得，殿下喜欢给你送玩具跟零嘴，是把你当成了小孩子看？”花长空原本还担心太子对妹妹有了男女之情，可是看到整整一箱玩具后，就知道是自己想多了。

男人若是有心仪的女子，必定是送钗环首饰、书籍布匹，哪有送小孩子喜欢的玩具的？这分明是把妹妹当作小孩，听说她生病，就拿这些东西来逗她开心。

“当小孩子有什么不好？”花琉璃拆开一只机关鼠，想知道里面是怎么回事。可惜拆开容易，装回去却很难，不论她怎么折腾，最终都要多出几个木钉来。她一个没忍住，捏断了木老鼠的腿。

“好吧，咱们小琉璃还是个五岁的宝宝。”花长空把一封信递到花琉璃面前，说道，“爹娘还有两日就抵达京城了，高不高兴？”

花琉璃扔掉手里的玩具，拿过信看了起来。

“爹爹跟娘亲真的要回京了？”她高兴地捏紧信封，起身叫来丫鬟，安排他们准备接待事宜。

整个花府都热闹起来。

春节过后，春寒尚料峭，路上行人还穿着冬日的厚实衣服，来去匆匆。林舟掀起车帘，看着京城高大的城门，神情有些激动，离京十年，他终于又回来了。

京城乃繁华之地，本该有不少人才对，然而让他奇怪的是，城门附近居然一个百姓都没有。

“老爷。”林夫人知道林舟心情激动，怕他大喜之后对身体不好，柔声劝道，“我们已经到了京城，回去后好好休息一番，日后你操心的事情还多着呢。”

“这些年辛苦夫人了。”林舟回握住林夫人的手，还没来得及说些什么，听到一阵整齐的马蹄声传来。

京城重地，为何会有这么多马蹄声？

他松开林夫人的手，走下马车往后一看，只见一队整齐的骑兵远远朝城门赶来，在这些骑兵后面，还跟着长长的马车队，一眼竟望不到头。

那是……护国大将军花应庭！

城门上忽然响起鼓声，禁卫军从城门中列队而出，随后从城中出来的竟是帝王仪仗。帝王仪仗之后，五位身着锦衣的俊俏公子骑马相随，面色郑重。

“快快避让。”林舟赶紧命令马车避让到角落，垂首作揖恭立。

城门上的鼓声仍旧响着，林舟等人被禁卫军拦在了外面，他看到花应庭匆匆从马背上跳下来，朝帝王仪仗跑去，时不时还用手背擦眼角，似因太过激动，忍不住流下了男儿泪。

“陛下。”花应庭跪在御驾前，声音哽咽道，“末将幸不辱命，得以保全性命，再见龙颜。”

“应庭。”昌隆帝情绪也很激动，他匆匆从龙车中出来，亲手扶起花应庭，“这些年，你受苦了。”

当年花应庭离京时，他告诉他要活着回来。

这么多年过去了，花应庭立下无数战功，说出口的却是当年那句承诺。

城池土地，赫赫军功，都不如一句“保全性命”让昌隆帝感动。

“为陛下效忠，是末将福气。”花应庭说到这里，堂堂七尺男儿，竟号啕大哭起来，语不成句。

仿佛在外漂泊多年，终于找到了依仗，可以让他放下一切忧心之事。

“陛下啊。”

“爱卿。”

君臣执手相看泪眼，激动不已。

林舟看着这一幕，内心毫无波动，甚至有些恍惚。他听说有种狗特别喜欢舔主人，所以世人称这种狗为“舔狗”。此刻的花应庭，像极了这种狗的样子。

君臣二人情绪平复以后，昌隆帝把几个儿子叫上前来：“应庭，这是朕的几个儿子。你多年未回京，这些孩子你怕是也不认得了。”

“这是太子。”昌隆帝叹气，“虽略通武艺，习了些兵法武艺，但是个懒散的性子，若不是朕总拘着他学习治理政事，他恐怕连御书房都不想进。”

“末将见过太子殿下。殿下龙章凤姿，气势不凡。”花应庭仔细看了看昌隆帝与太子，夸赞道，“殿下的眼鼻长得好看，像陛下您。”

昌隆帝哈哈大笑。

太子回了花应庭一个下揖礼：“大将军您谬赞，孤还有很多不足之处。”

“这是朕的大儿子。”

“末将见过英王。”

英王觉得有些不对味儿，介绍太子的时候，父皇准备了一堆的形容词，怎么到了他这儿，就短短一句话？

介绍完自己的儿子后，昌隆帝坚持要邀请花应庭同车共游，花应庭红着脸道：“陛下好意，末将感动不已。只是……”他频频后望，就连脖子都红了起来。

昌隆帝见他这个模样，哪里还不明白他怕娘子的毛病又犯了，于是笑着拍了拍他的肩道："罢了罢了，朕今日便不做这个恶人。今日你们夫妻二人回京是大喜事，若是因朕害得爱卿回去跪了地板，反而是朕的不是了。"

"陛下，"一位红衣女子含笑而来，她英姿飒爽地向昌隆帝行了大礼，"多年未见，您的风采一如当年。"

花应庭缩着脖子不说话。

"卫将军，"昌隆帝看着眼前这位红衣女子，语带感慨，"朕老了，倒是卫将军仍旧光彩照人。"

这位大晋朝最有名的女将军卫明月，一度是他少年时期的心理阴影，他年幼时不懂事，见卫明月长得明艳动人，就说了几句轻浮的话。没过几天，他就看到卫明月在他眼皮子下，笑着拍断了一条石凳。

从此以后，他看到卫明月就觉得腿疼，怕她一个失手拍断自己的腿。甚至因为心理阴影太大，他后宫里所有女人的容貌脾性都与卫明月完全相异。

时隔多年，昌隆帝即使是做了万人敬仰的帝王，见到卫明月的第一眼，脑子里想到的还是那条石凳。

为此，即使他知道花应庭十分怕老婆，也觉得他是个真英雄，真汉子，是京城儿郎们的楷模。

"爱卿啊，"昌隆帝把花应庭推了推，把他推到卫明月身边，笑道，"多谢两位将军为大晋立下汗马功劳，朕来接二位进城。"

"生为大晋人，死为大晋魂。"花应庭与卫明月齐齐跪在昌隆帝面前，掷地有声道，"这是末将等应尽之责。"

"陛下万岁万岁万万岁。"夫妻二人伏地叩首。

"陛下万岁万岁万万岁。"跟随回京的众将士齐齐高呼，声可震天，山河为之颤动。

"朕得二位良将，乃此生之幸。"在声声高呼中，昌隆帝弯腰扶起二人，眼眶再次湿润。

"走，宫中准备庆功宴，众良将随朕回宫。"

帝王领众皇子亲自到城门口迎接花应庭进京，这是何等尊崇的颜面。

林舟看着帝王仪仗慢慢消失在城门处，暗暗叹息了一声。

自古名将如红颜，不许人间见白头。

今日的花家有多风光，以后的花家就会有多么小心翼翼。这些年来，边关在花家的镇守下，捷报连连。可是如今最凶悍的金珀国被花家击败，其他小国无一战之力，至少可保大晋未来五十年的安宁。

未来的五十年，花家又会走向何方？

“父亲。”林家姑娘走下马车，见父亲盯着空荡荡的城门沉默不言，以为他见到花家得帝王亲迎，而他们只能躲避在角落里心生郁郁之情，出言安慰道，“您向来清廉，低调回京，其他人并不知您已至京城。所以……”

“傻孩子，”林舟笑道，“花家一时风光，至于以后如何，自有史书评说。为父并未多想，你不用担心。”

他家闺女什么都好，就是心思太过细腻，这性子不改改，以后嫁到皇家，可怎么办才好？

花琉璃与花长空兄妹二人一大早就准备去城门那里迎接父母，得知陛下带着几位皇子亲自迎接，还在宫中设了接风宴后，兄妹二人就跟在了接待队伍里。

从城门入宫，还有很长一段路。

虽然已经净了街，道路两旁已经没有闲杂人等，但京城老百姓分外热情，路边茶楼、酒楼上面，挤满了看热闹的男男女女，待帝王仪仗经过后，顿时热闹起来，其中有扔花的，有扔手绢的，还有扔银票的。

花琉璃听到禁卫军声嘶力竭地喊：“注意安全，不要摔下来了。”

“卫将军，卫将军，看这里。”花琉璃可以肯定，尖叫的是个小姑娘。

“卫将军，我要嫁给你。”花琉璃看了眼自家娘亲风度翩翩的背影，再看一眼茶楼上挥着手绢跳来跳去的少女，心情万分复杂。

小姐姐，喜欢上已婚将军是没有前途的，还是换个人去喜欢吧。

“没想到这么多年过去，母亲还是这么招小姑娘喜欢。”花长空语气十分感慨，也难怪陛下的仪仗队伍走得那么快，看来是为了方便老百姓们投花叫好。

昌隆帝可以提前回宫，几位皇子却要陪着将士们一起。英王摘下误投在自己头顶上的花，只觉耳朵嗡嗡作响。

骑马走在他前面的太子忽然勒住缰绳，让马儿停了下来。他转过身看向跟在众皇子身后的花家兄妹，朝他们招手：“花三公子，福寿郡主，你们上前来。”

英王顿时反应过来，太子这是要在花、卫两位将军面前做好人。他就知道，姬元溯这个王八蛋，向来喜欢在兄弟面前摆十足的谱，在别人面前装最好的人。

“殿下。”花琉璃骑的马有人牵着缰绳，她听到太子唤她，便驱马来到太子面前。

“你与两位将军多日未见，上前来好好叙旧。”太子想，这小姑娘的眼睛怎么就这么闪亮，闪得他的心也跟着晃悠起来，他笑道，“今日乃你们一家团聚的日子，不必太过讲究规矩。”

“多谢殿下。”花琉璃越发觉得太子是个好人，这么好的太子，竟然有人说他性格狂妄，这是多么不要脸的抹黑呀。

“去吧。”太子拍了拍马儿，往旁边让了让。

英王看到这一幕，在内心大骂，表里不一，骗子，阴险小人！

夫妇二人见到小女儿过来，脸上的笑容变得温和起来：“琉璃，快到娘亲这边来。”

“娘亲。”花琉璃让马儿靠近卫氏，若不是有外人在场，她可能会一头扎进卫氏怀里。

卫氏伸手摸了摸她的头，问道：“为娘的小乖乖，在京城过得开心吗？”

“一切都很好。”花琉璃抓住卫氏的手道，“就是有些想念爹爹与娘亲。”

“我们也很想你。”卫氏看着女儿的眼神，温柔得就像是在看最珍贵的宝珠。

太子见到这一幕，不由得让马儿的步伐更慢一些，给他们一家四口留足说话的空间。

两位将军待小女儿，果真如传言般，爱如掌中珠。

“卫将军您不能娶我，让我嫁给您的女儿啊！”一声女子的尖叫划过喧闹的街道。

花琉璃默默抬头，看向楼上尖叫的姑娘们，冲她们眨了眨眼。

京城的民风是不是太过开放了？

“不娶！”花应庭仰头吼了一句。

现在的小姑娘都怎么回事，瞧上他媳妇不说，怎么连他女儿都不想放过？

顿时两边楼上又扔下无数手绢和香囊，整条街都弥漫着欢快的气氛。

茶楼二楼包间里，嘉敏郡主看着那些探头探脑的小姐妹，捧着茶杯一言不发地品茶。

“听说卫将军是名动京城的美人，没想到这么多年过去，风姿仍旧不减当年。”

“我觉得……花琉璃长得确实挺漂亮。”

“闭嘴吧你。”说话的人偷偷看了眼嘉敏，说道，“京城里长得好看的女孩子多了去了，她算什么？”

“可她不是漂亮，是特别漂亮……”

“你们是出来喝茶的，还是看人长相的？”嘉敏把茶杯往桌上一放，站起身道，“今夜宫中有接风宴，我不陪你们了。”

等嘉敏走了以后，小姐妹们面面相觑。

“明知道嘉敏不喜欢花琉璃，你还夸她漂亮，猪脑子？”

“不能怪我，主要是因为美色惑人。”

“幸好你不是男人。”

“为什么？”

“好色的男人容易出去祸害其他姑娘。”

“好姐妹要帮自己人，花朝节我们必须要让花琉璃丢脸，好帮嘉敏出气。”

“你们有没有觉得我们现在很像话本里讨人厌的路人甲乙丙丁？”

“闭嘴！”众姐妹齐齐骂这个多嘴的姑娘。

她们能是路人甲乙丙丁吗？她们分明就是话本里足智多谋的主人公团队。

为了显示对大功臣的重视，宫中这场接风宴办得十分隆重。昌隆帝因为太过高兴，忍不住多喝了几盏酒，话里话外皆是对花应庭的赞扬与亲近。

底下的文臣们也跟着一个劲儿地吹捧，把花家从头到脚都夸了一遍。甚至有文官把花家门口的石狮子都夸了一遍。

花琉璃一脸乖巧地坐在娘亲身边，从头到尾只需要微笑、羞涩地微笑、红着脸微笑，就得到了大堆的赞扬。

有女儿在身边，卫氏只略喝了两盏酒，就不再碰酒杯。其他女眷见了，知道这母女二人几个月未见，肯定有很多话想说，也就没有再去劝酒。

“娘亲，你与爹爹一路押送金珀国二皇子回京，可曾遇到人劫囚车？”花琉璃拿着筷子给卫氏布菜，把酒盏拿得远远的。

“是有金珀国的人，他们一路上跟着交涉，怕我们折磨他。”卫氏笑道，“不过前来劫囚的却不是金珀国人。”

“挑拨离间？”花琉璃瞬间明白过来，金珀国主行事嚣张，欺压过不少小国。这些小国得罪不起，只好用这种方式挑拨离间，还能趁着大晋与金珀不和的机会发展自己国家。

“我以为那个二皇子会气得自杀。”花琉璃小声道，“当初在战场上，他可是狂傲得很。”

“能好好活着，谁想死？”卫氏意味不明地笑了一声，“这段日子他倒是老实了不少。”

“没再继续骂我吧？”花琉璃小声问。

“呵。”卫氏眉一挑，笑道，“他这辈子都不敢再骂你了。”

接风宴结束，喝醉的皇帝开口道：“应庭，你我多年不见，今夜我们秉烛夜谈。”说完，他扭头看向卫氏，“卫将军意下如何？”

即使是喝醉了，昌隆帝潜意识里还是觉得，这种事必须要征求卫明月的意见。

年轻的臣子有些不解，陛下邀臣子秉烛夜谈是何等荣耀，为何还要问卫将军？倒是一些老臣，露出了一脸“我虽然知道，但就是不说”的深沉表情。

“这是末将夫君之幸。”卫氏起身向昌隆帝行礼。语毕，她扭头看向众人。老臣们齐齐低下头，唯有懵懂无知的年轻人，双眼还闪烁着疑惑的光芒。老臣们偷偷摇头，年轻不知命珍贵，真好。

“殿下。”一位大理寺官员匆匆走到太子身边，说道，“金珀国二皇子拒绝用食，闹着要见福寿郡主。”

太子看了眼微醺的父皇，对大理寺官员道：“战败小国，有什么资格见我朝尊贵的郡主，由着他闹。”

“是。”大理寺官员领命退下。

说来也奇怪，这二皇子是被花将军抓住的，为何看他的样子，倒是对福寿郡主恨得咬牙切齿？

当天晚上花家人没有出宫，而是被留在了宫中。

卫氏见花琉璃与寿康宫的宫侍们似乎十分熟悉的样子，想起女儿在信中说过，太后曾留她在宫中住过一段时间，所以特意开口向太后谢恩。

“这孩子哀家喜爱得很，若不是怕其他人说闲话，哀家都想把一直把她养在身边。”太后对卫氏笑道，“这些年在边关苦了你。”

“太后娘娘，您是知道的。”卫氏笑着摇头，“对于末将而言，能够镇守边关不是苦，留在后宅一辈子才是苦。”

女子为将，本就比儿郎难上十倍百倍，幸而她能遇到明君，一展抱负。

“是啊，世间女子多有不易。你身为卫家女，学得武艺兵法，若是将你囚在后宅之中，才是苦。”说到这里，太后叹了口气。

她当年若不嫁给先帝，也能做自己喜欢的事。世事如烟，她也放下了，只是心里到底有几分念想。

“知末将者，还是太后娘娘您。”卫氏亲手给太后倒了热茶，说道，“太后娘娘这些年可还好？”

“好。”太后拍着卫氏的手背道，“皇帝很孝顺，太子也对哀家很亲近。”

陪坐在旁边的花琉璃想，连太后娘娘都觉得太子好，果然是那些抹黑太子的人丧心病狂。

“琉璃。”太后转头对琉璃道，“你身子弱，早些回房间休息。”

花琉璃知道太后与娘亲有其他话要说，只装作不知道，乖巧地起身告退。

走出正殿，夜风有些冷，她接过鸢尾递来的披风系好，轻手轻脚地往侧殿走。走了几步，她见院子里挂了很多漂亮的灯，停下脚步问：“上次来，好像没有这些？”

“郡主，您忘了，今日是上元节。”鸢尾小声道，“这些灯都是小宫女们亲手做的。”

旁边提灯引路的宫女笑盈盈道：“郡主，这是宫里旧规矩了，每到上元节时，各宫都会挂上漂亮的灯，直到第二天早晨。”

“这么多宫灯，一定都很漂亮。”花琉璃看着宫灯上在风中摇晃的流苏，说道，“也不知道今夜的皇宫有多漂亮。”

“郡主若是喜欢，可以去宫中赏景台，在那里可以把整个宫廷都尽收眼底。”宫女想起花琉璃病弱的身体，顿觉失言，连忙低下了头。

“观景台在何处？”花琉璃有些好奇。

宫女不敢说话，她把求助的目光望向鸢尾。

鸢尾叹息道：“郡主，您身体弱，夜里风大……”

“若是因为体弱，便不能赏天下美景，这样的日子又有什么意思？”花琉璃忧伤地看着天空，一轮圆月挂在天际，皎洁美好。

鸢尾不敢再劝，只好无奈地让这些宫女带路。

好在观景台离寿康宫并不远，花琉璃走了没多远，就到了观景台下面。她仰头面无表情地看着高耸的石阶，转头对鸢尾道：“我突然觉得有些困，还是回去吧。”

难怪能够观赏宫中全景，这么高的台子，谁站在上面都能看尽大半个京城。

花琉璃有这样的反应，鸢尾半点都不奇怪，她扶着花琉璃的手，笑眯眯地道：“郡主您小心脚下，奴婢扶着您。”

“何人在前面？”

听到又细又长的嗓门，花琉璃扭头望去，发现排列整齐的宫女提着宫灯朝这边走来，太子坐在步辇上，神情看上去似乎并不太好看。

两人的视线在黑夜中交会，太子神情微动：“花家小丫头，你为何在此处？”

“臣女听闻此处有观景台，便想来看看。”花琉璃朝太子福了福身，问道，“殿下也是来此处观景的吗？”

太子仰头看了眼高高的观景台，从步辇上下来，神情平静得近乎漠然：“是啊。”

花琉璃见他心情不好，识趣地准备开溜，说道：“既然如此，那臣女便不打扰太子雅……”

“石阶难攀，孤带你上去。”太子把袍角递到花琉璃面前，说道，“拽着。”

花琉璃抓着太子衣角，大眼睛眨了眨：“啊？”

“上元夜的夜景，是京城每年最漂亮的景色。”太子领着花琉璃往石阶上走，说道，“不仅是皇宫，皇宫外面的街道也是熙熙攘攘，热闹非凡。”

“今夜没有宵禁？”

“每年的除夕、上元、乞巧、中秋夜里都不宵禁。”太子走得很慢，他时不时回头看花琉璃一眼，“今夜的京城，是真正的火树银花不夜天。”

石阶打扫得很干净，花琉璃的裙摆拖曳在石阶上，发出轻微的声响。攀爬到一半的时候，她的脚步慢了下来。

太子回头看她：“冷？”

花琉璃茫然地摇头。

太子脱下身上的斗篷，披在了花琉璃的身上。大大的斗篷穿在花琉璃身上，使花琉璃看起来像个还未长大的小孩子。斗篷帽子把她脸蛋遮去了大半，她松开太子的衣角，扒拉了两下斗篷帽子，结果帽子太大，把她整张脸都挡住了。

太子伸手帮她把帽子取下来，忍不住轻笑出声。

“殿下。”花琉璃扶了扶步摇，说道，“您这样取笑臣女是不对的。”

“对不住，孤看你现在的模样，就像是掉进线团里的猫。”太子干咳两声，漂亮的双眼染着笑意，“来，我拉着你走。”

他把手伸到花琉璃面前。

花琉璃怀疑地看着他。

“你一个半大小姑娘，担心什么？”太子失笑，放了一块手帕在掌心，说道，“喏，隔着手帕便是。”

“臣女倒不是担心自己。”花琉璃把手递给太子，反正她是准备养面首的人，也不怕别人误会。

她就怕太子好好一个俊美儿郎，被别人误会跟她有什么。

她生来体寒，跟她相比，太子的手就像是火炉。看着太子的背影，想到日后自己养的面首肯定没有太子好看，她不禁有些伤感。

看过了世间绝色，再看其他人，大多成了庸脂俗粉。

她回头看了眼跟在他们身后的提灯宫女们，亮亮的灯笼在黑夜中闪烁，也是一场盛景。

“到了。”太子的声音让她回过神来。

花琉璃抬头望去，看到的不是宫中景致，而是宫门外那条明亮得看不到尽头的街道，还有时不时闪烁的焰火。

观景台上风很大，花琉璃身上裹着宽大的斗篷也不觉得冷，她趴在围墙后，良久才感慨：“好美的景致。”

太子站在她身后，默然不语。

“以前的上元节，殿下也来这里观景吗？”花琉璃眺望着远处，真真切切地明白何为“京城繁华”。

太子走到她旁边站定，看着这片盛世景象，点点头：“嗯。”

“真好。”花琉璃发间的步摇被夜风吹得摇来晃去，她呼出一口热气，说道，“这样的景象，看着真让人开心。”

太子侧头看着身边的小姑娘，想说什么，却又什么都没说。

观景台下，初次与未来王妃见面的英王与林姑娘隔着十步远的距离。母妃非说今夜是上元节，要他带林家姑娘在宫中赏灯。

大晚上的，这些破灯笼有什么好看的。可是母命不可违，他还是带着林家姑娘出来了。为了省事，他也懒得带她去其他地方，打算把人带到观景台上，让她慢慢看。

可是到了观景台下面，他才发现上面已经有人了，忍不住小声抱怨：“谁脑子有毛病，大晚上的跑观景台上吹冷风？”

听到这话的林菀面色僵了僵，她该怪自己选错了未婚夫，还是怪自己听力太好？

夜风习习，缭绕在两人身边的，是数不尽的尴尬。

英王回头看了眼林菀，对随侍太监道：“你去看看，是谁在上面。”说完，他转身对林菀道，“林姑娘，今夜有些凉，你该多穿点。”

“多谢王爷关心。”林菀僵硬一笑，知道今晚要与英王见面，她特意搭配了衣裳首饰，好显出她容貌上的优点。

她费尽心力去打扮，不是为了让一个男人提醒她天气凉的。凉不凉的，她心里会没数，需要他来提醒？

可惜英王并不懂她的这些心思，见随侍太监去而复返，皱眉道：“怎么回事，让你去打探上面的人是谁，你回来做甚？”

“王爷，奴婢只是想起了一件事。”随侍太监小声道，“以往每年上元灯节，太子都爱在此处赏灯。”

“他那是什么破毛……”英王一顿，他忽然想起明日是太子生母恭惠皇后的忌日。

太子生母惠妃是个什么样的女人，英王已经记不太清楚了，只记得惠妃薨时，姬元溯才五岁不到。在姬元溯被封为太子后，惠妃母凭子贵，被父皇追封为皇后。

大概算不上什么倾城绝艳的美人，若不是生下一个讨父皇喜欢的儿子，她恐怕到死都没什么存在感。

“既然是太子在上面，我们就不去打扰了。”林菀在进京前便已经打听过几位皇子的关系，所以不想在这个时候让兄弟二人发生矛盾。

若是传出她与英王见面的当天晚上就惹得皇长子与太子不和的流言，她以后还怎么在京城里做人？不仅是她，就连爹爹的名声都要受到影响。

“太子去得，本王也去得。”英王本来对观景台没太大的兴趣，但是听说太子在上面后，反而坚持要上去了。

林菀委婉地劝了几句，见英王脸色越来越难看，只好闭上了嘴。

越往上走风越大，林菀摸了摸有些冷的手臂，仰头看着台上，脚步停下。那身影哪是太子，分明像个女子。她想叫住英王爷，可是英王爷早就领先她好几步台阶，于是她咬了咬牙，跟了上去。

“有人来了？”花琉璃看向台阶，与匆匆往上爬的英王对上了视线。

看着花琉璃那张娇小的脸，英王莫名有些不敢看花琉璃的眼睛。大概是因为他知道花琉璃差点成为英王妃，而他现在带着未婚妻过来跟她站在一块儿，总有种理不直气不壮的心虚感。

“大哥。”太子从阴影处走出来，他走到花琉璃身边，对发呆的英王道，“大哥今日好雅兴，也来赏景？”

他看了眼远远跟在英王身后的年轻女子，猜到了贤妃的打算。可惜贤妃显然高估了她儿子哄女人的本事，让英王单独跟未婚妻相处，不是培养感情，而是扼杀感情。

英王爬上观景台，注意到花琉璃身上明显不合身的斗篷，扭头绷着脸对太子作揖道：“刚好路过，便来这里看看。没有想到这么巧，会遇到太子与福寿郡主也在这里赏景。”

花琉璃对英王福了福身，往旁边退了几步，明智地把这种“友好交流”的机会留给兄弟二人。花琉璃刚在角落里站定，有位年轻女子走上来，姿态如弱柳扶风，夜风掀起她的裙摆，仿佛会被风吹走。

这是何人？

英王没有说跟着他一起来的人是谁，花琉璃也没有上前招呼，只是微微颔首。

花琉璃不认识林菀，林菀却认识花琉璃。在英王提到“福寿郡主”四个字时，她便知道这位与太子站在一起赏景的女子是谁。对方的容貌比她想象中的漂亮，尤其是那双水润明亮的眼睛，很容易让人心生怜惜之情。

她知道早前英王与福寿郡主差点订下婚约的事，心里隐隐有种怪异感，见花琉璃冲她点头，便福了福身。

也许是因为她刚进京，还对京城十分陌生，所以站在这观景台上，她有种手足无措的尴尬感。从她上来到现在，太子与英王谁都没有多看她一眼，仿佛她根本不存在一般。

一阵狂风袭来，撞在宫墙上发出呜呜声。

“冷不冷？”听到英王的声音，林菀抬头准备回答，却发现英王看向的不是自己，而是福寿郡主。

“不冷，太子殿下送给臣女的斗篷很暖和。”花琉璃赶紧摇头。

英王带女人来赏景，跑来问她冷不冷干什么？这不是替她拉仇恨吗？没想到英王看起来憨厚，宫斗手段还是懂一点的，到底是宫里出来的皇子，就是比别人有经验。

但她绝对不能坐以待毙，这要是传出什么谣言，让人怀疑她挑男人的眼光，那可真是跳进黄河都说不清。

花琉璃赶紧往太子身边挪了几步，务必让这位女子看清楚她是跟太子一起上来的，跟英王没有关系。

“太子怕是忘了，福寿郡主身体娇弱，吹不得风。”英王冷笑着看向太子，“若是害得郡主生病，你怎么向花将军与卫将军交代？”

太子点头：“大哥说得对。”他扭头看向花琉璃，“郡主，孤送你回去。”

太子难得听一次话，但英王就是觉得有些憋屈。

“好。”花琉璃不想留在这里影响英王与女子幽会，赶紧点头答应。

“小心。”太子放了块手帕放在掌心，等花琉璃把手递了过来，便把她的手握在了掌心，牵着她慢慢往下走。

宽大的斗篷拖在地上，在宫灯的照耀下散发着淡淡的金光，那是绣在斗篷里的金线的光芒。

林菀看着在暗夜中闪烁着星辰光芒的斗篷，扭头看了眼英王，不由得打了个寒战。

“那是未来的英王妃，林家姑娘。”走下观景台，太子告诉了花琉璃那个陌生女子的身份。身边的小姑娘差点就成了英王妃，听到这事的反应倒是很平静。

“哦。”花琉璃点头，她之前听嘉敏提起过有关英王妃的事，现在已经不太好奇了。她脱下身上的斗篷，说道，“殿下，这个还你。”

“披着吧。”太子站在原地道，“夜已深，让宫女送你回去。”

花琉璃点头，她福身行礼后转身走远。待走到转角处，回头见太子还站在原处，背着手仰头望天上的月亮。

月下看美人，越看越好看。

她早就察觉到太子今夜心情不佳，但身为外臣女，不好管太多皇子的闲事，所以只能装作什么都不知道。

可惜美色惑人，她忽然觉得就这么扔下心情不佳的太子，良心会不安。

⁑ 第十章 ⁑

花家祖传哄美人秘诀

“殿下，”花琉璃转身走到太子面前，笑盈盈地看着他道，“宫外这么热闹，要不要一起去看看？”

太子愣怔地看着花琉璃，忽然就笑了：“好。”

“郡主……”鸢尾见自家主子为了美色深夜不睡也要出宫，小声道，“您这么久没有回去，要不要派人跟夫人说一声？”

“玉蓉。”花琉璃对另一个贴身婢女道，“你回去跟娘亲说一声，我跟太子殿下出去买漂亮花灯玩了。”说完不等玉蓉拒绝，她拖着太子就走。

宫女送来合身的斗篷给花琉璃换上，太子把花琉璃换下来的斗篷直接披在自己身上，对花琉璃笑道：“走。”

宫侍们见太子真的把福寿郡主拐出宫玩，叫侍卫的叫侍卫，备马的备马。倒是鸢尾神情比较淡定，快步跟在了花琉璃身后。

据说当年大将军看到夫人后惊为天人，挨打挨骂都想求娶夫人。她家郡主看到这么好看的太子，只是陪他出去看看花灯已经算做得含蓄了。

花家祖传的爱美色，改不了了。

走出皇宫，仿佛连外面的风都多了几分烟火气。两人来到一条最热闹的街上，看到街上成双成对的恋人有说有笑，花琉璃叹息道：“今天晚上，充满了对没有伴侣的人的恶意。”

她见很多铺子都在举办猜谜语送花灯活动，觉得自己猜谜语虽然不行，花钱买灯还是可以的。于是她花钱买了盏最漂亮的花灯，把灯送到太子面前：“殿下，送给你。”

太子哑然失笑：“送给孤的？”

“花灯赠美人，这盏灯殿下提着最合适。”花琉璃用手帕捂着嘴角轻咳，说道，“走，我们去前面看看。”

太子把这盏灯提起来仔细看了看，这是盏狐狸拜月灯，憨态可掬的狐狸眼中带着几分灵动。

狐狸？

作为花应庭的女儿，花琉璃耳濡目染下，从小就学会了花应庭哄美人开心的手段。比如，说好听的话，陪看景看月色，最重要的还要算买买买。

可惜青寒州没有太多需要花钱的地方，也没有让她想哄的美人，太子便是她练手的第一人。

露天的台子上，有各大美人坊举办的美人灯会，台子下挤满了神情激动的男人，为了自己喜欢的美人叫好呐喊。

不远处有卖吃食的摊子，桌边坐满了人，时不时有衙差巡逻，十分热闹。

走到河边，男男女女，老老少少，围在岸边放灯许愿，河面漂浮着很多花灯，像是银河中闪烁的星星。

花琉璃给鸢尾使了一个眼色，鸢尾立刻买了两盏河灯过来。

“殿下要不要也许一个愿？”花琉璃把河灯递到太子面前。

太子接过灯，抬头望向闪烁着灯光的河面，道：“孤从不相信这些。”

“没关系，臣女其实也不信。”花琉璃走到河边，朝站在河堤边的太子招手道，“殿下，您信不信没关系，但仪式感很重要。”

太子把狐狸望月灯递给身后的侍卫，拿着河灯走到花琉璃旁边，问道：“郡主今夜有什么愿望？”

“我好像什么都不缺，没什么愿望需要实现。”花琉璃看着水面上的月色倒影，用打火石点燃灯，蹲下身看着太子道，“那就祝愿殿下的愿望能够实现？”

河灯在水面轻轻摇曳，太子学着花琉璃的样子，把灯放了上去，说道：“你又不知孤的愿望是什么。”

“那不重要，重在参与。”花琉璃双手托腮，笑眯眯地看着太子道，“殿下，很多事不一定要有结果，开心就好。”

太子轻笑出声，目送着两盏河灯慢慢漂远，心里想着脚下这条河流不知承载着多少人的愿望。

“那便多谢郡主了。”

此时的大理寺内，大理寺卿愁眉苦脸地对属下抱怨：“那个金珀国二皇子还不愿意吃饭？”

“我都快要卸任了，还有人给我找麻烦事。”大理寺卿看着窗外的月亮，月亮都快上中天了。

“不吃就让他饿着，不死就好。”

裴济怀见大人面色愁苦，主动开口道：“大人，下官去看看。”

“本官瞅着这什么二皇子不是什么好东西，都成阶下囚了，还想着见大将军的女儿。”张硕嗤了一声，“当这里还是金珀国呢，人质就该有个人质的样子！”

裴济怀劝说了几句，转身去了天牢。

金珀国二皇子身份特殊，大理寺派了不少人看守。如今他被关进大理寺已经近十个时辰，还滴水未进，也不知道在闹什么。

如果真想死，他半路上早就找机会自杀了，哪会到了京城才开始作天作地。

如果有人问阿瓦饿不饿，他肯定会毫不犹豫地喊饿。但是身为金珀国最受重视的二皇子，他觉得自己不能无声无息地被关在大晋牢房里，这是虐待俘虏。

闹了整整一天，早就没了力气，加上无人理会他，他再闹也没意思。他只想早点睡着，睡着就感觉不到饿了。

当他迷迷糊糊即将睡着的时候，有人走了进来。他赶紧坐起身，睁着大眼睛，努力做出顽强的模样。

“阿瓦殿下。”裴济怀让属下把食桌抬进来，放到阿瓦面前，说道，“听闻殿下今日滴水未进，本官十分忧心，所以特意让人做了一桌好菜，请殿下品尝。”

“不吃。”阿瓦咽了口口水，道，“在你们把花琉璃叫来之前，我不会吃任何东西。”

“看来殿下是不饿了。”裴济怀似笑非笑地看了眼阿瓦，当着他的面把一桌美食踢翻，皂靴在上面使劲碾了碾，道，“是本官的错，忘了殿下初到京城水土不服，需禁食两日。”

整个牢房弥漫着饭菜的香味，饥肠辘辘的阿瓦瞪着这名晋国官员道：“你是什么意思？”

“没什么意思，殿下水土不服，本官若是坚持让你用食，那是害你性命。”裴济怀说完这句话，转身就走。

“等等，本殿下要见花琉璃！”

“殿下。”隔着牢门，裴济怀语气冷淡地道，“您身为一国质子，身份低贱，直呼我朝郡主名讳，实属冒犯。”

“岂有此理，本殿下是皇子，是金珀未来的王。”

“殿下是嫌金珀赔偿的城池还不够多？”裴济怀接过属下手里的鞭子把玩着，说道，“若您真有这样的想法，本官可以替您上书给陛下。”

“你、你……”阿瓦没想到，晋朝一个小官都敢出言讽刺他。

“殿下不吃就饿着吧。”裴济怀转身朝外走，说道，“等殿下想吃东西的时候，本官再来看您。”

俘虏不听话多半是吃饱了撑的，饿两顿就好，一天不行就两天。

质子就该有质子的样子，一个战败国的皇子跑来晋朝摆谱，真当大理寺没有收拾人的手段？

“裴大人，您这么对待阿瓦皇子，陛下知道以后，会不会怪罪于你？”手下有些担心。

“不必担心。”裴济怀把鞭子扔给手下，翻身上马道，“陛下若是有心优待他，又怎么会把他关押在大理寺里？”

大理寺关押的都是什么人，陛下能不知道吗？

“今夜街上人多，我去外面看看有没有人闹事。”裴济怀叮嘱道，“十个时辰内不要给那个阿瓦皇子食物跟水，先让他知道什么叫听话。”

“属下领命。”

裴济怀拍了拍马儿，消失在夜色中。

那手下暗自嘀咕，这个阿瓦皇子为何总闹着想见花家的那位千金，还一副对她恨得不行的模样？不知道的，还以为花家千金负了他似的。

人潮汹涌的街上，花琉璃不敢买街边的东西让太子吃，只带他去凑些街边小热闹，比如套圈、投壶、投飞镖之类。

两人也不吝惜钱财，得到的小奖品都分给了旁边瞧热闹的孩子们。

“郡主投飞镖的手法真好。”

“臣女虽然身体不好，但跟着家人学了些自保的手段。”花琉璃从投飞镖摊子退出来，说道，“这点手法不算什么。”

或许是因为玩得开心，太子发现今夜花琉璃的面色并没有太过苍白，甚至还带着淡淡的红晕。

玩耍中途婢女伺候着她吃了一枚丸药，不知道是什么制成的，他能闻到一股淡淡的草药香气。

月上中天，玩乐的人已经开始散了，太子看着逐渐空旷的街道说道：“夜已过半，我们该回去了。”

“好。”花琉璃把买来的花狸猫面具戴在脸上，把脸朝向太子，问道，“殿下，你听说过一个传言吗？”

“什么？”

“其实猫跟老虎是近亲，猫的祖辈跟老虎一样厉害，是山中大王。”说着，她张开双手，朝太子“嗷呜”一声。

“嗯，很凶的一只……老虎。”太子屈起食指，在面具上轻轻一敲，说道，“孤的兽园里正好缺一头老虎，不如就带你回去养着。虽说小了点，娇弱了点，孤也不嫌弃。”

“殿下？！”裴济怀不敢置信地看着太子，连忙翻身下马道，“您怎么在此处？”而且还是跟年轻小姑娘在一起？

大理寺消息灵通，他也没听说太子跟京城哪位姑娘走得近啊。这位与殿下并肩站立，戴着花狸猫面具的小姑娘衣衫华丽，小手纤白细嫩，一看便知是娇养大的女子。

花琉璃准备把面具摘下来，太子却手一伸，轻轻按住了她脸上的面具，不让她摘下来。

“上元灯节如此热闹，孤便四处走走。”

注意到太子的动作，裴济怀不再把目光放到少女身上，拱手道：“殿下可是要回宫，微臣护送您。”

太子想说不用，他侧头看了花琉璃一眼，语气淡淡地道：“跟上吧。”

花琉璃捧着面具，扭头看了看老老实实跟在他们后面的裴济怀，小声跟太子道：“这位好像是大理寺的裴少卿？”

“你还记得他？”太子点了点头，“正是他。”

裴济怀低下头，装作自己没有听见两人说话。他待在大理寺近五年，对人的声音十分敏感。所以一听这位少女开口说话，他就可以确定自己在近期见过她。

“殿下，俘虏阿瓦初来京城水土不服，微臣为了他的身体着想，让人断了他明日的吃食。”裴济怀道，“不知微臣这样做可有不妥之处？”

太子停下脚步，看了眼身边戴着面具的人，说道：“挺好，到了后日可以给他喂些水，吃食便罢了。”

“微臣遵命。”裴济怀装作无意地提起张硕，“为了避免刺客劫囚，大理寺卿张大人还守在大理寺内，以确保阿瓦的安全。”

“张硕办事向来稳妥，无论是孤还是父皇，都很相信他。”太子仿佛也是随口一句，“不过大理寺那几件大案，还是要加紧处理。”

“请太子放心，微臣等一定全力以赴。”裴济怀双目灼灼，有些感激地向太子行礼。太子这话分明就是在说陛下不会撤去张大人的官职。

再细细一想，他就明白过来。大理寺这么重要的部门，太子怎么可能让英王的岳丈去管理？

他们张大人虽然不是东宫派系的官员，但也不偏向其他皇子，所以由他担任大理寺卿是最合适的。

等裴济怀把太子送进宫，眼看那个始终没有露脸的少女跟太子一起走进宫门，他才惊醒过来，能跟太子一起进宫的女子难道是公主？

可太子跟三位公主的关系并不是太亲近啊。

花琉璃揭起面具，没有问太子为何不让她在裴济怀面前露脸，而是笑眯眯地问道：“殿下今晚玩得开心吗？”

太子看着小姑娘亮晶晶的双眼道：“今夜孤很开心。”

“开心就好。”花琉璃踮起脚，拍了拍太子的肩膀，说道，“殿下您是年纪轻轻的少年郎，有什么伤心事不要放在心上，这个世间值得高兴的事情不少呢。”

说完她后退一步，朝太子摆了摆手：“臣女该回去啦，殿下您回去好好休息。”

她转身小跑了两步，回头朝太子笑了笑，捂着胸口轻咳几声，在丫鬟宫女们的簇拥下，朝寿康宫的方向走去。

太子瞧着她离去的背影，晃了晃手里的狐狸望月灯，忽然就笑出声来。

花琉璃蹑手蹑脚地走进侧殿，屋子里的烛火忽然亮了起来。

“舍得回来了？玉蓉分明跟我说，你午时便归。”卫将军端坐在正位，面无表情地看着半夜才归家的女儿。

“娘亲，”花琉璃一脸讨好地上前抱住卫将军胳膊道，“我就是玩得晚了那么一小会儿，您别生我的气嘛。”

“太子好不好看？”卫将军板着脸问。

“好看着呢。”花琉璃点头，“我就是觉得他好像有些不开心，就想哄他笑一笑，其他什么都没做。”

卫将军看自己女儿的眼神，就像在看一头终于学会了拱白菜的小粉猪，她绷着脸捏了捏爱女的脸颊，道：“小小年纪，就学会了你爹哄美人的本事。”

“怎能一样。”花琉璃趁机往卫将军怀里拱，说，“爹爹心里只有娘亲一人，女儿这是不忍美人伤心。”

“我还以为，你对太子有意。”卫将军舍不得责备女儿，女儿一撒娇更是没了原则，她又道，“你若真喜欢太子，娘亲总要想想办法，替你把人争取到手。”

“娘亲，我对太子只有欣赏之意，没有爱慕之情。”花琉璃怕娘亲真的跑去跟陛下提亲事，赶紧道，“我只想好好陪伴在你们膝下，顺便养几个面首，就不去糟蹋太子那样的好男人了。”

“这样也好。”卫将军点头，“皇家男人，哪有面首懂得逗人欢心。”

“娘亲，您这话可千万别让爹爹听见了。”花琉璃赶紧道，“不然他又要怀疑您是不是花心了。”

“啧。”卫将军拍了拍花琉璃的头顶，道，“我看你这张招人的脸随了我，哄人的本事却是随了你爹。”

“娘亲您是守卫疆土的女将军，我是柔弱多病的娇美人，不一样，不一样。”

“呵。”卫将军意味不明地轻笑了一声。

第二天花琉璃醒过来时，已是日上三竿。

寿康宫的宫侍已经习惯福寿郡主晚起，并在心里暗暗同情，本是千金小姐的命，结果却因为身体不好，很多东西吃不得玩不得，药不能离嘴。

太后见花琉璃醒来，让宫女伺候着她用早膳。

“你母亲去了宸阳宫面见皇帝，过会儿再来接你。”太后笑着道，“哀家夜里睡眠浅，听说你昨夜出宫了？”

花琉璃咽下口中的食物，漱口后道：“太后娘娘，臣女昨夜一不小心回得晚了些，可有吵着您？”

“不要紧张，这不是什么大事。你们年轻人，该去玩耍的时候就该多玩玩。”太后面上带着回忆之色，又道，“哀家年轻的时候，也曾在半夜与先帝一起偷偷溜出宫，出宫后还怕被那些言官发现，偷偷摸摸像做贼似的。”

太后脸上的笑意渐渐淡去，或许是忆起先帝早已经逝去，又或许是怀念那抓不住的过往时光。良久后，她轻笑一声：“那时候，很是快活。”

花琉璃听说过与先帝有关的故事，据说先帝与太后是青梅竹马，感情很好。可惜这个美好的感情故事，并没有一个完美的结局。先帝登基十几年后，开始宠爱一位美艳的妃嫔，甚至在这位妃嫔诞下皇子以后说出要重立太子这种话。

不过先帝对美艳宠妃的誓言没有实现，因为他很快就病了，到死都没有机会再说出重立太子这件事。

或许对于太后而言，一个已经变心甚至试图伤害自己孩子的男人，死了反而是最好的结局。

先帝究竟是病死的，还是死于其他原因，已经无人再感兴趣，反正在史书上他是病死的。当今陛下圣明仁德，当今太后慈和贤良，一切都很完美。

甚至于太后现在提起先帝，语气平静得仿佛先帝从未伤害过她，所有爱恨情仇都是过眼云烟，不值一提。

花琉璃不明白这是爱还是不爱，恨或是不恨。可她明白一个道理，若是得不到爹爹与娘亲那样的感情，不如不要。

“好孩子。”太后笑了笑，“哀家年纪大了，看着你这样的小姑娘就忍不住怀念起了从前。”

太后神情恢复如常，说道：“再过半月就是花朝节，那天会有不少小姑娘去祭拜百花仙子，你可有称心的衣裳首饰？”

“衣服倒是不缺，就是不知道为何穿上后总没有太后娘娘您给臣女挑的好看。”花琉璃柳眉微皱，“臣女思来想去，这是太后娘娘您的不是，让臣女的眼光都变高了。”

“这倒成了哀家的错，这是哪来的理？”太后被花琉璃逗得眉开眼笑，“放心吧，哀家早就替你准备好了花朝节要穿的衣服，准保整个京城的姑娘都不及你。”

“刚才是臣女说错了，太后娘娘您是最好的太后。”花琉璃故作乖巧逗太后娘娘开心，“有您在，臣女一定能够倾倒万千男女。”

“那可不得了。”太后拉着花琉璃坐到自己旁边，取笑道，“若是郎君姑娘都哭着喊着要嫁给你，你可怎么办？”

“那我就躲到您这里来。”花琉璃理直气壮地道，“您送给臣女的衣衫也是帮了忙的，所以惹出的祸您也要担三分责任。”

太后被花琉璃的话逗乐了，把之前那点怅惘情绪扔得干干净净，身边的小姑娘好看又可爱，哪里还想得起一个已经作古的男人？

卫明月从宸阳宫回来，就看到了这样一幕，寿康宫站着整整两排手托珠宝华服的宫侍，而太后就像是急于哄美人一乐的纨绔公子，让这些华服美饰任由美人挑选。

哦，她那不省心的女儿就是那个被哄着捧着的美人。

“这个额坠上的红宝石……”

“你皮肤白嫩，配这个好看。”太后不等花琉璃开口，就让宫女替花琉璃收起来。

“平日你穿的衣服颜色大多偏素淡，哀家觉得这套红色绣鎏金摆裙也好看。”太后挑出一条薄如蝉翼的披帛，搭在红裙上看了看，说道，“这样一搭，穿在身上那便是仙女下凡，完美。”

“太后娘娘。”卫将军对钗环首饰并不是太感兴趣，只要看到这些东西就觉得头疼。

“这么快就回来了？”太后有些失落，她还想给花琉璃多挑拣几套衣服首饰呢。

她年纪大了，平时没什么事，也就剩这点兴趣爱好了。

也不知花家这小姑娘怎么长的，看着虽然瘦弱，却是天生衣架子，穿什么都好看。给这种小姑娘打扮，最容易给人带来满足感。

“来，你过来，陪着哀家一起给琉璃挑挑。”太后朝卫明月招手，顺便嫌弃道，“哀家知道你跟应庭两个平日都很忙，但是你们有个这么好看的小闺女，也该给她好好打扮。老天让你们生下这么好看的女儿，不是让你们糟蹋她容貌的。”

“太后，末将与外子哪里舍得让琉璃吃苦……”

“在哀家看来，你们没有好好打扮她，就是糟蹋。”太后指着一盒首饰道，“你看看，哪种最适合琉璃？”

卫明月面色僵住，小声道：“太后，您还是让末将去边关杀敌比较容易。”

“琉璃啊，你可别学你娘亲，年轻时嫌梳妆打扮麻烦，就穿着男装出门。”太后转身给花琉璃挑选耳珰，说道，“惹得京城的姑娘们，不爱儿郎爱红颜。”

花琉璃捂着嘴笑，难怪到现在还有小姑娘闹着要嫁给娘亲呢。

太后知道他们一家四口重聚，肯定有满腹想要说的话，所以并没有久留母女二人，把挑好的东西让花琉璃带走，便让她们走了。

花琉璃回到家时，门外的牌匾已经由“花府”变成了“忠勇侯府”，守门的小厮也换成了穿着盔甲的士兵。

“娘亲，爹爹不是已经上奏卸甲吗？”按照规矩，没有军职的人，是不能有带刀侍卫的。

“陛下让你父亲任兵部尚书，你父亲以旧伤难愈拒绝了。”卫明月跨进侯府大门，说道，“陛下让你父亲保留了大将军的名号，又加封他为太子太保。”

“原来如此。”花琉璃轻轻叹口气，“这样也好。”

“小小年纪，家里的事情有我们大人操心，你叹什么气？”卫将军走到正位坐下，挥退一众来给主人行礼的家仆，又道，“陛下给我也加封了侯爵，我跟你父亲现在就算不掌兵权，一门双侯也要惹得不少人眼红。”

正说着，花应庭就带着花长空走了进来，一家四口总算有了好好说话的机会。

“母亲。”花长空给卫将军行了一个大礼。

“这些日子我跟你父亲不在，你把妹妹跟家照顾得很好，辛苦你了。”卫将军在儿女面前从没有女将军的架子，她拍了拍儿子的肩膀。

“你们能平安归来，儿子就放心了。”花长空展颜一笑，“妹妹很乖巧，并不用我来管。”

“你不用替她说话，她是什么性子，为娘心里最清楚。”卫将军点了花琉璃额头一下，转头对花长空道，“我见你似乎清瘦了些，念书不要太用功，身体重要。”

“对，身体最重要。”花应庭赶紧跟着点头，“在咱们家，人是第一，然后再谈其他。”

“父亲，母亲，儿子心里明白，会量力而行的。”花长空道，“可是如今大晋四海升平，未来四五十年内，文官地位必会超过武将，我们花家现在需要一个文臣在朝中立足。”

“那你以后要多喝点首乌当归鸡汤。”在全家都很感动的时候，花琉璃小声道，“还有黑芝麻也要吃。”

“为何？”花应庭好奇地问，“乖女儿，这跟你三哥念书有什么关系。”

“因为念书太多，容易秃头。”花琉璃道，“三哥相貌英俊，若是没了头发，就不好看了。”

花应庭与卫明月齐齐看了眼儿子，想象了一下儿子秃顶的样子，忙摇头道：“那必须要喝。”

他们花家，可不能有这么丑的儿子。

花长空顿时沉默了，在这个瞬间，他深深怀疑自己可能是捡来的。

“那个阿瓦皇子今天还闹不闹？”秃顶的大理寺卿摸着脑门，翻着手里的谱牒，看得津津有味。

“还是裴少卿的方法好使，今天给他喂了半碗水，他乖乖喝干净不说，也不吵不闹了。”负责看守阿瓦的官员道，“不过看他的样子，似乎还没放弃见福寿郡主的打算。”

“不用理会他。”为了查案，张硕把所有涉及案子的当事人家里的谱牒都翻阅了一遍，结果发现了一件有趣的事。

“说到这个福寿郡主，我发现花家挺有意思的。”张硕朝坐在角落里翻阅资料的裴济怀招手，“来，你过来看看。”

“大人？”裴济怀以为张硕发现了什么有用的证据，刚走近就见张硕给他指了指谱牒上的几个名字，这些人全是花家的先辈。

“大人，您这是何意？”

“提起花家，我们都觉得他们是武将世家，却没有注意到他们家也出过好几位有能耐的文臣。”张硕指着其中一个人道，“竟然还有位列文官之首，身在宰相之位的。”

花家的这几个文臣，不仅大多位极人臣，而且最后还都安安稳稳地告老还乡了。可能是因为花家人的军功太过耀眼，竟没有多少人注意到这点。

指点完裴济怀，张硕笑眯眯地把手中的谱牒收了起来，摸着自己光秃秃的脑门道：“不过这都是人家的家事，与我们也没有太大的干系，不用拿出去乱说。”

“大人说得是。”裴济怀心中升起一个念头，但又觉得自己想得太多，也许只是个巧合？

“大人，太子殿下仪驾来了。”

张硕不明白太子来意，赶紧站起身：“快迎。”

“张大人不必多礼。”太子带着随侍鱼贯而入，抬手免了他们的礼，说道，“孤今日来，是想见见那位金珀二皇子。”

“您请。”张硕没有推辞，毫不犹豫地到前方引路。

地牢有股难闻的味道，张硕已经习惯了，倒不觉得有什么。太子身边的随侍早就掏出一块手帕，递到太子手上。太子用手帕捂住口鼻，毫不掩饰自己对这种地方的嫌弃。太子身边伺候的人，只要见到牢房里有相貌丑陋者，就赶紧拉开帷幔把太子要经过的两边遮挡起来。

前方地上若有不小心掉下来的稻草，太监们都会提前捡起来，仿佛这根草会脏污了太子殿下尊贵的双脚。裴济怀瞥了眼太子干干净净的脚底，昨夜他见到太子时，太子鞋上沾了不少泥，也不见那些伺候的人如此诚惶诚恐。

“殿下，金珀国俘虏阿瓦就关押在这里面。”张硕让手下把门打开，作揖道，“殿下有什么想问的请尽管问，下官等人在外面候着。”

大理寺的人退得干干净净，只留下了太子的人。论起识趣，大理寺卿绝对没的说。

阿瓦手脚都戴着镣铐，镣铐上锁着铁链，铁链另一端被牢牢固定在墙上，即使牢门大开，他也逃不出去。

两天没有进食，他看起来十分憔悴，干裂的嘴唇泛着病态的苍白。

听到有人说话的声音，他睁开了疲惫的双眼，声音沙哑：“你……是谁？”

来人身着华丽的锦袍，身后还跟着不少伺候的人，身份肯定不普通。

太子看了眼牢房里不知道多久没有清理的污垢，没有走进去，甚至连太监拿来的椅子也没有坐。

阿瓦作为金珀国王最宠爱的皇子，长得还算不错，就是头发乱糟糟的，还有胡须也许久没有打理过，这让他整个人看起来非常颓废。

阿瓦等了许久，对方也没有说话，心里有些不踏实。他来到大晋国都后，便以绝食来试探大晋的底线，没想到大晋人对他这个皇子不理不睬，似乎并不在意他的生死。

大晋对他的态度越是淡漠，他心中就越是不安，这代表大晋已经完全不把金珀放在眼里，才会如此狂妄。

弄明白自己的处境后，阿瓦反而老实下来。因为他必须要活着回去，只有活着回去，才能成为金珀的王。

“不知来者何人？”他扶着监牢围栏栏杆艰难地站起身，朝来人行了一个礼。

“孤听闻二皇子对我大晋待客之道非常不满意。”太子微微挑眉，“今日一看，二皇子在大晋还是很适应的。”

他长得好看，微微上挑的桃花眼再配上那上挑的眉毛，仿佛就像在嘲弄他人一般。

阿瓦倍感屈辱，他低下头颅，不让太子看到自己的表情，淡淡道：“原来是大晋尊贵的皇子殿下。”

“来者是客，孤这个主人，该来看看你这个客人。”太子微微抬手，太监把酒肉端到阿瓦面前，他接着道，“听闻二皇子想见我朝郡主，郡主身为女子，怎好与二皇子见面，所以孤便亲自来了。”

见阿瓦不动那些酒菜，太子神情微冷：“怎么，二皇子嫌弃孤给你准备的酒菜不合胃口？”

“多谢太子殿下赏赐。”阿瓦冷着脸端起酒壶喝了一口酒。他亦知大晋皇帝对太子十分宠爱信任，他得罪不起此人。

但他听闻大晋这片国土的皇帝，历来喜欢猜忌子女。太子行事如此狂妄，大晋皇帝早晚会对太子生出不满之心。待大晋几个皇子乱起来，他们金珀还有机会。

想起投降书上送出去的那些国土，阿瓦便恨得红了眼睛。若不是他中了花家人的奸计，轻信了那个女人的谎言，又怎会落得如此下场？

“吃肉。”太子抬了抬下巴。

肉已经有些凉，阿瓦两天没有吃饭，吃下去第一口觉得满足，再吃几口忍不住想往外吐，可是他知道，若是他此时吐出来，就会得罪这位来意不明的太子。他捂着嘴，把油腻恶心的肉硬生生咽了下去。

“继续。”太子眼皮都没有抬一下。

直到阿瓦把桌上的肉全部吃完，忍得青筋暴起，太子才缓缓开口道：“二皇子身为皇族，吃饭时要多讲究仪态风雅。不然让其他人见了，还以为金珀国皇室不懂得何为礼仪之道。”

被人强逼着吃下冷掉的食物，还被这么侮辱，阿瓦满腔的恨意几乎掩盖不住。

“阿瓦皇子骁勇善战，曾带兵屠杀我大晋葫州近万平民百姓。”太子眼神有些冷，“今日一见，不过如此。”

说完，他转身离开大牢，朝守在门外的大理寺官员微微颔首，坐进了轿中。

“殿下，您可是回宫？”

轿内安静了片刻，太子开口道：“去京郊道观。”

送走太子，裴济怀道：“大人，太子今日心情似乎不太好。”

“今日乃恭惠皇后忌日。”张硕小声道，“太子心情不好，是正常的。”

“太子今日去哪儿了？”昌隆帝问身边的太监。

“回陛下，太子身边的太监汇报说，太子去了一趟大理寺，然后准备去京郊散散心。”赵三财看了眼陛下的脸色，问道，“可要召太子回宫？”

“不必，今日随他去吧。”昌隆帝摆了摆手，这会儿有太监进来汇报，说是英王殿下求见。

“不见。”不用猜就知道，老大是跑来告状的，昌隆帝懒得哄这么大的儿子，说道，“这么大的人了，一点长进都没有，就知道盯着元溯找朕来告状。”

赵三财低头研墨不说话。

英王听说父皇有事不能见他，悻悻地转头去了临翠宫。父皇不见他，他就不能跟父皇说太子虐待俘虏的事了。

“虐待得好。”贤妃听完英王说的事，看也不看英王便道，“本宫听说那个叫阿璋的皇子几年前带兵偷袭与青寒州相邻的葫州，杀了我大晋近万百姓……”

“母妃，他叫阿瓦。”

“我管他叫什么阿猫阿狗。”贤妃一拍桌子，斥道，“这种人被太子收拾一顿才好，你跑去告什么状！”

英王：“……”

“算了。”贤妃越想越觉得生气，“反正太子已经开了这个头，干脆你也去找一找那个家伙的麻烦，就当是给那些无辜百姓出气了。”

“母妃……”英王无语地看着贤妃道，“我们这不是要找太子的把柄吗？”

“这算什么把柄？”贤妃起身把英王推到门外，说道，“你做事可长点心吧。”

于是当天大理寺刚送走太子没多久，又迎来了脸色不太好看的英王。他们还没弄清英王的来意，就见英王对着金珀二皇子冷嘲热讽一番，然后扬长而去。

裴济怀疑惑地看着大理寺卿问道："张大人，英王爷今天的心情也不好？"

半个时辰后，打听到消息的宁王也到了。他脑子虽然不太好，但知道大哥跟太子做什么，他就跟着学的做人道理。只是他生性憨厚，又有些贪生怕死，不太能掌握骂人的精髓，他只好让门客给他提前准备好骂人的话，然后搬张椅子坐在牢房外，拿着稿子痛痛快快骂了一顿。念完稿子，他觉得自己发挥得不够好，朝阿瓦所在的牢房呸了一声，才摸着微凸的肚子心满意足地离开。

大理寺众人："……"

今天的几位皇子，多半有毛病。

中午用完膳食，卫明月对花琉璃道："当年我离开京城的时候，曾去京郊道观许了一个愿，让仙人保佑你平安出生。现在我回了京，也该去还愿了。"

"娘亲，这都下午了，你刚回京，先休息几天再去吧。"花琉璃心疼卫明月的身体，劝道，"道观在那里，又不会跑走。"

"能够还愿的时候，自然是越早越好。"卫明月温柔地摸了摸女儿的头。

当年她怀着孩子，一路从京城赶到青寒州，途中多次以为这个孩子会保不住，可是孩子特别乖巧，不仅没有闹她，连一次孕吐都没有。就连青寒州那几个形迹可疑的探子，也是因为这孩子突然踢了她肚子几脚，她在旁边茶摊上坐着休息才发现的他们。

因为那件事，在她肚子刚刚七个月的孩子，迫不及待来到了这个世间。

在她心中，这个孩子是神给他们夫妻二人的礼物，珍贵如同珠宝，所以为她取名为琉璃。

琉璃珍贵易碎，他们想护她一辈子。

"琉璃，你与我一起去。"卫明月见花应庭想跟上来，补充一句，"应庭跟长空好好看家。”

花应庭悻悻地坐了回去，说道：“我不去可以，路边那些什么郎君小姐的，你要少看几眼。”

卫明月瞪他一眼，他赶紧闭上了嘴巴。

“爹爹，我会照顾好娘亲的，你放心吧。”花琉璃朝花应庭眨了眨眼。

花应庭想，可拉倒吧，你们娘儿俩凑在一块儿，只会一起看郎君姑娘。他甚至担心，娘子宠爱女儿没有底线，万一女儿看上哪个男人，帮着她强抢民男可怎么是好？

母女二人高高兴兴出了门，留下了父子二人看家。

“为什么道观要修在山上？”花琉璃被娘亲拖着往山上走，整个人就像是被霜打过的小白菜。

“你这么懒……”忽然，卫明月语气一变，说道，“你身体弱，多拜一拜，神仙会保佑你的。”

花琉璃抬头看卫明月，娘亲，神仙面前你也敢撒谎？

卫明月微笑，神仙都很大度，一定不会计较她这种小小的谎言。

母女二人神情平静地松开手，齐齐朝台阶最上方的人行礼：“太子殿下。”

伺候太子的人都知道，每到上元灯节那几日，太子心情都不会太好，甚至是彻夜不眠。

昨夜从宫外回来，殿下竟然在寝宫里睡了几个时辰，喜得身边伺候的人都放心了大半。

每年正月十六，殿下都会来京郊的这个道观给仙去的恭惠皇后点一盏往生灯。以前有走邪门歪道的人生出讨好的心思，想来此与太子殿下巧遇，最后都没讨到好处反而惹了罪以后，流言渐渐传开，以至于每年正月十五时，都没人敢往这边走。

听到道观外传来说话声，东宫侍从们暗自奇怪，谁胆子这么大？

但看清来人以后，侍从们纷纷退了回去。

“卫将军，郡主。”太子目光在花琉璃身上流转，邀请二人上来，问道，“二位也来上香？”

花琉璃有些意外，没想到在祭天时都敢吃东西的太子竟然也迷信。

“末将带小女来还愿。”卫明月还记得当年离京时，太子小心翼翼摸着她肚子，担心肚子里宝宝会害怕时的表情。

太子年幼时与他们夫妻二人之间颇为信任，所以即使时隔多年，她对太子仍旧有几分亲近，说道：“当年末将孕中带军，曾在这座道观中许了愿，若孩子能够平安活下来，一定亲自前来还愿。”

太子注意到花家下人手中抬着很多用来还愿的东西，心知卫将军所言不假，便道：“将军，观中道长几经变换，你对他们不太熟悉，由孤来为你们领路。”太子转身往道观里走，边走边道，“一别十余载，将军这些年辛苦了。”

“其实还好，边关虽然苦了些，但也有与京城不一样的风情。”卫将军转身看花琉璃，“只苦了这个孩子，从出生后就陪我们住在苦寒之地。”

“母亲，青寒州挺好的。”花琉璃笑得眉眼弯弯，“我也没吃什么苦。”

太子把目光从花琉璃身上移开，他踏进道观大门，见有女客来，两名坤道从神殿出来迎接。

花琉璃接过香，在三清神像前行礼祭拜，把香插进香坛中。

她对道佛之类的并不了解，见母亲似要与道长们论道，干脆从神殿侧门退了出来。

道观外面是个铺着青石板的院子，院子两旁古树苍苍，给这隐在山间的道观增添了几分仙气。初春午后的阳光洒在树叶上，在地上留下星星点点的斑驳光点。

“郡主。”太子跟着走出来，说道，“旁边有桌椅，我们可以在这里坐着等一会儿。”

“多谢殿下。”绕过花丛，花琉璃看到了隐在树后的石桌石凳。两人刚坐下，就有道长端来茶水与瓜果。

空气中弥漫着淡淡的香火味，偶尔会有道长路过，气氛祥和极了。

“青寒州气候恶劣，不适宜农作物生长，郡主这些年一直待在那里，应该吃了不少苦。”

不知是哪个道长在诵念经文，声音忽高忽低，如同天边翻滚的白云。

“虽与京城不能比，但臣女从小到大其实没有怎么吃过苦。”花琉璃摇头，“每年陛下都会派人按时送去军粮，还有不少赏赐。我是家中老幺，家里人都惯着我，城里老百姓也因为我是两位大将军的女儿待我十分亲近。”

被花琉璃的实诚逗笑了，太子摇头感慨：“郡主，孤是太子，你这个时候应该跟孤抱怨青寒州有多苦，你从小到大的日子有多难过，这样孤才能更加敬佩花家人的奉献。”

“这么讲究的吗？”花琉璃单手托腮，笑道，“现在重新说一遍还来得及吗？”

“孤从小记忆力就很好，你刚才说的那些话，想要忘掉可不容易。”

太子端起茶准备喝，却被花琉璃伸手拦住：“殿下，等等。”

太子挑眉看他。

“这里虽是京郊，但到底不是宫里。”花琉璃指了指他手里的茶杯，说道，“入口的东西，多注意一点也没什么错处。”

“多谢郡主提醒。”太子笑了，他放下茶盏道，“是孤大意了。”

“我这也就是突然想起来，就多句嘴。”花琉璃抬头打量这座道观，问道，“不过这座道观确实有些不同之处，殿下怎么会到这里来？”

“随便走了走，给亡故的人点上一盏灯，愿她来世顺遂。”太子脸上的笑意渐渐消失，他垂下眼睑，浓密的睫毛轻轻颤抖，说道，“孤能为她做的，也只有这些呢。”

见太子神情如此低落，花琉璃暗暗想，难道是太子喜欢的人不幸早逝了？她识趣地没有多问，做一个安静的听众。

难怪英王与宁王已经开始定亲，未来的太子妃还毫无动静。

她想起三年前，一位士兵战死在疆场，他的未婚妻从千里之外赶来，只为带他的尸骨回家。那位女子又干又瘦，神情麻木，她紧紧抱着敛骨盒，仿佛抱着最后的希望。她跟在女子身后，一直送她出了城，直到她的背影再也看不见。从头到尾，那个女子都没有掉过一滴泪，但花琉璃觉得，她已经在心中哭过千百回。

被生死断绝的情爱，太苦。

花琉璃看向太子的眼神，不自觉带上了怜悯。可她是多贴心的人啊，绝对不会让太子看出半点不对。

“您请节哀，旧人已去，您还好好活着。”花琉璃劝道，“想必她也是希望您好好活着的。”

“多谢。”太子道，“孤知道。”

在生死面前，任何语言都是苍白无力的，花琉璃起身摘了几根有些干枯的草，手指快速地翻转，很快就编出一只蝴蝶出来。

“殿下，您把手伸出来。”

等太子把手摊开放到石桌上，花琉璃把草编的蝴蝶放到他掌心，说道：“殿下，臣女在青寒州听一位老人讲过一个故事。据传冥府有种蝴蝶，能够把迷路的亡魂带回地府，也能帮活着的人带去对心中之人的思念。”

“今晚您把蝴蝶放到枕头下，说不定您的心意就被她听见。”花琉璃朝太子笑着眨眨眼，“所以您今晚要早点休息，不能熬夜。”

这只蝴蝶编得实在不算漂亮，两边的翅膀大小不对称，肚子看起来有些肥大。他有些怀疑，这样的蝴蝶根本就飞不起来，因为肚子太胖。

他合上手掌，把这只蝴蝶收了起来，笑道：“多谢。”

“琉璃。”卫明月站在花丛外，不知她在那里站了多久，但是脸上的表情看起来很正常，似乎没有看到刚才的那一幕，她说道，“住持道长想要见你一面，你随我来。”

“殿下，您先在这里坐一会儿，臣女去去就来。”花琉璃起身朝卫明月走去。

待花琉璃走到身边，卫明月朝太子拱了拱手，才转身离开。

“殿下，”太子亲信随侍小声道，“您为何不告诉郡主，这座道观是您养着的，茶水不会有问题。”

“好意难得。”太子端起茶杯喝了一口茶水，慢慢放下。他突然觉得茶杯位置跟花琉璃离开时不同，伸手调整了一下位置，让它恢复了原样。

花琉璃以为道观住持会是发须皆白的老道长，没想到见了面才发现对方竟是个眉清目秀的年轻人。

“善信请入座。”住持请母女二人坐下，亲手为两人倒上茶。

他们坐的地方是一座凉亭，凉亭修建在山石上，举目便能看到山下的景色，若是此时山间有雾，倒真有几分人间仙境的景致。

“多谢真人。”

“贫道青徽，两位善信直呼贫道名号便是。”青徽把茶放到花琉璃面前，说道，“这种茶由四季鲜花晒制而成，有养颜宁神之效，便是体弱者也能入口。”

花琉璃注意到他的手修剪得很干净，白皙匀称。

“贫道自幼跟随师父修行，师父驾鹤西去后，便做了这座道观的住持。”青徽眼睛很好看，没有染上半点红尘气息，他又道，“当年将军到此，贫道尚且年幼，没有机会近前与将军交谈。这么多年过去了，将军还是如此英武。”

“青徽道长谬赞。”卫明月叹了口气，遗憾地道，“我多年未归，不想连真人最后一面都没有见到。”

“师父曾跟贫道说过，将军是战星下凡，生来便是保家卫国的命格。”

卫明月闻言一笑，看不出她对这种说法信或者不信。

“得知郡主回京，贫道有心到贵府拜访，只是贫道平日守着这座道观甚少有出门的机会。”青徽看向花琉璃，“好在今日三清上神保佑，贫道终于得见郡主。”

“道长为何坚持要见我？”花琉璃好奇地问。

“因为将军临行前，家师忘了把一份签文给将军。”青徽从袖里拿出一支签，这支签看起来十分陈旧，不知道放了多久。

卫明月忽然想起来，她在道观许愿的时候，鬼使神差地摇了一支签。可是这支签不小心掉到了供桌缝隙下，她当时也没有放在心上，当天便离开了。没想到这么多年过去，这座道观还保留着当年那支掉落的签。

卫明月接过签一看，见上面一片空白，问道：“这是何意？”

“这是一支白签。”青徽看着花琉璃，“说明无签可解。”

卫明月面色有些不好看，这支签她当年是为腹中胎儿所求，空白又是何意？总归不会是什么好的寓意。

手上一用力，签顿时断开，她冷着脸道：“事在人为，我不会信这些。”

“凡事总有意外。”青徽看着这支签的签文，微微一笑，“修道本是逆天而行，贫道也觉得不用太信这些，不过……”

青徽的笑容变得更加包容温和：“贫道观郡主与我道有缘，郡主可愿了解一下？”

花琉璃：“啊？”

“郡主若是不愿意，贫道下次再问。”青徽脸上笑容更加温和，“也许下次郡主就对修道感兴趣了。”

花琉璃在心中暗道，不了，不了，打扰了。

“京城如深海，看似风平浪静，实则暗藏波涛。卫将军与花将军乃大晋忠臣良将，贫道不忍二位陷入泥潭。”青徽似乎并不强求花琉璃修道，他扭头看向山间景色，说道，“请两位将军多保重。”

“多谢道长提醒。”卫明月道，“陛下乃当世明君，便是波涛汹涌，只要有陛下在，船就不会海浪淹没。”

青徽行了一个道家大礼，说道：“善信护国保家，功德万丈，无论何时都会有仙人保佑，逢凶化吉。”

“承道长吉言。”卫明月回了一礼。

“郡主，请多多保重。”青徽仿佛真的只为送一支空白签而来，他深深地看了花琉璃一眼，转身消失在石桥之后。

卫明月盯着桌上断成两截的签，神情仍旧有些难看。

“娘亲，空白签可是好签呢。”花琉璃捡起断签，说道，“就像是陛下给我了一份盖了玉玺大印的空白圣旨，让我想要什么就自己填，多好啊。”

她把断签随手往悬崖下一抛，看也不看地朝天拱了拱手：“多谢老天爷啦。”

卫明月被她的动作逗笑了，起身道：“当年许愿，如今来还愿，我跟神仙的债就算是两清了。”

“我的债倒是清了，你可不要在外面欠债。”卫明月言有所指。

“什么债？”花琉璃端起花茶喝了一口，纤细的手指轻轻瞧着石桌。

“情债。”卫明月挑眉，“方才你是不是给太子编小动物了？”

花琉璃点头。

“你爹喜欢拿这个小手段来哄我，你大哥二哥也爱编些兔子小狗等物哄你大嫂二嫂。没想到你更有本事，不仅编东西还要编个故事。”卫明月伸手戳花琉璃脑门，道，“花家别的本事你没学到，哄人的手段倒是一套接一套。”

“娘亲，”花琉璃捂着额头道，“我只是想让太子开心一点，又不是对他图谋不轨。再说，太子心中有不可替代的人物，哪会因为一点小事，轻易喜欢上别人。”

如果不是喜欢，又怎么会亲自来到这座山中道观，只为她点上一盏灯。这是何等缠绵悱恻又悲情的爱情啊。

“罢了，你若真喜欢上皇家……”

“娘亲，”花琉璃握住卫明月的手，“女儿跟皇家子弟不合适，皇家也不会让一个体弱多病的人做太子妃，这样最好。”

卫明月看着女儿道：“我儿，你要记住，花家不会因为一段婚姻走向辉煌或是衰败，你不用顾及我们。”

“女儿知道。”花琉璃笑道，“只是做一个完美的女人又有什么好，柔弱有柔弱的好，我还要做世上有名的病弱美人呢。”

“说不定等千百年后，还有文人书生为我作诗，形容后世美人的词汇是什么貌若琉璃，赛琉璃，琉璃再世等……”

“走吧，回家。”

“回家？”

“回去早点睡觉，梦里什么都有。”

母女二人回去时，太子还在等他们。

“将军，郡主，山路崎岖，我们一道回去。”太子笑看着她们。

“殿下请。”卫明月没有半点顾忌，当即便点头答应下来。

到忠勇侯府门口时，花琉璃站在门口，扭头看骑在马背上，瞧着身影有些孤零零的太子，开口道：“殿下，要不在敝府用过晚饭再回去吧？”

主人说“吃了饭再走”，客人说“不用了”，基本上是民间客气礼貌的标准形式。

“那孤便厚颜打扰了。”太子从马背下来，脸上还带着笑。

显然，自小生活在宫中的太子，并不懂民间虚伪的客套礼仪。

见妻女带着太子回来，花应庭虽然有些意外，但并没有诚惶诚恐。他让下人准备了一大桌子菜，招呼太子落座。

“上一次与殿下同桌吃饭，还是十五年零四个月前。”花应庭端起茶杯道，“内子不让我饮酒，我只能以茶代酒敬你一杯。”

“谢谢将军。”

花应庭趁卫明月不注意，朝太子眨了眨眼，小声道：“我这不是怕她，只是我们做男人的，怎么能让娘子生气，对不对？”

“是啊。”花琉璃凑过来小声道，“娘亲若是生气，您今晚就别想睡觉了。”

“咯。”花应庭干咳一声，“太子在这里，给为父留点面子。”

太子忍着笑道：“孤方才没听清楚，郡主说了什么？”

花琉璃笑着挑眉，没想到太子也这么会说话？

太子温柔地笑着望过去。

“殿下如今的拳脚功夫练得如何？”花应庭把女儿隔开，对太子道，“当年末将只教了殿下几个月剑术就去了关外，不知殿下有没有落下？”

“将军走后，父皇便让其他人来教孤剑法，只是那些人比不上将军。”太子开口道，“将军现在回来，可愿意继续教学生？”

“承蒙殿下看得起末将，只可惜末将在战场上伤了根骨，现在连酒水都沾不得，更别说提刀动枪。”花应庭遗憾地叹息一声，似乎为自己不能再上战场而难过。

有丫鬟端着一碗汤药进来，花琉璃接了过来，仰头一口气喝下。

花家其他人似乎已经习惯了花琉璃吃药，连表情都没有变。太子皱了皱眉，却没有说什么话。

用过晚饭，花应庭叫住太子，让他把一盒东西带进宫。

“这些是末将在青寒州收到的有趣玩意儿，陛下年轻的时候对这些感兴趣。这么多年过去，也不知道陛下的爱好有没有变。”花应庭挠了挠头，又道，“末将不好意思拿给陛下，就拜托太子帮末将捎进宫。陛下向来疼爱你，就算不喜欢，看在你的面子上也会收下的。”

“将军送去的东西，父皇定会喜欢。”太子身后的随侍从花应庭手里接过木盒，太子道，“将军虽不在京城，但这些年您与父皇的信件却从未断过，这份情谊自与其他人不同。”

小时候他不懂事，偷偷看过花将军给父皇的信。信里什么都写，比如女儿可爱乖巧，卫将军对他多好，或是吃到了什么边塞美食，可惜不能给陛下带一份云云，比那些千篇一律的请安折子有意思多了。

父皇发现他偷看，干脆大大方方地把信给他看，还说像花将军这样的是良臣益友。后来他得知，每年花将军都会写信回京，言语朴实诙谐，逗得看信的人忍不住发笑。

花将军最爱提他的女儿，在他的信里，宝贝女儿即便打个喷嚏，也比其他家小姑娘好看许多。宝贝女儿的头发比别人家闺女长得好，眼睛比别人家闺女好看，皮肤比别人家闺女白……

所以第一次遇到花琉璃时，他特意掀开轿帘，看了一眼站在宫墙边的小姑娘，眼睛大大的，嘴唇小小的，确实如花将军信中所说，比别人家小姑娘好看。

“殿下，”站在花应庭身后的花琉璃探出头来，对太子笑道，“恭送殿下，路上小心。”

“告辞。”太子对花琉璃笑了笑，转身离开花家。

离开暖和温馨的屋子，太子看着被夜色笼罩的大街，心情没有太糟糕。他回到宫里，把花应庭交给他的盒子呈给了父皇。

昌隆帝打开木盒，发现里面是一些奇石、木雕、陶人等物，还有一些书法临摹本，有几本还是仿制的假货。

“这个应庭啊。”昌隆帝回忆起几十年前，宫中传出陛下要重立太子的消息，他愁得茶不思饭不想。

花应庭与卫明月知道以后，就找了一堆小玩意儿来逗他开心。还对他说，若是先帝要废了他这个太子，他们就带着他一起逃命，绝不会让他被新太子害死。

没想到转眼几十年过去，他们的儿女都这么大了。

“朕听说你昨夜与福寿郡主出去玩了？”昌隆帝把玩着一个陶人，似笑非笑地看着太子。

“小姑娘常年在关外，没见过京城的热闹，儿臣便陪她在城里走走。”

“嗯。”昌隆帝点头，“反正你把她当作妹妹看待，闲暇时也该陪她在京城里多走走，多看看。”

太子盯着墙上的烛台没有说话。

昌隆帝把陶人塞到太子手里，说道：“回去睡觉，明日记得上朝。”

太子手里捏着丑丑的陶人回到东宫，把陶人顺手摆在桌上，这才发现陶人下面刻着几个字：昌隆二十三年春，小女手制。摩挲着这几个字，太子轻轻笑了一声，难怪陶人这么丑，原来是小孩子做的。

太子洗漱更衣时，一件东西从衣服里掉出来。伺候的太监捡起来一看，这是……一团草？

“殿下，此物可要留着？”太监小声询问。

太子从他手里把东西接过来，凝神看了一会儿，说道：“你们都退下吧。”

“是。”宫侍们齐齐退下。

太子顺手把草编的蝴蝶压在了枕头下面。

小孩子长大以后，编的蝴蝶也还是丑。

第十一章

兄长科考，全家上阵

花琉璃做了一个梦，梦见自己给一群小美人编小兔子，可不知道为什么，怎么都编不好，然后嘉敏郡主突然冒出来，对她肆意嘲笑。梦醒后，花琉璃觉得这个梦非常不吉利。

花琉璃眼神忧郁地看着窗外的阳光，说道："天气渐渐暖和了，我找嘉敏郡主玩会儿去。"

"驸马，嘉敏这孩子近来好像不怎么爱出门。"顺安公主有些担心，"是不是上次劫匪的事，吓着她了？"

正逗蛐蛐儿的驸马道："近来进京的考生多，她老实待在家里也挺好。"

顺安公主瞪他一眼，把手里的茶杯往桌上重重一搁，说道："就知道玩蛐蛐，信不信本宫把你养的那个大将军……"

"嘘。"姚驸马赶紧坐直身体，紧张地道，"你别乱说，我那蛐蛐已经改名了。"

夫妻二人的目光在空中交会，似乎回忆起了什么，都不再提"大将军"三个字。

"公主，驸马，花府的福寿郡主递来请柬，邀郡主出府一叙。"下人带了一张拜帖进来。

顺安公主接过拜帖看了一眼，想也不想便道："去请郡主出来，就说福寿郡主要见她。"

"你说谁请我？"嘉敏接过拜帖看了一眼，抖着手把拜帖扔到一边，说道，"就说我不得空，不去。"

"郡主，这是公主的意思。"传话的丫鬟表情有些为难。

嘉敏抓起拜帖，大步走到前厅，说道："母亲，您不是跟我说，离花琉璃远一点吗？"

"是让你远着她一些，可现在是她邀请你。"顺安公主避开女儿愤怒的双眼，说道，"那你就去吧。"

"我不去。"嘉敏不好意思告诉父母她看到花琉璃就不自觉犯尿，所以干脆眼不见心不烦。

"闺女，今日不同往时，卫将军都回京了，你还是乖乖去吧。"顺安公主站起身，说道，"更何况福寿郡主与她母亲不同，是个娇弱温柔的人，跟她玩耍又有什么关系？"

"卫将军回京是好事，但也不代表我要去哄她女儿开心。"嘉敏猛摇头，"我不去。"

"听话。"顺安公主抓了一沓银票塞给女儿，转身往门外走，说道，"中午厨房不准备你喜欢的饭菜了，你跟福寿郡主好好玩。"

嘉敏："母亲……"

"父亲，母亲这是什么意思？"确定母亲不会改变主意，嘉敏扭头问姚驸马，"我真不想出去。"

"年轻不知命珍贵，老了徒后悔。"姚驸马叹息一声，"乖女儿，听你母亲的话，跟福寿郡主好好玩，银子不够的话，我这里还有。"

说完，他也塞了一把银票给嘉敏，提着装蛐蛐的笼子匆匆溜走。

捏着这沓银票，嘉敏脸色变来变去，最后还是咬牙往大门方向走去。

刚走到大门口，她就看到花琉璃穿着浅色束腰裙，细细的腰肢如柳枝般柔软。嘉敏忽然想到一句诗，叫"盈盈一握若无骨，风吹袂裙戏蝶舞"。

可是想到这个柔弱无骨的女人能够提剑刺翻十几个男人，还任由他们尸首被野兽拖走，嘉敏脑子里就只有"会咬人的狗不叫"这句话不断地循环。

“嘉敏姐姐。”见嘉敏出来，花琉璃朝她甜甜一笑，轻声软语，似水如烟，听着让人骨头都要软下来。

嘉敏大步走到花琉璃身边，小声道：“你找我想干什么？”

“嘉敏姐姐，我只是来找你玩，你不要这么紧张。”花琉璃眨了眨眼，“难道姐姐不想见我？”

见花琉璃一副泫然欲泣的模样，嘉敏郡主深吸一口气，说道：“你不用来试探我，你的事情我没有告诉别人。”

“我知道郡主是信守承诺的人。”花琉璃伸手挽住嘉敏的手腕轻轻一拉，说道，“不过我们是生死之交的姐妹，谈这些多伤感情。来，我们边走边玩。”

嘉敏绝望地回头看了眼公主府大门，不知这一去，她还能不能手脚俱全地回到公主府？

“姑娘，刚才从我们马车旁边经过的好像是嘉敏郡主与福寿郡主。”

杜琇莹听到丫鬟这句话，掀起车窗帘子看了一眼，远远看到嘉敏架花琉璃的胳膊朝一栋茶楼走去，两人的丫鬟垂首跟在身后，看不到表情。放下帘子，杜琇莹翻了一页书，可怎么都看不进去。

京城不少人都知道花将军的女儿体弱多病，受不得惊吓。嘉敏自小习武，性格骄纵，又与花琉璃性格不合，她把花琉璃带到茶楼，想干什么？

“君子重义避利……”杜琇莹放下书，开口道，“马夫，掉头去刚才经过的茶楼。”

若是没看见便罢了，若是见到不平之事却不愿挺身而出，与小人何异？

花琉璃带嘉敏来到京城里最受贵女欢迎的茶楼，伸出手指头戳了戳嘉敏臂弯，说道：“嘉敏姐姐，你平日里喜欢待在哪个厢房里？”

嘉敏拍开她的手，对穿着干净的女堂倌道：“还是老规矩。”

“郡主您请。”女堂倌面上带笑，引着两人上楼，说道，“最近小店新得了一些春芽茶，贵人们可要尝尝？”

见嘉敏点头，女堂倌连忙让人去准备，躬身把两人引到包厢，便安静地退了出去。

“郡主，你忘了？我不喝茶。”花琉璃让堂倌换了壶白开水，挑拣着桌上的瓜果吃，问道，“有些日子不见，郡主近来可还好？”

“你到底想干什么？”嘉敏怀疑地看着花琉璃，她可不相信花琉璃是在关心她。

“我在京城里没什么朋友，就想找郡主玩一玩，消磨时光。”花琉璃剥两粒花生放到嘉敏面前，说道，“并没有其他意思。”

花琉璃往窗外看了一眼，发现这个位置不错，可以看到街上来往的行人。街对面看起来有些眼熟，上次田锐栋与陈家公子发生矛盾，差点被小厮用匕首杀死，好像就在那里。

她甚至想，真正的幕后黑手，会不会在事发时就坐在这座茶楼里冷眼看着这一切的发生。因为她的突然出现，不仅破坏了此人的计划，还影响了他看戏的心情，所以他恨她这个计划之外的人，想要把她活捉回去，慢慢折磨至死。可惜田锐栋那件事后朝廷开始清查身份可疑之人，所以他不得不提前离开京城，留下那些杀手来执行他的计划。

如果真如她设想的这样，那么幕后之人当是个十分自负的人。他觉得自己的计划天衣无缝，万无一失，仿佛一切都在他的掌握之中。

被自己的设想恶心得打了个寒战，花琉璃扭头望向老老实实坐在座位上的嘉敏：“嘉敏郡主，听说京城的花朝节特别热闹，有什么需要注意的吗？”

听到“花朝”二字，嘉敏忍不住头皮发麻，心中暗自焦急，难道花琉璃已经知道她曾经有过让她在花朝节上丢人的打算，现在故意提起这件事就是在探听虚实？可她早已经放弃让花琉璃丢脸的打算，说出来花琉璃会不会信？

“也……没什么需要注意的，那日京城会有许多公子出来踏青，甚至是吟诗作画，你把自己打扮得漂亮些就成。”嘉敏捧起茶杯喝了口水，借以掩饰自己的心虚，问道，“你问这个做什么？”

“就随便问问。”花琉璃起身走到嘉敏身边坐下，说道，“其实，还有件小事想向你打听。”

“问就问，你靠这么近做什么？”花琉璃一靠近，嘉敏全身就僵住了，她往旁边挪了挪，说道，“花琉璃，我跟你说，你不要太过分，我可是皇亲国戚。”

“我知道，我知道，你如果不是皇亲国戚，我也不会问你了。”花琉璃一把抓住往旁边挪的嘉敏，把她拖了回来，说道，“我这不是无聊嘛，想听你讲一讲京城里的八卦。”

“什么八卦？”嘉敏扭头道，“我堂堂郡主，又怎会像市井那般饶舌。”

“这样啊。”花琉璃松开嘉敏，“本来我听说了一些英王爷的小道消息，想告诉你来着，既然你不喜欢讨论这些，那就算了吧。”

“你能知道英王什么消息？”嘉敏怀疑地望着花琉璃。

“哎呀，没有就没有吧。”花琉璃摆手，“反正你又不感兴趣，无所谓了。”

“如果你坚持要告诉我，我还是能勉强听一下的。”嘉敏拽住花琉璃，“你跟我说说。”

“不想说。”

“你故意的是不是，花琉璃你……”

“嘉敏，你不要胡闹。”包厢的门被打开，一个气喘吁吁的女子站在门口，双目紧紧盯着嘉敏。

“表姐？”嘉敏虽然不太喜欢这个表姐，但她不想让花琉璃看热闹，挥手让追上来的护院退下，问道，“你怎么突然过来了？”

杜琇莹没有理会她，走到花琉璃身边，把嘉敏抓在花琉璃手臂上的手挥开，说道：“嘉敏，你不要闹了。”

“我闹什么？”嘉敏见杜琇莹把花琉璃藏在身后，不敢置信地道，“我跟她究竟是谁闹谁啊？！”

她好好待在家里，被花琉璃硬拖出来不说，现在还被自家表姐当成了恶人。长这么大，她还没受过这种委屈。

“郡主，你没事吧？”杜琇莹没有理会叫屈的嘉敏，从小到大嘉敏不知道欺负过多少人，长大后更是口无遮拦，全然不顾他人感受，所以她早就不信她这一套了。

“我没事。”花琉璃乖巧地摇头。

“没事就好。”杜琇莹扶着她的手臂道，“时候不早了，我送你回去。”

花琉璃看了看杜琇莹，又看了看嘉敏，没有拒绝对方的好意。

“郡主可能对我还不太熟悉。”杜琇莹见花琉璃没有坐马车出来，便扶着她与自己同乘一车，说道，“在下姓杜，闺名琇莹，是嘉敏的表姐，你唤我名字便好。”

“琇莹姐姐好。”

“不敢。”杜琇莹行了一礼，“郡主乃千金之躯，岂可称呼在下为姐姐。”

看着严肃认真的杜琇莹，花琉璃想起了幼时教她礼仪的女先生。

“嘉敏虽然性格冲动，但本性并不坏，若有得罪之处，还请郡主原谅她。”杜琇莹又对花琉璃行了一个大礼。

“杜姑娘不要如此。”被人行了如此一个大礼，花琉璃赶紧伸手扶起她，说道，“今日我与嘉敏郡主出来，只是想问问郡主有关花朝节的事，并无他事。”

杜琇莹深深地看了花琉璃一眼，微微垂首道：“原来如此。”

花家姑娘好生善良，她进门时分明看到嘉敏抓着她手臂，一副逼着她说什么话的样子，却仍旧不愿意在她面前说嘉敏不好的话。

这样的性格，与嘉敏在一起，哪能不吃亏？

“郡主有什么想知道的，可以来问在下。”杜琇莹心头一叹，接过丫鬟递来的披风，搭在了花琉璃的肩头。

这样瘦弱的小姑娘，单单坐在那里都让人忍不住担心。

“多谢杜姑娘。”花琉璃觉得杜琇莹看自己的眼神，就像是一位慈祥的姐姐。她摸了摸自己的脸，忍不住深刻检讨，这样骗漂亮姑娘的信任，是不是有些不好。

“每年花朝节，都会祭拜花神，簪花踏春。宫中无后，太后娘娘年纪又大了，所以宫中不会特意举办祭祀大典，近几年都是几位公主邀请京城未出阁的姑娘们一起盛装出席祭祀活动。”杜琇莹道，“今年花朝会的主办人是二公主，她的性格向来和善，你去了以后不必委屈自己做不想做的事。”

说到这里，她不放心地看了花琉璃一眼：“花朝当日我也会去，郡主若有什么不清楚不明白的地方，只管来找我。”

“多谢杜姑娘。”花琉璃朝杜琇莹感激一笑。

“郡主不必客气。”杜琇莹看着花琉璃白净的脸，总想再给花琉璃披上一件衣服。

这大概就是……奶奶养孙女的心情，总觉得她穿得不够暖和？杜琇莹觉得自己这种心态有些奇怪，难道是家中兄弟姐妹都不如花琉璃好看的缘故？

把花琉璃送回府，杜琇莹回到家中，见父母兄长都在，上前给三人行礼。

“琇莹，自家人不必如此。”杜父十分无奈。

“父亲，人不可无礼，这是女儿应该做的。”杜琇莹还是把礼行完了。

杜父无奈地伸手扶额，显然是拿这个老学究般的女儿没办法了。

杜家兄长早就习惯了妹妹的性格，不把这些事放在心上，说道：“父亲，母亲，我今天听说了一件十分有意思的事。”

“何事？”杜父感兴趣地问，扭头见女儿还在，又把身体坐直了。

身为子女，不能说父母的不是，杜琇莹只好站起身，准备回书房。

“昨日太子与卫将军母女同在京郊道观出现。”

杜琇莹顿了顿，停下了往外走的脚步。

“太子每年正月十六都会去道观为恭惠皇后点往生灯，卫将军初回京城，不知道太子的习惯，两边不小心遇上也很正常。”杜父听说这事与太子有关，顿时没了看热闹的想法，从小到大关于太子的流言太多了，多得整个京城都没了新奇感。

反正所有人都觉得，以太子的行事作风，被陛下废去继承人身份是早晚的事。今天没被废，那就是明天，反正就在未来的某一天。

杜家兄长道：“也许太子是想娶福寿郡主，为他继承大统增加筹码？”

“但凡太子有点脑子，就该离花家人远一些。”杜父叹气，“花应庭与卫明月立下赫赫战功，不仅在军中威望极高，就连民间也对他倍加推崇，你如果是陛下，你会怎么想？”

“佩服自己有眼光，挑选了两位得力的能将？”杜家兄长有些不敢确定地说道，“民间不都是说陛下是紫微星下凡，花应庭将军是文曲星？”

“肤浅。”杜父失望地看着儿子道，“你能耐见识若有你妹妹一半，我也能放心不少。”

杜家兄长心想，既嫌弃女儿书念得太多，成了老学究，又嫌弃他读书太少，见识不足。如今这年头，做儿女的想要讨爹娘喜欢可真不容易。

“一开始陛下也许会这么认为，可是时间久了，他会猜忌花家会不会有反意，会怀疑花家挟民意威胁帝王。若是太子与花家走得近，那便是雪上加霜，陛下会怀疑太子迫不及待地想要上位，想要取而代之。”

“但凡太子有半分理智，就不会与花家人走得太近。他想娶天下任何女人都可以，唯独花家那位郡主不行。”杜父十分肯定地道，“更何况福寿郡主体弱多病，恐不利于孕育子嗣，这样的姑娘怎能嫁入皇家？”

“原来如此。”杜家兄长恍然大悟，他又问道，“难道此事是有人故意陷害？”

“其余几位皇子年龄都大了，这事说不准。”杜父抚着胡须，扭头看向站在门口还没有离开的杜琇莹道，“所以琇莹不嫁给太子也算是好事。”

“父亲，昨日孩儿去给祖父请安，他老人家似对四皇子很是欣赏。”杜家兄长小声道，“他老人家该不会想……”

“不要多想。”杜父皱眉，父亲不太喜欢太子他是知道的，但他不想拿儿女的婚姻当父亲的政治筹码。

四皇子？

杜琇莹面无表情地转身离开，在她看来，书中自有黄金屋，书中自有颜如玉，太子也好，皇子也罢，都不如那些书籍有意思。

“小妹，你可出息了。”花长空道，“早上出门找嘉敏郡主玩，中午又让杜家姑娘送回来，京城里的小姑娘，还有谁你没招惹过？”

“那可就太多了。”花琉璃道，“我今天在杜姑娘那里打听到，附近有个文曲星庙，十分灵验，我明天去给你拜一拜。”

花长空道：“不要迷信。”

“信一信又不吃亏。”花琉璃拍了拍花长空肩膀，说道，“三哥，不要给自己太大的压力。离春闱只剩下三天，这么点时间也看不了多少书，不如放松一下心情。我相信你一定能够考上，就算考不上也没关系，最重要的就是你自己开心。”

她没告诉花长空，今天她还跟杜琇莹打听了一下科举的事，得知有些考生在考场上突然疯了、病了，很担心自家俊美的三哥也会疯在考场上。

“不用担心，三哥会好好注意的。”听花琉璃拐弯抹角说了这么多，就是在担心自己压力太大伤到身体，花长空笑着揉了揉花琉璃的发顶，说道，“小孩子不要操心这些小事了。”

“那你今晚早些睡。”花琉璃合上桌上的书，说道，“这些书明天白天再看。”

“好好好。”花长空被花琉璃监督着回了自己院子，花琉璃回自己小院时，见爹爹与娘亲在外面饮酒赏月，怕打扰他们雅兴，当即放轻脚步，贴着墙根溜进自己院子里。

“殿下，这个可还要放在枕下？”更换床铺的宫女发现枕头下有团杂草，不敢擅自做主，只好双手捧到太子跟前。

太子起身把草编蝴蝶亲自放回枕头下，对宫女道：“放着。”

“是。”宫女们收拾好床铺，悄声退了出去。

“殿下，您与郡主昨日在道观见面的消息，是贤妃让人传出去的。”一个穿着蓝袍的小太监匆匆进来，小声道，“贤妃娘娘似乎并不希望你娶杜家姑娘。”

“呵。”太子对查出来的结果毫不意外，这种互相放谣言的手段，几乎是后宫妃嫔们用不腻的手段。

贤妃进宫这么多年，手段也没什么长进。

“殿下。”在太子身边伺候多年的太监忍不住道，“不如……不如日后您便远着些福寿郡主吧。”

“孤是那种因为谣言便委屈自己的人？”太子弹着桌上的金珠，眼见金珠掉落在地，滚进柜底，他眉头也没有皱一下，说道，“花朝节快到了，孤记得私库里有一匣子珠钗，明日让人给福寿郡主送去。”

“殿下，那些珠钗都是难得的珍宝，何不留给未来太子妃……”

“孤觉得那些珠宝就适合给福寿郡主。”太子懒洋洋地站起身道，“孤困了，你们都退下。”

“是。”

第二天昌隆帝一下朝，太子就去了宸阳宫御书房。

见到儿子这么积极地来御书房，昌隆帝把手里的折子一放，说道：“说吧，有什么事需要父皇办？”

儿子忽然变得勤奋又乖巧，多半是有事相求。

“没什么事，儿臣就是想跟您禀报，后宫里又有某些妃嫔编排儿臣跟某个姑娘的闲话。”太子垂头丧气地坐在椅子上，说道，“儿臣心里不太高兴，只能找您诉诉苦。”

“又是谁？”昌隆帝有些头疼，他把太子地位摆得这么高，就是想让他们明白大晋未来的继承人只可能是元溯，不可能是其他人。

只可惜后宫里的几个女人，似乎还不明白他的意思。

“这个不重要，重要的是儿臣为了弥补那位小姑娘，把准备送给太子妃的珠宝首饰给她了。”太子道，“所以今年上贡的那些珠宝首饰，您先让儿臣挑，给儿臣攒攒家底。”

“你还缺这点东西？”

“父皇，当爹的给儿子攒娶媳妇的本钱，那是千百年的传统。儿臣不找您，还能找谁去？”作为大晋朝最尊贵的“啃老男”，太子啃得心安理得。

“罢了罢了，谁叫天底下的父母都爱贴补儿女，你自己挑去，喜欢什么拿什么。”在太子面前，昌隆帝的偏心眼毛病时不时都会发作。

“儿臣谢父皇恩典。”

太子转身去了皇帝私库，问陪同他前来的御前总管赵三财：“赵公公，贤妃平日里喜欢哪些珠宝首饰？”

赵三财：“……”

殿下，咱们能不能别做得这么明显？

每年季节变换时，殿中省都要为后宫妃嫔们送上应季的衣裳首饰，但这都是有定额的，宫里但凡有些地位的人，都不会靠着这点份例过日子。

昌隆帝不是个对后宫苛刻的帝王，每到这个时候，也会给各宫妃嫔赏赐首饰。大晋幅员辽阔，土地肥沃，四周很多小国为了能依附大晋，每年都会进贡不少东西，珠宝首饰也是其中之一。

今年的这些首饰中，有几样是贤妃的心头好，她天天盼着陛下能把这些首饰赏赐给她，可左等没有，右等不来，她忍了几天，终于没有沉住气，派人去找御前太监总管赵三财打听。

“那些首饰啊。”赵三财朝临翠宫的女官笑了笑，“前两日太子殿下喜欢，陛下就让殿下带走了，不知娘娘为何忽然问起这等小事了？”

女官脸上的笑意僵住，那些东西都放在陛下私库，陛下要给谁那是陛下的事。她赶紧摇头道："原来如此，娘娘原是担心那些好东西放在库里久无人用失去颜色，太子殿下能喜欢就太好了。"

回到临翠宫，女官把事情经过跟贤妃讲了一遍。

"太子身为男人，要那些首饰做什么？"

"奴婢听说，太子是要……攒娶媳妇家底。"

"他是太子，陛下向来偏心他，他需要攒什么家底？"贤妃气得面色发青，周边有个小国最擅长制作钗环之物，贤妃平日最喜欢这个国家上贡的首饰，太子却把所有的好东西全部拿走了，分明是故意跟她过不去。

"娘娘，虽然您喜欢的首饰被太子挑走了，但您也不需要动怒。因为其他几位娘娘喜欢的，也被太子一并挑走了。"女官赶紧补充了两句。

"那本宫是不是还要感谢他没有差别对待？"贤妃板着脸问女官。

"奴、奴婢并没有这个意思。"

贤妃冷笑，太子连太子妃都没有定下，陛下就想着给他攒家底儿了。她家昊儿身为皇长子，又定下了林家女为王妃，陛下怎么不给点家底儿？

贤妃心里不爽，让太监把英王叫进宫，问道："你跟林家那个姑娘怎样了？"

"还能怎么样？"英王端起茶杯喝了一口，语气淡淡地道，"她想做王妃，儿臣需要娶王妃，刚刚好而已。"

"胡说八道。"贤妃听到儿子漫不经心的语气，忍不住道，"林菀是林舟的女儿，林舟素来廉洁清明，他的女儿又怎会是贪图富贵之人？"

英王不与贤妃争辩，点头道："母妃说得是。"

见他态度敷衍，贤妃又道："林菀容貌出众，又有才情。最主要的是，她还是四皇子的表妹，娶了她就等于把四皇子的势力拉到了我们这边，这对你而言，是百利而无一害的事情。"

英王低着头不说话。

贤妃想说，他心里是不是记挂着花家那个风一吹就倒的女孩子，但又知道这话不该说出口，便憋着一肚子火气不说话。

"母妃，儿臣下午还要去马场，您若是没什么其他的事，儿臣便先告辞了。"英王站起身，给贤妃行了一个礼就准备出去。

“等等。”贤妃从屋子里取出一件薄披风，说道，“这两日天气开始回暖，那些厚斗篷穿着不舒服，我给你做了件披风，你试试看。”

“多谢母妃。”英王眼神渐渐软了下来，他把披风穿在身上，说道，“这些针线上的活交给他人便是，母妃不要累着自己。”

“母妃知道。”贤妃帮英王整理了衣衫，夸道，“我儿生来英武不凡，不愧是陛下的孩子。”

英王听着生母的夸奖，恍然间有种自己比其他几个兄弟好看几百倍的自信。

做母亲的看自家孩子，眼神总是忍不住出现问题。

花琉璃收了整整一匣子珠宝首饰没两天，又收到一箱来自东宫的礼物。

她打开箱子盖，看着里面满满的各种珠宝，深吸一口气，对东宫的仆侍道：“各位公公，殿下他最近还好吗？”

“多谢郡主关心，殿下近来挺好的。”

既然是正常的，为什么要给她送这么多好东西？当初她从阿瓦皇子营帐中搬走的金银珠宝，也没这么闪亮啊。

“无功不受禄，殿下的好意臣女心领了，但这些东西……”

“还请郡主放心收下。”仆侍道，“奴等来之前，殿下说了，这些东西对他来说都是无用之物，郡主若是不收，也只能让明珠蒙尘。花朝将近，郡主国色天香，又岂能没有与你相称的首饰？”

“多谢殿下。”花琉璃转念一想，阿瓦外出征战都能带那么多金银珠宝出来，太子身为大晋第二尊贵的男人，这些东西对他而言，或许真的不算什么？

“郡主喜欢就好。”仆侍送完东西，连茶都没有喝一口，匆匆离开了。

花应庭与为卫明月得知此事后，没有发表任何意见，只让花琉璃自己收起来。她日后若是嫁人，就拿来当嫁妆，若是不想嫁人，就自己戴着玩。

得了一堆珠宝首饰的花琉璃，第二天难得起了一个大早，乘坐马车赶往京郊的文曲星庙。

等她赶到后发现，文曲星庙外排着很长的队伍，一些书生为了占一个好位置，甚至还带着书籍与水囊，看起来像是熬了一整个通宵。

花琉璃开始反省，与这些虔诚的书生相比，自己是不是显得不够有诚意。

她刚下马车，就看到有人举着一个牌子，上面写着“五两银子免排队”几个字，忍不住小声对扶着自己的鸢尾道，“还有这样的事？”

“京城地界，很多事情都是可以变通的。”鸢尾小声道，“不过很多书生觉得，排队更显得有诚意，加之五两银子太贵，很少有人会花钱免排队。”

花琉璃看了眼长长的队伍，再看了眼免排队的牌子，毫不犹豫地道：“给银子。”

文曲星庙的人见花琉璃从马车里出来，就知道有钱的贵人来了。待鸢尾掏了钱给他以后，那人更是热情地带着主仆等人往庙里领。

进了神殿，庙祝亲自迎了上来，引着花琉璃上前点香许愿。

“贵人，后日便是春闱开场，本处可以在春闱当日为考生诵经祈福，祝愿他受文曲星青睐，超常发挥。”

“哦？”

“不过求星君保佑，总要供奉祭品的，贵人若是有意，只需要花十八两银子献祭星君。本庙感动于贵人的诚心，愿意在当日为贵人亲友祈福。”

花琉璃掏了十八两银子，又买了一些祈福灯、祈福笔之类的东西，转身准备走的时候，与一位穿着湖绿色裙衫的少女迎面对上。

她对这个少女有些许印象，平日好像喜欢跟在嘉敏郡主身后，是姚家的闺女，叫姚什么来着？

“郡主。”姚家姑娘走过来朝花琉璃福了福身，目光扫过花琉璃手中的状元笔，笑容变得有些奇怪，问道，“郡主这是给花三公子求的？”

花琉璃朝姚姑娘柔弱一笑：“姑娘也是来替家人祈福的？”

“家兄乃京城秋闱一榜举人，这次定能金榜题名。”姚姑娘语气一顿，说道，“听说青寒州条件艰苦，学子甚少，花三公子乃青寒州乡试解元，想来也会金榜题名，为家族争光。”

“只不过学习非一日之功，临时抱佛脚更是自欺欺人。”姚姑娘温婉一笑，“郡主还是不要太过迷信这些才好。”

“姚姑娘说得有理，不过我这不是在抱佛脚，而是在抱文曲星的脚。

万一星君见我花家世代忠良，愿意保佑家兄呢？”花琉璃捂着嘴角轻笑，“姚姑娘不信这些，为何还要来此处？”

“你……”姚姑娘瞪了花琉璃一眼，气得转身就往外走。

“庙祝，姚姑娘心情不佳，她的祈福钱由我来付吧。”花琉璃笑眯眯地道，“预祝姚公子金榜题名。”

“贵人真是良善。”

姚姑娘被气得差点吐血，她扭头看去，发现花琉璃还在对她笑，笑容温柔又善良。

明明对方什么难听的话都没说，但是在这个瞬间，姚姑娘觉得自己好像已经输了，只是输在哪儿还不清楚。

“京城里的这些姑娘长得真好看，生气的样子也好看。”坐上马车以后，花琉璃笑眯眯地道，“嘉敏郡主跟她的那些小伙伴真好玩。”

“郡主，你且收敛点吧，奴婢怕被你被人堵着门叫骂。”鸢尾无奈苦笑。

“她们敢骂，我就敢晕倒。”花琉璃懒洋洋地靠着车壁道，“我体质很弱，气不得的。”

鸢尾：“……”

郡主进了京城以后，也不知道是谁的噩梦。

春闱当日，花家四口都起了个大早。

花应庭为花长空披上外袍，交代道：“你爹我在战场上厮杀多次，煞气无数，邪魔霉运不侵，我给你穿上外袍，能保你离霉运远一点。”

“对。”卫明月替花长空束好发，也交代道，“娘亲是大晋最厉害的女将军，由娘亲给你梳头发，那就等于是神佛给你开光。”

花长空：“……”

母亲自恋的毛病，是好不了了。

“三哥，不要有压力。”花琉璃把装着考试用具的背囊放到花长空手里，笑道，“反正咱们家两个侯爷，一个郡主，就算你考不上好名次，我们也能把你养得好好的。”

不好好考试就要回家吃“软饭”了？！

一时间，花长空不知道自己该放松还是该紧张。

四人走出大门，在花长空坐上马车后，花琉璃在袖笼里掏出一面巴掌大的小旗，插在了马车上。

“闺女，你什么时候做了一面花家军的小旗子？”花应庭疑惑地看着在晨风中摇曳的小旗子，问道，“插这玩意儿有什么用？”

“寓意旗开得胜呀。”花琉璃拍了拍拉车的马儿，说道，“马儿啊马儿，一定要保佑我三哥马到成功。”

“有道理，我们家乖女真聪明。”

坐在马车里的花长空无言以对。

有一堆平日从不上香祷告，临时才求神拜佛的家人，他既无奈又感动。

这种为了家人愿意放弃原则的亲情，无论是谁都不忍去破坏。

一家人把花长空送到贡院外面，花长空看向家人：“父亲、母亲、小妹，我进去了。”

“嗯嗯。”花琉璃点头，“无论怎样，三哥都是最好的三哥。”

花长空闻言一笑，伸手拍了拍花琉璃的头顶，笑道：“小妹也是最好的妹妹。”

他朝家人拱手行礼，转身往贡院大门走去。

守门人确认花长空没有携带作弊的东西，他进了门以后，花家三口脸上的笑容收了起来。

“爹爹，娘亲，我有些紧张。”花琉璃小声道，“我听说有考生考到一半就疯了。”

“你三哥自小习武，家里又不逼着他必须拿到功名，应该不会有这些事。”花应庭说完这句话有些不自信，扭头看向卫明月，“夫人，你说是不是？”

“嗯。”卫明月板着脸点头，看起来是三人中最平静的一个，只是她不自觉握起来的拳头出卖了她。

贡院外挤满了送考的人，京兆府的衙差怕人多引起争吵，派了不少人守在此处。京兆尹又担心京兆府的衙差压不住人，还从大理寺借了一些人过来。

为了在大理寺借到人，京兆尹足足在大理寺卿张硕家门口蹲了三天，本来张硕一直不愿意松口，直到前几天他不小心弄掉帽子，被张硕看到以后，对方竟然目光中带着怜悯答应下来。

春闱每隔三年举行一次，这些从全国各地赶来的考生都是当地有名的学子，京兆尹不敢大意，天还没亮就跟衙差一起守在这里。

为了这场科举考试，京兆尹、兵部、大理寺、国子监、户部的人都忙得脚不沾地，就怕发生什么意外。

他们来巡逻的第一天，看到花应庭守在贡院外面。

他们来巡逻的第二天，看到花应庭搬着小板凳坐在贡院外面。

他们来巡逻的第三天，花应庭又来了，还自带了吃食。

户部尚书曹进伯巧遇花应庭好几次后，忍不住想问，花应庭为什么这么闲，天天都守在贡院门口？

他又一想，花应庭虽然还保留大将军的称号，却没有掌管京城及四周郡县的兵权，太子太保也只是个荣誉称号，除非皇上特意召他上朝，不然平日连朝会都不用去。

这么一想，曹进伯的心情突然变得复杂起来。立下赫赫战功的将军，如今也只能像京城那些闲散贵族般无所事事吗？

他正准备上前与花应庭攀谈几句，就看到停在花应庭旁边的马车的帘子动了动，一只白皙细嫩的手把帘子掀了起来。

从马车里出来一位小姑娘，是福寿郡主。曹进伯想起好友辉之近来写给他的几封信里提到过好几次花家小姑娘，说她嘴硬心软，心地善良，是个好姑娘。

他犹豫了一下，还是上前道：“在下见过大将军，郡主。”

“什么大将军，如今老夫已经解甲归田，曹尚书称我为老花就行。”花应庭从凳子上站起身，把手里的东西让小厮拿着，对花琉璃道，“琉璃，这是户部尚书曹进伯曹大人。”

看着花应庭俊美的脸，年长他几岁的曹进伯心情有些复杂。花应庭都自称老夫了，他算什么？

“曹大人。”花琉璃福了福身。

“不敢受郡主的礼。”曹进伯赶紧回礼，花琉璃虽是小辈，但毕竟是皇上亲封的爵位，尚书与郡主虽是平阶，但意义不同。

“她一个小孩儿，给你行礼有什么不能受的。”花应庭指着贡院紧闭的大门问道，“曹尚书，你怎么在此处？”

曹进伯失笑，这三天他每天都有出现，花应庭竟然毫无察觉？他说明缘由后，忍不住多看了花琉璃几眼。

小姑娘不多言多语，又懂得礼貌，没有半点郡主的骄纵。辉之怎能说人家小姑娘嘴硬心软，分明是个讨人喜欢，还有些害羞的小姑娘嘛。

与花应庭寒暄完，曹进伯刚走出一段距离，平日里与他交好的友人便拉他来到角落里，小声道：“你怎么在贡院门口跟花应庭交谈那么久？”

“这有何不妥？”曹进伯反问。

“自然不妥。”友人道，“你知不知道陛下原本要让花家女嫁给英王，结果最后却给英王定了林家女？”

曹进伯皱眉。

“陛下对花家早已经有了猜忌之心，你在贡院门口，众目睽睽之下与花应庭交谈甚欢，岂不是给人把柄？”友人忧心道，“待陛下清算花家时，自会有人拿今日之事来诬陷你。”

听到这些，曹进伯心里有些难受。花家为了守卫大晋，这些年一直尽忠职守，当年卫将军尚在孕中，都带兵去了边关。如今战事已平，无人敢犯大晋，花家地位反而尴尬了起来。

英雄一生，不该如此。

他扭头看等在贡院门口的花应庭，看到他的女儿正举着一盘削好的水果递到他面前，如此温情又平凡的一幕，竟是让他心生酸楚。

“但求……问心无愧。”曹进伯道，“多谢王兄提醒，我心中有数。”

“有数便好。”友人叹气，“花家……怕是风光不了几年了。”

春闱还没结束，已经有几个晕倒的考生被人扶出来，又被守在旁边的医官及衙差匆匆抬走治疗。花琉璃看得心里七上八下，干脆走出来透透气。

外面摆了很多吃食小摊，各种味道混杂在一起，充满热闹的烟火气息。几个假道士装模作样地坐在街角，给那些心神不宁的陪考人算命。

穿过热闹的巷子，花琉璃与那位姚家姑娘再次相遇了，对方手里还拿着刚从道士那里求来的符。这人嘴上说着不相信求神拜佛，私下里求符却很积极。

两人的视线在空中交会，小吃的水蒸气缭绕在空中，飘荡着难言的尴尬气氛。

在这个瞬间，姚姑娘看不见天，看不见地，也看不见过往的人影，她只看到花琉璃脸上若有似无的笑意。

她知道对方在嘲笑她，面色涨红，觉得难堪极了。

“你没事吧？”她身后又走出来一个人，听到来人的声音，姚姑娘面色好了些许。

“我没事，林姑娘。”姚姑娘对林菀笑了笑，把手里的符偷偷藏进袖笼，抬头对花琉璃福身行礼，“福寿郡主好。”

林菀这才注意到站在她们对面的花琉璃，微微屈膝道：“郡主好。”

“两位姑娘不用多礼。”花琉璃装作没有看见姚姑娘的难堪，问道，“两位姑娘也是为家中兄长求符？”

“是啊。”林菀不知道姚姑娘跟花琉璃之间发生了什么，开口道，“有人说东街的道人十分灵验，我跟姚姑娘就一起去求了符。”

“哦……”花琉璃朝姚姑娘笑了笑，拖长声音道，“那便预祝二位兄长能取得好名次。”

“多谢郡主。”林菀脸上笑意疏淡，她看到花琉璃就想起上元节那天晚上，自己站在观景台上的尴尬情景。

那不能怨花琉璃，她心里很清楚，可即使如此，也无法冲淡心里那种丢脸的感觉。

大约有些人，天生就没眼缘合不来吧。

“花家丫头。”一顶轿子停在三人不远处，轿窗掀开，露出太子俊美的脸庞，他问道，“这边人员复杂，三教九流的都有，你怎么在此处？”

“殿下。”花琉璃看到太子，嘴角扬了起来，“家父在贡院外面陪考，臣女见有几个考生被抬了出来，心里紧张得难受，干脆出来走走。”

太子见她只带了两个丫鬟，从轿中出来，说道：“春闱还有几天才会结束，你天天等在这里也没甚意思。不如带你在京城里走走，陪你打发时间。”

他让随侍牵来两匹马，把自己常骑的白马缰绳递给花琉璃，说道：“近来天气回暖，郡主骑一会儿马，应该对身体没什么影响？”

花琉璃看着这匹漂亮的白马，眼中的喜欢几乎掩饰不住，说："没影响。"

跟在她身后的鸢尾抬了抬眼皮，见郡主正喜笑颜开地摸着白马的头，眼皮垂了下去。

待花琉璃翻身上马时，鸢尾伸手扶了她一把，说道："郡主，您小心。"

花琉璃捂着胸口轻咳两声，道："你不用担心，城中又不能纵马，骑一会儿没事的。"

鸢尾退了回去："是。"

姚姑娘见太子跟花琉璃骑着马走远，连看都没看她们一眼，忍不住小声道："嘉敏说得对，这种柔弱的女人，大多是狐狸精变的。"

林菀扯着嘴角笑了笑。

太子明知她是未来的英王妃，却对她如此慢待。不就是仗着陛下偏疼，不把英王放在眼里？

林菀握紧拳头，垂下眼睑藏住了眼底的野心。

"林姑娘，你快看，那是英王殿下……"姚姑娘刚说完，就看到英王骑着马朝太子与花琉璃离开的方向追了过去。

马从她们面前疾驰而过时，带起满地尘土。

姚姑娘看了看英王一去不回的背影，再看看身边的林姑娘，默默捂住了自己的嘴。

她怎么就改不了嘴贱这个毛病呢？！

英王还不知道，自己刚刚从未婚妻眼皮子底下跑过去。

他追上太子，语气怪异地道："太子，你这是去哪儿啊？"

太子看了眼他身后那些避让的快马，和脸上惊惶神情还没完全消散的百姓，眉梢微挑："大哥近来睡得不好？"

"什么？"

"既然睡得好，怎么就忘了，闹市里不能纵马？"太子用鞭子指了指跟在英王马后的随侍太监，说，"你下来，给你家主子牵着马。"

随侍太监神情尴尬，他牵还是不牵？

英王冷着脸道："请太子放心，本王骑术好得很，不会伤到百姓。"

"殿下，"骑在马背上的花琉璃抱拳道，"殿下刚才骑得这么快，还挺吓人呢。”说完，她捂着嘴角轻咳几声。

英王瞬间想起，花琉璃可是被几个纨绔公子哥纵马吓得发病的病弱娇娇女。怕花琉璃忽然倒下，他又变成百姓口中连三岁小孩糖葫芦都不愿意放过的坏王爷，他把喷涌到胸口的愤怒咽了下去。

“郡主说得是，是本王大意了。”英王看着太子道，“太子与郡主准备去哪里游玩，大哥刚好无事可做，不知太子是否介意多一个人同行？”

听说太子有意拉拢花家，他怀疑太子想跟花家一起造反，所以他要多看看。

“好。”太子似笑非笑地看了英王一眼，“大哥能一起，就更好了。”

英王还不知道太子这话是什么意思，但是随后他便明白了。

书坊、布庄、胭脂铺、首饰店……

他哪儿知道圆的还是方的好看？

他哪里知道同一个人的诗词有什么好坏之分？

还有裙子，不都是水红色，有什么差别？

偏偏太子似乎还跟他过不去似的，一边帮着福寿郡主挑，还一边问他？

手镯就是手镯，还非要问哪个好看？

“本王觉得都好看，都买下来。”英王情绪终于崩溃了，他一手按住盒子，面色狰狞地对店员道，“全部装起来，本王付钱。”

“那怎么好意思，孤说好了今日买东西向福寿郡主赔罪，怎么好让大哥付钱？”太子微笑道，“大哥你太客气了。”

这家首饰铺是京城有名的高定首饰坊，十分受世家贵族喜欢，做首饰的匠人是全国有名的老手艺人，价格更是令人咂舌。

“身为长兄，我掏钱也是应该的。”英王皮笑肉不笑，心道，只要你们俩别再问我哪样东西好看，我就谢天谢地了。

一盒首饰的价格算下来，即使是英王，也觉得有些肉疼。这些女人喜欢的玩意儿，怎么就这么贵？

“郡主，太子若有什么做得不是的地方，还请你不要放在心上。”英王心里有些好奇，太子做错了什么事，要向花琉璃赔罪？

“回王爷，其实也不是什么大事。前些日子家母要去道观还愿，刚巧遇到了太子殿下。哪知没多久外面就传出一些谣言，臣女并不把这些小事放在心上，更何况殿下也是受害者，但殿下偏偏说要向臣女赔罪。”花琉璃也没想到太子说带她在京城逛逛，就是去各大商铺买东西。见英王问起来，她便特意找了一个理由。

这些皇子各怀心思，还是说清楚些好。至少不能让太子被其他皇子坑。

“原来如此。”英王想起这件事的谣言，跟自家母妃还有关系，其他几位有皇子的娘娘也在其中推波助澜，有些不好意思去看花琉璃。

他向来看太子不太顺眼，但是因为太子连累了这位娇弱的小姑娘，他心里有些不忍。英王殿下表示愧疚的手段很直接，他又给花琉璃买了一整套首饰。

太子也不阻拦，甚至在英王掏出一大把银票后，还露出了温和的微笑。

在太子准备带着花琉璃去看瓷器的时候，英王终于忍不住了，他头大地提出了告辞。他怕再这么待下去，他要气得头发都掉光。

等英王一走，太子停下脚步道：“孤忽然想起，这些瓷器也没甚好看的，我们换个地方。”

“好。”花琉璃隐隐觉得，太子刚才是故意坑英王的。

但她是谁，是温柔善良又弱小的花琉璃，只需要默默地跟在后面捡太子坑人的战利品就好。

太子是真的会玩，不仅带她去尝了美食，还带她去湖上听美人弹琴，还有各种杂耍，一个比一个有意思，等到夜幕渐渐降临时，太子把花琉璃送回了家。

“以后有机会，孤再带你去几个地方玩。”太子对站在门口的花琉璃道，“夜里凉，郡主回去休息吧。”

“殿下，马儿还你。”花琉璃把白马缰绳递给太子。

太子笑道：“先放在贵府养几日，等冬天郡主不能骑马的时候，再还给孤。”

花琉璃正准备拒绝，就见太子掉转马头准备离开。

“殿下。”花琉璃叫住太子。

太子回头看她，不等花琉璃说话，他脸上已经有了笑意：“多谢郡主陪孤度过了一个有意思的上元灯节。”

这个笑容太好看，好看到等太子走远，花琉璃才想起自己好像忘了这匹马的名字。

“算了。”花琉璃摸了摸马儿的毛，说道，“走，我带你回去。”

卫明月见女儿牵了一匹马回来，仔细打量一番，说道：“这是北面乌虎国进贡的御马，是十分难得的千里良驹，只有陛下才有，你……”她语气微顿，忽然问道，“闺女，你去盗御马了？”

“娘亲，我脑子还是正常的。”花琉璃爱惜地摸了摸马儿，说道，“这马是太子借给我玩的。”

“闺女，你应该知道马跟美人不外借的道理。”卫明月神情严肃地道，“说吧，你对太子干了什么？娘亲看能不能保得下你，保不下的话，好提前给大理寺打个招呼，让他们给你安排个好床位。”

花琉璃道：“大概是因为太子好马太多，借给我一匹也没关系？”

“夫人，这马真是太子送给郡主的。”鸢尾赶紧道，“自从回京后，郡主可乖了，从没有惹过事。不仅如此，还顺手收拾了几个在大街上纵马的纨绔子弟，近来京城大街上，已经没有几个人敢纵马了。”

“低调些好，我听说那个阿瓦刚进京那几天吵着闹着要见你，被大理寺饿了几天才老实下来了。”卫明月道，“陛下要在下个月举办国宴，邀请周边列国前来参宴，到时候你少出门，我怕金珀国的人在阿瓦那里听了事情经过后，会套麻袋敲你闷棍。”

“那也不能怪我。”花琉璃理直气壮地道，“当初他潜入我们青寒州，想对我用美男计套军情，我当然只能投桃报李。”

“所以把人抓住后，你把他鞋子上嵌的宝石都抠下来了？”

“那不是我干的，是鸢尾干的。”她出卖奴仆出卖得干净又利索。

鸢尾抬头看天上的月亮，问道：“郡主，您看这个月亮，又大又圆，像不像一口锅？”

“今天是弯月。”花琉璃头也不抬便道。

鸢尾一脸麻木，是啊，月亮虽然不圆，但她背的锅可是又大又圆啊。

“鸢尾对你向来忠诚，她做哪件事不是你的意思？”卫明月从不跟花琉璃打嘴仗，因为打不赢，只道，“左右你小心些，别让自己陷入危险中。”

“您且放心吧，京城里还有谁不知道，我为人善良、温柔，身体娇弱，受不得气，受不得凉。”花琉璃伸手去抱卫明月的胳膊，被卫明月躲开了。

“一身马味儿，别往我身上蹭。”

她刚说完，就被花琉璃抱个满怀。

眼见夫人对郡主严肃不到一盏茶时间，就被哄得眉开眼笑，鸢尾见怪不怪地把马儿牵到马厩，喊了两个马夫来特意照料。

花琉璃沐浴更衣后，盘腿坐到床上，把今天得来的各色珠宝摆了满满一床，朝与她最亲近的鸢尾跟玉蓉招手。

“鸢尾，玉蓉，来。”

鸢尾与玉蓉被璀璨的珠宝光芒闪花了眼睛，齐齐往后退了一步。

“这些给你们。”花琉璃分了几样首饰给两人，两人从小跟在花琉璃身后，早就习惯了她的行事，也不推辞，坦然收了起来。

越看这些珠宝越喜欢，花琉璃觉得连给她送礼物的太子都越发可爱起来。

没有哪个女人会嫌弃自己珠宝首饰多，没有！

如今她也是有房有田产有铺子还有珠宝的人，养面首这种事，可以着手准备了。

“玉蓉，鸢尾，你们去打听打听京城哪些乐坊、梨园比较有意思。”花琉璃拨弄着一枚玉珠道，“尤其是有美人的地方，不可错过。”

玉蓉道：“何不看看京城哪些贵族公子有合心意的？”

“那个不妥，这些公子郎君都是要与贵女成亲的，日后让那些贵女知道，我染指过她们夫君，伤不伤感情？”花琉璃摇头，“那种就太讨人厌了，还是养面首好。”

夜凉如水，林菀却无法安睡。她坐在小院里，听到了母亲的叹息声。

京城的房屋价贵，父亲为官多年，一直非常廉洁，平时也不喜欢家人过得太奢华。回到京城后，他们就住在这个三进小院子里，就连这个小院都是四皇子掏钱替他们准备的。

原本四皇子要给他们准备一个舒适的大院，父亲却说他们家若是住那么好的房子，百姓会怀疑他们家不够清廉，所以拒绝了。

父亲总是说，人活着不可太重外物，留得清名最重要。可她不明白，大宅子是四皇子送的，为什么也不能住。又不是贪墨得来的，就算是住了又能如何，问心无愧啊。

“小菀，怎么还没睡？”林夫人走到院子里，见女儿坐在石凳上，说道，“夜里凉，快回屋里去。”

“母亲。”林菀起身扶着林夫人坐下，说道，“女儿睡不着。”

“怎么了？”见女儿面带忧色，林夫人担忧道，“我们家刚来京城，是不是其他家的姑娘欺负你了？”

林菀勉强笑着摇头：“没事，我就是还没适应京城的天气，夜里有些难以入眠。”

林夫人却没有相信她的话，说道：“是不是花朝节快到了，你没有合适的衣裳首饰？”林家祖上贫寒，直到娘娘进宫做了妃嫔，老爷考上状元以后，才勉强好过起来。

如今老爷被调任回京，原本听英王的意思，是让老爷到大理寺任职，可现在等了这么些天，任命一直没有下来，也不知陛下究竟是什么意思。

不过这些事情林夫人没有讲给女儿听，不想让她徒添烦恼，说道：“明日母亲陪你出去好好挑一挑。”

林菀摇头：“去年做的那些也挺好，京城里什么东西都贵，不需要浪费这些不必要的钱。”

林夫人犹豫了一下，起身回了屋子，没过一会儿取出几张银票放到林菀手里：“母亲知道你是个懂事的好孩子，这些钱拿去花吧。”

林菀推辞了两下，想到那些漂亮的衣衫首饰，还是收了下来。

等她成了英王妃就好了，一切都会好起来的。

把母亲送回房里休息，林菀看着手里这几张面额不等的银票，再想起今日挥金如土的姚姑娘，以及那些半点都不在意银钱的贵女们，双手微微颤抖。

等她成为英王妃，什么都会拥有。

若是陛下厌弃了太子……那就更好了。

“请殿下恕罪！”整理床铺的宫女突然跪了下来，神情惊惶。

太子走进内室，看到床上已经散成一团杂草的草编蝴蝶，眉头皱了皱。他弯腰拿起这团枯草，心说花家小姑娘编东西的手艺实在不怎么行。

“无碍，退下吧。”他转身打开一个木盒，里面放着个丑丑的陶人。

他拿出陶人，把枯草垫在盒子下面，再把陶人放了进去。到底是小姑娘的一番心意，他总不能随手扔了。

不过花家那丫头跟她一起出去玩的时候倒是挺有意思，该说话的时候说话，该沉默的时候沉默，多聪明机灵的小姑娘。

他摸着小陶人的脑袋，叹了口气。

若人在他面前，定要摸一摸她的脑袋。

第十二章

逛乐坊被抓包

金玲苑，听起来像是卖铃铛的铺子，实际上却是京城有名的乐园之一。里面乐师舞女皆有，有些是因家境贫寒才入了卖艺这一行，有些是家里犯了事被打入贱籍。

最近这家乐园出了一位相貌出众的琴师，引得不少贵族女郎到此处一掷千金，连整个金玲苑都跟着出名起来。

嘉敏最近心情不好，小姐妹们知道她对英王有意，可惜英王定了林家女为妃，嘉敏便成了失意人。小姐妹们担心嘉敏忧思成疾，打听到金玲苑有个十分好看的琴师后，就邀请嘉敏来欣赏美人。

嘉敏想着，就算再邪门，花琉璃也不可能出现在金玲苑吧，所以毫不犹豫地答应了下来。几人找了一个视野极佳的包厢坐下，靠围栏而坐，欣赏楼下的舞蹈歌曲。

“不过如此，还不如宫里的乐人们来得有趣。”嘉敏看了几眼，便失去了兴趣。

“宫里乐人弹琴舞曲是比他们好，但这些地方的乐人，也是有几分特别的。”姚姑娘眨眼笑了笑，指着下面扭着腰肢的男舞郎道，“瞧瞧，多娇媚。”

嘉敏听着楼下的尖叫声，瞥了一眼，庸脂俗粉，不过如此。

没过多久，四周的烛火忽然熄灭，只剩下舞台上的光芒。这时，一个穿着白衣，面上戴着恶鬼面具的琴师，抱着琴走了出来。

“来了。”不知哪个小姐妹提醒了嘉敏一句。

琴师清冷极了，尽管他刚一坐下，就有无数人往台上扔珠宝玉簪，也不见他有半点逾矩的动作。一曲弹完，他白皙的手搭在面具上，摘下了凶神恶煞的面具。美与恶的强烈对比，让在场不少人发出了吸气声。片刻过后，舞台上已经铺了满满一层的打赏。

“多谢。”琴师淡淡一笑，低头捡起掉在衣摆上的玉簪，轻轻在琴弦上一拨，抬头笑盈盈地看着众人。

嘉敏不自觉坐直了身体。

“嘉敏，听说只要出价够高，这里的琴师可以到厢房来单独为我们弹奏。”

“有意思。”嘉敏招来伺候的人，让他们去楼下把人带上来。

楼下的观众见琴师离开，顿时有些失望，连后面的表演看着都觉得有些索然无味了。

嘉敏等了一会儿，见那个琴师还没有过来，皱眉道：“怎么回事，人呢？”

恰在此时，伺候的人满脸羞愧地走了进来，说道：“郡主，那个琴师已经被带走了。”

“带走了？”嘉敏有些不敢置信，整个京城公主、郡主加起来也没多少，知道琴师是她要的人，谁还敢跟她抢？

“谁这么不要脸，竟然跟我抢人？”嘉敏面带怒意，这不是一个琴师的问题，而是脸面的问题。

跟她唱反调的人也不出去打听打听，她嘉敏从小到大怕过几个人？

“不是跟你们特意打过招呼，要把人留给我们？”姚姑娘也有些不高兴，拍着桌子道，“我倒是想看看，是谁面子这么大。”

伺候的人尴尬地笑：“诸位贵人，那个带走琴师的贵客，说她与贵人们是朋友。”

“我们几个好友都在这里，她是什么东西，也好意思跟我们攀关系？”姚姑娘用手臂轻轻撞了嘉敏一下，说道，“嘉敏，该不会有人打着我们的旗号招摇撞骗吧？”

另一位小姑娘小声道：“我觉得，我们现在的行为，很像话本里即将被人反羞辱回去的路人甲乙丙丁呢。”

“闭嘴！”嘉敏与姚姑娘齐齐扭头瞪着说话的小姑娘。上次也是她说她们是路人甲乙丙丁！真是好笑，她们出身名门，生来富贵，怎么可能是路人甲乙丙丁？有她们这么高贵美丽的路人吗？

几人来到抢她们琴师的人的包厢门外，气势汹汹地推开了门。

一个少女仰靠在软榻上，几个美婢围着她捏腿揉肩、喂水果，姿态悠闲极了。

“你们来啦？”见到她们过来，少女抬了抬纤细柔嫩的手臂，说道，“随便坐，不要客气。”

“花琉璃，竟然是你……嗯……”姚姑娘的话还没来得及说出口，就被嘉敏捂住了嘴。她把姚姑娘拖了出去，说道：“不好意思，打扰了，你继续。”

“呜呜呜。”姚姑娘艰难地掰开嘉敏的手，“嘉敏，你干什么呢？”

“我只是觉得这种事闹出去不太好听。”嘉敏干咳一声，说道，“反正要抢你去抢，我不去。”

姚姑娘还记着自己跟花琉璃那点小恩怨，当即便伸手去拉被嘉敏关上的门。

“反正花琉璃身体不好，一气就可能晕倒。”嘉敏又说。

姚姑娘犹豫了一下。

“晕倒以后就有可能叫太医。”

姚姑娘的手停下了。

“叫了太医，就会被大伯父跟大伯母知道是你把人气病的。”

姚姑娘的手缩了回来。

“伯父伯母一生气……”

“算了，不就是个琴师嘛。”姚姑娘转身就走，“天底下好看的男人多了去了，咱不跟这种女人计较。”

见堂姐放弃了跟花琉璃抢人的打算，嘉敏松了一口气。无知的人真幸福，小堂姐还不知道她在鬼门关里转了一圈呢。好在堂姐跟花琉璃没什么来往，应该没发生过什么矛盾。

几人还没走开两步，包厢的门从里面打开了，花琉璃站在门口朝几人招手：“你们怎么走了？来，一起欣赏嘛。”

嘉敏的内心满是拒绝，脸上是僵硬又不失礼貌的微笑：“不、不必了……”

“那怎么行，好姐妹是一辈子的事，怎么能因为这点小事让我们之间有嫌隙？”花琉璃笑眯眯地看着嘉敏道，“对吧，嘉敏姐姐。”

嘉敏：“不，真的不用了，我觉得我们那个包厢风景挺好的。”

“这样啊。”花琉璃忧郁地垂下眼睑，说道，“既然嘉敏姐姐不愿意，我也不强求了，那我明天再来找你玩吧。”

嘉敏听得头皮发麻，忙道：“不用了吧。”

花琉璃柳眉轻皱：“嘉敏姐姐不想跟我玩？”

姚姑娘：“谁想……”

嘉敏以这辈子最快的手速捂住小堂姐的嘴：“那、那就打扰了。”

与嘉敏同行的小姑娘松了口气：“我刚才说错了，我们果然不是路人甲乙丙丁，我们是配角甲乙丙丁。”

被捂着嘴不能说话的姚姑娘愤怒地盯着小姐妹，能不能有出息点，她们怎么就不能是主角了？

小姐妹们进了包厢后，姚姑娘愤愤地看着在花琉璃面前半点脾气都没有的嘉敏，表情变得更加愤怒。

“你不要说话。”嘉敏注意到姚姑娘的表情，在她耳边小声道，“我觉得跟花琉璃做朋友挺好的。”因为不跟她做朋友，有可能会死。

嘉敏满脸沧桑地拍了拍小堂姐的肩膀，说道：“堂姐，你一定会理解我的，对不对？”

嘉敏连说话的语气，都有了花琉璃的风格？！

姚姑娘不敢置信地瞪着她，就像是在看一个负心人。

她们中间，出现了一个可恶的叛徒！

本该是声色犬马的场所，却成了一个安静的听琴品茶宴。

嘉敏坐在角落里不出声，花琉璃靠在软榻上由美婢们伺候着，其他几位姑娘见两位郡主不说话也都不说话，捧着茶杯假作欣赏琴声。

姚姑娘阴阳怪气地道：“都说牡丹花下死做鬼也风流，福寿郡主身子不好，还是少出门比较好。”

闭目养神的花琉璃睁开了眼睛。

“身体不好，才需要多走走多看看，心情好了身体自然会变得更好。”见花琉璃睁开了眼睛，嘉敏心里一紧，抓住小堂姐的手腕，示意她不要再开口说话，“俗话说秀色可餐，郡主你脾胃不好，多看看长得好的人，有益身心。”

姚姑娘怎么也想不到，嘉敏竟然帮花琉璃说话到这个地步，究竟谁才是她的小姐妹，胳膊肘怎么朝外拐？

花琉璃看出了嘉敏的紧张，她慢慢坐起身，微笑道：“嘉敏姐姐不愧是公主之女，果然见多识广。”

“呵。”嘉敏干笑，睁着眼说瞎话的苦，谁又能懂？

“我忽然想起家中还有些事，告辞。”姚姑娘看了嘉敏一眼，作势要走。

她都已经动怒了，嘉敏应该要来哄她吧？

“那你路上小心些。”嘉敏松了口气，走了好，走了她就不用担心小堂姐惹怒花琉璃了。

“你……”姚姑娘这下是真的动怒了，她气得转身就往外走。

“姚姑娘，慢走啊。”花琉璃笑着朝姚姑娘摆了摆手。

“花琉璃，你也不要得意！”姚姑娘指着花琉璃道，“再过几日便是放榜的日子，我倒要看看，令兄能考多好的名次。”

姚姑娘扔下狠话就走，留下了神情尴尬的嘉敏与另外几位小姐妹。

“福寿郡主，堂姐她性格刁蛮了些，不过……”嘉敏实在没脸说自家小堂姐没有恶意，她都直接嘲讽人家哥哥科举名次不会太好了。

她看了看花琉璃，默默抚额，从来都是别人帮她打圆场，她哪会干这种活？可是花琉璃爱记仇啊，还是笑里藏刀的那种记仇，谁知道她哪天突然开始报复？

“没关系，姚姑娘性格直爽，我相信她并没有恶意。”花琉璃笑眯眯地道，“诸位还是跟我一起赏曲吧。”

嘉敏默默地瞥了花琉璃一眼，这个女人说的话，一个字都不能信！

见这些身份高贵的女子终于打算好好欣赏自己的琴曲，琴师打起了精神，弹起一首高难度的曲子。

作为金玲苑最有名的琴师，他引以为傲的不仅仅是这张脸，还有这让无数女子痴迷的琴艺。

“这茶，不如我们常去的那一家好。”

“到底不是正经茶坊。”

琴师手指微微一抖，弹错了一个音，整个京城都很有名的琴师在这里，她们关注的重点竟然是茶好不好喝？

“我不饮茶，也不知道哪种好，哪种不好。”花琉璃道，“不如让这里面的堂倌给几位姑娘换一种新茶？”

“这种地方茶水再好也有限，郡主不必麻烦。”坐在嘉敏旁边的小姑娘相貌十分讨喜，花琉璃记得她是田家嫡出千金，田锐栋的妹妹。

田姑娘把茶杯放回桌上，好奇地看着花琉璃道：“郡主在边关长大，可否给我们讲讲边关的景致，是不是像诗词里写的那样大漠孤烟直？”

花琉璃摇头：“青寒州地势险峻，山高路陡。每到夏天的时候，就有很多蛇虫鼠蚁，夏天的夜晚出一下门，就会被蚊虫咬得满头是包。”

“这么可怕？”几位姑娘都是在锦衣玉食的生活中长大的，完全想象不到一个地方生活环境还能这么恶劣。

“不过这种也有个好处，那就是易守难攻。当地百姓性格彪悍，有时候敌人来袭，成年男子会自发在城中巡逻。有他们帮忙，我们好几次抓住了金珀国派来的探子。”花琉璃叹气，“不过由于当地交通不便，气候又恶劣，频频发生战事，大晋的商人并不喜欢与当地人做交易，所以很长一段时间当地百姓的生活都不怎么好。”

小姑娘屏住呼吸，听得十分认真，她们想听花琉璃继续说下去。

“后来家父带兵剿灭了四周拦路的土匪，渐渐便有商人过来贸易，近几年日子已经好过了不少。”花琉璃注意到琴师弹错了好几个音，她扭头似笑非笑地看着琴师道，“琴师对边关的故事也感兴趣？”

“在下一时听入了迷，请贵客们恕罪。”琴师起身走到花琉璃面前，朝她行了一个礼。

他穿着宽松的白袍，弯腰行礼的时候，隐隐露出了锁骨。

“我听说十一年前，青寒州发生天灾，几条通往青寒州的要塞都被倒下的山石堵住了。”嘉敏还记得这件往事，是因为她父亲姚驸马亲自担任押运粮饷的官员。平日游手好闲的姚驸马从青寒州回来以后，沉闷了将近半个月，花钱都节约了不少。

“那时候我才四岁，很多事情已经记不清楚了。”花琉璃摇头，“今天是来听曲的，讲这些有什么意思？”

她扭头见琴师还站在自己面前，挥手道：“琴师，继续弹啊。”

琴师看了花琉璃一眼，默默走回原位。

几个人吃着瓜果点心，盯着琴师看了小半个时辰，都觉得有些无聊了。可是两个郡主没说走，她们也只能强撑着精神继续听。

“琴师，你叫什么名字？”

“在下祖上犯了事，三代皆为奴身，并无姓氏。”琴师趁机停下弹奏的动作，再弹下去，他的手指都要受不了，“坊里的人都称在下为云寒。”

“云寒……”花琉璃沉吟片刻，若有所思地看着琴师。

琴师缓缓抬头，一双漂亮的眼睛对上了花琉璃的视线。

“这个名字，听着有些冷。”花琉璃想了半天，终于说出了内心感受。

琴师面上的笑容微微一僵：“贵客说得是，在下也觉得‘寒’这个字不好。”

嘉敏十分怀疑花琉璃究竟会不会逗美人开心，说出来的话怎么这么噎人？就这样还出来跟她抢美人，简直可笑。

“不，我的意思是，这个名字如琴师一样，如碧空中不染纤尘的白云，虽高处不胜寒，却又十分高洁。”花琉璃起身走到琴师面前，伸手拨弄了几下琴弦，她的动作十分随意，却带着几分洒脱的味道，“琴师琴艺出众，又有如此绝色，无须妄自菲薄。”

她微微靠近琴师，就在几位姑娘以为她会对琴师做些什么的时候，突然站直身体，掏出手帕掩着嘴轻咳几声，说道：“不好意思，我身体不好，不能在外面久待，琴师也早些回房休息。”

玉蓉上前扶住花琉璃手臂，鸢尾把一袋珍珠放到琴师手里，说道：“我家主子出门时间不定，公子近些日子就不要外出待客了，免得主子想要见您的时候不方便。”

琴师接过珍珠，随意地放在桌上，朝花琉璃拱手道：“在下在此处静候贵客芳踪。”

他行礼的姿态风雅极了，就像是沦落凡尘的仙人，让人想留他在凡尘，又想让他继续做高高在上的仙人。

若是一般的女子，早被这样的风姿折服了。可在座几人不同，她们早见过言行举止优雅到极致的五皇子，像云寒这样的坊间男子，只能让她们多看两眼，远远未到惊艳的地步。

听得花琉璃要走，嘉敏赶紧站起身道：“府中还有事，我也该走了。”

不走难道还要留在这里跟花琉璃抢男人？

一行人出了金玲苑，嘉敏还没来得及呼出一口气，就与街对面的杜琇莹对上了视线。虽然杜琇莹的眼神十分平静，但嘉敏可以肯定，对方平静的面色下暗藏着怒火。

“杜姑娘，”花琉璃发现杜琇莹，笑着朝她招手，“真巧。”

杜琇莹含笑朝花琉璃点了点头，穿过街走到她们面前，福身道：“福寿郡主安。”

“杜姑娘不必这般多礼。”花琉璃伸手去扶杜琇莹，杜琇莹身上带着一股淡淡的书墨香味，很好闻。

“礼不可废。”杜琇莹转身与其他几位姑娘互相见了礼，目光落在了嘉敏身上。

她们身后的金玲苑不时传出乐声、笑闹声，显得几人更加安静。

“里面好玩吗？”杜琇莹面无表情地看着嘉敏。

嘉敏摇头：“也没什么意思。”

“你喜欢去，我也管不着你。”杜琇莹扭头看了花琉璃一眼，说道，“福寿郡主体弱，又比你小，你以后不可引她来这种地方玩。”

“这跟我有什么关系？”嘉敏嗤了一声，说道，“腿长在她身上，我还能管她？”她又不是嫌命长？

“杜姑娘，此事与嘉敏郡主无关，是我自作主张来的。”花琉璃小声道。

“我知道。”杜琇莹没把花琉璃的话当真，嘉敏这孩子脾气不好，知道福寿郡主说这些话不过是在帮嘉敏打掩护。

这种享乐之地，如果不是嘉敏带福寿郡主过来，她怎么找得到？想到这里，杜琇莹警告地瞪了嘉敏一眼，让她少惹点事。

嘉敏：“……”

她以前说话做事是混账了些，但也不代表什么坏事都是她带头干的吧？如今这世道，还讲不讲理了？可她懒得跟杜琇莹争辩，因为从小到大，这个表姐满口都是之乎者也，她听着就头疼。

田姑娘与另外一个姑娘见势不对，找个借口坐上自己的马车就溜了，因为她们也很怕杜琇莹。

嘉敏看着两个小姐妹匆匆离去，再次怀疑她们之间那脆弱的友谊。

说好朋友一生一起走，怎的遇难一跑就不回头？

“走吧，回家。”大街上人来人往，杜琇莹没有再说其他，把嘉敏拉上自己马车，免得她再乱跑。

“郡主，”杜琇莹上马车前，对花琉璃道，“早些回府，天快黑了。”

“好的，杜姑娘。”花琉璃笑得一脸乖巧，乖巧得杜琇莹看自家表妹的时候，心中莫名生出一股“妹妹还是别人家的好”的感觉。

“表姐，真不是我带她过来的，我来的时候，她已经在里面了。”

“编，继续编，你怎么不说她还跟你抢男人？”

“对，她就是跟我抢人。”

“呵。”杜琇莹被气笑了，“嘉敏，我不说脏话，你不要惹得我破例。”

嘉敏有点无语。

她这辈子最后悔的事，就是招惹了花琉璃。自从招惹了花琉璃以后，她就再也没有顺心的日子。

她俩真是天生的八字不合。

目送杜琇莹的马车走远，花琉璃勾起嘴角笑道：“京城的小姑娘都好玩。”

“郡主，您觉得那个琴师如何？”鸢尾小声问。

“仪态比不得五皇子，容貌风姿不如太子。”花琉璃摇头叹息，“看惯了人间绝色，再看其他人，都成了庸脂俗粉。”

“您且冷静些，这些皇子龙孙是不可能做您面首的。”鸢尾诚实地提醒自家主子。

“你说得有道理，只是人都有个毛病，由俭入奢易，由奢入俭难。”花琉璃对那个琴师有些兴致索然，“若是太子没那么好看，我也就不会这么挑三拣四了。”

“福寿郡主？”

花琉璃皱眉，她只是欣赏太子，怎么还产生幻听了？

太子见花琉璃站在乐坊门口，问道：“怎么在此处？”他从马背上下来，看了眼乐坊正门上方挂的牌匾，以为她只是碰巧路过。

“听闻里面有位琴艺出众的琴师，就来看看。”当着太子的面，花琉璃没有掩饰自己的来意。

“琴师？”太子闻到花琉璃身上有股与往常不一样的熏香味道，还有一些刺鼻的香粉味，应该是在其他人身上不小心染上的。

“郡主……还有这般爱好？”太子也知道京城里一些贵女有养面首的爱好，但是花琉璃实在不像这样的人。难道是别人带坏了她？

“就是好奇来看看。”花琉璃没有把事情放在心上，道，“这么晚太子怎么在这里？”

“孤替父皇带礼部的人出门宣了道圣旨。”太子道，“这种地方的男男女女不太干净，熏香味道重，对郡主身体不好，郡主日后少来这种地方。”

花琉璃若有所思，太子的意思是，要找清清白白的平民男子？

她抬头看太子，缓缓点头：“殿下，您的意思臣女明白了。”

看着花琉璃一脸沉思的表情，太子却觉得她压根就没有明白。他怎么想怎么觉得不舒服，送花琉璃回府以后，还是觉得心头堵得慌。

“陛下，今夜您可要去哪位娘娘宫中歇息？”赵三财小声问。陛下已经五日不曾临幸后宫，宫中几位娘娘都来找他打听消息，他一个太监，哪里知道陛下的想法呢。

“朕记得林妃的兄弟似乎回了京？”昌隆帝问赵三财。

“陛下您说的可是永州太守林舟？”

“正是此人。”

“陛下，林舟林大人已经调回京城，只是京城没有合适的空缺，所以暂时赋闲在家。”

“那今晚就去林妃那里，朕刚好跟她说说安排林舟的事。”

昌隆帝正准备去四皇子生母林妃那里，就听太监报说太子要见他。他停下脚步，让宫侍把太子迎了进来。

“这么晚来找朕，是不是又遇到什么事了？”昌隆帝见太子脚步匆匆，心疼地让太子坐下再说。

“父皇，儿臣今日回宫时，发现一些享乐场地灯火通明，丝竹之声连绵不绝，心里觉得有些不妥。”太子面带忧色道，“大晋在您的治理下越来越繁荣昌盛，人民安居乐业，生活富裕。但是随着生活水平的提高，百姓越来越沉迷享乐，声色场所夜夜笙歌，这不利于我们大晋长治久安，世代繁荣。”

“当然，适当的娱乐活动是必须有的。”太子见昌隆帝沉思不语，补充道，“再过不久各国使臣就要抵达我们大晋，若是让使臣们误会我们大晋百姓只知沉迷享乐，岂不是有损我大晋颜面？不如趁着现在这段时间把这些乐坊排查一番，查清是否有强卖妇女幼儿、官员流连烟花场所、打杀坊中奴仆、暗娼等现象，再让他们管理经营？”

“你说得有理。”昌隆帝沉吟片刻后点头道，“你明日便安排人去处理这件事。”大晋这些年风调雨顺，百姓安居乐业是好事，但过于沉迷享乐也会让未来充满了隐患。

什么时候都不能丢掉危机意识，还有拼搏向上的精神。

嗒、嗒、嗒。

无数珍珠掉落在地，在地上发出清脆的声响。

云寒无视这些在地上弹跳翻滚的珍珠，走到宽大的铜镜前站定，伸手轻轻抚着自己的脸颊，问身边伺候的小厮：“本公子长得不好看吗？”

“公子容貌天下无双，世间无人能敌。”小厮高举着托盘，不敢抬头看云寒。

托盘里是个空荡荡的锦囊，四周散落着几粒珍珠。

云寒挥手把托盘打翻，面色十分难看。自从他出现在金玲苑以后，便引得无数女人疯狂，前几日还有两个县主为了他反目成仇。

可是今日那个女人看到他的反应，简直就是他的奇耻大辱。

“派人去打听，花琉璃与姚嘉敏平日爱好是什么。”云寒脸上的怒意渐渐消散，他拿起托盘里的锦囊把玩着，说道，“女人都喜欢甜言蜜语和山盟海誓，我要让她们为今天的行为后悔。”

“公子，主公的意思是让您靠近嘉敏郡主，您何必……”

“你懂什么？”云寒打断小厮的话，冷笑道，“人性本贱，若有人发现原本追求自己的人忽然看上了别的女人，感情会变得更为浓烈。”

“奴不明白。”小厮肩膀微微发抖，他在害怕。

“你自然不会明白。”云寒眼神冰凉如雪，“女人……”

“呵。”冰凉的眼神中染上了讥诮，“为了情爱，她们可以放弃一切。”

“公子，花琉璃临走前不让你接待其他人，说明您对她而言已经有些特别了，说不定是因为有其他人在场，才故作冷淡。”小厮道，“奴相信您。”

“好奴儿。”云寒拍了拍小厮的头顶。小厮仰头看向他，露出没有喉结的脖颈。

太子做了一个梦，梦到他养了一只白猫，这只猫好看极了，连叫声都比其他猫儿悦耳许多。只是这只猫特别淘气，今天去采花，明天去摘果，还差点被人抱走。

太子狠狠地骂了一顿想抢走自己猫的人，仍不解气，回到宫里给小猫做了一个精致的笼子。小猫趴在笼子里睁着大大的眼睛看他，喵喵叫着，很是可怜。太子的心一下子就软了起来，他想把小猫抱进怀里，帮它梳理身上的毛毛。

“谁让你拈花惹草的？”

小猫瞪着无辜的大眼睛看他。

“会跟其他人跑吗？”

小猫歪了歪毛茸茸的脑袋，伸出爪子挠笼子。

“唉。”尽管小猫什么承诺都没给，太子还是毫无原则地打开笼子，让猫儿出来了。

看着大摇大摆在他面前走来走去的小猫，太子抱起小猫，亲了亲它的耳朵，自言自语道：“你可是孤的猫。”

“殿下，殿下。”

太子睁开眼，见太监神情关切地跪在床边问道：“您可是被梦魇着了？”

“无事。”太子坐起身道，“孤只是梦到有人来抢孤的猫。”

小太监满脸茫然，猫？什么猫？东宫里，没有养猫啊？

“替孤更衣。”

“殿下，时辰还早，您再睡一会儿吧。”

“不，孤今日有事要办。”

日头刚出来，金玲苑的管事就听到楼下传来吵吵嚷嚷的声音。她有些不高兴拉开门走到过道上，说道：“吵什么吵，这会儿还没开门迎客呢。”

待她看清楼下站着的人大多穿着大理寺官袍以及衙差袍，吓了一大跳，赶紧挤出笑，小跑到楼下，问道：“各位官爷，请问有何要事？”

“共创美好京城，人人有责。”衙差把一份通知递到管事面前，说道，“近来衙门接到不少匿名举报，说一些乐坊存在私自买卖人口、虐待奴仆的情况，针对此类事件，京兆府与大理寺要进行严查。一经查出，严惩不贷。”

“官爷，咱们这里是正经乐坊，坊里的乐师舞女都是卖艺不卖身的正经人，哪敢做违法乱纪的事？”管事扫了一眼通知，里面的内容看得她心惊肉跳，说道，“请各位官爷明察。”

她连忙从袖笼里掏出一沓银票，往衙差手里塞，说道：“各位官爷还没用早饭吧，各位请用些早茶……”

“管事不用紧张，我们只是按大晋律法彻查，贵坊若无违法行为，我等自不会为难。”衙差看也不看那些银票，神情严肃。

“查吧。”

低沉悦耳的男声传到管事耳中，她循声望去，看到门口站着一位长身玉立、容貌非凡的俊美男子。

没想到这世间还有比云寒更好看的男人？纵是见惯各种公子美人的她，也忍不住多看了几眼。

衙差哪敢收管事的银钱，在看到管事掏出钱袋时，他后背上就渗出了密密麻麻的冷汗，万一让长官误会他是收受贿赂的人，以后还怎么在衙门干下去？

见管事没有坚持把钱往自己手里塞，而是望向门口，衙差松了口气。

他回头看了一眼，这人是跟大理寺官员一起来的，不知道是什么身份，大理寺的裴大人对他挺客气，可能是跟着一起过来瞧热闹的公子哥儿。

京城里一些有钱有势的公子爱好奇怪得很，有喜欢假装乞丐的，有喜欢跑去茶馆说书的，还有喜欢修道，待在道观里不出来的。像这种只喜欢凑凑热闹的有钱人，已经算是比较正常的那一种。

这次清查格外严格，连大理寺少卿都亲自出马了，可见陛下有多看重京城的精神文明建设。

怪只怪这家乐坊运气不好，由大理寺少卿亲自带人查抄，他们检查的时候，肯定会比其他几队更严格。

“报，名谱与实际人数对不上。”

“报，两名舞女、一名堂倌、两名乐师户籍有问题。”

“大人，这家店里藏着违禁的药物。”

“收入与缴税数额混乱不清，有偷税的嫌疑。”

短短半个时辰内，金玲苑就被查出不少问题，有些事情若是不细查，看不出什么端倪。但今天由擅长查案的大理寺亲自出马，自然几眼就能看出哪些人不对劲。

能进入大理寺办事的，谁没有一技之长，让他们来查这种乐坊，已经是屈才了。

裴济怀坐在椅子上，假装没有看到太子的随侍把凳子来来回回擦了三遍，太子才坐下去，他说道：“公子，这家乐坊问题颇多，微臣等人恐怕还要耗费一些时间，您事务繁忙，留在此处会不会耽搁您的事？”

“我只是跟过来看看，裴少卿继续办案，不用顾虑我。”太子面带微笑，看起来很好说话的样子。但裴济怀知道，这位并不是可以随便敷衍的主。

见太子不愿意走，他也不强求，继续听手下的人汇报。

“大人，坊中大部分人已经到了，还有一位琴师和几位住在坊外的舞女未至。”

“那个琴师也住在外面？”裴济怀挑了挑眉。

“回大人，琴师住在坊中。”

“那他为何不下来？”裴济怀把茶盏往桌上重重一搁，厉声道，“大理寺查案，不配合者以嫌犯论处，只能带回大理寺慢慢审问了。”

被衙差带出来，抱怨连连的乐师舞女们听到这句话，全都不敢说话了。他们最擅长察言观色，一看这位大人动了真怒，谁也不敢上去惹事。

舞女乐师们挤挤挨挨地站在舞台上，各个垂首缩肩，生怕自己成了那个被杀鸡儆猴的鸡。

“抱歉，在下起得太晚，让各位官爷久等了。”楼道上，一个男人徐徐而来，他穿着宽松的素袍，青丝未束，似笑非笑地看着楼下众人道，“不知各位官爷，有什么事需要我等出面？”

“京城的平安关系每一位百姓，本官来此处，是为了每一位百姓的安全着想，并不是刻意为难诸位。”裴济怀看来人披头散发，身后还跟着个身材娇小的小厮，皱了皱眉。

见裴济怀盯着自己披散的头发皱眉，云寒嘴角带笑道：“抱歉，在下出来得急，未能正衣冠，失礼了。”

管事见摇钱树下来了，赶紧给他使眼色，今天坐在这里的人身份都不简单，说话做事一定要小心些，别惹了祸。

云寒没有理会管事的，目光扫过大堂众人，最后落到一个锦衣华服玉冠束发的男人身上，然而对方无视了他的目光，连头都未抬一下。

“请二位把户籍拿出来，我们要一一核对。”

小厮闻言看了云寒一眼，云寒朝他点了点头。小厮从怀中掏出两份户籍，快步下楼把户籍交到一个大理寺办事员的手中。

办事员接过户籍，还没打开看就道：“管事，你们这里怎么让小姑娘充作小厮打扮？”

“什么小姑娘？”管事愣了愣，见这位官爷盯着小厮看，顿时明白过来。

因被云寒当作空气，心里有些不畅快的管事，扭头看向站在回廊上的琴师道：“云寒，我让你留在坊中，是想让你哄贵客们开心，不是让你养小美人在身边寻欢作乐的。”

小厮满脸诧异，没想到大理寺办事员会这么说，忙道：“官爷，小的乃男子，只是长得有些像小姑娘罢了。”

办事员没有理会她，打开户籍看了两眼，抬手让人把小厮抓了起来，说道："是男是女，我一眼便能看得出，无须解释。身为女儿身，却假用男儿户籍，先抓起来再说。"

在大理寺混了这么多年，若是连男女都分不出来，他还有什么脸留在大理寺？

"什么，你竟是女子？"云寒似乎也没想到自己的小厮竟然是一个女人，他诧异地看着她，眼中带着几分被哄骗的怒意。

"公子，奴心仪公子，斗胆以小厮的身份靠近公子，请公子原谅我。"小厮想要挣脱衙差的手给云寒跪下请罪，可是今天的衙差拿出了十分的力气，拽着小厮使她没法挣开。

"大人，这是一份假户籍。"办事员把户籍递到裴济怀面前。

"永州府下发的户籍。"裴济怀看了眼这份假户籍，说道，"本官早年曾到永州府游学，这些年对永州府颇为怀念，请姑娘跟本官讲讲永州府的山水吧。"

小厮结结巴巴讲了几个地方，裴济怀手指轻点着桌面，语气冷淡地说："带回大理寺。"

等小厮被拖下去以后，裴济怀抬头看向站在回廊上神情冷淡的琴师，说道："这位琴师也一并带回去。"

"大人，在下的户籍也有问题？"云寒缓缓走下楼，朝裴济怀行了一个大礼，"大人，在下也是受害者。"

管事虽然对云寒不满，但又不想这棵摇钱树出事，赶紧道："请大人明鉴，那个小厮在乐坊里已经干了两三年的活，云寒三月前才到这里，他们绝无可能是同伙。"

"啧。"一直没有出声的锦衣公子瞥了眼琴师，不耐烦地道，"有没有问题，大理寺自会给他一个公道。若万事皆由你们说了算，还要衙门做什么？"

"贵人，话虽这么说，但我们开门做生意的，若是没了头牌，哪还能开得下去？"管事赶紧赔笑道，"贵人……"

"还想开门做生意？"锦衣公子站起身说道，"金玲苑违反数条大晋律例，在事情没有查清楚前必须歇业整顿。"

管事心中一紧，她扭头去看裴济怀，见这位官员竟没有反驳这位公子的话，心里隐隐意识到不妙，赶紧道："大人，昨日还有两位郡主娘娘发了话，说要来听云寒弹曲儿，诸位若是把云寒带走，又让敝坊关了门，待郡主娘娘问起来，小的没法向郡主娘娘交代啊。"

听到"郡主"二字，锦衣公子的目光落到云寒身上，他带着寒意的眼神里有几分挑剔："昨天两位郡主看中的就是他？"

"对对对。"管事以为锦衣公子不敢得罪郡主，连忙道，"两位郡主对云寒很是满意，临走前还付了不少银钱，不让云寒给其他人弹曲呢。"

"既然是两位郡主看中的……"锦衣公子沉吟片刻，等管事眼中涌起希望后，才继续开口，"就更不能让他随便靠近郡主了，郡主金尊玉贵，万一此人心怀歹意，岂不是会伤到郡主？"

"裴少卿。"锦衣公子扭头对裴济怀道，"把人带去大理寺，严查。"

"是。"裴济怀拱手应下。

云寒看着这个锦衣公子，面色变得非常难看。他自负容貌出众，无人能及，可现在出现了一个比他更出众的人，这让他心中的嫉妒如野火燎原，无法消灭。

"你是谁？"云寒死死盯着锦衣公子，恨不得对方立马消失。

"你是什么东西，也配问我家公子的身份。"随侍轻蔑地看着云寒，"不过是个低贱的琴师，你给郡主们弹了几首曲子，便妄想由山鸡变成凤凰，实在可笑。"

听到自家随侍这么说话，太子眼皮抬了抬，却没有开口阻止。

"在下出身贫寒，不敢与公子攀比，只是见公子风姿出众，容貌无双，起了结交之心……"

"你想结交便结交？"随侍冷笑道，"你配吗？你不配！"

"天下想要结交我家公子的人无数，你连排队都轮不上。"随侍声音有些尖细，骂起人来更显刻薄，"我若是你，站在如天上仙人的公子面前早已经自惭形秽，无颜抬首。"

"什么低贱玩意儿，也敢用嫉妒的眼神看我家公子，快快离得远些，别让那张丑脸恶心到公子。"

全场皆静，裴济怀默默看了眼随侍，早就听说太子身边什么人才都有，没想到连擅长骂人的侍从也不缺。京城若是举办骂人大赛，太子身边的这个侍从准能拿到好名次。

云寒差点被随侍的话气得吐血，一个奴仆也敢说他丑？他从小好看到大，引无数女人疯狂，哪里丑了？他忍不住想要冲上去跟随侍理论，可惜他还没来得及动，大理寺的人动作更快，几下便把他扣押了下来。

“今天这里怎么如此冷清？”

门外传来女子的说话声。

“乐坊不是巳时就开门的吗？”

“姑娘，今天好像有些不对劲，怎么有衙差守在外面。”

太子对随侍道：“把外面的姑娘带进来。”

“是。”随侍垂首走了出去，很快带着一对主仆进来。

云寒看了眼来人，这是昨夜率先离开的姚姑娘。

姚姑娘却没有看他，她老老实实走到太子面前，福了福身：“公子安。”

“昨夜你们跟琉璃就是让此人弹的琴？”太子神情淡淡的，伸手指了指云寒。

姚姑娘老老实实点头。

“琉璃很欣赏他？”太子眉头轻皱。

“应该挺欣赏的吧。”姚姑娘见太子的表情瞬间变得难看，立马改口道，“其、其实也不是那么欣赏，我们只是听了曲子，其他什么都没干。”

她本想趁着花琉璃不在把这个琴师先买下来，气一气花琉璃，没想到刚上门就遇到大理寺的人跟太子都在，吓得不敢再乱说话。

难道这个琴师犯了大案？不然为何太子也在这里，还让随侍提前跟她说不能泄露太子的身份？

她正这么想着，忽听外面传来女子的声音，心中顿时大喜，花琉璃送上门来了。她偷偷瞥了眼大理寺与衙门的人，要死一起死，都是逛过乐坊的人，凭什么就她被太子还有大理寺逮了现场？

“我觉得乐坊有些不对劲。”花琉璃刚踏进乐坊大门，就察觉到这里气氛不对，太安静了，安静得不像是乐坊，更像是书坊。

被花琉璃强拉出来的嘉敏看了看四周，问道：“哪里不对？”

花琉璃瞥了一眼嘉敏，转身就走。

“二位郡主，请留步。”

花琉璃还没跨出大门，就被叫住了。她扭头看了眼追出来的人，看起来有些眼熟，好像是太子身边的随侍太监？

“郡主，殿下与大理寺少卿裴大人正在里面办案，两位郡主既然来了，就一起进去看看热闹吧。”

“殿下与裴少卿办案，我们去瞧热闹是不是不太好？”花琉璃婉拒，“我们还是不去打扰了。”

“无碍，殿下也是以普通公子身份协助裴大人查案，两位郡主进去后称殿下为公子便是。”随侍太监笑着把两人请进了大堂。

花琉璃心情有些复杂，人生第一次尝试着挑美人，第二天就要被大理寺的人围观，这让她以后还怎么放松身心赏美人？

嘉敏咬牙在花琉璃耳边道：“如果不是你大清早地把我从家里叫出来，我们俩也不会在这里丢人。”

“要不是你昨天晚上跟我抢人，我也不会特意带上你一块儿了。”花琉璃小声回呛，“我跟你有福同享还错了？”

“呸，这分明就是有难同当。”嘉敏翻了个白眼。

“二位郡主，请进。”随侍太监道。他回头见嘉敏郡主朝福寿郡主翻白眼，福寿郡主也不动怒，反而朝嘉敏郡主温柔一笑，开口提醒：“请。”

“嘉敏姐姐，你先请。”花琉璃侧了侧身，示意嘉敏先走。

“妹妹体弱，我扶着你。”嘉敏伸手扶住花琉璃手臂，在她耳边道，“请。”

大理寺与衙门的人见两位盛装打扮的贵女相携而来，纷纷垂下头，不敢直视其容颜。

两人一进门，第一眼看到的便是坐在裴济怀身边的太子。应该说，只要有太子在场，总会让人下意识注意到他。好看的人，仿佛会自动发光，令其他人黯淡失色。

“公子安。”花琉璃与嘉敏撒开手，给太子行了礼。

太子指了指旁边的空位：“坐下说话。”

“郡主，我听说你很欣赏坊里的一位琴师？”花琉璃刚落座，太子就把话问出了口。

虽然在场有两位郡主，但太子殿下的眼里，只有一位郡主存在。

“哪位琴师？”花琉璃抬头看向四周，这才注意到被大理寺押住双臂的琴师，她随意看了一眼后，就把目光投向太子，问道，“他犯了什么事？”

“他的小厮女扮男装，户籍作假，我们怀疑他是前几次大案作案者的同伙。”裴济怀担心花琉璃怪他们把琴师带走，觉得把事情说得越严重越好。

“郡主，在下并不是什么歹徒的同伙，求郡主帮在下申冤。”云寒抬头，露出他好看的双目与鼻梁，眼神忧郁又无助，“贵客，云寒只是无依无靠的琴师，请郡主明察。”

太子美色当前，花琉璃哪里还能注意到云寒的美男计，她拿出手帕掩在嘴角轻咳道：“裴大人是大理寺最擅查案的官员，有他在，是非黑白自会查清楚，你不用担心。”

“连你也不相信我吗？”云寒失魂落魄地垂下头，仿佛失去了所有力气，说道，“我还以为，郡主是不同的……”

太子扭头看花琉璃，花琉璃赶紧摇头，只想说她什么都没对这个琴师做过。

“裴大人，这里交给你了。”太子站起身，对花琉璃道，“郡主，跟我回去。”

“好呀。”花琉璃起身跟上。

嘉敏：“……”

所以她出现在这里的意义是什么，为了证明老姬家的人有多偏心，她这个表妹在太子心中多么没存在感吗？

“郡主……”云寒目光幽幽地看着嘉敏，仿佛她是自己最后的希望。

可惜满脑子都在骂老姬家偏心的嘉敏完全没有看到云寒的眼神，直到云寒被拖下去，她才一脸麻木地站起身道：“不打扰你们查案，我也回去了。”

俗话说，一表三千里嘛，她能够理解，能够接受。可为什么偏偏都对花琉璃好？！他们知道花琉璃柔弱的皮囊下藏着什么吗？！一个个都心盲眼瞎的。

“幸好那个琴师没有伤害到你。”太子对骑在马背上缓缓前行的花琉璃道，“万一他趁着靠近的机会行刺你，你该有多危险？”

“多谢殿下提醒，臣女下次一定小心。”花琉璃回身看了眼金玲苑的方向，眼神清亮。

“还有下次？”太子皱眉。

“怎、怎么了？”花琉璃察觉到太子好像不太高兴。

“外面的人来意不明，郡主身份尊贵，别让宵小之辈有机可乘。”太子顿了顿，从齿缝中挤出几个字，“郡主若喜欢听琴曲，宫中养着不少乐师舞女，孤可以带你去欣赏。”

“宫里的乐师身份不同，臣女怎么好下手……”

“你说什么？”太子扭头看向花琉璃，神情平静得有些可怕。

花琉璃愣怔地看着有些陌生的太子，莫名觉得心虚。她撇开头，不敢与太子对视，说道：“臣女体弱，本就不宜成亲，也不想嫁到别家祸害其他正经公子。不如养三两个面首，找些乐子，了却残生。”

“郡主是觉得自己不宜成亲，还是不想与他人成亲？”太子追问。

“世上儿郎谁不想娶如花美眷，世上女子谁不想嫁如意郎君。”花琉璃微微垂下眼睑，换了下握缰绳的手，说道，“只是臣女身体不允许，不想连累别人罢了。”

“若是世间有人不嫌弃郡主的身体，郡主可嫁？”

花琉璃笑出声，不解地看着太子：“殿下，你怎么会忽然问这个问题？”

难道是太子喜欢的那名女子因为体弱早早便去了，所以太子才忽然有了这样的感慨？

想明白这一点，花琉璃道：“殿下，臣女若是喜欢上一个人，明知道会给他带来痛苦，宁可他忘记我、恨我，也不想连累他。”

若是这样，才怪！

她若是那个体弱的姑娘，才不会顾及那么多，就算不能在一起，也会让太子明白自己的心意。至少让自己临死前没有半点遗憾。

像她这种暴脾气又记仇的人，没喜欢的人是好事。谁要是被她喜欢上，是那人一生的悲哀。

“孤明白了。”太子笑了笑，“琉璃，你日后若是有了喜欢的人，一定要告诉孤。”

“殿下要帮臣女把他抢到手？”花琉璃问。

太子轻笑一声，没有说话。

“这种事怎么能让殿下来做。”花琉璃以为太子默认了自己的话，连忙道，“强抢民男这种事不好，臣女倒是无所谓，不能坏了殿下的名声。”

“若是能让琉璃高兴的话，也不是做不得。”太子轻叹一声，“左右孤的名声，也不是太好。”

“那些全都是胡说八道。”花琉璃想到那些诋毁太子的流言，为太子感到不平，说道，“殿下分明是才貌双全的好太子。”

太子闻言，转头盯着花琉璃轻轻一笑。

被太子这个好看的笑容迷住，花琉璃心里有些遗憾，他如果不是太子该多好。如果不是太子，她即使砸出去千金万银，也要把这种绝色领到别庄好好养起来，让他做自己最宠爱的面首。

可惜，可惜啊。

在大理寺与京兆尹的严厉打击下，短短三日内，京城的风貌就有了极大的改变。花街柳巷中，再也没有穿着暴露的男男女女临街揽客，乐坊的酒价也有了大幅度降低。然而价格虽然低了，敢去这些地方花钱的人也少了。

有刚进京的外来者还在心中感慨，京城里的百姓就是不一样，知道春闱将至，为了不影响考生发挥，消费场所都安静下来了。甚至连小偷都看不到，就算不小心掉了银子在地上，也会有人捡起来交还给主人。

一位外国商人还特意写了一篇游记，他的游记里，把大晋写成是一个繁荣富强、风光美丽、路不拾遗的美好国家。

昌隆帝发现自己最宠爱的儿子最近两天有些不对劲，有时候翻着一本无比枯燥的奏折都能发呆。

在春闱即将结束的那天，昌隆帝忍不住问太子：“元溯，近两日你为何频频失神？”

“父皇，儿臣只是突然发现，儿臣也许是个禽兽。”太子抬头看着昌隆帝，厚着脸皮道，“这事您要帮帮儿臣。”

昌隆帝闻言大惊失色：“怎么，你在外面强抢民女了？！”

“父皇，儿臣在您心中是这样的人？”太子看着昌隆帝，神情有些受伤。

“朕一时口误，吾儿文武双全，容貌无双，哪会做强抢民女这等不法之事。”昌隆帝为自己的胡乱揣测感到羞愧，“对了，前些日子朕得了一些有趣的玩意儿，等会儿让赵三财送到东宫去。”

许诺了一堆好处，昌隆帝见太子面色变好，好奇心占了上风，说道：“你看上哪家的姑娘了，朕找她父母提亲去。”

太子没说话。

“是东街的杜家、姚家，还是南街的田家、陈家？”昌隆帝皱眉，“总不能是你的那几个表妹？”

“都不是。”太子摇头，“儿臣尚不知她的心意，此事以后再说。”

“你要真喜欢人家，就该早点告诉父皇，父皇可以帮着你先下手为强。”吃什么都行，就是不能让自己儿子吃亏。

“若是您帮儿臣去说媒，不管她愿不愿意，都不能开口拒绝。以她的性格，就算原本对我有几分好感，也会变成抱怨，最后也不知道是良缘还是孽缘。”太子郑重地对昌隆帝道，“她的身份并无不妥之处，儿臣现在是既不想强迫她，又不想让她被其他男人抢走。”

昌隆帝心中安静，元溯向来是随性而为，不愿受委屈的性格，如今却想得如此深远，看来对那名女子是动了真心。

爱则为之计深。

唯一让他不解的地方就是，元溯为何说自己是禽兽？昌隆帝思来想去，脑子里涌出无数个念头。

对方是有夫之妇？这种事可做不得，即使是太子，也要打断腿。

对方年龄比他大？女大三，抱金砖，再大点，就当多抱了几块砖，也不是什么大事，也谈不上禽兽不禽兽的？

难道……昌隆帝神情一凛，难道那小姑娘的年龄还比较小？

想到这里，昌隆帝神情凝重地看着太子，语重心长地道：“元溯，不管是做人还是做事，身份高贵还是低贱，有些事不能做，手更是不能伸，你可明白？”

太子莫名其妙地看了眼昌隆帝，说道：“父皇，您放心，儿臣省得。”

见太子说得斩钉截铁，昌隆帝稍微放下心来。即便是做皇帝的，又当爹又当妈，也是不容易的。

待百国宴结束以后，他应该召内臣们商议朝廷是否该给无依无靠的单亲家庭加恩。这样既能缓解大人的压力，又能减少遗弃幼儿、违法私卖儿童事件的发生。只是设想再好，都有可能存在漏洞，甚至带来更加麻烦的事情。所以每一项政令，他跟内臣们都要设想无数次才敢颁发。

做皇帝不容易，还是做昏君比较轻松。昌隆帝扭头看了眼太子，继承人太懒，他这个做爹的，也不知道熬多久才能放下肩上的担子。

太子抬头看了眼昌隆帝的脸色就知道他在想什么，赶紧道："父皇，都说成家立业，儿臣连亲都没有结，其他事情您就更不能指望儿子了。"

"没出息的东西，朕可什么都没说。"

"但您的眼神已经说明了一切。"太子理直气壮道，"您正值壮年，儿子还小，所以其他的事，您就别想了。"

"都已过了弱冠之龄，还小？"昌隆帝道，"朕像你这么大的时候，已经登基处理政事了。"

先帝当年偏宠后宫妖妃，不仅提拔她全家，甚至还想废了他的太子之位，另立太子。妖妃家人强抢民女，圈占百姓土地，鱼肉百姓，有御史上言，却被妖妃让人堵在宫门口，活活打死。

他站在城墙上，看着御史的妻子挺着大肚子，抱着御史的尸首哭得撕心裂肺，浑身发凉。

世人皆知，帝王一怒，伏尸百万，帝王自己难道不知道？

所以登基后，他时时提醒自己，就算不能成为千古留名的帝王，也要守好大晋江山。

江山是什么？是巍峨的高山与奔流不息的江河？不，是生活在这片土地上的百姓。

"父皇，"太子道，"儿臣听闻杜太师好像病了。"

听到太子的声音，昌隆帝回过神来，他叹气道："杜太师是一位了不起的学者。"但不是合格的官员。

"你替朕去看看他。"昌隆帝想了想，说道，"杜太师脾气倔了些，若他说了什么不合适的话，你就当没有听见。等你回来，朕再给你几匣子宝石，给你攒娶媳妇本钱。”

“儿臣明白。”太子道，“这些年，儿臣什么时候跟他计较过。”

反正这种不懂变通的老头子，虽然脾气又臭又倔，但对父皇的忠诚从未变过。

杜颂闻是真的不太好了。

他历经两朝皇帝，因为才华出众，年纪轻轻就做了东宫的官员，后来先帝迷恋妖妃，他因为一直站在太子这边，所以太子登基后，他生活得一直很舒坦。

世人都觉得他对太子格外严苛，而他只是觉得，太子是未来的帝王，他怕太子变成先帝那样，那样最终苦的还是全天下百姓。

杜颂闻面色蜡黄地躺在床上，整个屋子都弥漫着苦涩的药味。他极力睁大眼睛，看着屋子里的儿孙，朝红着眼眶的杜琇莹招手：“来。”

“祖父。”杜琇莹勉强挤出笑容，蹲在床边，轻轻握住杜颂闻布满皱纹的手。

“你当真不愿嫁给太子？”杜颂闻问。

杜琇莹垂着头不说话。

“罢了。”杜颂闻叹息一声，“我原想让你留在太子身边，提醒他什么是对，什么是错。可我又怕，太子若是厌弃你，你余生又该如何度过？这样也好，这样也好。”

“祖父……”杜琇莹再也忍不住，在眼眶里打转的泪水顺着腮边流了下来。

“是我错了。”杜颂闻闭上眼，说道，“总是担心太子变成先帝那样，可世间的人形形色色，谁也不能按照别人的标准成长。我这些年固执己见，已得罪太子多次，待我走后，你们可怎么办？”

纵是圣人，对自家人也会更加亲近，更何况杜颂闻还不是圣人。

“待我走后，你们尽心辅佐陛下与太子，切不可起别的心思。”杜颂闻喘了口气，继续道，“太子虽不是十全十美，但他由陛下抚养，身上定有陛下的一些美德。其他皇子虽各有优点，到底比不上太子的风采。尔等若起了违背之心，便……便逐出杜家宗谱，子孙后代与杜家再无干系。”

“父亲，儿子等必不违背您的意愿。”杜琇莹的父亲跪行到杜颂闻面前，泣不成声道，“父亲，请您好好休养，您很快就会好的。”

“我自己的身体自己明白。”杜颂闻看着杜琇莹道，“琇莹是个好孩子，她以后想做什么，你们不可阻拦于她。”

“儿子明白。”杜大人已是知天命的年龄，跪在杜颂闻床前，哭得却像个孩子。他平日里也怨父亲不知变通、执拗，可到了此时此刻，心中只剩下不舍。

“大人，太子殿下来了。”

门外忽然传来吵吵嚷嚷的声音，穿着锦袍，头戴玉冠的太子大步走进来，说道：“杜大人，孤不等通报，贸然进府，还请诸位见谅。”

“殿下。”杜家人没想到太子会亲自前来，纷纷向太子行礼。

“诸位请不要多礼。”太子快步走到床边，一见杜颂闻的脸色，就知道他不太好了。

“杜太师。”太子后退一步，给杜颂闻行了一个晚辈礼，说道，“父皇听闻太师病了，心中十分担忧。因他不宜出宫，特让孤来探望。”

“微臣谢陛下隆恩。”杜颂闻想要回礼，被太子按住。

“大人，您是父皇恩师，孤身为后辈，该给你行礼，你好好休息，不要顾虑其他。”

太子又问杜家人，杜太师是怎么病的，用了什么药，待杜家人回答后，他说道：“孤过来的时候，带了几名御医及一些药材过来，尔等若不介意，可让御医来给杜太师把一把脉。”

杜家人闻言大喜，连忙给太子行礼谢恩。

御医把过脉以后，朝太子看了一眼。太子把杜颂闻的手放进被子里，替他压好被角，说道：“杜太师，孤去看看御医如何用药，稍候便回来。”

杜颂闻看着起身离开的太子，眼中隐隐有泪光闪现。

太子走到外间，见御医们脸色不好，小声问：“杜太师脉象如何？”

“太师……已是油尽灯枯。”御医们无奈道，“请殿下恕罪，臣等无能为力。”

太子沉默片刻，问道：“脉象准确吗？”

“除非杜太师是能够借助内息改变脉象的高手，不然……”御医道，

"世间大多数人学的都是外家功夫，几乎无人修习内息功夫。"

这话几乎是明着说，杜颂闻已经无药可救。

身后传来一阵脚步声，太子回头看了一眼，是杜大人跟他的女儿。

"殿下，几位御医大人的话，下官已经听见了。"杜大人双目含泪，朝御医作揖，"诸位大人尽力救治便是，若是不能……能缓解家父痛苦也好。"

御医们还了一礼，说道："请杜大人放心，下官等人一定尽全力。"

太子返回内间，听到杜颂闻唤他，便走回了床边。

"殿下，老臣怕是不成了。"杜颂闻勉力道，"还请殿下多向陛下学习为帝之道，不要懈怠。"

"太师不要担心，孤会的。"太子见杜颂闻把手伸了出来，把这只苍老的手轻轻握住了。

"老臣这些年对殿下颇多苛责，是老臣做得不好。"杜颂闻看着太子年轻有力的手，说道，"老臣相信，殿下未来大有可为。"

"孤知道太师对孤是爱之深，责之切。"太子声音温和地道，"父皇常对孤说，当年肖妃把持后宫，对父皇诸多苛责，太师您却不愿与这些人同流合污，坚持每日来给父皇讲课，还为父皇在朝中奔走。这些事，父皇都记着，孤也会记在心里。"

"这只是老臣应尽之责。"

太子见杜颂闻累了，又安慰了他几句，待杜颂闻安睡后，才松开杜颂闻的手。

杜颂闻这些年对太子有多吹毛求疵，杜家人是知道的。可是太子以德报怨，不仅细心询问老爷子的用药情况，还陪着老爷子说了这么久的话。这样的宽容，又有多少人能够做到？就算太子身上有其他缺点，那也是无伤大雅的小毛病，根本不影响太子的品性。

杜琇莹是心情最复杂的那一个，她随父母恭送太子到门外，等太子走后，听着长辈们对太子赞不绝口，开始反省，自己评价别人的时候是不是太过武断？

第十三章

花朝节之约

春闱结束以后，花长空过了两天吃了就睡，睡了就吃的懒散日子。当他听说在自己参加科举时，妹妹跑去乐坊玩被太子逮了个正着，顿时没了补觉的心思，找到坐在院子里晒太阳的花琉璃，问道："妹妹，乐坊好玩吗？"

花琉璃恹恹地道："都是庸脂俗粉。"

"要求还挺高。"花长空让下人搬了椅子过来，他挨着花琉璃坐下，说道，"乐坊那种地方，哪有清新可口的小美人，不如养个斯文白净的落难书生，既懂得情调，又没有风尘气。"

花琉璃摆了摆手："没兴趣。"

"怎么，你不想养面首，想做别的了？"花长空伸手戳了戳懒得动弹的花琉璃，说道，"跟三哥说说，最近有什么新爱好？"

"没有。"花琉璃叹息，"最近几天那些乐坊酒楼一个比一个没意思，往日去能看看舞，赏赏曲，最近他们竟然弄什么背诗词、出对子的游戏。我如果想玩这些，还不如跟京城的贵女们玩，至少她们玩得更有水平。"

"过不了多久就是百国宴，整顿一下也好，若是其他国家的人敢在大晋地界上犯事，我们也好找他们的麻烦。"花长空道，"不然人家反问，你们大晋自己人都干，凭什么我们不能做。你说，这不是自打脸？"

花琉璃哼哼一声，拿了一块薄纱盖在自己脸上，免得阳光太烈，把自己的脸晒黑了。

“明日不是花朝节？”花长空道，“我跟几个京城同榜学子约好去郊外踏青，你与我一块儿走，还是跟其他小姐妹一起？”

“我去找嘉敏，不跟你一起走。”跟男孩子一起有什么意思，还是欺负小姑娘比较有趣呀。

“行。”花长空倒不坚持，说道，“明天人多，你对京城的道路还不太熟悉，不要跟小姐妹们走丢了，记得要把鸢尾跟玉蓉带上。”

“好。”花琉璃点头，“放心吧，我哪那么容易走丢。”

花长空笑着轻抚她的脑袋，没有说话。

金珀国俘虏阿瓦二皇子，发现自己多了个邻居。近来他不再闹着绝食跟要见花琉璃以后，总算过上了吃饱喝足的日子，加上天天关在牢里不能动弹，整个人竟是胖了一圈。

只是他左右两边的牢房都空着，大理寺的狱卒又不爱跟他说话，他闲得快要疯了。

好不容易来了个邻居，他抛下了尊贵的皇子身份，主动跟对方说话：“兄弟，你犯了什么罪，竟然被关进了这里？”

云寒看了眼那个胖出双下巴，胡子拉碴的男人，整理了一下宽大的袖袍，没有理会他。

“不会说话？”

云寒一动不动。

“听不到吗？”

云寒没有理他。

“傻子？”

云寒忍无可忍，斥道：“闭嘴。”

“你一个卑贱的阶下囚，竟然对我如此无礼？”阿瓦虽然不敢惹大理寺的人，但是面对其他囚徒，还是很有优越感的。他主动找云寒说话，也是因为无处安放的优越感作祟。

做人嘛，就是靠打击别人，才能获得开心。

云寒用看傻子的眼神看着阿瓦，都是阶下囚，谁比谁高贵？

“知道我是谁吗？”阿瓦在墙角摸了摸，找到一块不知道放了多久的发霉馒头，隔着牢房围栏扔到云寒身上，说道，“注意你的眼神。”

霉变的馒头砸在脸上，又掉在了衣服上，云寒脸色阴沉下来，骂道：“滚，离我远点！”

啪。又是一块发霉的馒头扔到云寒的脸上。不过这次不是阿瓦扔的，是另一边牢房的犯人扔的。

“新来的懂不懂规矩，前辈说话就好好听着，不懂规矩的话，到了放风的时候，兄弟几个可以教你规矩。”那犯人盘腿坐在地上，一副高人的模样。

“对对对，你们一定要好好教他。”阿瓦拍腿大笑，“我最看不惯这种故作姿态的小白脸。”

“闭嘴！”那犯人隔着一间牢房望向阿瓦，眼神里透露出不屑，“金珀的战败狗不配跟我们大晋人说话。”

阿瓦：“……”

大晋没一个好东西，不仅那些官员讨厌，就连牢里的犯人也都不是东西。

他气急之下，捡起一块泥巴砸向那个犯人。可是隔着一间牢房，哪里砸得中？最后泥巴掉在了云寒头上。

“兄弟们，这个金珀狗竟然敢嚣张，收拾他！”

“砸他！”

一时间臭馒头、死老鼠、破鞋子从各个牢房飞了出来。只可惜阿瓦的牢房离得比较远，大部分东西都掉在了云寒的牢房里。

云寒看着这些乱七八糟的恶心玩意，自己的衣袍也脏得不能看，整个人都崩溃了。这些庸俗不堪又丑陋至极的人，竟然敢如此对他。待他出去以后，一定要让这些人死无全尸！

啪。一只臭鞋子贴着云寒的脑门掉了下来，他再也忍不住，捂着嘴干呕起来。

“都不许再闹，再闹今天中午的饭减半。”狱卒这句话一出口，整个地牢都安静下来，刚才还满口污言秽语的犯人们都老实了。

能关进大理寺监牢的，都是牵涉进大案却暂时不能死的人，所以他们比谁都懂得见好就收的道理。

“那谁，还愣着干什么，自己把牢房收拾干净。”狱长用棍子敲了敲云寒所在的牢门，转头问跟在身后的狱卒，“这人是刚关进来的，犯了什么案子？”

“这人是裴少卿亲自送进来的，身份很有问题，有可能牵涉前面几件大案。”狱卒赶紧道，“裴少卿说了，在案子没有查清前，一定要看牢他。”

身为大理寺的人，狱长自然知道前面几件大案是什么案子，他挑剔地看了眼云寒，说道：“妖里妖气的，一看就不是什么正经男人，采石场那边不是缺人吗？把他带过去。”

“记得让他把身上的衣服换了，穿上粗布麻衣。”狱长看了眼云寒的脸，说道，“明天带他出去采石的时候，记得不能让他接触有身份的女眷。万一他故作可怜，勾引哪个贵女替他打抱不平，会给我们带来麻烦。”

狱长干久了，什么犯人都遇到过。犯人们为了逃罪，美男计、美女计，什么计都使得出来。还是防患于未然比较好。

午时过后，太子坐在书案前，用香笺写了几张邀请帖，都觉得不满意，有些太过含蓄，有些又太过外放，总感觉缺了些什么。即使连个称呼，他都换了几种。用花家丫头太像兄长对妹妹说话，直呼郡主又显得太过客套，若是直呼琉璃，又显得太过孟浪了。

“罢了。”太子放下笔，转身往外走。

“殿下，您的外袍。”随侍们赶紧追了上去。

出了宫以后，他直接来到花家。太子坐在马背上，盯着花府门口的石狮子看了足足一炷香时间。

花府新来的守门卫兵不认识太子，见他穿着不凡，身后又跟着太监打扮的人，小心翼翼地上前道：“请问贵人找何人？”

“孤听闻贵府三公子考试结束了，过来看看。”

“原来是太子殿下。”卫兵纷纷行礼，“殿下请进，三公子正在府中。”卫兵们一边通知主人太子来了，一边恭敬地引着太子往里走。

花长空听说太子特意来找自己，心里有些意外，他跟太子什么时候有了这么深厚的友谊，不过是参加了场春闱，就值得太子亲自探望？

父母今日出了门，花长空亲自上前迎接太子，两人寒暄了一阵，花长空见太子频频往外面看，以为他是在等家中二老，解释道：“两个时辰前，家父听说杜太师病重，便与家母一起探望去了。不知殿下前来，有失远迎，请殿下恕罪。”

“是孤贸然来访，长空何错之有？”太子把手里的茶杯转来转去，说道，“郡主可在府中？孤这次来，带了些她喜欢的吃食过来。”

“请殿下稍等片刻，微臣这便让人去叫舍妹。”

“不必如此兴师动众，若是扰了郡主休息就不好了。”太子假意客气。

“太子亲自前来，舍妹本应接驾。”花长空安排小厮去叫花琉璃，说道，“殿下虽与舍妹交好，也不可如此纵着她。”

交、交好？太子有些心虚，难道花长空看出他的用意了？

“那丫头就是一团孩子气，越是惯着她，就越是不像样。即便您把她当作亲妹妹看待，该有的规矩也是要有的。”

太子幽幽叹息，若不是不得已，谁想做心仪之人的好哥哥呢？

花琉璃来得很快，半盏茶的时间就赶了过来，她身上穿着八成新的裙衫，宽大的袖袍用绣绳系着，一看就知道她放下正在做的事情后就赶了过来。

花长空正想当着太子的面假意斥责两句花琉璃没规矩，谁知妹妹的嘴比他还要快。

“请殿下恕罪，方才臣女正在与几个丫鬟做胭脂玩，得知殿下来了，竟忘了换身衣服就赶了过来。”花琉璃边说边解袖绳，笑盈盈地看着太子道，“殿下，您今天特意过来，有何要事呀？”

见花琉璃笑，太子也跟着笑起来：“方才用午膳的时候，想着郡主是第一次在京城过花朝节，对京城这边的风俗不太熟悉，就想邀你明日与孤一起游玩。”

太子特意走这一趟，竟是因为担心她明天会玩得不尽兴？世界上怎能会有这么好的男人？长得好看，性格温柔，还贴心！

“臣女与嘉敏郡主约好了一起出去，但还没有定好去哪里玩。”花琉璃从丫鬟手里接过茶盏，把太子面前的茶杯换了下去，说道，“殿下明天也要与民同乐吗？不知殿下准备到哪里玩，臣女明日去寻您。”

以太子的身份，单独陪她玩，她确实挺高兴，可就怕给太子带来麻烦。

听到花琉璃与嘉敏约好一起出门，太子脸上笑容不变。听到花琉璃会亲自找他，他脸上的笑容肉眼可见地灿烂了几分，说道：“近些年的花朝节，京城里的公子贵女们都喜欢去京郊的青山。明日孤与几位皇子会在山上的望青亭游玩，郡主若是觉得山中无聊，可到此处寻去。”

“好。”花琉璃点头，“明日午时前，臣女定去寻殿下。”

花长空目光在太子跟自家妹妹身上扫来扫去，之前他说跟一些同届考生约好时，妹妹可没说过要找他玩？果然东西都是别人家的好，就连哥哥也一样。

得到花琉璃的承诺，太子心情很好，让随侍们把他给花琉璃准备的礼物抬了进来。有各种零嘴与布料，还有几双样式各异、颜色不同的绣鞋。

“京城民间有个规矩，每到花朝节时，家中长辈父兄都会给女眷准备绣鞋。女子在花朝节那日，把饱含家人祝福的绣鞋穿上，就会受到花神格外的青睐，未来的一年都会无病无灾，平平安安。”太子打开其中一个木盒，里面躺着一双绣工精湛的绣鞋，他又道，“因不知郡主脚有多大，也不知你明天会穿什么颜色衣服，所以孤让绣娘多做了几双，希望有合郡主心意的。”

不管男女，送人鞋子多少都有几分暧昧的意思，太子不想让花家人觉得自己孟浪，于是多解释了几句：“两个月前，郡主住在宫中，孤不知道两位将军能不能在花朝节前赶回来，所以便自作主张让绣娘做了这些鞋子，希望郡主与三公子不会怪孤多事。”

花长空原本还觉得这事有点不对劲，但是转念一想，太子是私下送过来的，甚至连小妹脚掌大小都不清楚。两个月前他不懂京里风俗习惯，小妹更是那种不管鸡毛蒜皮小事的性格，太子连这种小事都能考虑，可见其做事体贴周到。

“殿下一片好意，又怎么是多事？”花长空起身给太子行了一礼，“京中这些规矩微臣与舍妹确实还不太懂，幸好有殿下提前为舍妹准备了。”

别人家小姑娘有的东西，他家小妹也不能缺，不然多委屈啊。

“孤这也是多此一举，如今有花将军与卫将军在，定会把一切都准备好。”太子脸上的笑容比春风还要和煦，“孤原本不想把这些鞋子拿过来，可又不想浪费，思来想去还是把它们带过来了。郡主若是不喜欢，就把它们弃之一边。”

“这些绣鞋都很漂亮，臣女很喜欢。”花琉璃拿起一只绣鞋，在鞋底摸了摸。可能是考虑到花朝节要出行，鞋底还专门做了防滑处理。

“郡主喜欢就好。”太子把手里的木盒也放到花琉璃面前，说道，“孤还要回去处理一些事，不便久留。郡主若是喜欢这些鞋子，希望你……明日能从里面挑一双换上。”

“好。”花琉璃点头。

太子闻言笑了一声，起身看着花琉璃道：“那我们明日再见。”

“臣女送你。”见太子来去匆匆，花琉璃相信太子是真的忙。但是忙成了这样，还没忘记照顾她，这样的好意，谁不感动？太子果然是好太子。

花朝节当天，嘉敏顶着满头的困意，不耐烦地小声嘀咕：“大清早的折腾什么？”

“郡主，今日可是花朝节，您如此貌美，怎能让其他姑娘比下去？”贴身丫鬟见她不高兴，细声细气地劝道，“不说其他人，就说林家的那个林菀，绝对不能让她超过您。”

“她？”嘉敏嗤笑一声，“长得清汤寡水，平日看着柔柔弱弱的模样，可惜有个花琉璃珠玉在前，她拍马都追不上。你且看着，今日只要有花琉璃在，若还有人注意到她，我就输你一百两银子。”

“郡主的眼光向来都很好，奴婢怕是赚不到这一百两了。”丫鬟哄着嘉敏，“奴婢倒是觉得，那个林菀半点都不及你，若不是因为她有个清名在外的爹，谁会多看她一眼，更别说做未来的英王妃了。”

听到“英王妃”三个字，嘉敏脑子里的困意彻底被赶走，她盯着镜中嘴唇红润的自己，低声道：“英王妃有什么稀罕的？”

丫鬟却不敢接这句话，低头装作替嘉敏挑选发钗。

嘉敏刚装扮好，顺安公主就派人来催。

“郡主，福寿郡主已经在正殿等了您一会儿了。”

“你说谁？”嘉敏有些怀疑自己的耳朵。

“福寿郡主。”丫鬟察觉嘉敏面色有异，疑惑地道，“福寿郡主说，与您早就约好了，难道……不是吗？”

“她说得没错，我们约好了。”嘉敏艰难一笑，她当初到底为什么要去招惹花琉璃，现在好了，即使是花朝节这一天，花琉璃也不愿意放过她。

她心里虽然不愿意，脚下却不敢停。她母亲这个人说话比较冲动，她怕花琉璃等太久不耐烦，拔剑就在她母亲身上戳两个洞。

匆匆来到正殿外，嘉敏就听到母亲的笑声，以及带着刻意讨好的语气。

“福寿郡主今日真漂亮，与你一比，嘉敏那丫头，就跟狗尾巴似的。”

呵呵。一个月前，你还说你闺女是整个京城最好看的呢。

嘉敏皮笑肉不笑地踏进正殿，看到花琉璃的第一眼，脑子里闪过一个念头：这是哪里来的小妖精，竟然这么好看？！

“嘉敏姐姐。”小妖精起身朝她福了福身，既乖巧又可爱。

“你这孩子怎么回事，怎么不回礼？”顺安公主瞪了嘉敏一眼，随后笑着对花琉璃道，“这孩子被本宫惯坏了，一点规矩都不懂，等你们玩耍回来，本宫一定好好教她。”

“殿下您言重了，臣女与嘉敏姐姐乃生死之交，不需要这些客套的规矩。”花琉璃挽住嘉敏的手臂道，“还请殿下不要对姐姐过于严苛了。”

“看看人家琉璃多好。”顺安公主语重心长地对嘉敏道，“一早就来等你，你却在屋子里睡懒觉，做人要信守承诺，你们既然约好了要见面，又怎么能让人久等？”

看到花琉璃，顺安公主就想起卫明月。小时候不懂事，以为自己是公主，其他贵女定会让着自己，所以说话做事时从无顾忌。

事实上也确实如此，她过了很久的畅快日子，直到有一天，她不小心招惹到了卫明月……

那简直就是噩梦一般的经历。

后来卫明月要进军营为将，朝中很多人反对，但她使出了十足的本领去支持。为了让卫明月能成功当上将军，她拉着闺中好友们细数女人做将军的好处，甚至连“谁说女子不如男”这种话都说出来了，就想让好友们一起帮忙。

卫明月成功当上将军以后，顺安公主高兴得三天都没睡好觉。

这个噩梦一般的女人，终于可以滚去军营，不用来祸害她了。

从那以后，京城所有人都觉得她是卫明月的拥护者，就连她的女儿也听信了外面的传言，从小对卫明月推崇不已。唯有她自己心里明白，什么推崇，什么拥护，都是骗人的鬼话，她只是想让卫明月离自己远一些。

现在卫明月解甲归田，顺安公主连出门的次数都减少了，更不敢让女儿得罪花琉璃，她怕卫明月不仅会变成自己的噩梦，还会变成自家闺女的噩梦。

她后悔，非常地后悔。

如果时光可以重来，她宁可跳进湖里清醒一下脑子，也绝对不会去招惹卫明月。

目送花琉璃与女儿一起离开，顺安公主松了口气，幸好女儿的命比她好，至少花琉璃是个娇软好说话的小姑娘，不像她娘那么可怕。

嘉敏生无可恋地趴在马车里，现在她的脑子里已经没有什么英王，什么林菀，只有身边哼着小曲的花琉璃。

“早上没用饭吧？”花琉璃把一块只有小拇指大小的糕点喂到嘉敏嘴边，说道，“吃这个，不会弄花口脂。”

嘉敏敢拒绝吗？她不敢，所以屈辱地吃了下去。味道还挺好，她决定多屈辱几次。

一炷香时间后，花琉璃跟嘉敏抱着盘糕点盘腿坐在马车里，吃得十分香甜。

“说吧，你到底想干什么？”糕点吃完，嘉敏把盘子放到一边，假装什么事都没有发生过，问道，“我承认当初故意刁难你是我的错，你究竟怎样才愿意放过我？”

“我打过你？”

嘉敏摇头。

“我骂过你？”

嘉敏继续摇头。

花琉璃双手托腮，笑容天真又无辜：“所以你想多了，我只是拿你当朋友。”

嘉敏看到花琉璃露出那招牌似的天真笑容，就觉得心里发毛，好不容易鼓起来的勇气，就像是刚才那盘装得满满的糕点，消失得无影无踪。

马车外传来马鞭声，还有人痛苦的闷哼声。花琉璃掀起马车窗帘子朝外望了望，看到狱卒赶着一串身着囚服的人往城外走。

这些犯人都戴着脚镣，应该是重犯。这些犯人看起来很老实，唯有跟在最后的那个走得踉踉跄跄，跟在后面的狱卒似乎嫌他走得太慢，影响了整支队伍的速度，所以抽了他两鞭子。

“那些是送去采石场做事的犯人。”嘉敏随意看了一眼，说道，“也不用同情他们，这些人犯的都是拐卖妇女儿童、抢劫害人的大案，落到这种下场也是活该。”

花琉璃放下帘子，转头问嘉敏：“你怎么知道？”

“我当然知道。”嘉敏嗤了一声，“一年前公主府有个管事意图对府中丫鬟不轨，被我发现以后，命人把他鞭打了一顿，就送去了这里。”

花琉璃挑眉：“没想到你挺有正义感。”

“什么叫没想到。”嘉敏不满地啧了一声，“不会说话你可以少说两句。”

青山下，田姑娘时不时举目远眺，她们跟嘉敏约好了在山脚下碰面，怎么嘉敏还没到？

跟田姑娘站在一起的姚姑娘表情有些别扭，她还没有完全消气呢。

“哎呀，姚姐姐，你还在不高兴啊？”田姑娘拉着姚姑娘手臂晃了晃，说道，“你跟嘉敏既是堂姐妹又是好友，在外人面前，她肯定跟你更加随意些。谁是外人，谁是自己人，你又不是不知道，何必为了这点小事跟嘉敏闹得不开心。”

“她们两个第二天还约着一起去乐坊了，上哪儿找这么亲近的外人？”姚姑娘哼了一声，“不是我小气，分明是她气人。”

两人刚说完，就看到一辆印着花家族徽的马车朝这边行来，姚姑娘扭了扭头，满脸不屑。

可当她看到嘉敏从这辆马车下来以后，冷笑着对田姑娘道：“看到没，人家都乘花琉璃的马车过来了。”

“算了算了，都是小姐妹。”田姑娘怕姚姑娘又去找花琉璃麻烦，赶紧伸手抓住她道，“多一个人还热闹些，这不是挺好。”

“姚姐姐，你听我一句劝。”田姑娘认真地道，“按照话本定律，你这种主动向人找麻烦的行为，是会让你自己倒霉的。”

“田珊珊，我跟你说过很多次了，少看话本多读正经书，对脑子有好处。”姚姑娘咬牙道，“再提话本，我就让你把话本吃了。”

田姑娘弱弱地道：“姚姐姐，我叫田珊，不叫田珊珊。”

“闭嘴。”作为几个小姐妹中最聪明的人，姚姑娘常常觉得无比地心烦。

嘉敏见小姐妹们在等她，又怕她们开口就向花琉璃发难，快步上前来到她们身边，小声道：“福寿郡主在京中没什么朋友，我们看在卫将军与花将军的分上，多照顾她一些。”

听嘉敏提到两位大将军，小姐妹们表情变了变，京城里的年轻人，有几人不崇拜两位大将军？

她们就算再不喜欢花琉璃，看在两位将军的面子上，也不会把事情做得太过。

“其实仔细想想，我们跟花琉璃好像也没什么深仇大恨。”田珊偷偷看了眼站在马车旁边没有过来的花琉璃，说道，“英王要娶的人也不是她，我们没必要故意针对她。”

“我哥闹市纵马，害得她受惊病重。后来嘉敏与她到我家吊唁，害得她与嘉敏被歹徒绑走，陛下差点治家父的罪，也是花家上书替我们向陛下求情。”虽然已经过了二十七日热孝，但是作为孙辈的田珊还穿着素色的衣衫，唯一比较花哨的就是腰间绣着花的锦囊。

“难怪近来只要我们说花琉璃的坏话，你总会装傻充愣打岔……”姚姑娘想说田珊是叛徒，可这事若是她遇上，恐怕也做不到任由朋友抹黑花琉璃。

嘉敏表情很是微妙，一是因为当初英王来替田家求情，被她母亲骂了出去，她面对田珊有些不好意思。二是因为听到“受惊病重”几个字有些不适。

一个连歹徒都敢杀的女人，会因为别人跑马就被吓得生病？这分明就是坑田锐栋这个傻子的，没想到英王更傻，自己往这个坑里跳。

所以，她为什么要继续喜欢已经有未婚妻，脑子似乎还不太好的英王呢？慢慢放下她对英王的感情以后，嘉敏发现，英王的直率在她眼中变成了冲动，英武变成了四肢发达头脑简单的家伙。

可能是没主的男人比较吸引力，当这股吸引力消失后，他就一无是处了。

花琉璃见她们谈得差不多了，才慢慢走向她们，问道：“这座山，难爬吗？”

“就你这种风一吹就倒的身子骨，还是让婢女扶着吧，免得连累我们。”姚姑娘没好气地道，“我们可不想担个欺负你的罪名。”

“姚姑娘总是嘴硬心软，你的好意我记下了。”花琉璃笑眯眯地道，“那我们现在就走。”

爬山的时候，大家才注意到，花琉璃脚上的鞋特别漂亮，即使是姚姑娘也忍不住多看了几眼。

“郡主，你这双鞋真好看，是家里长辈特意给你准备的吗？”田珊本来也有很多家人特意为她定做的绣鞋，但祖父西去后，她便把那些绣鞋收了起来，今天只穿了一双素色鞋。

“嗯……”花琉璃特意把脚从裙摆里伸出来，问道，“好看吗？”

“好看。”田珊点头，“与你今天这一身很配，鞋面上隐隐有流光浮动，走路时就像是踏光而来，不仅好看，还取了一个巧字。”

“两位将军很在意你。”嘉敏低头看着花琉璃脚上的鞋，心里有点嫉妒，对方的鞋竟然比她的好看。

花琉璃闻言只是笑，总不能当着嘉敏的面说是她太子表哥送的，这让当表妹的嘉敏怎么想？

见花琉璃笑而不语，大家只当她是默认了。原本说好要在花朝节上让花琉璃丢脸的姚姑娘，见花琉璃没走多久面色就变得有些苍白，不自觉就放缓了脚步，从荷包里取出两粒薄荷糖递给花琉璃，说道：“拿去吃了，你若是晕过去，我们可搬不动你。”

“谢谢姚姑娘。”鸢尾接过来看了一眼，把糖递到花琉璃面前。

花琉璃拿起糖吃下，对姚姑娘笑道：“多谢，糖很甜。”

“哼，你也不怕我在糖里面下了毒？”姚姑娘扭头不看花琉璃。

“姚姑娘人美心善，怎么会做这种事。”花琉璃看向姚姑娘，盈盈双目中满是温柔的笑意。

姚姑娘又哼了一声，脸颊染上淡淡的红晕。

嘉敏绝望地看着这一幕，完了，又一个好友被花琉璃无辜的表象欺骗了。

姚文茵，你脸红个什么劲儿，你不是看她不顺眼，要在今天收拾她吗？

可惜姚姑娘并没有听到嘉敏内心的呐喊，她不仅脸红了，还别别扭扭地解下装薄荷糖的荷包，扔给了花琉璃，说道："拿去吧，反正这种甜腻腻的东西，我也不爱吃。"

"谢谢姚姐姐。"花琉璃笑得眉眼弯弯，最后也不知怎么回事，在花琉璃三言两语之下，竟变成了她们四个人一起边爬山边吃糖了。

花琉璃这个女人，实在太邪性了。

"姑娘，后面的好像是姚姑娘跟她的朋友。"林菀的丫鬟听到身后传来说笑声，转身看了看，看到姚姑娘跟三个衣衫华贵的少女相伴而行，丫鬟不认得这三个人，但从她们的打扮上就可以看出，她们身份不简单。

林菀与没什么见识的丫鬟不同，她一眼就认出了其他三个人是谁。看着她们身后跟着好些个伺候的丫鬟，而自己身边就一个伺候的人，她面上有些难看，甚至想转身装作没有看到她们。

"林小姐，"姚文茵看到林菀，开口叫住她，"你怎么单独出行？"

她跟嘉敏是好友，之前有意靠近林菀，也只是想弄清楚她是什么样的人。不过看嘉敏现在对英王似乎也没有太多的心思，所以她也没再特意跟林菀来往了。

她家是讲究吃喝玩乐的闲散贵族，林菀父亲是有廉洁之名的官员，她跟林菀凑在一块儿，心里总觉得有些别扭。

林菀停下脚步，面带笑意地看向四人，行了一个万福礼："见过两位郡主，见过姚小姐、田小姐。"

"今日是花朝节，林小姐为何穿得这般素净？"姚姑娘见林菀头上只有两根银簪，一根镶金宝石钗，宝石的品相也不算好，想也不想便开口道，"瞧着寡淡了些。"

难怪姚文茵跟姚嘉敏关系这么亲密，原来这两人说话是一样的不过脑子。

像这种开口就评论别人穿着的人，很容易被打的。

她正准备开口缓和一下气氛，林菀就笑着开口了："从小家父就教育我，做人要节俭，不可奢靡，这些年我已经习惯了。"

花琉璃闭上张开了一半的嘴，默默往后退了一步。

"是啊，林小姐即使不化妆也是难得的美人，不像我们这些人，精心打扮过后也只能是庸脂俗粉。"嘉敏阴阳怪气地道，"林小姐是不染凡尘的清雅之人，我等高攀不上。"

说完，嘉敏朝林菀翻了个大大的白眼，大步从林菀身边擦肩而过。

姚文茵、田珊跟嘉敏打小就是好姐妹，见嘉敏生气了，也连忙跟了上去。

嘉敏说话向来缺德，林菀长得本就是清秀有余，美貌不足，她偏偏说人家是难得的美人，不是嘲讽是什么？

林菀脸色十分难看，冷着脸看向嘉敏离去的背影。

"咯咯咯。"花琉璃捂着手帕咳嗽，一副体力不支，走不动的模样站在原地。

鸢尾和玉蓉等丫鬟见状，连忙围了上去嘘寒问暖，拿药丸的拿药丸，倒蜜露的倒蜜露，无不尽心尽力。

"郡主。"已经走到前面的田珊见状又小跑着回来，吩咐身边的丫鬟帮着花家丫鬟一起照顾花琉璃，问道，"你还好吗？"

"没事，没事，就是一口气没喘过来，胸口有些闷。"花琉璃对田珊感激地笑了笑，又朝站在一边的林菀友好地点了点头，才在丫鬟们的簇拥下继续往前走。

嘉敏绷着脸站在原地，等花琉璃跟上来，有些疑惑地打量了几眼，难道是她想错了，花琉璃是真的身体不好？

"嘉敏姐姐，你盯着人家干什么？"花琉璃朝嘉敏温柔一笑，还娇羞地眨了眨眼睛。

被花琉璃这个矫揉造作的表情恶心得打了个寒战，嘉敏后退了两步，说道："你好好说话。"

"哦。"花琉璃垂下眼睑，看起来有些低落。

"咯。"姚文茵干咳一声，说道，"嘉敏，二公主还在山上等我们呢。"

今年的花神大典由二公主牵头，二公主与英王虽不是一母所生，但因为曾经在贤妃膝下养过两年，与贤妃娘娘十分亲近。

看在贤妃与英王的面上，她们也不能去得太迟。更何况花琉璃垂着头的样子，瞧着可怜巴巴的，她瞧着都有些不忍心。

有了花琉璃这件事打岔，嘉敏等人转头就把林菀刚才说的那句话忘了。待上了山，与二公主会面后，她们再见到林菀也没有再刻意与她为难。

山间杏花、梨花初绽，春风袭来时，带起淡淡花香。花琉璃虽与京城的贵女们不太熟悉，但时不时都有人与她主动招呼。

热闹了将近小半个时辰，大家似乎都知道花琉璃身体不好，所以也不敢太打扰，各自围着桌子坐下，开始欣赏起公主府舞女们的舞姿。

“郡主，”鸢尾躬身在花琉璃耳边道，“林家千金已经看了你好多眼。”

林菀是未来的英王妃，所以她坐的位置安排得很讲究，刚好在花琉璃右边斜前方。素净的她，与左右两边珠光宝气的贵女格格不入。

“谁让你家郡主长得好看，其他人忍不住看我，我也没办法。”花琉璃在桌上取了几个果子递给鸢尾，说道，“总不能不让别人看。”

鸢尾笑眯眯地把果子跟其他几个丫鬟分了，继续小声道：“那位林家姑娘看您的眼神分明不太友好，您方才何必为她解围？”

“林大人为人清廉正直，是个受百姓爱戴的好官。林菀是他的爱女，今天有无数女眷在场，若是得知爱女失了颜面，流言传出去，林大人也会跟着难过。”花琉璃用手帕捂着嘴角，小声道，“那个姚姑娘本性虽然不坏，但实在不会说话。她若好好说话，也不会惹得人家刻薄反击。左右没仇没怨，闹得太难看对两边都不好。”

更何况以嘉敏她们三个人的脑子，真要骂起来，指不定谁更吃亏，到时候她总不能站在旁边看着她们对骂。看热闹也是要分场合的。

“林小姐裙摆上的绣纹真好看，跟活物似的。”

“哪里。”林菀浅笑，“不及县主身上的彩锦半分。”

“我这个有什么好看的，倒是林小姐如空谷幽兰……”

听着旁边几人的吹捧，林菀心中慢慢升起难言的满足感。她知道这些人为何会吹捧她，因为她是未来的英王妃，她们得罪不起。

权势、地位。

她心里隐隐有些不屑，这些娇生惯养的贵女，吹捧起别人的样子，与普通人也没什么差别。

她瞧不起她们，又享受她们此刻的模样。

抿了一口茶，她目光落向舞台对面。今日能坐在这里赏舞的女子，身份都不普通，花琉璃绝对是存在感比较强的那种。尽管她身体不好，也不参与吟诗作词这些活动，但仍旧能让人不自觉便把目光投向她。

花琉璃身后跟着四个伺候的丫鬟，也不知道她跟丫鬟们说了什么，丫鬟们笑着掏荷包，放了几颗果脯到她手里。偏偏她似乎还觉得不够，拽住离她最近的丫鬟，把她腰间的荷包解了下来，惹得四个丫鬟都去阻拦。

她身上的衣服很漂亮，听说是太后精心为她定做的，把她的皮肤衬得白嫩无比。如墨的青丝里，每件发饰都璀璨无比，一根最简单的发钗都比她全身的穿戴都值钱。

最吸引人的是那双精美的绣鞋，不知耗费了多少工序，才能做得如此美丽。

“小姐，”林菀的丫鬟发现林菀在看花琉璃，小声道，“奴婢听说福寿郡主一岁的时候就得了县主的封号，不仅有食邑、良田，每年还会得很多赏赐。前段时间陛下封她为郡主后，更是赏了府邸、别庄、良田。外面的人都说，陛下圣恩甚重，福寿郡主虽不是王爷嫡女，但地位不比王爷嫡女差什么。”

“是啊，陛下待花家向来看重。”林菀收回目光，语气不咸不淡，“若不是她身体不好，说不定就能成皇子妃了。”

丫鬟吓了一跳，赶紧小声提醒她：“小姐在，这话可不能在这里说。”

若是被有心人听去，让别人以为她家小姐嘲笑福寿郡主身体不好，那就麻烦了。

林菀抿了抿唇，没有再说话。

望青亭中，才子公子们吟了一个时辰的诗词，都有些累了。但不知道为何，往年过来说几句话就走的太子殿下，今年兴致似乎特别好，不仅从头坐到尾，还帮着大家点评。

一些作诗水平不怎么样的公子哥，被太子评得汗流浃背，暗悔自己为何要附庸风雅，来参加什么花朝诗会，简直就是自取其辱。

更过分的是，太子不走，其他几位王爷皇子也都坐着，引得亭内亭外挤满了人。

“吟了一个时辰的诗，想必大家也有些累了。”五皇子似乎听到了这些公子哥儿内心的呼唤，勇敢地站了出来。

公子哥儿们眼神一亮，有救了。

一些参加了科举，还不知道名次的寒门学子却有些失落，他们还想多找些机会在太子面前展现才华呢。

人的悲喜总是不能相通的，所以有人欢笑有人遗憾。

太子没想到向来在他面前规规矩矩的五弟会站出来说话，他看了眼通往望青亭的小道，心不在焉地道：“五弟有什么好建议？”

“诗词都已经有了，不如大家一起作画？”五皇子眼神闪亮，“花朝佳节，百花盛开，才子佳人如云，若是不留下几幅画，岂不是缺了几分颜色？”

英王、宁王，还有四皇子看着五皇子两眼冒光的模样，表情齐齐变得微妙起来。

“五弟的建议很有意思。”太子微微点头，“接下来就交由五弟主持。”

英王、宁王、四皇子：“……”

说完，他缓缓站起身道：“诸位慢慢作画，孤去四周赏赏景。”

“恭送太子殿下。”听到太子要离开，学子们都有些遗憾，却又不敢开口留下太子，只好恭恭敬敬地行礼送走太子。

英王见太子拔腿就走，当下也不犹豫，找了个借口就溜了出来。他往前面走了一段，见太子站在道路分岔口不动，以为那里的风景十分独特，凑过去一看，也没什么特别的。

“大哥在看什么？”太子把手背在身后，一身锦衣在微风中微微摇摆，风姿俊雅。

“没什么，就看看景。”英王觉得太子今天有些不对劲，平时他最讨厌一群人挤来挤去，今天却像扎了根似的，到了青山就不走了。

现在，他又站在分岔口摆出一副忧郁贵公子的模样，简直就像是一只开屏逗母孔雀注意的公孔雀。

有问题，一定有问题。

“大哥没其他事？”太子见英王站在自己身边不走，挑了挑眉。

“太子身份金贵，让你单独留在这里，为兄不放心。”英王笑呵呵地道，“为兄陪你一起。”

太子身后的随侍跟侍卫们：“……”

行吧，身为下人，他们可以没有存在感，英王殿下说了算。

“哦。”太子微抬下巴，说道，“那就麻烦大哥了。”

“鸢尾，现在是什么时辰了？”花琉璃问。

“巳时下刻。”鸢尾道，“您现在是准备去找太子殿下？”

“说好午时前要去找他，我怎么能食言？”花琉璃抬头看了眼天空，天有些阴沉，等会儿该不会要下雨？

她起身走到二公主身边道：“殿下，臣女第一次参加京城的花朝节，想去四周看看。”

“山里风大，郡主不要受了寒。”面对花琉璃，二公主不自觉就多了几分小心翼翼，她细心嘱咐了几句，才让身边的丫鬟送花琉璃离开聚会的地方。

“林小姐。”二公主发现林菀盯着花琉璃离去的方向出神，便道，“林小姐若是也想出去看看，就让本宫身边的丫鬟陪着一起过去，她对青山这边的路比较熟。”

青山今日虽有重兵把守，但男男女女来往甚多，林菀身边只带了一个伺候的丫鬟，恐怕照顾不周到。

听到二公主的话，林菀不好说自己只是多看了花琉璃几眼，便应了下来。

二公主派了两个丫鬟跟着林菀，也言语温和地多说了几句关心的话。这是她未来的嫂子，就算不能交好，也不能得罪。

出了聚会的地方，林菀有些茫然，她能去哪儿？

“林小姐，山里有个叫望青亭的地方，很多才子佳人都喜欢去那里作诗赏景，小姐若是不知道去哪儿，可以去那里看看。”二公主身边伺候的人很擅长察言观色，一看林菀的表情就知道她在为难什么，赶紧提了个建议。

“那便去望青亭看看。”林菀的父亲是科举状元，她对诗词也有些兴趣，听丫鬟这么说，也起了好奇心。

她们往前走了一段路，见花琉璃等人在前面，二公主派过来的一个丫鬟道："巧了，原来福寿郡主也是去望青亭的。"

林菀淡淡笑道："没想到福寿郡主也是好诗词的人。"

"奴婢听说花家三公子今年参加了春闱，也许郡主是去寻花三公子的。"林菀的丫鬟道，"说不定我们家公子也在。"

两个公主派来的丫鬟闻言都没有说话，今年春闱好几个大家族公子都参加了，谁才华更出众，她们看不出来，但是说话的时候，万万不能得罪人，以免给主人招来祸事。

林菀笑道："哥哥整日在家中闷头读书，多出来走走也好。"

她看着前方身段窈窕的花琉璃，眼神忽然变了。

站在前面分岔口的，是太子跟英王？花琉璃特意出来，是为了找他们？

花琉璃已经发现跟在她后面出来的林菀，不过她没有太过在意。见太子在前面等她，她快步上前给太子与英王行礼："臣女见过太子殿下，英王殿下。"

太子装作不经意地看了花琉璃脚下一眼，未语先笑："郡主不必如此多礼。"

"臣女来晚，让殿下您久等了。"花琉璃跟着笑了，"都怪山里的梨花太美，让我流连不已。"

"说好午时前，现在还是巳时，郡主不是来晚了，是来早了。"山间忽然飘起了蒙蒙细雨，太监打开伞撑了过来。

太子接过伞，挥手让太监退下，他把伞撑到花琉璃头顶，笑道："细雨纷纷中赏梨花，别有一番趣味，郡主可有兴趣？"

花琉璃看着太子俊美的容颜，点头说好。

美色总是容易让人失去立场。

"等等。"太子见花琉璃没有穿披风，让太监把一件女式绣桃花披风拿过来，说道，"郡主，帮孤拿着伞。"

花琉璃举着伞，低头见太子细心地帮自己系好披风，忍不住盯着他白皙干净的指节发呆。

"郡主？"太子去拿花琉璃手中的伞，竟没有拿动。他不由得失笑，从太监手里接过另外一把伞，与花琉璃并肩站在一起，笑道，“我们走吧。”

真是遗憾，以他们现在的关系，就算下雨也不能共打一把伞。

“好。”花琉璃点头。

太子从英王身边经过时，停下脚步问：“大哥，孤先陪郡主四处走一走，你随意。”

英王：“……”

就是一片破梨花林，有什么好看的？

英王挥开给自己撑伞的随侍，盯着与太子并肩离开的花琉璃，夺过伞自己打着，就准备跟上去凑热闹。

“王爷。”

英王不满地扭头，谁在叫他？

看着好像有些眼熟？哦，这好像是他那个未婚妻。

英王微微皱眉，停下脚步道：“何事？”

“王爷，臣女出来的时候，忘记了带伞。”林菀轻轻擦拭着脸上的雨点，不敢太用力，怕弄花了妆容。

“哦。”英王看了眼手里的伞，说道，“本王也只有一把。”

林菀脸上的笑容有些僵硬。

“你，”英王看向自己的随侍太监，说道，“你去给林小姐找把伞来。”

“王爷要去哪儿？”看出英王对自己的冷淡，林菀面上有些过不去，想到身后还有两个二公主安排过来的丫鬟，林菀更不想让人看出她与英王之间关系僵硬，便道，“若是方便的话，臣女陪您一起？”

英王刚想说不用，转念又一想，他一个大男人跑去看梨花也不像个样子，带上未婚妻确实更合适些。

他点了点头：“行，那你跟上。”

再不跟上，太子跟花琉璃都要跑得没影儿了。

“殿下每年都会来青山？”花琉璃手里捧着几枝杏花，走下青石台阶时，太子单手拿着伞，另一只手伸到花琉璃面前，说道，“石板上长了青苔，一下雨就很滑，郡主小心。”

花琉璃把手递给太子，踩在铺满花瓣的石阶上，说道：“多谢殿下。”

“孤已经让人去前面的亭中安排，等下午膳我们就在那里用。”太子握住花琉璃的手，“孤平日出宫的机会并不多，以往的花朝节，也只是在文人学子面前露露脸便走。”

“今年不同。”太子对花琉璃温柔一笑，“说好要陪郡主过花朝节，就不能食言。”

花琉璃笑得眉眼弯弯：“谢殿下。”

“你若真是想谢孤，等会儿用午膳的时候，就多用些。”太子边走边回头看被他牵着手的花琉璃，“孤可不想你因为挑食，又被花三公子骂一顿。”

被太子的话再次逗笑，花琉璃道：“挑食只是一个微不足道的小毛病，殿下不用太过在意。”

“告诉你一个秘密。”太子停下脚步，脸上露出神秘的表情。

花琉璃赶紧往四周看了看，发现时不时有路人走过，想压低声音提醒太子不要说：“殿下……”

太子一本正经道：“其实孤也挑食。”

花琉璃：“啊？”

她现在是该劝太子不要挑食，还是开口说，好棒棒，我们居然一样？

“所以郡主说得对，挑食只是微不足道的小毛病。”太子闷笑出声，“有共同缺点的我们，谁也不嫌弃谁，对不对？”

花琉璃若有所思地点头：“说得好有道理，我们这也算是……自己人了？”

前面时不时有说笑声响起，走在后面的英王与林菀之间，气氛却很冷。林菀主动与英王说了几次话，英王都是“嗯嗯啊啊”应付，她也不想再自讨没趣了。

不知道踩到什么，她忽然脚下一滑，往前摔了过去。

走在她前面的英王听到动静，赶紧往旁边一躲，眼睁睁地看着林菀往前面摔去。好在英王身边的随侍太监反应比较快，与林菀的丫鬟一起扶住了她。

英王神情复杂地看了林菀一眼：“林小姐小心脚下。”

自从他十五岁后，每年总有那么两个宫女假意在他面前摔倒，以至于他看到女人摔倒就想躲远一点。

没想到清正廉洁的林舟，教养出来的女儿，也会用这种手段？他娶个这样的王妃回去，以后会不会影响他孩子的脑子？

林菀没想到她差点摔倒后，英王不仅没有伸手扶她，还闪身躲开，她就那么讨人厌吗？

她苍白着脸，勉强笑道："多谢殿下提醒，我会多注意的。"

她看着前面与太子言笑晏晏的花琉璃，脑子里忽然有了一种荒诞的想法。若站在这里的是花琉璃，英王也会是这样的态度？

心里明白自己不该这样想，可林菀怎么都控制不住。她一遍又一遍地提醒自己，不能在英王面前露出自己的不满，更不能让父亲知道英王对自己冷淡。以父亲的性格，若是知道英王待她如此，说不定会去找陛下，想办法退了这门亲事。可她想做一个受人吹捧，生活舒适的王妃。她想像这些出生于贵族之家的姑娘一样，有数不尽的珠宝首饰、绫罗绸缎，奴婢成群。

"这么多杏花梨花，不知道要结多少果子。"花琉璃道，"我听田姑娘说，山北面还有一片桃林，可惜还没有开花。"

"等开花的时候，孤带你过来看。"太子把伞交给太监，伸手指了指前面的亭子，说道，"我们等下就在那里用午膳，郡主觉得如何？"

亭子四周全是花树，美如仙境。

"在这种地方用餐，能让人胃口大开。"花琉璃走下最后一级台阶，正准备松开太子的手，忽见一对带着仆人的年迈夫妇相携走了过来，她拉着太子往旁边让了让。

"小姑娘脚上的鞋好生漂亮。"老太太见花琉璃主动让路，笑眯眯地看了看花琉璃，又看了看太子，笑容暧昧地道，"真好。"

太子笑了笑，花琉璃笑道："多谢婆婆夸奖。"

老头气哼哼道："你这个老婆子，我特意让人给你做的新鞋子，难道不漂亮？"

"漂亮，漂亮。"老太太哄着老头，"你跟人家小姑娘、少年郎比什么？"

老头闻言看着太子，摸着胡须道："有我当年的风采。"

太子好脾气地一笑，也没说老头这话是冒犯。

两位老人你一言我一语地说着慢慢走开，看得出感情极好。

花琉璃抬起脚看了看，笑道："殿下，今天已经有不少人夸这双鞋漂亮了。"

"你喜欢就好。"

太子对花琉璃温柔一笑，伸手摘去她鬓边的梨花瓣，把花瓣扔得远远的。

梨花寓意不好，可不能留在琉璃身上。

花琉璃与太子到亭中时，太子身边伺候的人已经收拾好了一切。亭子四周每隔两步就站着一个普通人打扮的护卫，可见陛下对太子外出安全并不是那么放心。

石桌上摆满了热气腾腾，色香味俱全的饭菜，花琉璃洗干净手，忍不住道："这些菜与宫里虽不同，但让人看着也食欲大增。"

"郡主喜欢，便是这桌子菜最大的荣幸。"太子拿起筷子，说道，"郡主，请。"

花琉璃刚拿起筷子，就看到英王带着林菀过来，她放下筷子，站起身来。

"太子，为兄打扰了。"英王把伞递给守在外面的护卫，大步走进亭中，说道，"外面雨越下越大，我带人进来躲躲，你不介意吧。"

太子瞥了眼英王，放下筷子似笑非笑道："刚才一直觉得有什么尾巴跟在身后，孤还打算让护卫去看看。既然是大哥，孤也就不担心了。来，坐吧。"

英王皱了皱眉，他怎么觉得姬元溯的表情，像是在召唤一只狗？

他甩了甩脚上的水，走到太子左手边坐下。花琉璃看了眼还站在亭外的林菀，转个身坐到太子右手边，把英王旁边空位留了下来。

可英王像没有看见林菀一样，在太监的伺候下洗完手就拿起筷子准备用饭。

这两人是闹得不愉快了？

花琉璃不想插手两人之间的事，又觉得让林菀就这么站在外面有些尴尬，便开口道："林小姐，杏花虽美，吃饭事大，还是用过饭再慢慢欣赏吧。"

林菀借着花琉璃送的台阶垂首走进亭内，向太子行了一礼，安静地坐在了英王旁边。

"这道八宝珍笋汤，是用春季最嫩的竹笋熬制而成，有润肺清心之效，郡主可要尝尝？"太子却不管英王与林菀之间的气氛有多僵冷，他舀了一碗汤端到花琉璃面前，自然得仿佛另外两个人根本不存在。

花琉璃端起碗尝了尝，说道："好喝。"

"孤也喜欢这道汤，其他的只能算得上平常。"太子看着花琉璃身后的花树，说道，"不过今日有花相伴，这些平常的饭菜也都能够下咽了。"

"嗯？"花琉璃回头看去，花瓣如雪花般飘落在地上，在地上铺了厚厚一层，待到明日，这些花瓣便会与泥土为伴，再不复今日的美。

她把手探出亭外，接住几片飘落下来的花瓣，把花瓣放到太子手边，笑道："来，边看边吃。"

太子愣了愣，随后便笑出声来。

英王抬头，看着花琉璃耳垂上的玉珠轻轻晃动，他忍不住想，边疆条件那般艰苦，花家怎么把女儿养得这么白嫩的？

"王爷，"林菀用筷子挑了一片嫩笋放到英王碗里，笑道，"您尝尝这个。"

"林小姐，这种伺候人的工作，交给下人就行。"英王把嫩笋夹起来放到一边，说道，"更何况本王不习惯吃别人送来的吃食。"

林菀面色微白："是我冒犯了。"

林菀下意识地望向花琉璃，见她没有注意到这一幕，便没那么难堪。

英王看着林菀皱眉，问道："本王跟你说话，你看别人做什么？"

"殿下，"花琉璃放下碗筷，说道，"臣女吃饱了，出去看看花。"

"孤陪你一起。"太子跟着起身，微笑着看了英王一眼，从护卫手里接过一把伞，撑在了花琉璃头顶。

花琉璃拎起裙摆，跟太子走到杏花林中，回头看了眼还坐在亭中的英王与林菀，小声道："英王爷与林姑娘的相处方式……真别致。"

英王明显不太喜欢林菀，而她想不明白的是，林菀为什么要惯着英王的坏脾气，让自己如此委曲求全。

男人有时候就是欠收拾，一味顺着是没用的，越顺着越来劲儿。应该找准机会多收拾几次，自然就乖巧听话了，至少懂得在外人面前给人留颜面。

她听三哥说，林大人年轻的时候曾在朝堂上把几个官员骂得哑口无言，贪官看到他都会害怕，他怎么把女儿的性格养得这么温软？该不会是就只教了女儿相夫教子，温顺贤淑那一套吧？如果真是这样，以英王的脾气，她跟英王成亲后不知道要受多少委屈。

太子伸手摘了一朵花，别在花琉璃头上，说道："每个人都有不同的选择，不要为了别人的事情让自己烦恼。"

"殿下，一朵花就是一颗杏。"花琉璃故作严肃道，"这可怎么办？"

"那就……"太子又摘了一朵，别在刚才那朵花的旁边，笑道，"让他的兄弟陪着他，免得让它感到寂寞。"

"一朵花……会很寂寞？"花琉璃若有所思，难道太子又想起他曾经爱过却香消玉殒的女子了？

"是啊。"太子意有所指，"一朵花再美，都会希望有另一外朵花去陪着，独自一个……花太寂寞了。"

"也许这朵花希望它喜欢的花留在枝头，然后再结出可口的果子。"花琉璃听得心惊肉跳，担心太子出现悲观厌世的倾向，笑道，"树上漂亮的花那么多，留在花团锦簇中多好，为何要跟着这朵花离开？"

"世间有太多美好的东西。"花琉璃苦口婆心地安慰，"放弃什么，都不能放弃生活中的繁华与热闹。殿下，你说是不是？"

太子把伞塞到花琉璃手里，说道："孤突然觉得有些冷，去加件披风。"

"啊？"花琉璃举着伞，见太子转身朝另一个方向走去，心说今天的风确实有点大。

过了好一会儿，太子还没回来，林菀先过来了。她神情平静，脸上无喜无怒，英王刚才那些行为似乎并没有影响到她的情绪。

"郡主长得真美。"林菀忽然偏头看着花琉璃，"站在这杏花雨中，美得仿佛一幅画，我坐在亭中看着郡主的身影，几乎失了神。"

明明是夸奖的话，花琉璃却听出了些许阴森森的味道，她后退了两步，说道：“林小姐过誉了。”

“郡主不用自谦，我只是说了实话。”林菀微微勾起嘴角，说道，“刚才你站在这里，所有人都忍不住看你……”

花琉璃倒吸一口气，好好的怎么又病了一个？

她刚把姚嘉敏的毛病吓好，这个林菀怎么也跟着犯病了？以英王的姿色，也够不上蓝颜祸水的级别，怎么这一个两个的，都一副担心她要去抢人的样子？

女人何必为难女人？她从不与英王单独见面，甚至连话都没说过几句，到底哪里像对英王有意表现？

自己拿男人没办法，便觉得这是全天下女人的过错，这是什么道理？

“林小姐，”花琉璃勾起嘴角笑了笑，“我不算宽容大度的人，尤其不喜欢别人侮辱我的眼光，希望你能明白。”

林菀眼神冰冷地看着花琉璃。

花琉璃笑着回望。

“郡主威风赫赫，我自然得罪不起。”林菀冷笑，“希望郡主能一直这么威风。”

“鸢尾，”花琉璃没有理会林菀，她朝丫鬟招了招手，“林小姐刚才这席话你可记住了？”

“奴婢记下了。”鸢尾笑着道，“请郡主放心，奴婢一字不差地记着呢。”

“记得就好。”花琉璃笑容灿烂，“再过几日，我们就去拜访林大人跟林夫人，把林小姐的话复述一遍，我想林大人一定会为林小姐的谈吐见识感到欣慰的。”

“你什么意思？”林菀脸色变了。

“就是要去告状的意思呀。”花琉璃歪了歪头，笑嘻嘻道，“小孩子不会说话，乱得罪人，谁会跟不懂事的孩子一般见识，当然是找她家大人啊。”

“花琉璃！”

“林小姐。”太子面无表情地走了过来，说道，“林小姐今天中午的胃口一定很好。”

林菀没想到太子会突然过来，她表情有些慌乱，躬身退到一边，恭恭敬敬道："臣女……不明白太子殿下的意思。"

"若不是胃口好，吃得多，你怎么会有力气对福寿郡主大吼大叫？"太子冷眼看着林菀，他的眉毛与眼睑上沾着春雨落下的水珠，让他整个人看着像是一把出鞘的寒剑，让人不敢与他直视。

"林舟大人是个好官，林小姐不要堕了他的名声。"太子眼神微冷，"未来是要做王妃的人，若是不会说话做事，就不要嫁进皇家。"

花琉璃见春雨越下越密，太子又没有撑伞，赶紧举起伞遮在太子头顶，她发现自己身高与太子有点差距，需要踮着脚才不会影响太子的视线。

温热的手握在了伞骨上，他轻声道："让孤来。"

花琉璃赶紧撒手，让一个善良可爱的少女给长得高的人撑伞，实在太累了。

撑着伞的林菀却觉得全身都冷，她牙齿轻轻打战，她不知道自己是真的冷，还是在害怕。她怕花琉璃真的跑回去告状，也怕太子去跟陛下说她没有做王妃之德。

她无法接受自己以后不能成为英王妃，最后只能嫁给像她父亲那样寒酸的官员的命运。

眼眶一红，她跪了下来，小声哭泣道："求殿下与郡主恕罪。"她的哭声凄凉伤心，仿佛一个在强权下敢怒不敢言的可怜人。

"这是怎么了？"英王走过来就看到自己未来的王妃跪在太子面前，他面色有些难看。不管怎么说，林菀都是他未来的正妻，太子未来的嫂子。未来嫂子跪在小叔子面前，像什么样子？

"都是臣女的错。"花琉璃咬着下唇，柳眉轻皱，似乎藏着无限的委屈，"臣女与林小姐言语上有些误会，彼此弄得有些不高兴，太子殿下过来以后，就说了林小姐几句。不想林小姐竟会如此愧疚，跪着向殿下与臣女道歉。"

花琉璃小脸煞白，似乎是被林小姐此举吓着了，但仍旧体贴地对英王道："幸好王爷您来了，您赶紧劝林小姐起来吧。"

这个锅又大又圆，若是让太子背了，肯定会闹得兄弟更加不合，还不如让她来背好。

“原来只是言语上的误会。”英王恍然大悟，他低头看着林菀道，“那你还跪着做什么，让人瞧着很好看？还不赶紧起来，等下去换身衣服，晚上母妃邀你进宫小住两日。”

“多谢郡主宽容。”林菀的手藏在袖中，指甲深深陷进了掌心。

她慢慢站起身，低头看了眼裙摆上的污泥，对英王道：“殿下，臣女回府去换身衣裳，再去宫里拜见娘娘，可好？”

“随你。”英王瞥向太子，说道，“山里的雨越来越大，郡主身体不好，不宜在山中久待。更何况雨再落下去，山路会变得湿滑难行，郡主还是早些下山。”

“多谢殿下提醒，臣女记下了。”花琉璃注意到林菀凉飕飕的眼神又落在了自己身上。

她在心底默默叹气，往太子身后躲了躲。身边有人长得高还是有好处的，至少遮挡的面积要大一点。

英王看了花琉璃一眼，朝太子拱手道：“太子，我先告辞。”

“大哥慢走。”太子面无表情地看了林菀一眼，林菀不敢与太子对视，把头埋得更低了。

等英王带着林菀离开，太子才对花琉璃道：“那我们也下山，京郊附近有一个湖，雨天的景色最好，坐马车就能去，你可要去看看？”

“去。”花琉璃点头，有美人相伴，赏湖赏花都一样。

两人下山的半路上，遇到手里拿着画筒的五皇子。五皇子看到花琉璃，眼神都亮了起来。他规规矩矩地给太子行了一礼，然后用灼灼的双目看着花琉璃道：“福寿郡主，我今日又新作了一幅画，还请郡主点评一番。”

花琉璃：“……”

年轻人，你用这么信任的眼神看着我，我也很为难啊。

“那臣女便斗胆一观了。”算了，算了，对方是皇子，她还是要捧着点。

两个小太监小心翼翼地打开画卷，五皇子赶紧把伞遮到画上，就怕无情的春雨淋湿了他的大作。

花琉璃深吸一口气，鼓足勇气看了过去。

这画的是什么玩意？一堆颜色重的墨团与颜色浅的墨团混在一块

儿，友好地做朋友吗？

“郡主，你觉得这幅观青山图如何？”五皇子满眼期待地看着花琉璃。

太子似笑非笑地看了花琉璃一眼，默默往后退了一步，假装看天看地，就是不看五皇子的画。

“这画……”花琉璃沉吟片刻，说道，“殿下落笔时，时深时浅，色重的部分，就像是青山的巍峨与壮观，这些色轻的部分，像是山间的风，山间的雾，山间的雨，还有那看不见摸不着的灵气。以画观人，臣女以为，殿下为人如山，心境却如自在安适的白云，是位端正的君子。”

“郡主谬赞了。”五皇子脸颊微红，让太监把画小心地收起来，笑道，“不过郡主说得对，我想做这山间的云，山间的风，不为俗务侵扰。”

花琉璃扭头看向太子：“殿下，臣女说得对不对？”

这种时候，不能让她一个人为了夸人绞尽脑汁。

“郡主说得对。”太子微笑，“郡主说得很有道理，孤很赞同郡主的看法。”

“太子也是懂臣弟之人。”五皇子更加高兴了，他道，“请二位等着，我回去后就画两幅新画送给你们。”

花琉璃：“……”

不，真的不用了。

“有劳五弟了。”太子神情如常，“那你早些回去作画，孤……期待你的作品。”

“臣弟一定不会让太子失望。”优雅完美的五皇子听到太子的鼓励后，一路小跑着下了山，连伞都不用了。

从小到大，太子很少夸过他，今天竟然这么温柔地夸他，鼓励他，一定是因为自己的画太有意境了，让太子起了欣赏之意，他果然在作画方面有无与伦比的天分。

看着五皇子欢快离去的背影，花琉璃的心情很复杂，皇室儿女……多奇葩啊。不过，五皇子刚才说想做云啊风啊这类话，究竟是发自真心，还是有意说给太子听的？她偷偷瞥了眼太子，看不出他心里在想什么，干脆放弃了追问。

下着雨的山路，确实不太好走，太子脚下一滑，差点摔跤。花琉璃眼疾手快地伸手拽住他的腰带，把人给拖了回来。

太子看了眼花琉璃的手，忽然笑了：“关心则乱，没想到郡主为了救孤，竟然爆发出这么大的力气。”

“咯咯。”花琉璃捂住胸口，说道，“臣女也没想到，可见人的潜力是无穷的。”她接过鸢尾递过来的药丸吃了一粒，又道，“殿下没事，臣女就放心了。”

到了山下，两人没有共乘一辆马车，花琉璃躺进马车后就松了口气。

美色惑人啊，她怎么就管不住这只手呢？太子身边那么多伺候的人，他们怎么也不可能让他摔着。

“郡主，幸好你不是君王。”鸢尾摇头晃脑道，“你若是君王，江山早晚会因为你好色而败落。”

花琉璃白她一眼：“鸢尾，你把话说这么直白，我很没面子呢。”

“美色在前，您还要什么面子？”玉蓉也笑着接话道，“分明不要了嘛。”

“唉，我这叫怜香惜玉，你们怎么能懂我的心情？”花琉璃小声道，“更何况，太子喜欢的人已经香消玉殒，他还没从这段感情中走出来，我怕他想不开，只能多劝劝他。”

太子若真的出了什么问题，影响的是整个国家，遭罪的是天下百姓。她刚才伸手救的不是美人，而是整个大晋的未来。

所以她是高尚的，伟大的。

第十四章

太子的心意

马车前行了一段路，停了下来。花琉璃掀起帘子朝外看了一眼，四周景致普通，哪里有好看的湖？

“到了？”

“郡主，还有一会儿。”侍卫道，“前面有个采石场，路有些不平，请郡主与伺候您的姑娘坐稳了。”

“好。”花琉璃点头，“多谢。”

“不敢。”侍卫让车夫继续赶路。

没过一会儿，马车果然变得颠簸起来，花琉璃好奇地掀起帘子，很多光秃秃的石头躺在道路两边，一群采石的犯人躲在避雨棚中规规矩矩地站着，不敢发出声音，生怕吵到经过的他们。

其中有个犯人蹲在避雨棚外，看起来与其他犯人格格不入。他似乎看到了花琉璃，忽然就站起身，喊道：“郡主，求郡主救命。”他似乎想向这边跑，被狱卒抽了一鞭子后，有些害怕地停下脚步，却仍旧声嘶力竭地唤着花琉璃。

“停。”花琉璃让马车停下来，她让狱卒把这个犯人带近了一些，仔细看了好几眼。

头发乱七八糟，蓬头垢面的，这……谁啊？

“郡主，我是琴师云寒。”这犯人脚上踩着草鞋，干瘦的身躯套着脏兮兮的粗布短打衣，看起来就像是很久没吃饱过的人。

“你是……云寒？”花琉璃把人从头到脚打量了一番。难怪老有人说，人是木桩全靠衣裳，这个云寒穿上破布烂衫，身上那点出尘的气质消失得无影无踪，脏兮兮的脸再不复前几日的白皙，也就谈不上美貌了。

“郡主，这些狱卒滥用私刑，请郡主救我一命。”虽然只在大理寺地牢里待了两天，但他已经受不了了。

“请郡主明察，大理寺的犯人，本就是要出来做事抵罪的。”狱卒不知道马车里坐的是哪位郡主，却不敢怠慢，忙道，“这人惯会偷奸耍滑，做事不多，吃得却不少，又不服管教，我们鞭打他也是没有办法，并不是故意针对他。”

“云寒先生，大理寺有大理寺的规矩，我虽是郡主，却不能插手政事。大理寺的官员们都是查案断案的天才，我相信他们一定会查清事情真相，让事情有个完美的结果。”花琉璃看了看云寒脚上脏兮兮的草鞋，叹道，“牢里的日子是苦了些……”

云寒听了，心里升起一股希望。

“不过以后的日子还长，多待一段时间，也就习惯了。”花琉璃从车窗里递出一盘糕点，说道，“来，多吃点，吃完了才有力气干活。”

云寒瞪着这盘糕点，抖着手接过，说道：“既然是郡主说的，那我就相信。”

“这就对了。”花琉璃点头，“好好改造，争取早日出来。”

花琉璃等人一走，老老实实待在避雨棚下的犯人一拥而上，把云寒手里的糕点抢得干干净净。

“我还以为这个小白脸有本事让自己重获自由呢，结果就得了盘糕点。”

“那位郡主娘娘说得对，好好改造，争取早点出去。”

一群人嘻嘻哈哈肆意取笑着，却不敢随意谈论这位郡主。都是大理寺被关了许久的犯人，什么话能说什么话不能说，一个个精得跟老鼠似的。

太子懒洋洋地靠着车壁，心情很好。

如何打破一个人在另一个人心中的美好一面？

把他最丑陋的一面，完完整整地展示出来。

最好看最迷人的琴师？

呵。

“殿下，云寒从大理寺地牢出来，到采石场的这段路上，总共碰到了三次行人，还有与他有过接触的犯人，全部在我们的监控之中。”近身小太监犹豫地看了太子一眼，说道，“还、还有福寿郡主方才递给了他一盘糕点，但已经被其他犯人抢光，暂时看不出可疑之处，要不要派人……”

“福寿郡主是花将军与卫将军的女儿，绝对不可能与这些来历不明的反贼有勾结。”太子直接开口道，“花卫两家世代忠良，为大晋历代立下汗马功劳，他们若有反意，就不会拼命把金珀打得毫无反手之力。怀疑福寿郡主，就是否定两位将军为大晋立下的功劳，这种话日后不要再提。”

“是。”太监以头抵地，说道，“奴婢失言，请殿下恕罪。”

太子看了他一眼，语气淡淡地道：“很多事情，在没有证据之前，不要对良臣进行自以为是的猜测。”

“是。”太监瑟瑟发抖。

“殿下。”马车外的侍卫扬声道，“烟来湖到了。”

太子掀开帘子走下马车，转身往后看了一眼，花琉璃正好也从马车上下来，身上的披帛在风中轻轻飞舞。

“郡主。”太子走到花琉璃面前，说道，“前面就是烟来湖，每到雨天的时候，湖面仙云缭绕，观景者泛舟于湖上，犹如漫游云端。”

花琉璃注意到湖面有个画舫，上面站着侍卫太监，还有几个穿着彩衣的宫女。

“来，我们上船。”太子带着花琉璃登船，船身微微晃了晃。

舫中有几个跪坐着的乐师，见太子与花琉璃进来，他们连忙起身行礼。

闻着舫中淡淡的熏香味，花琉璃道：“多谢殿下。”

“孤说过要请你听宫里乐师的弹奏，又怎么会食言？”

茶桌上的茶壶里不知煮着什么茶，散发着淡淡清香。

“知道你不能喝茶，所以让人煮了花露汤。”太子邀请花琉璃坐下，说道，“尝尝。”

花琉璃端起茶盏喝了一口，淡淡的甜味裹着茶香沁人心脾，笑道：“喝了这个茶，感觉自己整个人都香了起来。”

“郡主喜欢就好。”太子抬了抬手，乐师们开始弹奏。他们弹的第一首曲子不是软绵绵的南方小调，而是让人热血沸腾的战场曲。

花琉璃拿着茶杯的手微微一顿，她转头看着这些琴师，听得非常认真。

将士们只要上了战场，生死便不是自己能够决定的了。她记得爹爹曾经说过，身为武将，他希望一生所学能有用武之地，希望天下不要再发生战争。

战场无情，一个数字后面就是一个人的性命，死去的这个人，或许怀念着家乡的某个人，或许还有人在等他回去。

唯一能够感到庆幸的是，陛下是个不苛待军士的好皇帝，将士们能够吃饱，若士兵不幸战死，还有一笔丰厚的抚恤金。

爹爹常常向她跟哥哥们讲，良将遇明君是武将与帝王最好的开场与结局。他运气好，遇到了昌隆帝。但是花家不是每代人的运气都这么好，所以怎么好好保存实力活下来，几乎成了花家每一代人的本能。

与边疆将士的怒吼悲歌相比，乐师们的弹奏更加悦耳动听，但少了几分边疆的洒脱豪迈味。

“岂曰无衣，与子同袍。”花琉璃跟着曲调哼了两句，笑着道，“殿下，这些乐师弹奏的曲子真有意思，可惜臣女在领兵打仗上的天分不如家父家母，只能听听这些曲子聊以自娱了。”

“世间没有完全相似的两个人，花将军与卫将军确实是难得的将才，但是郡主也有自己的风采，没有必要跟他人或是长辈去比。”太子把花琉璃的杯子续满，看着她道，“在爱重郡主的人眼里，你就是独一无二的。”

花琉璃笑着看太子：“殿下若是想要夸一个人，一定能够把这个人夸得心花怒放。”

“郡主这句话说错了。”太子轻笑一声，“孤从不夸人，只说真心话。”

花琉璃忍不住笑了。

男人啊，尤其是长得好看的男人，夸奖人的时候，声音美得像天籁。

这厢花琉璃有美人太子作陪，泛舟湖上。那厢作为俘虏的阿瓦皇子，只能坐在空荡荡的地牢里，扯地上的稻草玩。

今天不少犯人都被押去了采石场，他身份特殊，既不服劳役，也不用跟犯人们一起参加其他集体活动。他每天只能待在单人牢房里，过着发呆的日子。

平时那些犯人虽然懒得理他，至少他还能听他们聊天，现在连说话的人都没有，冷清得实在让他受不了。再这么待下去，他的脑子早晚变成猪脑子。

“阿瓦皇子。”裴济怀走到牢房外，看着扯草玩的阿瓦，面无表情地道，“看来皇子在我们大理寺里过得还不错，腰围都胖了两圈。”

阿瓦瞪了裴济怀一眼，却不敢还嘴，当初害得他被饿了几天的人就是他。

裴济怀抬了抬手，其他人都退了出去，只剩下了他一个人。

“你、你想干什么？”阿瓦见其他人都走开了，连连后退，身体贴到墙根，才焦急地开口道，“有什么事好好说，动用私刑是不对的。”

“皇子殿下误解下官了。今日是花朝节，是我们大晋一个很热闹的节日，本官怕皇子殿下无聊，所以特意来陪你。”裴济怀在椅子上坐下，把腰间的佩刀取下来放到手边的桌上，说道，“时间还早，不如我们先来聊聊你们金珀皇室的一些兴趣爱好？”

阿瓦理直气壮道：“我是父王最宠爱的儿子，只有别人记住我的爱好，没有我去关心他们的道理。”

“哦？”裴济怀挑了挑眉，他把手放到刀鞘上，食指有一下没一下地点在上面，发出沉闷的声响。

阿瓦心里被这些声音弄得不安，说道：“要不，咱们换个我知道的话题聊？”

“好啊。”裴济怀慢慢收回手，慢悠悠道，“就谈谈你为何想见福寿郡主吧。”

阿瓦脸色变得极其难看，他咬牙切齿道：“你们大晋的女人，都是诡计多端的毒妇！”

唰！亮晃晃的大理寺护卫刀从刀鞘中拔出，在昏暗的地牢中，反射着如寒霜般的光芒。裴济怀握紧刀把，平静地看着阿瓦道：“皇子殿下，刚才那句话下官好像没有听清楚，请您再讲一次。”

“我是说，你们大晋的女人个个聪明貌美，如月神下凡。”

“多谢殿下对我国女人的夸奖，在这件事上面，下官与殿下的看法相似。”裴济怀把刀插回刀鞘，笑道，“请殿下继续说。”

阿瓦脸色变来变去，惜命的他最后还是选择把这个话题继续聊下去。

“我与贵国的福寿郡主相识于一年前……”

一年前，金珀国大将军图卡阵亡以后，金珀皇室人心惶惶，阿瓦便自告奋勇，决定混入青寒州花家军大本营打探虚实。

混入青寒州以后，他得知花应庭有个爱若明珠的幼女名琉璃，这个女孩性格天真，心地善良，十分受当地人喜爱。

在金珀有美男子之称的阿瓦便起了歪心思，他想靠近花琉璃，就算不能套得军情，也希望能把她骗出城，拿她当作人质。

计划开始前，阿瓦做了很多准备，编了一个“母亲被金珀人掳去，做了奴隶，剩下他以后，被折磨而死”的故事，留在青寒州做了一个商人。为了获得花琉璃的信任，他还免费送了不少药材给当地百姓，让花琉璃相信他是一个善良的人。

中间发生的那些旁枝末节的事情阿瓦并不想讲给裴济怀听，只说最后他的计划成功了，他骗花琉璃带着几个婢女跟他一起出了城。

就在他把花琉璃带回自己的大本营的当天夜里，军营里的粮仓突然起火，花家军突袭而来，他刚回到大帐准备换上战袍，就被花琉璃身边的那些侍女绑了起来。

这几个女人堵住了他的嘴，把他藏在衣箱里，而花琉璃就躲在另一个箱子里，装作与他一起失踪了的假象。

“二皇子与新带回来的小美人逃走了！”也不知谁在乱吼乱叫，军心彻底乱了。

有人走进他的军帐，看到散落一地的珠宝，准备卷起金银珠宝逃跑，却被其他逃兵发现，最后扭打成一团。

他就这么眼睁睁地看着自己带来的兵被花家军打得毫无还手之力，而自己还做了俘虏。

“没想你竟然骗我，原来你是金珀国二皇子。”花琉璃掩面嘤嘤哭泣，

"当初带兵偷袭我大晋边境，屠杀上万无辜百姓的是不是你？！"

她一边哭，一边捡起地上一只不知谁掉在地上的臭鞋子往他脸上抽。

"你怎么这么坏？嘤嘤嘤……你还有没有人性？嘤嘤嘤……"

也不知道这个女人是怎么回事，明明病弱不堪，走两步都要喘，抽他脸的时候却格外有劲儿，几下便把他打得头昏脑涨，连牙齿都掉了两颗。

"县主，您身体弱，不能伤心，奴婢等把这个营帐里的金银珠宝全都收起来，去开个善堂好不好？"

"对对对，这个阿瓦虽然该千刀万剐，但是听说金珀老国王非常看重他，我们可以拿他当人质，让金珀国签投降书的时候多拿赔偿金出来，这也算是为百姓造福了。"

这些婢女一边说，一边搜刮东西，连他床上嵌的珠宝都用小刀剜了下来，一件值钱的东西都没有留下。

最后他在数万花家军的注视下，被几个女人绑得死死的，像拖死狗那样拖出了军帐，毫无一国皇子的尊严。

这段过往已经成为阿瓦的耻辱与噩梦，直到现在他还会梦到花琉璃用臭鞋子抽他脸时的场景，每次梦醒都是一身冷汗。

阿瓦把事情经过说得吞吞吐吐，很多丢脸的细节也没有讲出来，但是裴济怀还是拼凑出了事情的梗概。

"你的意思是说，你在青寒州足足潜伏了半年，就是为了取得福寿郡主的信任？"裴济怀看了眼阿瓦那张胖乎乎的已经看不出原本轮廓的脸，心想，这位皇子究竟对福寿郡主的眼光有什么误会，才会以为靠他这张脸就能使美男计？

不说别人，就说花家三公子，也长着一张俊俏的脸蛋，福寿郡主天天看着自家人好看的脸，会被一个自称身世凄惨的人迷住？

退一万步说，就算福寿郡主眼神突然出现问题，真的相信了阿瓦的花言巧语，也不可能随随便便跟着阿瓦出城。人家是善良单纯，不是脑子进水！

这是什么样的自信，才会让人觉得堂堂大将军的女儿，会抛下一切跟他走？自以为算计好了一切，实际早已经成了别人眼里的棋子。这个阿瓦皇子，简直蠢到自己送肉上门，别人不吃下去都觉得不好意思的地步了。

“有件事殿下可能还不知道，不过那也不怪你，毕竟是十五年前的事了。”裴济怀脸上竟出现了一丝笑意，“十五年前，贵国的探子潜入青寒州不到三天，便被卫将军发现了，诛杀于现场。”

阿瓦愣住，问道：“你什么意思？”

“贵国的探子在青寒州仅仅待了三天，就被卫将军发现。你觉得，你靠什么才能在青寒州待上半年，还能把两位将军最疼爱的女儿带走？”裴济怀嗤笑一声，“凭借你的蠢吗？”

“她在骗我，她果然在骗我！”阿瓦怒道，“她从一开始就已经知道了我的身份，对不对？！”

裴济怀没有理会阿瓦的愤怒，他站起身慢悠悠地道：“今天的交谈很愉快，我们下次有机会再聊。”

“滚！你给我滚！”阿瓦怎么都不肯相信，他一开始就落进了花琉璃的圈套中，一切只是意外才对。

他跟花琉璃初识时，她看到一只小兔子受伤都会用手帕为它包扎，还会在下雨涨潮的时候把不小心跳上岸的鱼放进水中，这样的女人怎么可能有那么聪明的脑子？不可能，不可能！

“青寒州有条河，鱼特别多，有时候下完大雨，天气比较闷，鱼会自己往上跳。”花琉璃跟太子讲起边关的趣事，“火头兵们便把这些鱼全部捞起来，拿回军营里用大锅熬，有时候鱼太多，还能分给百姓一些。”

“到了冬天，河面都冻住了，士兵们担心猛兽饿急了会伤害百姓，会定期去山里搜查，有时候猎到兔子、狍子之类的，烤着吃特别香。”花琉璃喝了口水，接着道，“可惜臣女身体不好，很多时候都只能闻闻味儿，三哥倒是经常跟士兵们混在一起，吃了不少野味。”

“郡主虽体弱，不过兔肉、狍子肉也是能吃一些的，只是不宜多吃。”太子接过话道，“孤那里正好有人送了这些肉来，明日我派人来接郡主，请你品尝一下。”

花琉璃推辞道：“这样太麻烦殿下了。”

“其实孤也有私心。”太子笑道，“祖母三天两头念叨着你，正好现在又过了正月，她老人家想让你去宫里小住几日。你让孤当回传话人，好哄哄她老人家。”

“那便叨扰了。”花琉璃被太子的话逗笑，“臣女瞧着，太后娘娘非常喜欢太子，你即使不做传话人，也是太后娘娘的心肝宝贝。”

两人正说着，忽然湖面荡起一阵波纹，一条大鱼跳进了船中。

随侍太监弯腰抓起这条鱼，说道：“殿下身为龙子，这鱼儿自己往您的画舫上跳，是吉兆，不如……”

“不如烧来吃了吧，这种鱼红烧最是美味可口。”

随侍太监一脸疑惑。

“郡主说得有道理，天降美味，若是不吃掉它，岂不是浪费老天爷的心意？”太子吩咐下人，“孤记得有厨子跟了来，让他把这条鱼红烧，再配上几道小菜，一起端过来。”

“是。”太监抱着不断挣扎的鱼，退出了画舫。

这要是遇到其他殿下，说不定把它当作鱼跃龙门的吉祥鱼养起来了。只可惜，谁让他遇到的是他们家殿下呢？

“能被殿下吃进口中，也是你的福气。”太监跳上小舟，乘坐小舟回到岸边，把鱼交给了厨子。

“殿下不爱吃鱼，你多弄几道殿下吃的菜，速度要快，不能让殿下与郡主等久了。”太监洗去一手的鱼腥味，回马车里换了件干净衣服，又匆匆回到画舫上。

他不能让其他太监在殿下面前讨好卖乖。

东宫的厨子不仅厨艺精湛，动作也快，红烧鱼虽然还没好，其他的菜已经端上来了。

花琉璃吃着美味可口的佳肴，感慨道：“这样的日子，真好！”

“所以孤发自内心感谢两位将军。”太子与花琉璃碰了碰杯，把杯子里的花露喝下，接着道，“因为有二位将军在，周边列国皆不敢冒犯我大晋。身为太子的我，才能悠闲地与郡主泛舟湖上，赏美景，用美食。”

“太子这话不对。”花琉璃摇头道，“家父家母只会上阵杀敌，真正让百姓安居乐业，不用担惊受怕的人，是陛下。”

“无论是花家也好，还是天下百姓也好，最幸运的便是遇到一位爱民如子的明君。”她看着太子，沉默了片刻，继续道，“臣女相信，大晋的未来也会这么好。”

所以殿下你尽管心有牵挂，对那个亡故的人思念成疾，但是看在天下百姓的分上，请你坚持下去。

太子心神微动，他在花琉璃的眼中看到了信任。

“郡主，相信孤？”

“臣女相信陛下的眼光，也相信太子。”花家永远忠于皇上，而太子是皇上最看好的继承人，所以他们永远不会站在太子的对立面。

“孤记下了。”

宸阳宫中，昌隆帝把最后一本奏折合上，看了眼外面渐渐暗下来的天色，问道：“三财，什么时辰了？”

“回陛下，已经酉时上刻，可是要掌灯？”赵三财见陛下点头，连忙让宫人把殿内的烛火都点起来。

“太子可回宫了？”昌隆帝揉了揉眼睛。

“陛下，东宫那边还没有人来汇报。”赵三财说得很委婉。

没人汇报就是还没回来，疲倦的昌隆帝叹口气：“朕像他这么大的时候，哪有他这么轻松。”

赵三财笑着捧上一盏养生茶给昌隆帝。

昌隆帝喝了一口，皱眉道：“这茶可真难喝。”

“陛下，这可是殿下特意让御医们给您配的养生茶，您看在殿下一片孝心的分上，多少喝几口。”赵三财小声劝慰，“不然殿下问起来，老奴可不好回答。”

“你个老东西。”昌隆帝笑骂了一句，端起茶又喝了几口，又道，“身为太子，让他学治理政事，总是懒散得不成样子，外出游玩的时候，倒是兴奋得不愿回家了。”

“陛下，老奴说句僭越的话，还请陛下先恕老奴无罪。”

“说吧。”

“老奴虽没有孩子，但是老奴觉得，天下间与父亲亲近的孩子，都是这般呢。陛下您年富力强，太子偶尔想出去玩耍，也是人之常情。更何况殿下自小便文武双全，别人花三日才能学会的东西，殿下一两日就能学得很好。”赵三财笑道，“老奴嘴笨，也不知道该怎么说才合适。”

昌隆笑了几声，指着他道：“你个老东西，这话说得好像太子偷懒反而没错，朕合该受苦受累了。”

“陛下，老奴可不是这个意思。”赵三财赔笑道，“殿下是什么样的性子，陛下您还不清楚吗？”

昌隆帝嘴上说着嫌弃太子，可谁要真的说太子一句半句的不好，他肯定当场就能翻脸。听着赵三财夸太子孝顺、能干，昌隆帝脸上的笑就没有散开过。

“说起父子关系，老奴前几日还听了一个趣闻。”赵三财道，“前几日春闱，花三公子在贡院答题，花将军就日日守在贡院外面，还替京兆尹抓住了两个小偷。”

“可怜天下父母心啊，应庭这辈子上战场杀敌都没紧张害怕过，儿子去参加个科举，反而天天守在门外。”昌隆帝想象了一下花应庭那么大一个人，可怜巴巴地蹲在贡院门口的样子，笑着感慨，“当爹的男人，都不容易啊。”

儿子出去玩，当爹的在宫里累死累活批阅奏折。儿子在贡院考试，当爹的就蹲在贡院外面陪考。在这个瞬间，昌隆帝单方面对花应庭产生了惺惺相惜的情绪。不过这种情绪在太子回到宫里，说他陪花家小姑娘玩了一天后，变成了心虚。

毕竟花应庭回京跟他秉烛夜谈的那天晚上，还跟他说过，不打算让体弱的女儿嫁人，只求她平安简单地过完一生。当时他可是拍着胸口表示，绝对会好好照顾人家闺女，不让她受委屈。现在才多久，他最宠爱的儿子喜滋滋地跟他这个疲惫的老父亲说，自己跟人家闺女愉快地玩耍了一天。儿啊，你这么办事，有没有考虑过老父亲的感受？身为一言九鼎的帝王，他很要面子的，懂不懂？

“朕记得某个人说过，把花家小姑娘当成妹妹般看待，世上哪有兄长对妹妹起男女心思的，那岂不是跟禽兽无异？”昌隆帝看着笑容满脸的儿子，忍不住刺了他两句，“现在倒好，拐了人家小姑娘出去玩，还不想回家了，你自己说说，这干的是什么事？”

“父皇，发生这种意料之外的事情，岂是儿臣自己可以控制的。”太子给昌隆帝拱手行礼，厚着脸皮笑道，“儿臣前些日子不是跟您说过，觉得自己是个禽兽？民间有句俗话说得好，男人的话若是靠得住，猪也能上树。”

“你那个时候，便起了这种心思？”昌隆帝打断太子的话，皱眉道，“元溯，你应该知道，她差点成为你大哥的王妃，若不是因为贤妃不愿意，说不定他们连婚期都定下来了。”

“父皇，大哥已经定了林家千金，他的婚事与福寿郡主再无干系。”太子在椅子上一坐，大有“事情不解决他就不走”的架势，他又道，“父皇，儿臣长这么大，好不容易看中一位姑娘，您若是不帮儿臣，就没人替我拿主意了。”

“这套说辞你在朕面前用过无数次，已经没有新鲜感了。”昌隆帝嫌弃道，“她是大将军的女儿，不是民间采选来充盈后宫的女人。你喜欢她有什么用，朕总不能强逼着她嫁给你，朕若真的这么做了，岂不是寒了功臣的心？”

“儿臣明白。”太子早就料到昌隆帝会有这番说辞，他笑容满面道，“您不反对儿臣心仪福寿郡主便好。”

昌隆帝沉默了两秒，抄起桌上的一本书砸向太子，说道：“朕就知道你这个臭小子拐弯抹角地在给朕挖坑跳，平日里让你看奏折嫌累，在这些事上鬼主意倒是一个接一个。”

“婚姻大事岂可儿戏，儿臣自然得多费心思。”太子偏头躲开昌隆帝砸过来的书，起身把书捡起来，走到昌隆帝面前作揖道，“还请父皇成全儿臣。”

“唉。”昌隆帝把书从太子手里抽出来，说道，“元溯，花家那个丫头没进京前，朕不知道她身体弱到这个地步。你是太子，是大晋未来的皇帝，娶一个体弱的太子妃，对你并无好处。”

“父皇，您的后宫里没有皇后，都能平平安安过这么多年，儿臣娶一个身体弱些的太子妃又有什么关系？”太子顿了顿，接着道，“福寿郡主身体虽弱了些，但慢慢养着，会有变好的一天。”

“可万一你变心了，后宫有了其他的女人，而她的身体仍旧虚弱怎么办？”昌隆帝看着太子认真地道，“到了那一天，后宫就是她的坟墓。那时候的你，不会想起今时今日的心境与耐性。”

“你方才也说过，男人的话若是靠得住，猪都能上树。朕相信你现在是认真的，可是明日呢，后日呢？明日何其多，你能保证永远不变心？”

“你是朕最心爱的儿子，应庭与明月是朕信任的良将。在朕危难之时，他们不曾因谣言而远离朕，反而为朕付出甚多。朕登基以后，他们夫妻二人为朕镇守边关，拥有万贯家财却没有享受的时间。”昌隆帝走到御椅上坐下，又道，“应庭待女儿的心情，就如朕待你。日后你待她不好，朕以何面目来面对他们二人？”

当初正是因为考虑到这一点，他才打算让性格简单的老大去求娶花家姑娘，这样既让花琉璃有身份地位，又不用被后宫之事束缚。只可惜老大与贤妃不愿意这门亲事，他又不想让花家小丫头有个处处对她不满意的婆婆，就没有再提这事。

“很多男人生来多情好色，元溯啊，不是朕信不过你，是朕信不过男人。”昌隆帝脸上挂着“我们都是男人，你懂的”的表情，语重心长地道，“朕不阻拦你，但朕也不会帮你在应庭面前说好话。”

“对了。”抱着一颗爱子之心，昌隆帝补充了一句，“追求喜爱之人这种事急不得，尤其是不能得罪岳母。你在卫明月面前，一定要注意言行。若是不小心惹怒了她，她想对你动手……”昌隆帝认真地想了想，说道，“你记得跑快些，不要跟她发生争执。”

“父皇？”太子没怎么弄明白昌隆帝这番话的意思。

“朕就这么一说，你把事情记在心上就行了。”昌隆帝抬了抬茶杯，说道，“朕忙得很，没闲工夫跟你说这些，回去早点睡，明日早朝记得按时到。”

被自家父皇赶出了宸阳宫，太子面上没有半点恼色，只要父皇不反对他娶琉璃的打算就好。至于父皇其他的顾虑，只有未来才可以证明。任何慷慨激昂又感人的誓言，都是无用的。唯有时间与行动，才有资格去评判。

“太子这么晚回宫，陛下不责罚他便罢了，反而还留他在宸阳宫说了许久的话。”贤妃心里不畅快地道，“男人娇惯起孩子来，怎么一点底线都没有？”

太子身上那么多的臭毛病，有一大半都是陛下惯出来的，慈父多败儿。不过败就随他败去，反正不是她肚子里出来的孩子。她巴不得太子时时嚣张，到处惹事，引得满朝文武大臣都心生不满，到时候陛下就算不想废掉姬元溯的太子之位都不行。

“娘娘，”贴身宫女见贤妃露出了美好畅想的笑容，小声提醒道，“林家千金来了，您可要见见她。”

“让她进来。”贤妃对林菀并不是太满意，但由于有个让她更加不满的花琉璃，而林菀的父亲在文臣中又颇有威望，她对林菀勉强也能够容忍了。

更重要的是，她想借着林菀的身份拉拢林妃与四皇子，让他们暗中支持自家儿子。所以，让儿子娶林菀更符合眼下的利益。

林菀进门以后，贤妃便亲亲热热地招呼起来，把提前准备好的绫罗绸缎、胭脂水粉交给林菀，才笑着让宫女带林菀去侧殿休息。

“娘娘，二公主那边派人来说，由于林小姐出门只带了一个婢女，二公主便让自己身边得力的宫女跟在林小姐身边伺候，然后……便发现了一些事。”

见宫女说话吞吞吐吐的，贤妃心里有些不好的预感，道：“讲。”

“今日林小姐赏景时与王爷碰巧见了面，但是王爷对林小姐态度冷淡，好像非常不满意。”宫女道，“到了中午，王爷与太子、福寿郡主还有林小姐一起用饭，饭后福寿郡去赏花，林小姐追过去跟福寿郡主说了几句话，因站得远，两个宫女也没听清林小姐说了什么，太子脸色难看地责备了她几句，吓得林小姐下跪请罪……”

“她去招惹花琉璃干什么？”事情经过还没听完，贤妃便心起怒火，“她第一次来拜见本宫的时候，本宫就告诉过她，花琉璃身体不好，平日里看见她就躲远一些，万万不可招惹，她怎么还自己凑上去找事？”

那个花琉璃邪性得很，她和娘家人都在花琉璃那里惹上了事，怎么还有人敢往上凑？

“许……许是林小姐刚回京不久，与福寿郡主也没什么来往，所以不知道事情的严重性。”宫女心下想，这件事最严重的应该是林小姐下跪向太子请罪。

“我们大晋又不是旁边那个叫银衫的小国，有事没事便让女人跪下，她身为我儿未来的正妻，在人前怎么能随随便便下跪？”贤妃皱眉道，“林舟素有清名，面对劫匪时都能面不改色，怎么会有一个软膝盖的女儿，莫不是有什么误会？”

大晋并不是处处都要跪来跪去的地方，即使是在陛下面前，也不是见面都要跪的。

“娘娘说得对，也许真有什么误会也说不定。”宫女忙道，“奴婢见林小姐进退有度，性格也温顺，日后与殿下成了亲，也能相处融洽。”

“但愿吧。”贤妃心里有些七上八下的，身为母亲，她哪会看不出儿子并不喜欢林菀。可作为母亲，她也不想儿子喜欢花琉璃那样的女人啊。

“唉。”贤妃叹息，可怜天下父母心，做娘亲的不容易啊。

花家，一家四口围桌而坐。

花琉璃把牛肉丸子舀到花长空的碗里，说道：“三哥，吃这个，吃了这个顺顺利利，保证你榜上有名。”

“来，再吃块南瓜羹，这个颜色寓意好，祝你金榜题名。”花应庭舀一大勺南瓜羹在花长空的碗里。

花长空见母亲也准备给他夹菜，赶紧捂住自己的碗道：“母亲，您不要学父亲和小妹，迷信不好。”

卫明月有些遗憾地把公筷放下，说道：“明天就要贴榜出来了，你紧张不紧张？”

“还行？”花长空想了想，说道，“儿子对自己还是有信心的。”

“嗯，那就好。”卫明月点头，“你是我卫明月的儿子，脑子应该不会太差。”

“娘亲是整个大晋最聪明的女人，三哥只要有您一半的聪明，肯定就能考中。”花琉璃讨好一笑，“来，您尝尝这道菜的味道。”

“琉璃，听说你今天出去玩了？”卫明月放下筷子，看着花琉璃。

“您不是看着女儿回来的吗？”花琉璃有些心虚。

“玩到天快黑才回来，还挺早，我还以为你要等到子时才归呢。”卫明月似笑非笑地看着她，“晚上饭也不好好吃，是在外面吃饱了？”

“也就多吃了那么一点点。”花琉璃伸出手，比画着说道，“娘亲，这也不能全怪我，实在是美人太养眼，食物太好吃，女儿便忍不住多待了一会儿。”

“跟谁？”花应庭愤怒地问，“谁家那么不会教儿子，陪小姑娘玩到天黑才回家？”

“太、太子殿下。”花琉璃左看右看，就是不看花应庭的眼睛，说道，“这真的是意外，下次女儿一定早点回来。”

“原来是太子啊……”花应庭沉默片刻，低头扒饭，决定放弃讨论对方家教问题。

“我记得你说过，对太子没有男女之情。”

“没有男女之情，可以有欣赏之意嘛。”花琉璃抓着卫明月的臂弯摇了摇，“娘亲，女儿觉得太子挺可怜的。”

“哦？”卫明月倒是不知道，当今太子竟也称得上可怜了。

于是花琉璃给家人讲了一个“痴情男人与痴情女子生死两茫茫，痴情男子生不如死，夜夜被思念环绕的故事”。

“这是太子跟你说的？”卫明月听过不少与太子有关的传言，他有个爱如生命的女子，却没听人提起过。

“那倒不是，这件事对太子而言似乎非常痛苦，所以他并不愿提及，是女儿猜出来的。”花琉璃自信满满道，“女儿在边关看多了生死别离的事，对太子的想法，一眼都能看破。”

花应庭与花长空都听呆了，原来太子竟是这么痴情的人？

“女儿听他话里竟有追随亡人而去的意思，哪里还能放心。”花琉璃叹气道，“太子身份特殊，他若是出了什么事，麻烦可就大了。今天为了哄他高兴，女儿可是费了不少劲儿，总不能眼睁睁看他想不开吧。”

“事情若真是如此，太子又有意与你相交，你多开导他一些也并无太大干系。”卫明月叹气，“不过最重要的，还是保护好自己。”

知女莫若母，太子若是长得不好看，女儿决计不会有现在这么好的耐性。

“女儿还有个猜测，太子殿下喜欢的人，说不定是个体弱多病的姑娘。他愿意与我亲近，是因为女儿与那位姑娘有相似之处。”说到这儿，花琉璃忍不住感慨道，“真是可怜，爱的人死了，世间仿佛处处充满着爱人的影子。”

“琉璃，”卫明月盯着女儿看了片刻，说道，“以后你若是再去看那些乱七八糟的话本，我就让你抄一百遍的书。”

花琉璃：“……”

他们不是在说太子的悲伤感情史吗？怎么转眼间，就转变到她看不看话本这种微不足道的小事上了？

“明日太后要接女儿进宫小住几日，女儿去还是不去？”在强烈的求生欲下，花琉璃找到了一个适合谈论的话题。

“你想去吗？”花应庭问。

“太后娘娘幽默风趣，待女儿极好，女儿每次去拜见她，她都舍不得女儿走，想来她老人家是想让女儿陪着她的。”花家老太太很早就病逝了，花琉璃生下来就没有祖母，所以太后在她心中，就是祖母的一道影子。

“外面有人说，太子待你亲近，是为了麻痹我们家。”花应庭道，“你怎么想？”

“好与坏，女儿自有判断，不会听信他人的谣言。”花琉璃对花应庭笑了笑，“爹爹，女儿决定去宫里小住几日。”

“好。”花应庭也笑了，“你是我花应庭跟卫明月的女儿，行事虽然要有度，但也不可畏首畏尾。今晚就让婢女替你收拾好行李，你在宫里尽管开心地玩耍，宫外一切有我们。”

“谢谢爹爹。”花琉璃扑到卫明月怀里蹭了蹭，说道，“谢谢娘亲。”

卫明月揽住女儿，无奈叹气：“十五岁的大姑娘了，还像五六岁的小孩。”

默默扒饭的花长空想，这还不都是你们宠出来的？

天还没亮，太后就醒了。

“侧殿收拾好了没有，琉璃那孩子身体弱，屋子里可不能有灰尘。”

“请太后放心，侧殿一切都已经收拾妥当了。”

“还有衣服首饰什么的，都不能缺了。”太后把宫女太监指挥得团团转，又问道，“哀家听说贤妃把林家千金也请进宫了？”

“林家千金昨天晚上进的宫。”

“都是外臣的女儿，哀家不能让琉璃被林小姐比下去。”太后担心林菀是未来英王妃，花琉璃与她在一起会受委屈，招来身边的贴身女官道，“以后琉璃只要出寿康宫大门，你就跟着一块儿照看着，不能让她受委屈。”

“太后娘娘，您就放心吧，整个宫里谁不知道您喜欢福寿郡主，谁敢在您眼皮子底下对郡主不敬？”女官笑着道，“奴婢一定好好伺候郡主，不让她受半点委屈。”

“你办事，哀家是放心的。”太后道，“就怕有些人脑子突然不好，做些傻事出来，到时候委屈了琉璃，哀家岂能不心疼？”

“还是太后您想得周到。”女官看了眼外面的天色，说道，“娘娘，今日乃春闱放榜的日子，郡主与花三公子兄妹情深，说不定会迟些进宫。”

“这孩子有情有义是好事，等下叫那些接琉璃的宫侍们万万不可催促。”太后想了想，又道，“把礼备上，若是花三公子考中了，便是贺礼。若是一时落了榜，日后也还有机会，就当是哀家给他的安慰，不能让人因此事嘲讽他。”

“奴婢怎么就没想到这些？”女官朝太后福了福身，说，“奴婢这就吩咐他们去。”

“快去快去，别误了正事。”太后笑容满面地让女官走了。

想到花琉璃能进宫陪她，她又是高兴又是失落，住几天又要出宫去了，若能一直住在宫里，那该多好？

天还没亮，公告栏的四周就已经挤满了人。尤其是京城里有身份有地位的人家，皆派出了办事得力、力气大又识字的小厮，跑到公告栏下守着。这个时候，各府的小厮也顾不上谁家跟谁家是世交，死死守着自己占据的看榜黄金位置不挪脚。就在大家你挤我、我推你的时候，突然有两个穿着灰衣的小厮挤进人群，轻轻松松就拨开了前面挡路的人，霸占了正中间的位置。

“二位哥哥，请问在哪个府上高就？”被挤得只能侧身站着的姚府小厮差点喘不过气来，他看着这两个力气奇大的小厮，起了套近乎的心思。这个时候再不套近乎，他就要被其他人挤出去了。

两个灰衣小厮见他被挤得面红脖子粗，伸手一拉，像拔萝卜似的把他给拉了过来，问道：“小兄弟，你是哪个府上的？”

“我在姚府做事，我家公子是姚驸马的亲侄儿。”

"失敬失敬。"灰衣小厮拱手道，"听闻姚公子才高八斗，这次必能榜上有名。"

"二位是？"听到这两人夸自家公子，小厮得意地挺了挺胸膛。

两个灰衣小厮交换了一个眼神，其中一人笑道："我们在花府做事。"

花府？！那个把金珀打得哭爹喊娘的花府？小厮挺起的胸膛瞬间瘪了下去，笑道："原来竟是大将军府上的哥哥们，失礼了，失礼了。"

难怪他们挤开其他人时，就跟推棉花似的，原来是大将军府上的人。

总觉得只要是花家出来的人，做什么事都不奇怪呢。毕竟是武曲星下凡的厉害人家。

公告栏旁边有一座茶楼，此时茶楼里已经坐满了文人学子，以及一些关心考生成绩的家人们。

姚文茵起了一个大早，花了不少钱定下了视野极好的包间，然后把小姐妹们叫过来给她打气。

"姚姐姐，你别紧张了，以令兄的才华，定能考中的。"田珊给姚文茵倒了一杯凉茶，说道，"来，喝口水冷静冷静。"

"这点自信我还是有的。"姚文茵端起茶喝了一口，说道，"但我期待的不是这个。"

"那你想干什么？"嘉敏趴在桌子上，困得眼皮都睁不开。

"你们知道花琉璃哥哥也参加了这次春闱吧？"

听到"花琉璃"三个字，嘉敏困意飞走一半，问道："这跟你有什么关系？"

"我只是想让花琉璃明白，我哥的才华，比她哥强多了。"姚文茵握了握拳头，骄傲地笑道，"今天带你们过来，也是想让你们看她哥丢脸的一刻。"

田珊犹豫片刻，面露不忍之色，道："姚姐姐，按照话本……"

"你不要说话本定律，我不听，我不听。"姚文茵捂住耳朵，盯着嘉敏，"嘉敏，我哥可是你亲堂哥，你觉得你堂哥厉害，还是花琉璃的哥哥厉害？"

嘉敏："……"

理智告诉她，肯定是堂哥厉害，但她的嘴巴拒绝说话。

生命只有一次，如此可贵，她真的不想失去它。

“贴榜啦！”

外面的一声高呼，拯救了嘉敏无奈的挣扎。

楼下时不时有人在报排名，姚文茵紧张得差点抠花了雕花木桌面。

“林森，永州人士，排名第七……”

“姚松柏，京城人士，排名第五！”

“中了中了！”

三人齐齐高兴地跳了起来：“会试第五名！”

“姚姐姐，令兄好厉害啊！”

“对，走，我跟你一起回去，给伯父伯母还有堂哥贺喜！”嘉敏也高兴不已，起身就准备下楼。

“花长空是哪家公子？！竟然是本届会试的会元啊！”

三人顿时僵住，目光看向彼此，无语凝噎。

沉默与忧伤，在她们身边久久地徘徊，流淌。

茶楼外的喧嚣与热闹，都跟姚文茵无关。她呆愣愣地坐在凳子上，很久都没有从这个巨大的打击中回过神来。

“姚姐姐，你还好吧？”田珊把姚文茵最喜欢的糕点推到她面前，说道，“来，吃点东西缓解一下情绪。”

“是我错了。”姚文茵失魂落魄地拿起一块糕点往嘴里塞，差点把自己噎住，喝了半盏茶才缓过来，说道，“那天我在文曲星庙遇到花琉璃，见她在文曲星面前给兄长祈福，还出言讽刺她。”

说到这里，姚文茵就懊恼不已：“早知道文曲星观这么灵，别说捐香火钱，就算让我磕头也行，怎么也不会让花琉璃的兄长压我哥一头。”

“等等，你说什么？！”嘉敏震惊又同情地看着姚文茵。她这是有多想不开，才会跑去得罪花琉璃？

“我看到花琉璃在文曲星观给她兄长祈福。”姚文茵沮丧地道，“肯定是我得罪了文曲星，哥哥才没拿到好名次。”

“神鬼之说，本就是虚无缥缈的事，怎么能怪你？”嘉敏安慰道，“凡事往好的方面想，也许这事跟花琉璃求神拜佛没有关系，只是她哥比堂哥更有才华呢？”

姚文茵默默地看着嘉敏，半晌说不出话来。

这种话，真的叫安慰？

“我的意思是说，也许堂哥只是一时发挥失常，才让花琉璃的哥哥暂时拿了会元。”嘉敏赶紧改口，“等到殿试的时候，才能见分晓。”

“嘉敏说得对。”田珊赶紧出来缓和气氛，“姚姐姐，令兄已经考得很好了，会试三年一次，他能拿第五名，已经证明了他过人的才华，我们应该好好为他庆贺，而不是想其他无关的小事。”

“你们说得对，万事要往好的方面想。”姚文茵深吸一口气，说道，“我哥虽然不是会元，但也拿了第五名的好成绩。我记得林菀的哥哥也参加了这次会考，他考得如何？”

田珊与嘉敏齐齐摇头，她们根本没注意到这件事。

姚文茵让伺候的人下去打听了一下，得知林菀的兄长只拿了第七名，心情又好了起来。

比上虽然不足，但比下还是有余的。

派去接花琉璃进宫的宫侍们刚到花家大门口，就听到报喜的人敲锣打鼓过来，高喊着“恭喜花公子高中会元”。

会元？那不是会试第一名吗？

为首的女官抬手示意马车避开，把通道让了出来。她看着花家人亲自把报喜的人迎进大门，福寿郡主跟着两位将军身后，满脸都是笑意，连走路的样子都比平时欢快不少。

噼里啪啦的鞭炮声响起，隔着高高的院墙，女官都能感受到欢快的气氛。

“我们现在进去？”

“再等等。”女官道，“我们去街上转一圈，半个时辰后再过来。”

“我就知道三哥是整条街最聪明的美男子。”送走报喜的人，门一关上，花琉璃就高兴得原地蹦起来，“三哥，你好厉害！”

“这段时间，你让厨房换着花样给我做吃的，也辛苦了。”花长空见花琉璃高兴得脸颊通红，心里升起一股暖意。

家人总是这样，他取得成绩了，他们比他还要高兴。在他不高兴或是不如意的时候，他们不会一味地责备，而是陪着他，安慰他。拥有这些可爱的家人，是他此生最幸运的事。

“你们三个先乐一会儿，我安排人给你大哥二哥报喜，还有你们外祖家那边，也要派人通知。”卫明月看着一个劲儿傻乐的丈夫与孩子，笑着拍了拍花长空的肩膀，起身出了书房。

等卫明月一走，花应庭在身上掏啊掏，掏了半天，掏出几张面额不同的银票，大气地放到花长空手里：“拿去，这是为父给你的奖励。”

“哇，爹爹，你竟然藏了几百两的私房钱？”花琉璃探头看了眼，小声道，“被娘亲知道，你就完蛋了。”

“小丫头知道什么。”花应庭嘿嘿一笑，“男人藏点私房钱，那是夫妻间的乐趣。再说了，我费心费力地藏这点银子，最后不还是花在你们身上了？”

身为丈夫，每年总是要想办法给夫人准备一些惊喜的，这些钱从哪里来？

当然是私房钱。

身为父亲，在儿女过生日或是表现好的时候，总是要买礼物鼓励一下的，钱从哪里来？

还是私房钱。

看着私房钱一点点变多，那是满足感。

把私房钱花在最看重的人身上，那是成就感。

“你们还是太年轻。”花应庭伸手点了点儿女的脑袋，说道，“你以为我会怕你们娘亲知道这事？我告诉你们……”

走廊外传来脚步声，花应庭按住花长空的手，把银票塞进他怀里，扬声道：“男人怕老婆算什么，怕老婆是好男人的表现。长空，你记住了没？”

“整天没个正形，跟孩子们说什么呢？”卫明月走到门口，说道，“先带孩子们给先辈们上香，你们洗了手就来祠堂。”

“好的，夫人。”花应庭脸上挤出讨好的笑。

花长空与花琉璃齐齐看向花应庭，露出微妙的微笑。

“爹爹果然不怕娘亲。”

“只是怕得厉害。”

花应庭脸皮厚，被两个孩子取笑动怒，把两个孩子像赶鸭子似的赶出门，说道：“滚滚滚，洗手上香去。”

兄妹二人嘻嘻哈哈好一阵乐，花琉璃还趁机从花长空怀里抽出两张银票，塞进自己衣兜里。

第十五章

林家女祸从口出

与热闹的花家比起来，林家就冷清了不少。

“这次会试你的名次还不错，但以你的水平，进入前三应该没有问题的。”林舟看着垂首躬立的儿子道，“不要骄傲，也不要自我满足，争取殿试时有个好的发挥。”

“是。”林森抬头看了眼林舟，犹豫片刻，开口道，“会试结束后，同届考生约在了酒楼用饭……”

“殿试在即，学子间太过亲密有拉帮结派的嫌疑。”林舟略一思索，说道，“尽量少参加这些活动，在家多温习书本。”

“儿子记住了。”林森眼神微黯，“父亲，儿子回书房看书了。”

“嗯。”林舟神情平静地点了点头。等儿子离开以后，他才露出满意的笑容来。

他虽出身寒门，但只要儿孙争气，再过百年，他们林家勉强也能称得上诗书世家了。

他心里闪现出一个念头，但是很快又压了下去。为人臣者，绝不该有这样的念头。

京城太繁华了，繁华得让人一不小心就容易迷失自己。

临近午时，花琉璃坐上了进宫的马车，心情极好地去找太后了。

一进寿康宫，她就看到陪坐在太后身边的太子，上去见过礼后，花琉璃对太子笑道：“殿下，你又来太后娘娘这里蹭吃蹭喝啦？”

“你今天进宫，祖母定会准备好吃的饭菜，孤可不能错过这样的好机会。”太子装模作样道，“以后郡主要多进宫，孤也能多蹭一些美食佳肴。”

太后被两个小辈逗乐了，说道：“你们还不快快把美食端出来，不然这两个孩子就要怪哀家不给他们吃喝了。”

“太后娘娘，臣女跟太子可不一样，在您身边，臣女就算吃糠咽菜都是开心的。”花琉璃福了福身，歪着头笑眯眯地道，“您嫌弃太子就好啦。”

“对对对，咱们琉璃是贴心的小花袄。”太后被花琉璃逗得笑声不断，就连用饭的时候也不讲究宫里的规矩，听花琉璃讲宫外的趣事。

花琉璃很懂得哄老人开心，同样一件事，她讲出来总是充满了趣味，太后被她哄得多喝了半碗养生汤。

“咱们十个人都比不上郡主一个。”食具撤下以后，女官给太后捧来一盏消食茶，说道，“平日里娘娘总是嫌养生汤味儿不好，喝上一口就搁下了。有郡主在，娘娘竟是喝完了整整一碗，奴婢都恨不得郡主能天天住在寿康宫了。”

这个女官叫红绵，是太后身边得力的女官，花琉璃与她也比较亲近。听她这么说，花琉璃笑着点头道：“这话我先记下了，以后我会三天两头就往太后娘娘这里跑，太后娘娘就算烦了臣女，臣女也要厚着脸皮不走。”

“不走，不走，你一直住在哀家这里，哀家也喜欢呢。”太后语气亲昵，“日后你嫁了人，夫家若有半点对你不好的地方，你就来找哀家，哀家给你撑腰。”

坐在旁边无人理会的太子默默抬头看了眼太后，见太后连看都不看他，又默默把脑袋垂了回去。

“有这么好的太后娘娘护着臣女，臣女还成什么亲。”花琉璃半真半假地开玩笑，“像这样多好，臣女想陪着您就来看您了，在寿康宫多住几日也没人敢说什么。若是成了亲，既要顾及公公婆婆的看法，还要顾及丈夫与孩子，多麻烦。”

太后无奈地笑着摇了摇头：“还是小孩子心态啊。”

可是她心里隐隐又觉得，花琉璃的话有些道理。但她身为太后，这些话不能宣之于口，传出去会惹来麻烦。

“郡主，若世间有尊重你的爱好，让你生活自由的男人，你愿意嫁给他吗？”太子问。

“应该不会有这样的男人吧？”花琉璃想，如果真有她在别庄养面首都能容忍的好男人，她也不忍心伤害人家啊。

好男人是让女人疼的，不是让她来糟蹋的。

罪过罪过，这种事想都不能想。

“为什么没有？”太子微笑，“爱能包容一切。”

花琉璃目瞪口呆地看着太子道：“爱情，可以让人这么能忍吗？”

爱一个人，可以爱到喜欢上他送的“绿帽子”？爱情这么可怕的吗？

她还是不要成亲，不要喜欢上别人了。

太子见自己的话不仅没让花琉璃感动或是向往，反而露出了敬而远之的表情，忍不住反思，他跟花琉璃之间，是不是存在着某种言语上的误会？

“娘娘，消息打听到了。”宫女喜气洋洋地走进来，朝林菀行礼道，“恭喜林小姐，令兄这次会试，取得了第七名的好成绩。”

“不愧是林大人的儿子，果然没有堕了林家威名。”贤妃听到这个消息也非常高兴，忙道，“快，给林大人与林公子送贺礼去。”

“娘娘，请娘娘不要破费。”林菀脸颊兴奋得发红，但在贤妃面前还维持着冷静，说道，“家兄不过是第七名的成绩，哪里值当娘娘如此对待。”

贤妃不好意思跟未来儿媳妇说，她们田家人在读书方面实在没什么天分，别说会试第七名，族里若是有人考上秀才，都是要感谢天感谢地的。近三十年来，田家还没人拿过会试前二十名的好成绩呢。

“林小姐不必谦虚，这是好事，值得高兴。”贤妃拍了拍林菀的手臂，让贴身宫女开她的私库，去准备礼物。

贤妃想着林家初进京城，又没有置下多少产业，所以除笔墨纸砚，还准备添加些金银珠宝一起送过去。而田家祖上是皇商，攒下不少家业，别的不多，就是钱多。

拟好礼单，贤妃忽然想起花家的三公子也参加了这次会试，顺口问了一句："那个花长空，可上榜了？"

"回娘娘，花三公子上榜了。"回话的宫女声音小了不少。

"他竟然也能考中？"贤妃嗤笑一声，"卫明月与花应庭竟然也能养出一个考中贡生的儿子，也是难得，他考了多少名？"

宫女偷偷看了眼贤妃与林菀，犹豫着不敢开口。

"怎么，他的名次很难启齿？"

"娘娘，花、花三公子是本届会试的会元……"

"你说什么？"贤妃差点把手里的礼单扯成两半，吃惊地道，"花长空竟然是会元？"

"青寒州那边教得出一个会元？"贤妃忽然想回娘家把那些子侄全部揍一顿，看看人家花长空都能考中会元了，他们连一个秀才都考不上，惭不惭愧，丢不丢人？

见贤妃娘娘反应这么大，林菀心里有些难受。应该说，自从她知道花琉璃曾经差点成为英王未婚妻后，就忍不住与花琉璃攀比。

她甚至抑制不住地猜测，贤妃娘娘会不会后悔没有定花琉璃为未来英王妃，开始嫌弃自己。

哥哥从小勤奋念书，寒暑不歇，怎么会考不过花长空呢？

有了这么个插曲，贤妃的好心情去了一半，林菀更是忐忑不安。她总觉得宫女们虽然表面上仍旧对她恭敬，内心却在偷偷嘲笑她，笑她的哥哥有个做状元的父亲，却比不过武将家的儿子。

她被这种难堪折磨得一夜未睡，直到第二天早上，她陪贤妃娘娘一道给太后请安，看到花琉璃坐在太后身边，与太后谈笑自如后，这种难堪就化为了恼恨与嫉妒。她心想，若是没有花琉璃，她的人生也许就不会有这么多难堪的时刻。

贤妃娘娘跟太后谈到英王成亲的事，就让花琉璃跟林菀出去玩，这些事当着小姑娘的面来说，到底有些不妥当。

林菀心神不宁地跟在花琉璃身后出去了，她看着盛装打扮的花琉璃欲言又止。昨晚她跟宫女打听过了，据说太后娘娘非常喜欢花琉璃，每次只要她进宫，太后都会给她准备很多好东西，比待亲生女儿还要好。

想到太后刚才对自己平平淡淡的态度，林菀心里十分难受，太后娘娘是不是不喜欢她，还是不满意她的家世？

“林家的那位千金，性子看上去闷了些。”太后不太同意贤妃把婚期定在中秋前后，说道，“哀家担心明昊与她相处得不融洽，不如再观察一段日子。”

“太后，明昊那孩子性子有些直，就是像林菀这种脾气温和的姑娘才能与他相处融洽。若是遇到那些脾气直的或是娇气的，岂不是针尖对麦芒，天天吵架？”贤妃笑道，“更何况男大当婚，女大当嫁，婚事拖久了也不好。”

太后知道贤妃嘴里提到的“脾气直”“娇气”指的是谁，以她来看，英王娶了嘉敏或是琉璃，都比娶那个林家小姐合适。倒不是说林家小姐不好，只是她怎么瞧都觉得这两个孩子不合适。

“唉。”太后道，“哀家老了，这些费神的事，还是要你跟皇帝做主。”

不聋不哑不做家翁，管太多的老太婆遭人嫌。她只是心疼孩子，人这辈子就短短几十载，辜负了青春好时光，一辈子都找不回来。

“郡主很高兴吧。”林菀与花琉璃并肩走在宫道上，说道，“恭喜令兄考取会元。”

“多谢。”花琉璃矜持地颔首。

“家兄这次发挥得不好，让郡主见笑了。”

花琉璃默默往旁边移了一步，离林菀远了一点，林家公子考得怎样与她有何干系，她为什么要哭或者笑？

“林小姐说笑了，比令兄成绩好的并非家兄一人，我想大家都不会笑的。”花琉璃停下脚步，语气淡淡地道，“我觉得林小姐似乎对我有什么误解，话不投机半句多，林小姐先请吧。”

林菀面色变得十分难看，她苍白着脸道：“不是我对郡主故意为难，只怕是郡主有意刁难我。”

花琉璃把林菀从头到脚打量了一遍，冷笑道：“林小姐，你觉得你有什么值得我特意为难的？”

林菀眼神幽幽地看着花琉璃，不说话。

“我一直仰慕令尊的才华与气度，林小姐身为林家的女儿，不要因为一时冲动堕了家中兄长的名声。”花琉璃面无表情，语气严肃地道，“林小姐今日的失态，我看在林大人的面子上，不会外传也不会计较。但我这个人不仅胆子小，心眼也小，希望不要有下次。”

说完，她转身朝相反的方向走去。

“你有今日的风光，不过是靠着家中长辈，你以为你们花家又能风光到几时？”林菀被花琉璃的话刺激得失去了理智，高声道，“你不要太得意。”

花琉璃停下脚步，转头看着林菀，忽然笑了笑，伸手捂住额头，轻轻呻吟出声：“我的头好痛，快喘不过气了。”

“郡主，郡主您没事吧？”鸢尾一个大跨步，上前扶住了花琉璃。

花琉璃眼睑一阵颤抖，仰头晕了过去。

“快去请御医。”

“来人啊。”

确定太后不会插手儿子的婚事，贤妃心中大定，正准备起身告退，就听到外面传来喧哗声。

“发生了何事？”太后问。

“太后娘娘。”红绵匆匆走进内殿，看了眼贤妃，对太后道，“郡主急怒攻心，晕过去了。”

“什么？！”太后急了，“好好的，怎么会急怒攻心？哀家不是让你们好好伺候郡主，一个个的都是木头脑袋吗？”

“请太后恕罪。”红绵跪在了太后了面前。

“太后娘娘。”花琉璃神情苍白，由婢女扶着走了进来，她勉强笑道，“这跟其他人没有关系，只怪臣女身体太弱，休息一会儿就没事了。”

“快坐下。”太后让宫女们扶着花琉璃坐下，关切地问道，“有没有感到哪里不适？”

“臣女只是一口气没缓上来，伺候臣女的这些宫女太监待臣女极好，以为臣女气得晕了过去，才会如此紧张。”花琉璃声音有些虚弱，“这都是老毛病，吃过药便好了。”

太后注意到“气”这个字，顿时眉头皱得死紧：“谁这么不懂事，明知道你身体不好，还惹你生气？”

“与他人并无太大关系，是臣女脾气不好……”

“胡说，你的性子哀家还不知道，若是不是惹急了你，你怎么会气成这样？”

太后见花琉璃不肯说，便问红绵：“你跟哀家说说，刚才发生了什么事？”

红绵把事情经过跟太后讲了一遍：“林小姐质问郡主，说花家能得意到几时云云，郡主便被气得晕了过去。”

“岂有此理！”太后气得要去拍桌子，花琉璃赶紧握住她的手道，“太后娘娘，桌子这么硬，您别拍疼了手。”

“你这孩子……”太后又气又想笑，“以后谁若是再说这种话，你不要自己生气，直接吩咐下人打她的嘴巴子，哀家替你撑着。”

“太后娘娘，林小姐还跪在外面请罪……”

“她是林大人的女儿，小姑娘之间的吵嘴，犯不着下跪请罪。”太后语气淡淡的，偏头看向贤妃，“你把人带回去吧。”

看出太后娘娘内心的不满，贤妃欲哭无泪。

这事跟她没关系啊，林菀说的那些话又不是她教的。可林家与花家素来没有恩怨，林菀为什么要针对花琉璃？

若她是太后，大概也会怀疑，这些话是她这个未来婆婆偷偷在林菀面前念叨的。

这可真是六月飘雪，有冤无处诉了。

太子匆匆赶到寿康宫，看到跪在宫门前的林菀，端坐在步辇上的他面无表情地道：“滚。”

林菀肩膀抖了抖，没有抬起头来。

陪林菀跪在一起的小丫鬟，全身一直在颤抖，听到太子说出一声“滚”时，更是怕得全身抽搐。

太子从来都不是怜香惜玉的男人，他看也不看林菀主仆可怜的样子，走下步辇，匆匆进了寿康宫。

林菀听到自己牙齿打战的声音，这让她既心烦又害怕，她怕别人听到她恐惧的声音，她甚至不知道这件事过后她该怎么办。

她也不明白自己为什么要对着花琉璃说这种话。嫉妒、自卑还是恨？

时不时有人从她面前经过，有宫女、有太监，还有太医院的大夫。每个人来去匆匆，无人多看她一眼，但她知道，这些人已经在心中把她从头看到脚。她不敢想象，这件事被父亲知道后，他会用何种失望的眼神看着她。母亲肯定又是满脸的苦涩与无奈，用哽咽的声音诉说父亲的不容易，家里的不容易，她与父亲幼年时的困苦，父亲打拼到现在付出的努力。

她神情茫然地盯着青石路，宫里的东西样样都讲究，就连石板上都雕刻着吉祥的图案。她盯着这些图案，脑子里涌出无数想法，但又觉得什么都没想。事情到了这个地步，她不知道还有谁能帮她，谁能做她的后盾。

地板真凉，跪着膝盖真疼。

“你跪在这里做什么？”一双绣着四爪龙纹的鞋子停在她面前，林菀愣怔地抬头，看到了英王的脸。

“祖母不爱罚人，御医已经去给福寿郡主诊脉了。”英王叹了口气，“你先起来，去林妃娘娘那里休息。”

“王爷……”林菀被几个英王身后的宫女太监扶了起来，她看着神情冷淡的英王，没想到这个时候竟然是不喜欢她的英王注意到跪在宫门口的她。

“母妃性子直，你现在若是回临翠宫，不太合适。”英王不再看林菀，说道，“林妃是你姑母，你们多年没见，想必有很多的话想说。小陈子，送林小姐去林妃宫里。”

林菀嘴唇动了动，她想问英王她会不会受到什么惩罚，可是她不敢问出口。

“日后你好自为之。”英王的目光望进她的双眼，说道，“本王是个粗人，林小姐与本王的婚事，只怕不太合适。”

“王爷这话，是嫌弃臣女吗？”林菀听到她脑子里有声音在狂吼，但她神情还算平静，只是嘴角抖得有些厉害，“王爷说这种话，有没有考虑过臣女？”

“林小姐，我是王爷，是当今天子的皇长子。”英王神情怪异地看着林菀，“我为什么要为别人考虑那么多？”

林菀身子一个踉跄。

“林小姐，这里是京城，是皇家。”英王把手背在身后，说道，“没人会牺牲自己的利益，来维护别人的自尊。”说完，他大步走进了寿康宫。

“林小姐，”名为小陈子的随侍太监笑着上前作揖道，“奴婢送您回林妃娘娘的寝宫。”

看着眼前这个面带笑容的太监，林菀恶从胆边生，伸手推了他一把，高声道：“滚开，我是朝臣之女，就算犯了错，也没有你这种狗奴才嘲笑的份！”

“林小姐说得是。”小陈子面上仍旧赔着笑，“林大人是受万民敬仰的好官，奴婢只是一个阉奴，岂敢对林小姐不敬。”

林菀猛地怔住，无数情绪从心底涌出。

她现在该怎么办？该怎么办？

英王赶到内殿的时候，御医已经诊过了脉，花琉璃斜靠在椅子上，巴掌大的脸上还有没褪去的苍白。

见花琉璃准备起身行礼，英王连忙免了她的礼，转身朝太后与太子行礼：“祖母，孙儿是来向您跟福寿郡主赔罪的。”

“她是你未婚妻，又不是你王妃，用不着你来赔罪。”太后余怒未消，看也不看坐在旁边的贤妃一眼，说道，“更何况她能不能成为英王妃，还不一定呢。”

贤妃神情微变，却不敢说什么。

“皇祖母，孙儿今日来，也想说这件事。”英王不顾殿内还有御医跟其他人在，开口道，“孙儿与林小姐性格不合，无缘成为夫妻，还请皇祖母明鉴。”

“昊儿，你在说什么？！”贤妃忍不住道，“这是你父皇订下的婚事，岂能说改就改？”

“贤妃，我们祖孙说话，你不要插嘴。”太后瞥了贤妃一眼，说道，“日后你跟你孙子说话，儿媳妇老插嘴，你能乐意？”

贤妃悻悻地想，你们祖孙俩再聊下去，我连儿媳妇都没了，哪还有儿媳妇来插嘴？再说了，我是你儿媳妇吗？我只是你儿子的妾。唯一敢自称你儿媳妇的，现在坟头上的草都被割了很多茬了。

贤妃心里不满，但是她不敢说。她瞥了眼太子，希望平时喜欢没事找事的太子说上两句。可是太子今天也不知道怎么回事，从进门到现在，总共都没说上十句话，脸色难看得出奇。

“明昊，你跟皇祖母说说，你是怎么想的？”太后问英王。

“皇祖母，孙儿想退婚。”英王停顿了一下，又道，“林小姐应该找一个更适合她的夫君。”

“你也应该知道，若是此刻退婚，不仅对林家不好，对你也有影响。”太后道，“林舟在文臣中颇有威望，又得民心，这门婚事若是退了，必然会有流言蜚语传出来，你可会后悔？”

“百姓虽然会在茶余饭后闲聊，但是过一段时间就忘了。至于其他文官，我的婚事与他们何干，他们若是看不过眼，让自家儿子娶了林家女就行，孙儿又不介意。”

“胡说八道。”太后又气又想笑，“这事哀家去跟皇帝说。”

“谢皇祖母。”英王朝太后深深一揖，转身看向花琉璃，“郡主身体可还好？”

“臣女并无大碍。”她犹豫了一下，对英王道，“婚姻大事不是儿戏，若是因为臣女与林小姐之间的小矛盾影响了殿下与林小姐的婚事，臣女难辞其咎，还请殿下三思而后行……”

“此事与郡主无关。”英王道，“本王与林小姐本就不太合适，即使没有发生今天的事情，本王也想退了这门婚事，郡主不要放在心上。”

花琉璃见过英王与林小姐的相处方式，知道这两个人确实不太融洽。身为未婚夫妻，还没有她跟太子之间相处得愉快，她跟太子可还什么关系都没呢。

看了眼坐在椅子上不说话的太子，花琉璃有些担心，太子的心情看起来有些不好，难道是出了什么事？

看到儿子当着外人的面忤逆了自己的意思，贤妃有些不高兴，她站起身向太后道：“既然郡主已经没有大碍，妾也该告辞了。”

太后点头：“你自去吧。”

英王见母妃匆匆离开，找了个理由跟着追了出去。

等外人走了，太后叹气道：“哀家接你进宫来，是想让你玩得开心，没想到竟然惹出这种事。”

“请太后娘娘放心，那些闲言碎语臣女不会放在心上。”花琉璃起身坐到太后旁边，说道，“您这话，是想撵臣女出宫吗？”

“哀家哪里舍得，就算把太子撵出去，哀家也舍不得让你走。”太后道，“你就在哀家这里安心住着，谁敢说三道四，哀家替你出气。”

坐在旁边的太子：“……”

太后到底年纪大了，经过这么一番折腾身体有些受不住，花琉璃劝了好一会儿，她才安心回寝殿休息。

花琉璃回来的时候，太子还没走。花琉璃与太子已经有了在湖上泛舟共享美食的交情，行事随意自在了许多。

她走到太子面前，伸手在太子面前挥了挥，问道：“殿下，你在想什么？”

“孤在想怎么替你报仇。”太子伸手握住花琉璃晃来晃去的手腕，又飞快地松开，说道，“你是孤请进宫的，别人若是欺负你，就是打了我的脸。我身为太子，面子这种东西可不能丢。”

“殿下，我们小女儿家的争执，由我自己处理便是。您若是去插手，传出去对您非常不好。”花琉璃知道太子把她当成了自己人，要帮她出气，可这种事传出去，某些御史肯定要跳出来批评太子。

“孤从小就是混世魔王，别人说上几句孤若是能改的话，还算什么太子？”太子轻笑一声，“人呢，总是要为自己说出去的话负责，不然在别人看来，还以为我们皇家同意林菀的说法。”

花琉璃顿时明白过来，太子这是在委婉地告诉她皇家的立场与态度。她把桌上的茶端起来，双手呈在太子面前，说道：“正是因为臣女相信殿下，才不愿意让殿下插手此事。臣女自己就能解决的事情，怎能让殿下牵扯其中？不值当，不划算，也没必要。殿下您是何等尊贵的身份，凭什么要因为一些小人影响您的声誉。”

“郡主去做，不也影响你的声誉？

“因为臣女也是个记仇、有报复心的小人，至于声誉这种东西，臣女不稀罕。”花琉璃把茶杯放到太子手里，说道，“臣女又不娶他们的儿子，随那些人怎么说，跟臣女有什么干系？”

“你不娶他们的儿子，难道要娶他们的女儿？”太子喝了一口茶，说道。

“殿下，臣女喜欢的是儿郎。”花琉璃被太子的话逗笑了，“请殿下放心吧，臣女从小到大因为挑嘴，很多东西都不爱吃，也不爱吃亏。”

“孤与郡主一样，不仅不爱自己吃亏，也不想身边重要的人吃亏。”太子把茶盏放下，轻轻抓住花琉璃的一缕头发扯了下，说道，“你先去休息，孤心里有数。”说完，起身大步朝外走去。

花琉璃把那缕头发拢了拢，扭头看着太子离去的背影。

身边重要的人？她吗？

太子殿下这个人，挺重义气的嘛。

宸阳宫御书房，皇帝正在批阅小山般高的奏折，见太子进来，头都懒得抬，说道：“缺银钱使就去找赵三财开朕的私库，朕忙着呢。”

“父皇。”太子上前行了礼，在一堆奏折中找到林舟的调令，说道，“儿臣不是来要钱的，儿臣是来告状的。”

“谁敢骂你？！”昌隆帝放下御笔，眉头不悦地皱起。他看了眼太子手里的调令，问道，“林舟？”

“没人敢骂儿臣，父皇你误会了。”太子把调令放到昌隆帝面前，说道，“儿子想给林家添堵，您帮帮儿臣呗。”

“怎么回事？”昌隆帝了解自己的儿子，平日里若是有人说他坏话，他最多也就抱怨几句，除非这个官员真正犯了事，不然他不会说这种话。

“林舟可养了个好女儿。”太子把林菀与花琉璃之间发生的事跟昌隆帝讲了一遍，说道，“儿臣想，林菀一个小姑娘，懂什么朝中大事，若不是林舟在家中说了什么，她又怎么敢对福寿郡主说这种话？”

“在这些人眼里，朕便是这种容不得能臣，忘恩负义之人吗？！”昌隆帝听完事情经过，气得把林舟的调令扔到一边，说道，“应庭为了抵御外敌差点死在战场上，这些人不感念他的功绩便罢了，竟整日想着朕厌弃花家！”

昌隆帝既气那些胡乱猜测的人，又心疼花家。花家历代为大晋镇守边疆，甚至有不少人死在了战场上，即使是现在，花应庭的两个儿子都还守在苦寒的青寒州，就为了大晋百姓能安稳地过日子。

人心要坏到何种地步，才会说出这种话来？

“朕看某些人，是嫉妒花家立下了这么多功劳，才见不得人家好。”昌隆帝越想越气，他跟花应庭幼时相交，花家当年为了不让先帝废了他这个太子，不知付出了多少，这些恩情他从不宣之于口，却一直记在心底。

现在这些人，却天天盼着他收拾花家？想得美！

昌隆帝很生气，一生气就想找人麻烦。他虽然是个讲道理的皇帝，但也是有自己的小脾气，所以林舟的调令，就这么压了下来。

他又把自己私库的好东西扒拉了一遍，装了几大箱子，让太监总管赵三财给花家送了过去。谁要是骂花家，他就给花家赏好东西。他就不信，这些人还会以为他要与花家过不去。

然而人心总是难测的，昌隆帝给花家赏了东西的当天夜里，就有不少官员知道了这个消息。

“花家正是得民心的时候，竟然会有人当着花家人的面说花家风光不了多久，真是……唉，林舟怎么会教出这般没有脑子的女儿？”

“也难怪陛下会赏这么多东西安抚花家，花家三公子刚考中会元，再过不久又是百国宴。若是让国外使臣们知道花家这样的大功臣刚回京就受到辱骂，传扬出去咱们整个大晋都没有颜面。”

“林家女的英王妃之位，是保不住了。”

第二天早朝结束，昌隆帝把太子叫到自己的御书房，让他跟着自己批阅奏折。他是皇帝，儿子未来要做皇帝，不能让他一个人受苦受累。

父子二人相处融洽，虽然看到太子偷懒，昌隆帝就忍不住想骂他，但太子总能三言两语消除他的怒火。

“陛下，林妃娘娘求见。”

昌隆帝记得林妃向来是诗书不离手，几乎从不来御书房求见，今天竟然破例了，真是难得。

“宣。”

林妃肤白貌美，是个弱柳般的女人，她进来以后，便规规矩矩给昌隆帝行了个礼：“妾见过陛下。”

昌隆帝抬了抬手，示意她起身："林妃，你这个时候过来，是有什么事？"

林妃咬了咬下唇，她偏头看太子一眼，神情有些为难。

太子挑了挑眉，他是个对人一视同仁的好太子，贤妃来的时候他不避开，林妃来了，他同样也懒得避开。免得贤妃娘娘知道以后，抱怨他厚此薄彼，影响后妃们的和睦。

"妾是来给陛下赔罪的。"林妃再次福了福身，说道，"妾教导侄女不严，还请陛下恕罪。"

林舟考中状元后不久，便去了其他地方上任，林妃与林菀并没有在私底下相处过。但闹出这种事，她这个做姑母的不站出来赔罪都不行。

更何况她娘家并无其他亲人，只有林舟这一个哥哥。看在兄长的分上，她也不忍心林菀因为这件事受到太大的责难。

"你与林家千金并无相处的机会，朕不会因此怪你。"昌隆帝宽慰道，"此事你不必放在心上，回去好好休息，朕心里有数。"

"陛下，妾与家兄幼年丧父丧母，从小便相依为命。这些年来，家兄膝下唯有一子一女，请陛下看在家兄为官清廉的分上，对林菀从轻发落。"

"小姑娘说话冲动，何来发落不发落一说？"昌隆帝语气淡淡地道，"让林舟带回去，好好教养一番，让她知道什么话该说，什么话不该说。将士们在战场上抛头颅，洒热血，莫让小孩子不懂事乱说话，寒了他们的心。"

"是，妾明白了。"看到陛下这么平静的模样，林妃心里反而有些害怕。

"朕与太子还有事情要办，你先退下。"昌隆帝抬头看了林妃一眼，说道，"对了，你回去告诉林夫人，老大与林小姐不合适，朕以为这门亲事还是取消了好。"

她最担心的事情，还是发生了。

林妃面色惨白，她红着眼眶道："陛下，林菀还是个孩子，现在已经知道错了，请您再给她一次机会……"

"既然是孩子，说明她不适合成亲。"昌隆帝语气有些冷淡，"一